FOLIO SCIENCE-FICTION

Wayne Barrow

Bloodsilver

Gallimard

Titre original :

BLOODSILVER

Carte intérieure : Isabelle Dumontaux.
© Éditions Mnémos, 2006.

Wayne Barrow est né en 1951. Ce colosse né d'un père bostonien et d'une mère navajo refuse la conscription pour le Viêt-nam et part au Canada où il vit depuis 1972. Après avoir exercé mille métiers, il se consacre entièrement à l'écriture. *Bloodsilver* est son premier roman traduit en France. Un âpre récit fantastique — hommage aux plus grands, du *Dernier des Mohicans* de J. Fenimore Cooper aux westerns *La Conquête de l'Ouest*, *Pale Rider* ou *Les Sept Mercenaires* — couronné par le Grand Prix de l'imaginaire en 2008.

Être l'objet d'un avis de recherche *Mort ou vif* produit une sombre alchimie dans le cerveau. L'homme qui en est l'objet appartient au monde des morts-vivants.

EMMETT DALTON,
unique survivant du gang

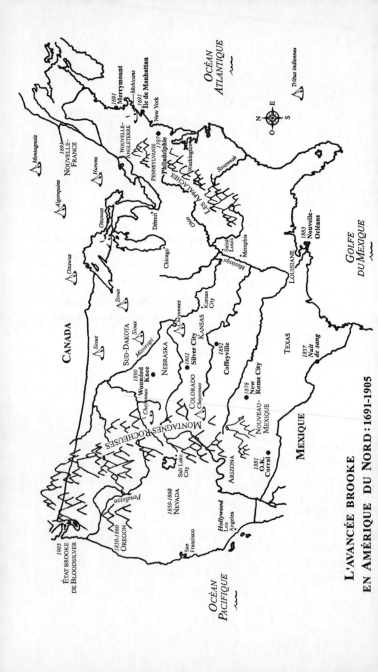

L'AVANCÉE BROOKE
EN AMÉRIQUE DU NORD : 1691-1905

1691

NOUVEAU MONDE

Appelez-moi le Grec. Il y a un an, je vivais sur l'île de Manhattan, parmi le peuple des Reckgawawacks, une tribu mohican. J'étais parmi eux depuis quinze heureuses années. En fait, depuis que les Hollandais m'avaient chassé. Des gens de foi, et qui voyaient en moi ce que dans ma langue on appelle un « métèque ». Les Mohicans n'ont pas ce genre de réserve, ils m'ont tout de suite accueilli. J'ai même pris femme, une princesse qui était la sœur du chef. Elle m'a donné un garçon. Ne soyez pas impatients, tous ces détails sont importants. Du moins ils le sont pour moi, et c'est le Grec qui raconte.

Durant la nuit du dernier jour d'octobre, l'un des nôtres est venu avertir le campement. Il a réveillé le chef, et Squanto à son tour m'a tiré du sommeil. Il a dit à ma femme de se rendormir, que ce n'était rien. Elle n'a pas été dupe. Mon épouse, dont je ne vous donnerai pas le nom parce qu'il est tout ce qui me reste, m'a tendu mon pistolet et mon meilleur toma-hawk. J'ai confié à mon fils la garde de notre hutte et suivi Squanto jusqu'à la plage. Le temps était à l'orage. Des éclairs traversaient le ciel, déchirant les nuages, une masse sombre qui masquait la lune. La pluie, dense, tombait comme des coups portés par le Grand Esprit. Celui que vous nommez Dieu, celui que je n'appelle plus…

L'homme qui nous avait avertis a tendu un doigt vers le large. Squanto n'a pas tardé à repérer le navire, mais comme je n'ai pas des yeux d'Indien, il m'a fallu attendre que le ciel se dégage un peu. Alors, j'ai braqué ma longue-vue. C'était un bâtiment léger et rapide, ce que les Hollandais appellent une « flûte ». Peu de tonnage, une coque à la panse très rebondie, d'une jauge qui ne devait guère dépasser les trois cents tonneaux, idéale pour le commerce. Tout de suite, j'ai vu que le pilote manœuvrait sans précautions, ou que la tempête s'était emparée du vaisseau. Il oscillait violemment, c'est à peine s'il parvenait à rétablir son assiette. Nous avons compris qu'il allait s'empaler sur les récifs. Nous avons entendu un horrible craquement et la fausse quille s'est détachée d'un coup. Le vaisseau a pris l'eau, mais il ne rejetait rien, preuve qu'il n'avait pas embarqué de pompes. Une pratique répandue chez les marchands qui sacrifient la sécurité de l'équipage à leur intérêt. Je pensais alors qu'il s'agissait d'un bâtiment de commerce hollandais qui faisait route vers Manhattan. Il a continué à se balancer pendant une vingtaine de minutes puis s'est couché sur le côté. J'ai demandé à Squanto la permission de sortir nos kayaks, pour porter secours aux naufragés, mais il a refusé. La mer était trop mauvaise. Avec nos frêles embarcations, nous n'aurions pas fait mieux que le navire hollandais. C'était une sage décision.

À l'aube du lendemain, nous sommes retournés sur

la plage. Il y avait des cadavres partout. Les vagues s'écrasaient sur les corps et en portaient d'autres. Ceux des esclaves avaient déjà le ventre gonflé, la face bouffie, rongée par le sel. Les autres étaient intacts. Pas la moindre plaie, aucune blessure, y compris sur les dépouilles des enfants. Oui, des enfants... En fait, des familles. À première vue, j'ai estimé le nombre de passagers à une centaine, et moitié moins pour les serviteurs. Nous avons embarqué dans les kayaks pour rejoindre l'épave, en quête de survivants. Les débris du vaisseau rendaient la progression difficile. Avec nos pagaies, nous repoussions les barils, les morceaux de bois qui flottaient et de longs rubans d'étoffe rêche provenant des voiles déchirées. Pour le reste, la mer était parfaitement calme, comme il en va toujours après l'orage. Nos kayaks ont fini par cogner le vaisseau. Nous avons escaladé son flanc et mis pied sur le pont. Il n'y avait aucun signe de vie. Nous sommes descendus dans les cales et, comme je m'y attendais, elles étaient inondées. Par contre, rien ne m'avait préparé à ce que j'y ai trouvé. Une vingtaine d'esclaves avaient péri noyés, attachés sur leurs bancs, fers aux chevilles comme des galériens. On avait armé le transport de commerce ainsi qu'on le ferait d'un vaisseau negrier. « Au moins avaient-ils loisir de s'asseoir sans avoir à effectuer debout la traversée », diraient les bourgeois de Boston. Il est vrai que la situation n'était pas habituelle. La nature des esclaves l'était moins encore. Uniquement des Caraïbes, réputés pour leur combativité. Ils usent d'une drogue qui décuple leur force et s'adonnent à la magie. Hommes ou femmes sont inaptes au dressage, c'est pourquoi l'on a cessé d'en faire commerce. On les avait chargés à bord pour leur force. Chacun des cadavres présentait deux trous dans la gorge. Une morsure… Ils servaient de garde-manger.

Nous avons quitté les cales et gagné la cabine du capitaine. J'ai tout d'abord cherché le registre de bord, sans pouvoir le trouver. Pas d'instruments de navigation, de cartes ou de simple indication de course. Aucune identification du port de départ. L'explication m'en a été fournie par la suite, par la bouche même du gouverneur William Phips. Avant qu'il n'occupe cette fonction, Phips pratiquait parfois la contrebande. À ces occasions, pour éviter l'enregistrement auprès des autorités d'un port, il tenait son navire à l'ancre dans une crique. Mais cela ne justifie pas l'absence de cartes ou de sextant, même si le point de destination était connu du pilote. À croire qu'il naviguait à vue. Au moins le vaisseau échoué avait-il un nom, gravé sur la poupe, et que l'on avait tenté d'effacer : *L'Asviste*. Du nom d'un guerrier viking. Asviste était mort mais ne l'admet-tait pas. Au terme d'un combat qui a duré la nuit entière, son meilleur ami l'a définitivement contraint à l'immobilité en lui tranchant la tête d'un coup de hache. Cet épisode est consigné dans les chroniques de saint Libentius, un moine bénédictin qui vivait au XIe siècle. Un papiste, mais j'écouterais Satan lui-même s'il pouvait m'informer. Il y avait une armoire vitrée dans les quartiers du capitaine. Elle contenait plusieurs dagues en argent. De très jolies pièces à la garde ouvragée, mais impropres au combat, sauf à frapper une fois. Un peu comme des pistolets de duel. Je les ai prises, en comptant les revendre aux Hollandais qui affectionnent ce type d'objets. Avec la somme que l'on pouvait en tirer, je me suis dit que Squanto achèterait de la nourriture pour les siens, ainsi, peut-être, que des mousquets. Puis, comme il n'y avait à bord aucun survivant, nous sommes retournés au rivage.

Les cadavres des esclaves ne présentaient aucun intérêt. Par contre, tout ce que l'on pouvait rafler sur les dépouilles des maîtres était capture de bonne prise. Alors nous les avons fouillés. Précisément je l'ai fait, parce que Squanto et son brave se tenaient à distance. Le chef, dont j'avais maintes fois eu l'occasion de constater le courage, m'a conseillé de renoncer. Je ne l'ai pas écouté. «Bien m'en a pris», me suis-je dit en ouvrant le justaucorps en cuir noir d'un homme. Retenue autour du cou par un lien de cuir, il conservait une bourse pleine d'or. J'ai constaté qu'il en allait de même pour les femmes, et chacun des enfants. Quant aux nourrissons, une poche était cousue sur le linge qui les emmaillotait, pleine du précieux métal. J'avais du mal à respirer tant ma joie était grande. Les ennuis de la tribu étaient terminés. Bien sûr, je ne tirais aucune fierté à dépouiller les morts, mais leur aspect facilitait ma sinistre besogne. Tous avaient le teint pâle comme de la craie. Pas blanc comme certains l'aiment chez les femmes, mais livide, d'une façon incompréhensible puisque leur mort ne remontait qu'à quelques heures. Et puis, il y avait les lunettes, deux pierres noires taillées en cercle et montées sur une tige de fer. Tous en étaient dotés, y compris les plus petits. Sans parler des cheveux, ceux des hommes apparents, longs, flottant sur l'écume, comme des algues sanglantes. La chevelure des femmes était cachée par un bonnet, comme en portent les puritaines. L'une d'elle avait perdu sa coiffe. Ses mèches étaient embrouillées au point qu'on n'aurait pu les démêler, et il en coulait du sang. Cette affection s'appelle « la Plique ». Quand on coupe les cheveux du malade, il en sort effectivement du sang. Plusieurs cas ont été observés, notamment en Pologne, au XIIIe siècle, lors de la dévastation mongole. Certains érudits ont émis l'hypothèse que les Gorgones étaient en fait des têtes pliquées. Toujours est-il que je suis retourné au campement les poches pleines. L'or se présentait sous forme de pièces non frappées, ou de petites feuilles enroulées en cylindres. Nous n'avons pas offert de sépulture aux cadavres : Squanto et son guerrier se refusaient d'y toucher, et je ne me sentais pas la force de le faire. Ni l'envie, car j'étais pressé de partager ma joie avec toute la tribu. Le disque du soleil était maintenant à moitié visible au-dessus des eaux. Je me suis dit que c'était une belle journée. Elle ne l'a pas été. À son tour, ma propre femme m'a blâmé, et mon fils a craché par terre quand je leur ai montré l'or. Voyant que tous les Mohicans faisaient front commun, je me suis dit alors que le Grec resterait toujours un étranger. Nous avons vaqué à nos affaires sans échanger un mot et, à la nuit tombée, j'ai dormi à l'écart de mon épouse. Par fierté et, depuis, chaque jour je le regrette, car je n'ai plus eu l'occasion d'entendre le son de sa voix. C'est vrai que j'aurais dû enterrer les morts, mais un trou pour chacun n'aurait rien changé à l'affaire.

Comme je l'ai dit, le naufrage s'était produit au dernier jour du mois d'octobre. L'attaque a eu lieu le lendemain, durant la Nuit des Morts, à croire que l'accident était prémédité. Les veilleurs n'ont pas eu le temps de donner l'alerte, ils ont été égorgés en premiers. Tous, et pourtant les Indiens connaissent parfaitement la forêt. Quand j'ai entendu les cris, celui d'une squaw qui habite à la lisière du campement, je me suis emparé d'un pistolet et de mon épée. Tout d'abord, j'ai cru que les Hollandais effectuaient un raid, comme ils ont parfois coutume de le faire pour nous repousser davantage dans les bois. Et puis j'ai entrevu la silhouette, à la périphérie de ma vision, comme ces taches qui s'impriment sur l'œil quand on regarde en face le soleil. Il faisait sombre, mais l'ombre était plus noire que la nuit. Je l'ai vu soulever la squaw et lui déchirer le ventre. Elle est tombée à genoux en contemplant ses entrailles puis a basculé sur le côté. J'ai fait feu, sans être certain d'avoir touché l'attaquant. Mais cela n'avait pas d'importance car d'autres se présentaient en rangs. Les hommes d'abord, griffes déployées, de véritables serres. Ils marchaient de front dans leurs longs manteaux de cuir. Puis les femmes, en bonnet et robe longue, accompagnées des enfants. Tous les passagers de *L'Asviste* se tenaient devant moi comme pour réclamer des comptes. Ils sont restés un long moment immobiles, puis l'on a entendu le sifflement des Stryges. En grec, on dit *strigein*, ce qui désigne le son qu'ils émettent. Au signal ils ont attaqué. Plusieurs guerriers se sont portés à leur rencontre. Il faut savoir qu'un Mohican ne devient homme que s'il tue un ours à l'âge de treize ans. Ils ont le coup pour abattre la bête. On attend que le grizzly écarte ses pattes pour plonger et le frapper au cœur. Le garçon n'a droit qu'à un seul essai. Cela pour dire que les braves n'ont pas hésité. Ils ont brandi leurs tomahawks et frappé. J'ai vu plusieurs passagers recevoir des coups dont on ne se remet pas. L'un d'eux a eu la poitrine fendue jusqu'au sternum, et un autre a été proprement scalpé. Ils sont tombés, pour se relever aussitôt. Alors, ça a été le massacre. Les guerriers ont été transpercés par des griffes qui leur ressortaient dans le dos ou labouraient leur face en traçant des peintures d'une guerre que je savais déjà perdue. J'ai reculé, dans les cris, en évitant les brandons projetés en tous sens tandis que nos hommes étaient jetés dans les feux. En retombant, les corps étouffaient les flammes. Nous avons été plongés dans les ténèbres. Je courais en hurlant le nom de mon fils, en lui disant de prendre son arc pour frapper. J'aurais dû lui ordonner de fuir. J'ai senti quelque chose de lourd passer au-dessus de ma tête. La créature est retombée sur ses pieds, prête à m'affronter. Je lui ai enfoncé mon épée dans la gorge. Elle l'a saisie à deux mains et a brisé la lame. J'ai tiré à bout portant avec mon pistolet, un Brandenburg capable d'arrêter un puma en pleine course. La créature a été projetée en arrière. Ses serres ont griffé le sol, puis elle s'est relevée. J'ai compris alors que ce qui se tenait en face de moi était un Broucolaque. Un non-mort, si vous préférez. Il s'apprêtait à fondre sur moi quand Squanto lui a planté sa lance à travers le corps, suffisamment fort pour la ficher en terre.

— Protège ma sœur et son fils ! m'a-t-il crié.

Le Broucolaque glissait le long de la hampe. Quand il a touché terre, il s'est redressé d'un coup de rein. J'ai fui en laissant derrière moi Squanto, chef de la tribu Mohican. J'ai entendu son hurlement — ce n'était pas un cri de guerre.

Mes yeux avaient eu le temps de s'accommoder à l'obscurité. Je distinguais partout les cadavres des miens. Uniquement des miens, car pas un seul ennemi n'était tombé au combat. Les femelles broucolaques se tenaient au-dessus des corps. Elles aspiraient le sang, puis penchaient leurs petits de façon à ce qu'ils boivent à leur tour. Les jupes des femmes étaient écarlates, comme les faces de leur progéniture. Voir un nourrisson téter une plaie comme si on lui donnait le sein est un spectacle qu'on n'oublie pas. Mais davantage que l'écœurement, j'ai ressenti la fureur, celle d'un homme qui doit tout faire pour protéger sa famille. J'ai fini par regagner notre hutte, en manquant de me faire décapiter par ma femme qui tenait un tomahawk. Notre fils était accroupi face à l'entrée, arc brandi. Je n'ai pas eu le temps de dire quoi que ce soit, et aujourd'hui encore je me demande si les créatures ne m'ont pas suivi. On peut supposer qu'ils auraient fini par trouver les miens, mais les hypothèses ne font rien pour m'aider. Ils étaient derrière moi, c'était une certitude. L'un d'eux m'a projeté en avant. Je suis tombé face contre terre. Il s'est brusquement retourné en prenant la flèche de mon fils dans le dos et a coupé en deux ma femme, déchirée comme une feuille de papier. Notre fils n'a pas eu le temps de réarmer son arc. Le Broucolaque l'a lacéré sous mes yeux. J'ai frappé la créature avec mon tronçon d'épée, elle m'a retourné le bras et enfoncé ses griffes dans le cou. Plus rien ne m'importait, j'étais prêt à mourir. Au moins allais-je retrouver les miens, pour pêcher avec mon fils et chasser en compagnie de Squanto dans les plaines éternelles. Mais ma main s'est posée sur le sac qui contenait une partie du trésor. J'en ai tiré deux poignards à lame d'argent, ceux trouvés dans les quartiers du capitaine. Le Broucolaque a paru hésiter. Je n'ai rien vu dans les verres sombres de ses lunettes — un ustensile qu'ils conservent nuit et jour, ai-je découvert plus tard — mais il soufflait comme un chat en observant les dagues. J'ai projeté l'une de mes armes sur lui. Sa tête a explosé, projetant de la poussière qui est retombée en cendres grasses, comme le reste de son corps. J'ai récupéré le poignard et suis sorti de la hutte. Les cris avaient pour ainsi dire cessé. Devant moi se tenaient une trentaine de créatures, mâles ou femelles. Ils m'ont encerclé. Une femme est entrée dans la hutte pour en ressortir aussitôt. Elle a dit quelques mots dans une langue incompréhensible, mais que je crois être du polonais, ou du hongrois. J'avais déjà entendu ces sons durant ma jeunesse, avant de venir ici. L'un des êtres, qui paraissait âgé avec ses longs cheveux blancs et sa mise sévère, s'est tourné vers un des tueurs, plus jeune et élégant dans son habit violet. Ils ont conversé à voix basse et, c'est probablement là le plus remarquable, ont paru *soulagés*. C'est alors que l'ancien s'est adressé à moi :

— *Le premier sang a été versé, de part et d'autre, pour baptiser ce Nouveau Monde. Va, et dis aux tiens que maintenant nos deux espèces sont liées.*

Il s'était adressé à moi en français, mais cela ne signifie rien, car pour ainsi dire toute l'Europe le parle, et ils venaient du Vieux Monde. Les Broucolaques sont partis en emportant uniquement nos chevaux, et je suis resté sur place pour m'occuper des morts. À nouveau, comme sur la plage, je n'ai pas accordé aux défunts une sépulture digne celle qu'un Mohican est en droit d'attendre. J'ai incinéré les corps, parant au plus pressé car je voulais traquer les créatures. Aussitôt que mon état a pu me le permettre, j'ai rassemblé des armes et suivi leur piste à travers les bois. Il ne m'a pas fallu longtemps pour les rejoindre, car ils ne faisaient aucun effort pour dissimuler leurs mouvements. Une fois, j'ai même vu l'un d'eux se tourner dans ma direction. Celui qui était élégant, avec son col en dentelles et un habit violet. Il m'a souri, comme on le fait à un ami. Puis il a ouvert plus largement la bouche. J'ai vu ses dents, plantées en désordre sur plusieurs rangées, des crocs capables d'en remontrer aux loups. Cela ne m'a pas dissuadé. J'ai même pensé fondre l'un de mes poignards en argent pour façonner des balles, de façon à harceler la colonne. Finalement, j'ai préféré ne pas contrarier leur plan, les laisser faire, de façon à découvrir leur lieu de destination. Mais j'ai échoué, car en arrivant à hauteur de Boston, j'ai commis la bêtise d'en parler, afin d'avertir les vôtres. La milice m'a arrêté pour blasphèmes et comportement licencieux.

Finalement, bien m'en a pris car j'ai rencontré le révérend Cotton Mather.

1692

LE JOUR DU JUGEMENT

Tu ne laisseras pas vivre la sorcière.

Exode, XXII, 18

L'endroit n'a pas de nom. Jusqu'à ces derniers jours, c'est à peine si l'on connaissait son existence dans le Massachusetts. Un village pauvre, situé entre Lynn et Beverly, au nord de Boston. Aucune route n'y mène, simplement un chemin. Long et sinueux, couvert de ronces, il s'enfonce comme un serpent dans la forêt qui s'étend sur le Cap Ann. Le voyage est dangereux, à cause des Mohicans qui vivent dans les bois. Mais Cotton Mather sait qu'il n'a rien à craindre. Pas parce que les Indiens sont décimés par la variole, mais parce que Dieu le protège. Cotton Mather est un chasseur de sorcières.

Le révérend chevauche en tête, suivi par les juges Corwin et Stoughton. Tous trois sont vêtus selon l'usage des puritains : chemise à large col blanc, justaucorps de drap, noir comme le reste des vêtements, et chapeau à large bord. Celui de Mather est orné d'une boucle d'argent. On pourrait dire qu'ils se ressemblent, mais le théologien se sent plus proche du quatrième homme qui ferme le rang. Pourtant, on ne peut imaginer plus dissemblables. Cotton Mather est ascétique, tandis que le Grec est bâti comme un taureau. Son crâne est rasé, il porte une barbe drue et bouclée. À la mise sévère des Bostoniens, il préfère le daim des Peaux-Rouges, piqué de perles colorées. Un collier de cuir enserre sa gorge. Non pas qu'il ait honte de son effroyable cicatrice, mais le Grec est prudent. Pour avoir survécu à plusieurs affrontements, il sait ce dont les Broucolaques sont capables. Broucolaques, Lamies ou Stryges, autant de termes qui dans sa langue désignent depuis l'Antiquité les plus redoutables des prédateurs.

Le Nouveau Monde n'a pas de nom pour eux, et pourtant ils sont en Amérique.

*

Ce qui lie Cotton Mather au Grec ne s'embarrasse plus de mots. En temps normal, le chasseur n'aurait rien eu à faire avec cet homme fruste, mais à situation exceptionnelle, il faut des mesures d'exception. Le théologien sait combien les voies de l'Éternel sont impénétrables. La Providence a voulu que le Grec soit traduit devant lui par la milice, pour impiété et comportement licencieux. Comme il le fait pour chaque prévenu, Mather a pris le temps de l'écouter. Un récit de naufrage, de corps qui flottent près du rivage, ceux des esclaves caraïbes et des maîtres aux vêtements de cuir. Contre l'avis de ses compagnons indiens, le Grec a fouillé les cadavres pour s'emparer des objets précieux. *Profanation*, a pensé Cotton

Mather, mais un sacrilège bien venu quand on connaît la suite. Lors de l'attaque du campement, à la nuit tombée, les guerriers ont tout fait pour soustraire leurs squaws et les papooses aux griffes acérées. Mais surtout aux dents, se souvient le Grec en caressant son collier de cuir. Le récit différait des habituels témoignages que l'on rapportait à Mather. Il a congédié les gardes pour rester seul avec l'homme. Puis, d'un geste de la main, il l'a invité à poursuivre. Tous y étaient passés, lacérés et vidés de leur sang. Le Grec n'avait survécu de justesse qu'en frappant avec les poignards volés sur les dépouilles. Des couteaux à lames d'argent qui s'étaient retournés contre leurs propriétaires. Ceux que le Grec appelle «Brookes», un mot que le révérend a du mal à prononcer mais dont il connaît le sens.

Le regard fiévreux du chasseur bascule en arrière, comme pour fouiller son âme. Cotton Mather se souvient d'Alsa Young, première sorcière à avoir été pendue dans le Nouveau Monde. C'était en 1647, précisément à Windsor, dans le Connecticut. Mather ne lui avait laissé aucune chance. Tout comme à Margaret Jones, l'année suivante, dans le Massachusetts. Mais c'est l'exécution d'Ann Hibbins, épouse de l'ancien gouverneur, qui lui avait valu sa réputation d'homme incorruptible. En dépit des appuis que conservaient les Hibbins dans toute la province, il avait fait coucher le cadavre de la sorcière sur le ventre pour lui couvrir le dos d'épines, afin qu'elle demeure dans la fosse.

Depuis, Cotton Mather est craint et respecté. Des qualités rares, qu'il a décelées chez le Grec. Lui aussi veut enrayer l'épidémie ; c'est pourquoi ils chevauchent ensemble vers le village perdu, en ce lundi 25 mars. Les voyageurs arrivent à hauteur des premiers essarts. Quelques minces bandes de terre péniblement gagnées sur la forêt, que les fermiers ont payées de leur sang. Pourtant, à l'origine, les pèlerins entretenaient de bons rapports avec les Indiens. La tribu des Mohicans leur avait permis de survivre en les soignant du scorbut, puis en leur apprenant les gestes pour faire lever le maïs. Mais quand les nou veaux arrivants avaient voulu défricher la forêt au delà de quelques arpents, ils avaient rencontré une forte résistance. Leurs arquebuses n'avaient pas pesé lourd face à la connaissance des bois qui était celle des Indiens. Alors ils s'étaient retranchés dans leurs maisons et vivotaient en grattant le sol.

En voyant les cavaliers passer devant le pré, les paysans cessent aussitôt le travail. Ils se figent, baissent la tête. Le révérend Mather remarque que le visage des hommes est entièrement rasé. Seuls les Anciens ont le droit de porter la barbe. Il apprécie la mise sévère des femmes. Toutes, y compris les fillettes, portent un bonnet et une jupe grise à plis plats. Rigueur, sévérité, les habitants des hameaux partagent la même foi que les Bostoniens mais n'en connaissent pas la fortune. Leur existence est faite d'un ennui qu'ils font mine de rechercher, en affirmant que le luxe et la distraction sont le fait du Tentateur. Parce qu'ils s'épient constamment, les villageois font d'excellents informateurs. Cotton Mather connaît la valeur des ragots, sait pouvoir trouver en chaque commère un espion. C'est d'ailleurs ainsi que la crise a éclaté.

Ils parviennent enfin à la clairière où est situé le village. Son périmètre est délimité par une enceinte faite de troncs équarris et de terre tassée. Mather passe le premier sous la tour de guet. Le veilleur tient son regard braqué en direction de la forêt, prêt à avertir la communauté en cas d'attaque des Indiens. À aucun moment il ne baisse la tête pour observer les cavaliers. *Il a raison d'avoir peur*, songe le chasseur de sorcières.

Cotton Mather met pied à terre, suivi par les juges Stoughton et Corwin. Mais le Grec reste en selle. La main sur son pistolet, il étudie le groupe qui vient à leur rencontre. Les représentants des notables, uniquement des hommes, encadrés par six miliciens. Mentalement, le Grec abat leur capitaine, saute à terre en tenant son épée et un couteau, plante la longue lame dans le premier hallebardier, égorge le suivant. Restent trois hommes armés. Il pourrait facilement en embrocher un avec sa propre pique, les derniers prendraient la fuite. Le tout en moins d'une minute, et sans éclabousser de sang le long manteau du révérend. Le Grec répète inlassablement des figures de combat, depuis la nuit du massacre.

Quand l'un des officiels prend la parole, il fait mine de se détendre.

— Soyez les bienvenus, dit le villageois en s'adressant à Mather. Je me nomme Nathaniel Ingersoll, citoyen libre faisant profession de tavernier. Je suis aussi le diacre du village, et l'on me tient pour un homme dévot.

— Laissez-moi en juger, répond le chasseur sans même regarder l'homme au coffre large. Voici les magistrats Abe Corwin et William Stoughton. Leurs Honneurs sont commis par le gouverneur royal du Massachusetts pour examiner votre affaire.

Les villageois inclinent la tête. Le capitaine Jonathan Walcott, commandant de la milice, regarde fixement le quatrième homme.

Cotton Mather devance sa question :

— Vous lui donnerez de quoi manger et une couche décente.

— Mais, mon révérend, ce n'est pas l'un des nôtres !

— Un puritain ? Non, il est mon chien de guerre. Voyez son collier, je le tiens en laisse, le dogue n'attaque qu'à mon commandement.

— Bien sûr, révérend, nous ferons comme vous l'entendez ! s'empresse de répondre Nathaniel Ingersoll, en lançant un regard noir au capitaine Walcott.

Alors le Grec sourit, découvrant des dents parfaites. Il descend de cheval mais se tient en retrait.

— Pourquoi le pasteur du village n'est-il pas venu nous accueillir ?

Thomas Putnam, l'homme le plus riche du village, répond pour tous :

— Ah, voyez-vous, révérend, ce sont des choses difficiles à dire. Le pasteur Samuel Parris est un être faible, incapable d'initiative, tout comme d'ailleurs son père avant lui. Le caractère sincère de sa vocation peut être diversement apprécié, quand on sait qu'il n'a brigué sa charge de pasteur qu'après avoir échoué dans le commerce de rhum aux Antilles.

— Je ne vous demande pas ce qu'il est, mais pourquoi il n'est pas ici, répond sèchement Mather.

Déjà des ragots, se félicite le chasseur, ils lui faciliteront la tâche.

Putnam reprend, mal à l'aise :

— J'y viens, mon révérend. Comme je vous l'ai dit, c'est un faible sur qui l'on ne peut compter. L'incident a éclaté dans la Maison de prières. Depuis, il ne l'a plus quittée.

— Depuis quand occupe-t-il ce poste ?

— Trois ans, intervient le capitaine Walcott. Avant lui, deux pasteurs ont été chassés par les Anciens.

— Pourquoi ?

— Parce qu'ils ne satisfaisaient pas. D'autres communautés se seraient peut-être contentées de pasteurs qui se limitent aux affaires courantes et rédigent des sermons tièdes, mais nous sommes gens à exiger davantage ! se félicite le diacre Nathaniel Ingersoll.

— Il faut le croire, car sinon je ne serais pas là. Qui a envoyé la demande au gouverneur ?

— Nous, répond Ingersoll, et le révérend comprend que tout vient du tavernier.

Le chasseur de sorcières observe les femmes qui se tiennent à l'écart. Son regard glacé les éprouve. Par réflexe, l'une croise son fichu sur ses seins. Cotton Mather n'a que faire de ses mamelles pendantes. Les villageoises ont la chair flasque, leur ventre est distendu par les maternités. Il ne voit aucun joli visage, ce qui dans la communauté doit être tenu pour une bénédiction. Pas de convoitise, simplement le devoir de besogner l'épouse comme on laboure les champs.

— Souhaitez-vous voir nos agnelles ?

— Qui ? demande Mather en se tournant vers Putnam.

— Abigaïl, Mary, Elisabeth et ma fille Ann, celles qui ont vu les démons.

— Plus tard, répond le chasseur sans consulter les magistrats.

Il tient son autorité directement de Dieu et n'a de

comptes à rendre qu'à William Phips, gouverneur royal.

— Alors dans ce cas peut-être souhaitez-vous vous reposer ? C'est avec joie qu'avec ma femme nous vous offrons l'hospitalité. Aux représentants de la Couronne et à, hum, qui il leur plaît d'inviter.

Le Grec écoute d'une oreille distraite. Il a repéré la taverne d'Ingersoll où il va pouvoir s'enivrer sur le compte de Mather. Mais plus tard, quand celui-ci le lui permettra. Le chasseur de sorcières observe alentour. Il voit les porcs se rouler dans la fange au centre du village. Son regard se porte sur la demeure des Putnam. Elle est cossue, contrairement à la plupart des masures qui composent le hameau. Thomas Putnam va certainement percer un fût de bière et vouloir que sa femme cuise de la volaille. Ainsi, il en imposera à ses concitoyens.

— Dites à votre femme que nous partagerons votre ordinaire. Qu'elle ne nous attende pas avant le souper.

— Pour l'heure, que comptez-vous faire ? Je tiens mes hommes à votre disposition.

— Inutile, capitaine Walcott. Je sais faire face aux sorcières, et mon dos est bien gardé.

Sans ajouter un mot, Cotton Mather quitte la place pour se diriger vers la Maison des prières. Son long manteau noir fait comme des ailes de corbeau que suivrait un chien au collier de cuir.

Nathaniel Ingersoll le rejoint en courant. Cet homme à la carrure imposante peine à respirer. Le rhum et la viande grasse lui ont coupé le souffle. Mais pas la parole, car il continue de médire :

— N'espérez rien du pasteur Parris, révérend. C'est

un homme de peu d'esprit mais dont le corps a des besoins. On prétend qu'il a fauté avec sa négresse.

Mather s'arrête net.

— Vous avez des esclaves ?

Avec fierté, Ingersoll repousse son chapeau en arrière.

— Certains d'entre nous, et en conformité avec les Écritures. Nos serviteurs sont convenablement nourris et bien traités !

— D'où viennent-ils ?

— Oh, de la meilleure provenance : du marché portuaire de Boston.

Le regard du chasseur de sorcières se rive dans les yeux du tavernier.

— Vous ne m'avez pas bien compris. Vos esclaves viennent-ils des îles ou d'Afrique ?

— Je… je l'ignore, balbutie Ingersoll, et cela ne figurait pas dans les actes de vente.

Cotton Mather se tourne vers le Grec :

— Tâche d'en savoir plus.

Alors, sous les yeux médusés du diacre, l'homme au collier de cuir tire de sa bourse un crucifix d'argent. Une croix dont la poutre centrale est effilée comme une lame de poignard. Il la porte à ses lèvres et fait demi-tour.

— Poursuivons, dit Mather en marchant vers le temple.

Il passe devant une grange imposante qui doit être la Maison commune, le lieu où les Anciens tiennent conseil.

— C'est là que siégera le tribunal, précise Nathan Ingersoll. Nous l'avons aménagé en suivant les directives des magistrats.

— Voyez cela avec eux.

Ils parviennent à la Maison des prières. Cotton Mather entre le premier. Il marche dans l'allée centrale délimitée par deux rangées de bancs. Leur bois est brut, sans motifs sculptés. L'intérieur du temple ne connaît aucun ornement. Il n'y a pas d'autel, simplement un lutrin qui supporte une énorme Bible.

— Voici le pasteur Parris, dit le diacre en pointant un menton dédaigneux vers un petit homme gras.

— Bien, laissez-nous.

— Mais, c'est qu'en ma qualité de diacre, il m'incombe...

— ... de demeurer auprès de votre communauté. Nul doute que les juges Corwin et Stoughton s'affairent déjà à consigner les témoignages. Ils auront besoin d'un greffier.

Nathan Ingersoll hésite. Il aimerait surveiller les dires du pasteur, et surtout ceux de la femme Parris, son épouse, un serpent comme il ne s'en est pas vu depuis la Genèse. D'un autre côté, si les magistrats sont à l'œuvre, et que les langues se délient, il va falloir étancher la soif des villageois. Un seul regard de Mather suffit à décider le tavernier. Il quitte la Maison des prières.

Cotton Mather s'avance vers le pasteur. En voyant la silhouette noire et décharnée, Samuel Parris se sent aussitôt oppressé. Le chasseur ressemble à une ombre, du néant en mouvement qui paraît absorber la lumière.

— Révérend, murmure-t-il en gardant les yeux baissés.

Immédiatement, Mather comprend que ce qu'on

lui a dit du pasteur est vrai. C'est un faible, dont il ne tirera rien sans employer la rudesse.

Il attaque de front :

— Comment se fait-il que vous n'ayez rien vu venir ?

— Je ne suis qu'un petit pasteur sans éducation, au traitement annuel de soixante guinées, dont un tiers en nature.

Parris a parlé d'une traite, comme s'il récitait des excuses depuis longtemps préparées.

— Mais surtout c'est un idiot ! s'exclame une voix derrière eux.

Le timbre perçant fait se retourner Mather. Il aperçoit une femme à l'entrée du temple, au teint jaune, sèche, même si une mauvaise graisse alourdit son menton et lui fait comme des fanons.

— Marjorie, mon épouse, précise le pasteur en ayant l'air de se défausser.

La femme Parris marche d'un pas déterminé et vient se planter devant le chasseur.

— Oui, un benêt, mais un homme de foi, et c'est chose fort rare à notre époque ! Un temps de ténèbres, révérend, qui voit notre bon roi Guillaume fort mal conseillé. Ne vient-il pas de rédiger une charte qui impose la stricte égalité de culte ?

— Femme… implore le pasteur.

— Laisse-moi parler, Samuel Parris, je sais que le révérend me comprend. Une charte étendue à tout le royaume et aux provinces d'Amérique, commandant la tolérance pour les baptistes et les quakers. Et pourquoi pas les papistes, tant qu'on y est ?

Le petit homme gras serre les poings, ce qui n'intimide pas la mégère :

— Pas de doute que ce n'est nullement la faute de notre souverain, mais de sa reine Mary qui doit porter la culotte !

Les lèvres minces du chasseur esquissent un sourire. Il s'amuse à voir dans ces sinistres villageois le pendant du couple royal. Cotton Mather laisse dire, car il partage l'avis de la femme Parris. Jusqu'à ce qu'elle s'en prenne au nouveau gouverneur :

— Et ça ne risque pas de s'arranger avec ce William Phips dont on dit qu'il a été pirate…

— Parlez-moi plutôt de vos filles, lâche-t-il d'une voix glacée.

La femme se reprend, lisse son tablier.

— Ce sont de bonnes petites, dit le pasteur. Notamment Elisabeth, notre fille, une gentillette de neuf ans.

— Vous garantissez donc sa sincérité ?

— Parfaitement, révérend.

— Et les autres ?

— Ma nièce Abigaïl. Une malheureuse, orpneline de ma sœur morte en couche et de mon beau-frère disparu en mer.

Marjorie Parris ne peut s'empêcher d'intervenir :

— Et puis il y a Mary Prescott, âgée de seize ans. Elle connaît par cœur les versets de la sainte Bible. Et enfin Ann Putnam qui doit avoir quinze ans.

— La fille de nos logeurs, se rappelle Mather.

— Oui, des gens fortunés, répond l'épouse Parris. Comme vous pouvez le constater, révérend, chacune d'entre elles est au-dessus de tout soupçon !

— De bonnes petites, ajoute son mari, qui ne manquent jamais l'école du dimanche.

Le chasseur de sorcières se souvient de toutes celles

qu'il a fait pendre. Alsa Young, Margaret Jones, Ann Hibbins, elles aussi avaient l'air d'anges. Mais dans l'affaire présente, les quatre filles portent l'accusation. Elles sont les outils dont usera Cotton Mather pour assainir la communauté.

Il se tourne vers le pasteur :

— Racontez-moi ce qu'il s'est passé.

Les paumes de Samuel Parris sont couvertes de sueur. Il les essuie sur le drap gris de ses culottes et entame son récit :

— C'était le jour du Seigneur, alors que je m'apprêtais à dire mon...

— Durant quel office ? l'interrompt Mather.

Deux services rythment le dimanche des puritains, de quatre heures chacun.

— Celui de l'après-midi.

— Aucun signe annonciateur dans la matinée ?

— Non.

— Pas de comportement étrange chez les filles ?

— Rien en ce qui concerne Elisabeth et Abigaïl, précise Samuel Parris.

— Nous ne pouvons l'affirmer des autres, ajoute son épouse. Il faut dire que nous respectons l'intimité de notre prochain.

Cotton Mather se garde bien de la mettre en doute. Au lieu de quoi il demande :

— L'interdiction de travail a-t-elle été respectée ?

— Bien sûr, révérend ! s'indigne presque le pasteur. Aucun œuvre dans les champs, les remises ou les ateliers. Pas de travaux de couture, et les plats avaient été cuisinés la veille, conformément aux instructions du Lévitique !

Et le village ne connaît aucune distraction. Ayant

écarté les motifs théologiques, Cotton Mather peut se concentrer sur son activité de chasseur :

— Décrivez-moi les faits avec précision.

Le pasteur lève les yeux au ciel comme s'il implorait de l'aide. Marjorie Parris ne demande qu'à parler. De sa main gantée, Mather lui fait signe de se taire.

— J'allais prononcer mon sermon quand Abigaïl a poussé une plainte. On aurait dit le feulement d'un loup. Un gémissement rauque, qui n'aurait jamais dû sortir de la gorge d'une fillette. Les plus courageux de nos hommes ont été épouvantés. Puis Ann Putnam est entrée en convulsion, ainsi que Mary. Elles avaient les yeux exorbités. Ann s'est tordue sur le sol, l'échine arquée, prête à se rompre, puis elle est tombée en syncope. Alors...

La voix du petit homme se casse. Cotton Mather ne fait rien pour l'aider. Le pasteur se reprend :

— Veuillez m'excuser, révérend, ce sont des choses pénibles à admettre. Notre petite Elisabeth a dégorgé une bave blanche et abondante. Elle s'est couchée entre les bancs, a relevé ses jupes et exhibé son intimité.

— S'est-elle caressée ? demande le chasseur.

Marjorie Parris ouvre la bouche sans pouvoir proférer un mot.

— Non, répond le pasteur, rien de la sorte.

— Ce qui tend à prouver qu'elle n'était pas possédée. Quittez cet air, femme, l'absence de gestes obscènes parle en faveur de votre fille. Poursuivez.

— Les petites ont alors désigné plusieurs membres de l'assistance.

— Des hommes ?

— Aucun. Elles ont vu des oiseaux au-dessus des têtes.

— Lesquels ?

— Des passereaux.

« Psychopompes », songe le pasteur. Les passereaux sont les hérauts de la mort.

— De quelle couleur étaient-ils ?

— Jaunes.

Comme du soufre, la teinte qu'ont souvent les familiers, ces démons qui prennent l'apparence d'animaux pour servir les sorcières.

— Après l'incident, avez-vous constaté des changements autour de vous ?

Marjorie Parris n'en peut plus de se taire :

— Oui, révérend, des animaux malades, une fausse couche et la tempête de neige qui s'est abattue sur le village. Pas dans la région, mais uniquement ici !

Le chasseur de sorcières en a entendu assez. Il aimerait cependant interroger le pasteur, surtout à propos de son esclave caraïbe. Une connaissance intime, prétend la rumeur, qui ne peut être évoquée en présence de l'épouse. Cotton Mather espère que le flair de son limier l'a conduit sur une piste.

Il retrouve le Grec à la sortie du temple.

— Alors, révérend ?

— Rien de probant. Et de ton côté ?

— Vous devriez me suivre.

Les deux hommes s'éloignent de la Maison des prières. En chemin, ils passent devant un cube en bois creux que Mather n'avait jusqu'alors pas remarqué. D'environ huit pieds de côté, une trappe est aménagée sur sa face supérieure que surmonte une potence.

Un homme est en train de procéder à des essais. Il a attaché à la corde un sac lesté de pierres qu'il fait tomber dans la trappe. Le capitaine Walcott se tient à ses côtés.

Cotton Mather s'adresse au milicien :

— Comment se fait-il que vous n'ayez pas fait appel à l'exécuteur officiel de Boston ?

— Par économie, révérend. Mais Samuel Wellington s'acquittera fort bien de la tâche !

Wellington sourit d'un air niais.

— Qui est-il ? demande Mather en observant l'homme, petit et contrefait.

— Oh, notre Samuel est un citoyen de parfaite confiance, répond le capitaine en lui frottant sa bosse. C'est notre équarrisseur, et le vidangeur des fosses d'aisance !

— Effectivement, ils ont trouvé l'homme de l'emploi, se moque à mi-voix le Grec.

*

Les deux hommes se rendent à la tour du guet. D'ordinaire, la cave qui est creusée sous les fondations sert d'entrepôt communal. On y conserve les socs brisés ou les roues dont le moyeu est faussé, parce qu'au village rien ne se perd. Au moindre orage ou quand la neige fond, la fosse est à moitié inondée. On n'y entasse que le rebut, ou les prisonnières depuis que l'endroit a été transformé en prison.

Marcus Haviland reçoit les visiteurs. Il est le porte-clefs de la tour. Une charge dont il tire fierté, mais qui entraîne de lourdes responsabilités. C'est pourquoi Marcus boit. Pas à la taverne du diacre, parce qu'autrement on risquerait de lui faire des ennuis, et il sait que nombre de citoyens aimeraient qu'on leur confie son précieux trousseau. Du coup il s'enivre dans son trou. De l'alcool de maïs, parfois même du bon rhum. Depuis peu, des femmes tiennent compagnie à Marcus Haviland. Ce sont des sorcières, alors il ne lui vient pas l'idée, même si elles font tout pour le tenter. Des démoniaques, qui aimeraient que Marcus les monte, comme elles en ont pris l'habitude auprès du Malin durant leur Sabbat. *Sûr qu'elles aimeraient que je mette mon pêne dans leur serrure*, se dit le porte-clefs, mais il ne se laisse pas séduire. Au lieu de quoi il les cogne, parce qu'il en a le droit.

— Laissez-nous entrer.

La voix glacée du chasseur dessoûle en partie Haviland. Il repousse du pied le cruchon d'eau-de-vie et décroche son trousseau.

— Veuillez me suivre, dit-il en ouvrant la porte conduisant à la cave.

Le Grec décroche une lampe, celle de Marcus, qui n'apprécie guère le geste. Lui seul a autorité sur tout ce que contient la prison. « Biens et personnes », assène-t-il aux captives qui n'en peuvent plus d'être frappées. Mais il fera une exception pour l'homme vêtu comme un Indien. Pas parce que l'étranger est fort, Marcus Haviland n'a aucune crainte. Simplement, il ne va pas s'abaisser en donnant ses ordres au chien du révérend.

Ils descendent l'escalier en colimaçon et parviennent à la fosse. Les murs de terre suintent l'humidité, et le sol est inondé. L'eau grimpe jusqu'à hauteur des bottes du chasseur qui lui montent pourtant à mi-cuisse. Cela ne semble pas gêner Cotton Mather. Il se penche vers les prisonnières, laissant son menton noir flotter comme une ombre liquide. Mather examine chacune des prévenues. Elles ont toutes le visage tuméfié, et des bleus sur les épaules. Il croit même déceler un suçon sur la gorge de l'une d'elle.

— Qui sont-elles ? demande-t-il au geôlier.

— Des impies ! grasseyé Haviland.

Soudain, il sent une main puissante qui l'empoigne à la nuque. La face de Marcus s'écrase contre la paroi de glaise.

— Des impies ? Ma parole, révérend, cet homme me paraît avoir le jugement sûr, je crois qu'on tient un sacré théologien !

Marcus sent la terre pénétrer dans sa gorge. Il étouffe.

— Tu vas nous dire leur nom, et pourquoi elles sont ici !

La tête du gardien est violemment tirée en arrière. Haviland manque de vomir, mais il se contient pour ne pas rejeter le précieux alcool qui lui chauffe les tripes. Il lance un regard rapide au Grec et dit à son maître :

— Celle-ci, c'est la mère Osborne.

Cotton Mather détaille la face lunaire, privée d'expression.

— Que lui reproche-t-on ?

— Avec une tarte aux airelles, elle a empoisonné la petite Mary qui s'est tordue de coliques.

— Cela lui arrive souvent ?

— Quoi, à Mary ?

La gifle manque de décrocher la tête de Marcus. Ce Grec n'est vraiment qu'un chien, sûrement un bâtard.

— À la femme Osborne, d'empoisonner les gens ? précise Mather en détachant ses mots.

— Tout le temps, elle n'arrête pas de donner à manger aux enfants du village. Et pourtant c'est qu'une pauvresse, alors comment fait-elle ? Il y a du louche là-dessous...

Le chasseur de sorcières se penche vers la captive suivante. Elle est âgée, percluse de rhumatismes.

— Son nom ?

— Sarah Nurse. Du gibier de choix, mon révérend. Il y a vingt ans, elle avait déjà été dénoncée par une voisine pour sorcellerie.

— Sans suite ?

— Non, mon révérend. Étrange, pas vrai ? dit Marcus en bombant le torse.

Il est fier qu'un homme aussi important que Cotton Mather l'interroge. Cela lui donne l'impression de collaborer avec le chasseur. Pour un peu, il en oublierait le sauvage qui se tient derrière lui.

— Celle-ci ? demande Mather en désignant la femme obèse.

— Ah, Rebecca Good. Ça a été quelque chose de la mettre aux fers pour le capitaine Walcott et ses hommes. Même que sa petite-fille Margaret faisait tout pour les en empêcher. Vous imaginez, une gamine de six ans qui mordait comme un renard !

— Où est-elle ?

Marcus renifle puis se dégage les narines. Il a plein de terre sur les doigts.

— Elle est morte, ici même. Maggy n'a pas supporté l'humidité.

Le chasseur reste un long moment à observer la femme suivante. Contrairement aux autres captives, elle semble encore avoir sa raison. À peine une étincelle dans les yeux, mais qui lui permet de tenir, d'envisager le futur, quel qu'il soit.

— Celle-ci, c'est la pire, dit Haviland. Martha Corey, une orgueilleuse qui a tenu tête à ses accusatrices. Elle a accusé de mensonge Abigaïl, au risque d'être lapidée. Giles, son mari, est intervenu.

— Nul n'a le droit de faire justice soi-même, dit Mather en évitant de regarder le Grec.

— Sûr, mon révérend, du coup on l'a protégée.

— Et Giles Corey ?

— Il est resté libre, les filles ont dit ne voir aucun oiseau au-dessus de sa tête. Je veux dire, pour l'instant...

Cotton Mather s'adresse directement à la prisonnière :

— Que vous reproche-t-on ?

Sa voix est presque douce, exempte de passion. Un timbre qui a mis en confiance Alsa Young, Margaret Jones et Ann Hibbins, pendues pour sorcellerie.

Martha Corey ne s'y trompe pas. Elle ouvre la bouche mais au dernier moment se ravise. Le chasseur comprend qu'il n'en tirera rien.

— Très bien, vous parlerez au tribunal, mais je ne suis pas sûr que ce soit le bon choix.

Reste l'esclave, une femme énorme et laide. Elle est nue, ses mamelles lui couvrent le ventre. Cotton Mather examine les scarifications rituelles sur sa face. Il n'en connaît pas la signification. Pourtant le chasseur est un expert en symboles. En 1689, il a publié *Memorable Providence relating the Witchcraft and Possessions*, ouvrage qui fait autorité. Depuis un an,

Cotton Mather n'a plus le temps d'écrire. Son œuvre est tracée dans le sang, avec une pointe d'argent.

Mather demande au Grec qu'il le rejoigne. Celui-ci s'approche en brandissant son crucifix — en fait un poignard. Puis le révérend s'adresse à la femme :

— D'où viens-tu ?

Elle dodeline de la tête, abrutie par les coups.

— De l'île de la Tortue ou d'Hispaniola ?

— O... Onicou, croasse l'esclave.

Onicou, la drogue des sorciers caraïbes, pense immédiatement Cotton Mather.

Le geôlier se réjouit en voyant la tête du Grec. Le chien semble avoir peur, et c'est tant mieux, même si Marcus Haviland ignore pourquoi. Il n'était pas dans le campement la nuit du massacre, quand les créatures ont déchiré la squaw du Grec, et lacéré son fils sous ses yeux. Des démons vêtus de cuir qui ont survécu au naufrage.

Mais pas leurs serviteurs caraïbes.

*

Les envoyés du gouverneur sont assis autour de la table. La femme Putnam leur sert du porc et une bouillie de maïs que les Indiens appellent *hominy*. Les juges Corwin et Stoughton n'y touchent pas. Le mets n'est pas suffisamment délicat pour leur palais de Bostoniens. Ils regrettent que le révérend ait dissuadé Thomas Putnam de les servir selon leur rang. Après tout, ils représentent la Couronne. La Putnam aurait pu leur cuire un ragoût de volaille, ou préparer un cochon de lait. Abe Corwin jette un regard dérobé à la femme. Elle n'est pas mal faite. Son visage pourrait être agréable s'il n'avait été prématurément vieilli. Au village, être riche ne soustrait pas aux tâches, même si l'on a des serviteurs. Corwin l'oublie vite, ses yeux se portent vers le Grec. Il mange à part, accroupi comme un Indien. Cet homme donne toujours l'impression d'être sur le qui-vive, prêt à bondir. Corwin ignore ce qui le lie au chasseur. William Stoughton n'en sait pas plus. Les deux juges ont eu l'occasion d'en parler durant la journée, en l'absence de Cotton Mather puisque celui-ci voulait être seul. Mather a autorité sur eux, mais il en abuse. De l'avis des magistrats, il devrait les impliquer davantage dans son enquête. Après tout, il instruit le procès. Mais le révérend agit seul, comme il l'a toujours fait. Seul, mais avec son chien. Ils ne se quittent plus, depuis que la milice lui a présenté le Grec. Que se sont-ils raconté ? Nul ne le sait à Boston, sauf le gouverneur. Quand Mather a obtenu audience auprès de William Phips, celui-ci lui a accordé les pleins pouvoirs. Une entrevue restée secrète, qui s'est déroulée en l'absence de rapporteur. Un espion, en fait, puisque tous les grands noms du Massachusetts ne cessent de s'épier. Phips n'appartient pas à une importante famille. En fait, il est au Nouveau Monde depuis peu. Avant, il était renfloueur d'épaves pour Jacques II, le précédent roi. Mais on le suspecte d'être un ancien pirate, d'avoir écumé les mers du Sud sur son brick, le *James & Mary*. Pour les citoyens vertueux de l'État, William Phips est un arriviste, disposé à tout pour avoir la paix.

L'homme de la situation, estime le chasseur de sorcières.

Cotton Mather porte la nourriture à sa bouche. Ses gestes sont précis, il bouge à l'économie. Mather donne l'impression de ne pas écouter son hôte. Pourtant, le révérend est attentif à ce que dit Putnam :

— Nous n'avions rien contre ces femmes. D'ailleurs, moi-même, j'ai souhaité acheter les parcelles de la mère Osborne et de Rebecca Good, pour agrandir mon propre terrain. Pour un bon prix, mais ces pauvresses ont préféré conserver leurs masures.

—Votre sollicitude portera ses fruits, dit Mather. Si la cour les convainc de sorcellerie, leurs biens seront confisqués et revendus à bas prix.

Les juges approuvent, le Grec sourit. Thomas Putnam ne sait si le révérend énonce une vérité ou fait montre d'ironie. Alors il parle d'autre chose :

— Lorsque le village a été fondé, chacun a reçu la même portion de terre labourable et le même cheptel. Pourtant, en moins de trente ans, certains se sont enrichis et d'autre pas.

— Vous semblez avoir réussi.

— Je ne m'aviserais pas de vous détromper, révérend. Giles Corey et Martha son épouse ont aussi engrangé du bien. Ce qui ne fait pas d'eux nos semblables.

— En quoi ?

Thomas Putnam se tapote le nez d'un air entendu :

— Dame, un homme qui travaille a le droit de prospérer ! Mais qu'en est-il de celui qui échoue et pourtant fait fortune ? Giles Corey n'a jamais rien su faire de ses mains, et cependant il ne manque jamais de viande, et ses bas ne sont jamais reprisés, preuve qu'il en change à volonté !

La femme Putnam intervient :

— Notre Ann a vu Martha Corey, à la pleine lune, qui dansait nue avec un Powah.

— Un quoi ? demande le juge Corwin.

— Un sorcier indien, répond le Grec.

Abe Corwin ignore l'homme vêtu de daim mais enregistre l'information. Durant le procès, il lui reviendra d'assurer la charge d'accusateur public. Corwin prépare son dossier. Demain matin il sera prêt.

— J'aimerais voir votre fille, lâche soudain Cotton Mather.

Sa voix est calme mais elle vaut pour commandement.

La femme Putnam lui répond :

— C'est que notre petite est bien malade, nous pensons qu'une bonne nuit de sommeil...

— À Genève, cinq cents sorciers ont été brûlés vifs, certains n'avaient pas douze ans. En ces affaires, il n'y a pas d'âge ou de santé. Je veux la voir maintenant.

À Genève, patrie de Calvin, foyer de la vraie religion ! Les Putnam sont horrifiés. Leurs parents ont été bien avisés de quitter l'Ancien Monde. L'infection gagne aujourd'hui les colonies. Une gangrène qui s'étend jusqu'aux membres de leur communauté. Ann et les autres filles assainiront le village. Thomas Putnam va la chercher.

D'après l'épouse du pasteur, Ann Putnam a quinze ans, pourtant elle en paraît trois de moins. Ses traits n'affichent aucune expression. *Une face lunaire, comme celle de la détenue Osborne*, observe Cotton Mather en se faisant la remarque que plusieurs citoyens paraissent atteints de crétinisme. Le village n'a pas que la foi en partage, il lui faudrait du sang neuf. Au lieu de quoi, ils s'apprêtent à verser le

leur. Ann ne simule pas, ses convulsions sont probablement authentiques. Reste à savoir ce qui les provoque. Mather n'a pas souhaité rencontrer les filles
en groupe, au cas où elles auraient préparé l'entrevue. Il préfère les découvrir au tribunal, pour étudier
leur comportement en public. Leurs actes, ce qu'elles
disent à l'assistance, comment elles réagissent à
l'imprévu. Pour éprouver leur spontanéité, le chasseur compte sur l'ardeur qui semble encore animer
Martha Corey. Si celle-ci n'est pas une sorcière, elle
parviendra à confondre ses accusatrices. Alors il
aura perdu son temps.

— Vous pouvez la coucher.

Les Putnam souhaitent la bonne nuit et gagnent
l'étage supérieur. Cotton Mather sait qu'ils ne reste-
ront pas longtemps dans leur chambre. L'homme et la
femme vont se poster au sommet de l'escalier, pour
écouter. Ce qu'ils entendront sera répété le lendemain, et le couple se donnera ainsi l'air important. À
bas prix, ce qui sera double bénéfice pour Thomas
Putnam, l'homme le plus fortuné de la communauté.
Les envoyés du gouverneur parlent jusque tard dans
la nuit. Puis le silence s'installe. Les Putnam regagnent
leur chambre, chacun va dormir, y compris le Grec qui
se couche sur une paillasse disposée à l'entrée.

Mais Cotton Mather ne trouve pas le repos.

*

Comme chaque nuit depuis une année, il se souvient comment tout a commencé. Sitôt averti, le gouverneur a dépêché ses espions à travers l'État. Ils sont
revenus avec de mauvaises nouvelles. Les créatures

avaient rejoint Merrymount, une cité fondée en 1682 par Thomas Morton. Morton, sorte de prophète halluciné, s'était détourné du vrai dieu et avait imposé à sa ville le culte du Grand Esprit.

— Un idolâtre qui fait siennes les croyances des Peaux-Rouges ! avait rugi William Phips.

Cotton Mather savait que l'indignation n'était que de pure forme. Phips ne croyait qu'en lui, simplement il tenait le discours qu'attendait un révérend. Mather ne s'en était pas formalisé, car il souhaitait gagner la confiance de l'ancien pirate. D'ailleurs, l'homme lui plaisait, avec sa petite perruque à rouleaux qu'il repoussait derrière la tête comme on le ferait d'un tricorne. Engoncé dans le bel habit à galon doré, insigne de son rang, William Phips ressemblait à un taureau alourdi par la graisse, mais qui demeure puissant. D'ailleurs, il en portait l'anneau, deux bijoux d'or qui pendaient à ses lobes, reliquats de sa vie passée en mer. L'ancien pirate s'adressa à Mather :

— Les rapports de mes agents attestent d'une activité parmi les…

— Brookes.

— Avec l'appui de Morton, ces Brookes dépensent leur or à Merrymount pour acheter chevaux et bœufs de trait. Des chariots aussi, mais d'un genre particulier, construits selon leurs directives par les charpentiers de la ville. Des voitures lourdes et couvertes de feuilles en plomb. Ce dernier détail a intrigué mes espions, sans qu'ils parviennent à en identifier la cause.

— Le plomb sert peut-être à les protéger.

— De quoi, révérend ?

— Je ne sais. Pour l'instant, il m'incombe de récolter le maximum d'informations.

— Dans ce cas en voici une : les chariots devraient former une sorte de convoi.

— Pour quelle partance ?

— Aucune idée, mais cela a tout l'air d'une migration de mauvais oiseaux.

— Gouverneur, les Brookes ont-ils acheté des esclaves ?

— Oui, mais pas des Caraïbes puisque l'on n'en trouve plus. Ils se sont contentés du lot commun, des serviteurs acquis en grand nombre, ce qui répugne quand on sait l'usage que les Brookes en font. Il faut agir, révérend.

— Nous sommes bien d'accord. Pourtant vous savez comme moi que le temps est à la mesure, aux savantes découvertes qui sont le fait de la raison.

Le chasseur de sorcières faisait allusion à Harvard. Fondée en 1636, quinze ans à peine après le débarquement des pèlerins du *Mayflower*, elle était la première université américaine. Conformément au souhait initial de John Harvard, l'endroit se voulait un foyer de pensée libre où chacun pouvait étudier en toute liberté. Thomas Brattle, son actuel trésorier, envoyait au gouverneur quantité de lettres dans lesquelles il s'indignait du traitement infligé aux « prétendues possédées ». L'autorité de Cotton Mather s'en voyait diminuée, et Phips prenait un risque à l'épauler publiquement.

— Pourtant, les citoyens sont les premiers à réclamer des tribunaux !

— Oui, gouverneur, pour juger leurs prochains.

Mais la menace qui nous occupe est radicalement étrangère.

— Et comment dites-vous que leur chef se nomme ?

— « Staroste ». Ce n'est pas son nom, mais un titre que l'on donne aux patriarches à l'est de l'Europe. Un cacique qui dirige sa famille.

— Au moins sait-on d'où ils viennent… ?

— Pologne, Bohême, Hongrie et Moravie, d'après nos premières observations. Tous ont fini à Merry-mount, comme portés par un mystérieux sens.

— Il y a donc eu d'autres vaisseaux ?

— Exact, gouverneur, eux aussi échoués. Mais celui qu'a identifié mon témoin semble être le dernier.

— Comment le savez-vous ?

— Parce que le Staroste y a embarqué.

— Cela me paraît de bon sens mais il faudra véri-fier. Connaît-on son port de départ ?

— Oui, gouverneur, grâce aux appuis que vous conservez parmi les marins de la Couronne. Aussi secrète que puisse être tenue une route, le capitaine d'un vaisseau doit former son équipage. Vos amis de l'Amirauté ont donc étudié les rôles d'enregistrement. Nous savons que *L'Asviste* est parti d'Angleterre.

— Quoi, des sujets leur ont donc accordé leur sou-tien ?

— Pire, gouverneur, certains appartiennent à leur espèce. D'après l'*Histoire d'Angleterre* que rédigea au XIIe siècle Guillaume de Malmesbury, la ville de Buckingham a connu le cas d'un homme qui, après sa mort, venait hanter sa famille. On l'a sorti de terre pour lui arracher le cœur. Et puis on l'a réduit en cendres et il a été consommé par les siens.

— Laissez-moi vider ce verre de porto !

— Plus près de nous, en 1688, dans le comté de York, un homme du nom d'Henry Valtz revint des morts pour décrire l'au-delà. L'apostolat de Valtz a convaincu une trentaine de personnes qui se sont regroupées en secte.

— Pensez-vous que cet homme fait partie des arrivants ?

— C'est une possibilité, car lui et les siens ont échappé au shérif de York.

— Serait-il le fameux Staroste ?

— Non, Henry Valtz était jeune, et mon témoin dit que le cacique des Broucolaques est âgé. Si l'on s'en tient aux différentes traditions qui ont cours en Europe, ces créatures connaissent une remarquable longévité.

— De quel ordre, révérend ?

— Cela peut aller jusqu'à plusieurs siècles.

— Foutre ! Sait-on au moins comment les abattre ?

— Certains parlent de l'ail.

— L'ail est mauvais pour tout le monde, pas simplement pour ces gens. Son jus, appliqué sur une lame ou une balle, empêche le sang de coaguler, précise l'ancien pirate.

— D'autres disent qu'un crucifix peut les arrêter. Si cela est vrai, la croix ne doit produire son effet que sur certains d'entre eux.

— Qu'est-ce qui vous fait dire cela ?

— Plusieurs Brookes qui demeurent actuellement à Merrymount portent un crucifix sans en être incommodés. De même, ils ne craignent aucunement la lumière du jour à condition de se protéger. D'où leur mise étrange, chapeaux, foulards et longs manteaux de cuir.

— Sans oublier les verres teintés. Votre témoin, ce Grec, a tout de même trouvé un moyen.

— L'argent, gouverneur, de cela au moins nous sommes sûrs.

— Que la vérole emporte ces Brookes ! Voyez ma jambe, révérend, elle est rongée par la goutte ; si j'avais ne serait-ce que cinq ans de moins, je ferais fondre ma belle argenterie de gouverneur pour en truffer de balles ces bâtards !

C'est alors que Cotton Mather avait eu l'idée. Des hommes déterminés, semblables à William Phips, qui l'aideraient dans son œuvre et la poursuivraient après sa mort. Des sujets sans attaches, comme le Grec, qui n'auraient pour fortune que l'argent de leurs armes. Un groupe qui défendrait le Nouveau Monde, y compris, le cas échéant, contre l'autorité politique et les savants de Harvard.

Une confrérie de chasseurs.

*

Mather et le Grec sont les premiers debout. Thomas Putnam réveille les juges qui consentent à goûter la bouillie de maïs servie par la femme Putnam. Quand Ann est prête, tous quittent la demeure pour se rendre à la Maison commune transformée en cour de justice.

Le procès doit avoir lieu à dix heures. Mais dès huit heures, en dépit de la pluie fine qui perce les vêtements, la quasi-totalité du village se presse aux portes gardées par dix hallebardiers. Le capitaine Jonathan

Walcott repousse les plus entreprenants. Usant de son autorité, il désigne quarante élus qui pourront assister à l'audience. À quarante âmes près, Walcott vient de se mettre toute la communauté à dos. « Quelle idée aussi d'avoir confié la charge d'officier à un cocu qui ne sait même pas diriger son ménage ! » ne tarde-t-on pas à entendre.

Le public prend place, se laisse tomber sur les bancs ou fait racler les pieds de chaise. On se salue, s'apostrophe entre gens de qualité, ceux qui se tiennent derrière la corde délimitant l'aire d'accusation où prendront place les prévenues. Un troupeau de bons moutons que l'on parque à distances des louves. Quand le calme revient, le juge Stoughton fait son entrée, vêtu d'une longue robe noire. Il grimpe sur une chaire surélevée. Puis, devant lui, deux pieds plus bas, l'accusateur public Corwin et le révérend Mather s'installent. Le diacre Nathaniel Ingersoll s'assied derrière une petite table. Comme il sait tenir ses comptes, le tavernier occupera l'office de greffier.

Stoughton ouvre une bible et réclame la bénédiction de l'Éternel :

— Avec son aide je vais rendre justice au nom de la Couronne, par mandat du gouverneur William Phips. La procédure engagée est *Oyer et Terminer*.

Une figure exceptionnelle du droit, qu'a instaurée Guillaume le Conquérant. Un juge unique rend la sentence. Sans que ce soit obligatoire, il peut se faire assister par d'autres magistrats. Son verdict ne peut être frappé d'appel et l'exécution est immédiate. Le prévenu n'a que le droit d'entendre l'accusation, puis le jugement tombe. *Oyer et Terminer*, écouter et en finir.

Au signal du juge Stoughton, un garde ouvre une porte située près de la chaire. Précédées par Marcus Haviland, leur geôlier, les femmes se présentent. Des hallebardiers les encadrent. Elles sont en piteux état, mais on leur refuse tout confort. Devant une cour ordinaire, elles auraient pu s'asseoir sur le banc d'infamie. Mais comme la cour est *Oyer et Terminer*, elles doivent rester debout, les bras en croix, durant toute l'audience.

Le regard de William Stoughton se porte sur les prévenues. Il fixe la femme Osborne mais renonce, car le public attend davantage que l'interrogatoire d'une idiote qui offre des tartes aux airelles. La grosse Rebecca Good ne constitue pas un défi, quant à l'esclave, elle est abrutie par les coups du gardien et ne comprend peut-être pas l'anglais. Vingt ans auparavant, Sarah Nurse a déjà fait l'objet d'une accusation pour sorcellerie. Elle aurait fait l'affaire si elle n'était aussi vieille.

— J'appelle Martha Corey.

Un frémissement d'aise parcourt l'assistance. Giles son époux se dresse et apostrophe la cour :

— J'assurerai la défense de ma femme.

On le conspue, il se prend même une gifle d'une matrone outragée. Le juge Stoughton frappe de son marteau :

— Aucune défense n'est permise durant le procès. Veuillez vous rasseoir où je vous fais évacuer !

Accablé, Giles Corey obtempère. Il voit sa Martha, au maintien d'ordinaire si digne, se traîner les bras en croix, jusqu'à prendre place face à la chaire.

— Femme Corey, à partir de maintenant, toute fausse déclaration ne ferait qu'aggraver votre châtiment. Mais des aveux sincères, comme le repentir, peuvent vous obtenir l'indulgence des juges. Que plaidez-vous?

— N... non coupable.

Sa voix est rauque, déshabituée des mots. Les représentants du village poussent des cris outragés:

— Inutile de nier, Martha!

— Les petites t'ont entendue réciter un verset à l'envers!

— L'envers pour l'enfer, aveu de la démoniaque!

William Stoughton rappelle à l'ordre l'assemblée. Puis il se tourne vers les gardes:

— Que l'on fasse venir les fillettes.

Elles se présentent les yeux baissés. Abigaïl, tout d'abord, maigre et ossue comme un lévrier, dont la masse de cheveux roux et les yeux verts auraient pu la désigner comme sorcière, en d'autres temps. Abigaïl donne la main à Elisabeth, sa cousine. Celle-ci n'arrête pas de pleurnicher. Vient ensuite Mary Prescott qui, à seize ans, connaît par cœur les Versets. Son regard fuyant et sa bouche sensuelle laissent deviner un autre savoir. D'ailleurs, lors de sa première confrontation avec l'assemblée des Anciens, Mary a décrit avec précision la virilité du sorcier powah qui dansait avec l'épouse Corey. Toutes les filles ont vu Martha, mais seule Mary Prescott a donné des détails. Ann Putnam ferme le ban en titubant presque.

Les quatre filles passent devant Martha Corey. Aucune n'ose la regarder en face.

Stoughton s'adresse à elles en brandissant la Bible:

— Vous représentez l'accusation. Jurez-vous de dire toute la vérité en son saint nom?

— Nous le jurons, Votre Honneur.

— La cour vous écoute.

— C'est elle ! clame Abigaïl en désignant la femme qui se tient les bras en croix. Martha Corey l'instigatrice, ses dires et ses actes ont fait venir le démon !

— Quand ?

— Il y a plusieurs lunes. Au début, le Malin ne faisait que passer. Mais son sabbat est devenu permanent et, à cette minute, il se tient au-dessus de sa tête !

Des cris fusent parmi l'assemblée. Comme Giles Corey nie les faits, on le frappe au visage. Le juge Stoughton laisse faire, parce qu'il écoute Abigaïl. Il espère que Nathan Ingersoll consigne chacune des paroles, mais le greffier est assis bouche bée, la plume en l'air.

— Un oiseau jaune, plusieurs en fait, une nuée de passereaux ! poursuit Abigaïl.

Les habitants baissent la tête, les femmes ajustent leur bonnet. À croire que les psychopompes volent sous le toit de la Maison commune.

Soudain, les bras de Martha Corey retombent et elle hurle :

— Méchantes filles !

Le silence se fait aussitôt.

— C'est en toi qu'est le Mauvais ! crie à son tour Abigaïl.

— Vilaines gamines qui proférez des mensonges !

— Tu as cherché à nous envoûter, et maintenant tu nous calomnies ?

Ignorant la procédure, Martha se tourne vers l'assemblée. Elle prend appui sur la corde qui délimite l'aire d'accusation et dit :

— Allez-vous encore écouter leurs racontars, ce

village fera-t-il longtemps de personnes innocentes des coupables ?

Sur leurs bancs, les gens se penchent en arrière, comme submergés par la vague de reproches. L'accusation perd du terrain jusqu'à ce qu'Abigaïl se casse en deux. Elle se tord comme si on l'avait frappée au ventre :

— Ses paroles me blessent, un pieu s'enfonce en moi !

Mary Prescott tombe à genoux et s'écrie à son tour :

— Du plomb, je sens comme du plomb ardent entre mes cuisses !

Elisabeth se contente de pleurer tandis qu'Ann Putnam entre en convulsion. Elle est arquée, l'échine prête à se rompre, seule sa tête et ses talons touchent le sol.

— La hart ! crie la foule.

— Que l'on pende la Corey !

Ann finit par retomber sur le sol, dans une mare d'urine.

La fille des habitants les plus fortunés du village a pissé dans son cotillon.

*

Cotton Mather et le Grec sellent leurs montures, ils n'ont plus rien à faire ici. Jugement a été rendu, on pendra les sorcières. Le révérend aurait aimé en savoir plus sur l'esclave caraïbe, mais les coups du geôlier l'ont rendue folle. Il suppose qu'elle appartenait à la cargaison de *L'Asviste* et qu'elle a survécu au naufrage. Après avoir erré quelque temps, elle a dû se faire capturer pour être vendue au marché de Boston.

Samuel Parris s'approche. Le petit homme rondouillard a l'air interloqué.

— Vous partez, révérend ?

— Votre cas est entre les mains du juge Stoughton.

— Oui, bien sûr, mais pour ce qui est de nos agnelles ? Ne faudrait-il pas s'assurer du devenir de leurs âmes ?

Les lèvres fines du chasseur esquissent un sourire :

— C'est à vous de le faire, pasteur, mais je ne crains rien pour elles. Quand viendra le temps, on les accouplera à des hommes tristes et qui leur feront des enfants laids.

Le Grec se penche sur sa selle :

— Il faudrait penser à donner un nom à votre village. Pourquoi pas le mien ?

Samuel Parris n'en croit pas ses oreilles. Il s'entend balbutier :

— Que... quel est-il ?

— Melas, ce qui veut dire « noir » dans ma langue, un nom approprié pour traquer les ombres. Mais puisque l'envers c'est l'enfer, et que je crois bien que vous y vivez, retournez-le à votre avantage. Pourquoi pas Salem ?

1762

LE POIDS DE SON ABSENCE

Parvenu au sommet de l'escarpement, Nicholas
peut enfin souffler. L'ascension a été rude. La neige
tombée la veille s'est accumulée en paquets friables,
prêts à crouler sous le poids d'un homme, surtout
s'il est lourdement chargé. C'est le cas de Nicholas.
Il a emporté avec lui trois livres de viande séchée,
de la poudre et des balles, mais aussi une platine de
rechange, un tournevis et une lime, outils indispensables pour démonter les pièces de son fusil si celui-
ci venait à se briser.

Son fusil. Nicholas préférerait perdre un bras plutôt
que son fusil. Il le porte dans le dos, enrobé dans des
peaux pour le protéger du froid qui peut fendre
l'acier. Trois peaux de castor, qu'il a tués lui-même,
lors d'une précédente campagne de chasse dans les
confins de la Nouvelle-France. Contrairement aux
autres coureurs des bois, Nicholas ne traque pas les
animaux à fourrure pour l'argent. S'il lui arrive de
tirer un castor ou une loutre, c'est pour son usage
personnel. Il ne pratique pas non plus le troc avec les
tribus de la Nouvelle-France, Hurons, Algonquins,
Montagnais, Ottawa… Nicholas méprise le vil négoce.

Il se méfie également des Indiens, car ceux-ci ne se contentent plus de la pacotille remise en échange des fourrures, ils exigent à présent des armes à feu et de l'eau-de-vie. Ce qui les rend d'autant plus agressifs et dangereux. Or, Nicholas Ferret de La Costelle a plus que son compte de danger.

Il trouve un coin à l'abri de l'escarpement rocheux, qui forme une demi-voûte haute de trois pieds environ, et dépose son havresac. Il tasse la neige pour pouvoir y étendre une peau de castor sur laquelle ses coudes prendront appui quand, le moment venu, il adoptera la position du tireur couché. Puis il entreprend de déballer son fusil. Nicholas a le geste lent et précis, en dépit du froid qui engourdit ses doigts. Son âme, elle, est gelée depuis bien longtemps, avant même qu'elle ne connaisse l'hiver perpétuel de la Nouvelle-France.

Le fusil boucanier a quatre pieds quatre pouces de long et une garniture de cuivre jaune. Malgré sa taille, il est plutôt léger. Il tire du « calibre de France », soit vingt balles à la livre. Nicholas n'utilise pas la classique mesure de plomb, mais plus volontiers celle d'argent. Le bout du canon atteint la hauteur du cœur, quand Nicholas porte le fusil debout, crosse calée dans le creux de sa botte. C'est le modèle utilisé par les coureurs des bois quand ils pratiquent le troc avec les Indiens. La hauteur des peaux de castor doit atteindre celle du fusil pour que l'échange ait lieu. Les Indiens ignorent la valeur véritable des peaux qu'ils cèdent contre ces armes déjà anciennes. Ils croient qu'elles peuvent les protéger de la menace qui a surgi sur leurs territoires depuis qu'on y a découvert des gisements d'argent. Ce n'est pas entièrement faux.

Toutefois, une balle de plomb, même logée en plein cœur, ne suffit pas. Les Suceux ne craignent que l'argent, raison pour laquelle ils s'empressent de rafler le minerai que les prospecteurs arrachent aux entrailles des montagnes. Les Suceux l'enferment dans un de leurs impressionnants chariots tirés par plusieurs paires de bœufs, et l'emmènent Dieu sait où. Et Dieu n'en a probablement aucune idée, car les créatures agissent dans son ombre.

Un de ces chariots est arrivé dans le village de tentes établi en bordure du fleuve, vingt lieues plus au sud. Quatre cavaliers l'accompagnaient. Ce genre d'attelage fait sensation partout où il passe. Montés sur d'immenses roues cerclées de fer hautes comme un homme, les chariots sont bâchés de noir. Une épaisse couche de goudron enveloppe toute la toile. Certains, dit-on, sont couverts de feuilles de plomb. Ceux-là doivent être trop lourds pour arriver au pays du grand hiver, où les rares pistes praticables ne sèchent jamais. Elles restent perpétuellement couvertes de neige ou de boue. On raconte des histoires au sujet de ces attelages. Des enfants disparaissent dans leur sillage. Personne ne les revoit jamais. Nicholas ignore quelle est la part de superstition dans ces racontars. Il sait toutefois ce dont sont capables les Suceux. Il suffit de les voir pour comprendre.

Le plus impressionnant des quatre cavaliers mesure plus de deux mètres. L'épée qu'il porte accrochée en travers du dos dans un fourreau de peau tannée est presque aussi haute que lui. Son manteau laisse voir sous la couche de crasse et de boue de splendides parements cousus de fil bariolé, qui forment des arabesques. Ses bottes fourrées montent jusqu'au genou, maintenues par des sangles de cuir entrecroisées. Nicholas l'a entendu s'adresser à ses compagnons dans une langue comme il sait qu'on en pratique chez les peuples montagnards d'Europe centrale. Un dialecte rude et rauque, adapté à des paysages restés sauvages et aux créatures qui les hantent. Malgré leurs origines diverses, les Suceux se comprennent instinctivement. Obéissant à l'ordre du géant, les autres ont mis pied à terre devant la plus grande tente du campement, utilisée pour les offices religieux.

Contrairement à leur chef, les trois Suceux restants ont adopté la tenue classique des membres de la Famille, constituée pour l'essentiel d'un long manteau copié sur le modèle des pardessus endossés par les marins quand il leur faut se protéger des éléments. Un foulard noué derrière la nuque masque presque entièrement le visage. Les couvre-chefs sont en fourrure, profondément enfoncés sur le crâne. À peine si l'on devine la surface lisse et noire des verres qui protègent leurs regards.

Le chariot noir s'est immobilisé à son tour, occupant presque tout l'espace sur la petite place boueuse. On ne distinguait pas le conducteur dans l'ombre du carré de toile goudronnée déroulé sur deux longes, qui se déployait jusqu'à hauteur de croupe des bœufs. Très vite, les trois autres Suceux ont visité les tentes dispersées autour de la plus grande, évitant soigneusement cette dernière. En moins de deux minutes, ils ont rassemblé tous les membres de la petite communauté et les ont alignés devant le chariot. Le géant à l'épée a soulevé la toile goudronnée d'une seule main, sans effort, et fait signe aux plus jeunes de grimper. Une mère n'a pas voulu se séparer du fils qu'elle tenait serré entre ses bras. La lame de l'épée a fugacement accroché un pâle rayon de soleil, aveuglant Nicholas. Quand il a recouvré la vue, le corps de la femme gisait dans la boue. Sa tête, à la tignasse crasseuse, était brandie par le chef des Suceux. Il la montrait aux villageois, tout en les haranguant pendant que les autres Suceux fixaient les pauvres gens sans rien dire. Puis il l'a accrochée au pommeau de sa selle. Les femmes ont déposé leurs enfants à l'arrière du chariot. Certains des petits braillaient en s'accrochant aux bras de leurs mères, d'autres se contentaient de leur lancer un regard qu'elles n'oublieraient jamais. Nicholas a lu les contes de Perrault. Il sait que l'ogre existe. Il se déplace en bande, sur des chariots.

Une fois leurs réserves de nourriture reconstituées, les Suceux ont mis un terme au chagrin et à la douleur des parents à qui ils venaient d'arracher plus que leurs vies. Cela s'est fait rapidement, tant les Suceux sont habiles à l'épée. Mais ça n'a pas été propre. La neige boueuse est devenue rouge, puis noire. Finalement, l'exécution est peut-être une délivrance pour les parents. Pour le peu que Nicholas connaît de la Famille, il sait que son patriarche fait la même chose aux siens. «Aime ton prochain comme toi-même» pourrait être la devise du Staroste.

Être aimé, déchiré par les lames, corps retrouvé dans son sang et sa merde, pour avilir tout amour… de semblables images ont défilé dans la tête de Nicholas. Les mêmes qui le hantent nuit après nuit, et parfois le jour, depuis qu'il a abandonné tout espoir de bonheur derrière lui, en même temps que sa terre d'origine.

*

Un an plus tôt, la Nouvelle-France n'était pas même un nom sur une carte pour Nicholas Ferret de La Costelle. Il ne connaissait pratiquement rien au maniement des armes à feu. Avant qu'elle ne gèle, l'âme de l'aristocrate était vive, tout son être brûlait d'un feu ardent, celui de la passion. Pas pour une simple fermière que l'on couche sur la paille, mais pour une personne d'un rang égal à celui de Stanislas Leszczynski qui régnait sur le duché de Lorraine.

Catherine avait exigé que Nicholas vise son cœur, et non plus bas. Il allait l'épouser. Nicholas était de deux ans son aîné, quand à cet âge la fille est déjà femme, et l'homme encore un garçon. À seize ans, Catherine était courtisée par la plupart des hobereaux de Lorraine, mais elle l'avait choisi, lui. « Tu es le seul à pouvoir rivaliser avec mon père », s'était-elle confiée en posant la main sur son cœur. C'était un fait et non un compliment dans la bouche de Catherine, pour qui la vie était merveilleuse parce qu'elle était simple, protégée par les deux hommes qu'elle aimait.

Puis on avait découvert les premiers cadavres. Des jeunes paysans et forestiers, vidés de leur sang. Les notables étaient restés sans réaction jusqu'à ce que l'on retrouve un fils de notaire, la gorge lacérée. Alors on avait évoqué les dragons, ces cavaliers d'élite qu'on pouvait mander par une simple lettre de l'intendant général. Cela semblait être une bonne idée. En Moravie et Serbie turque, les cavaliers avaient pris la tête des battues, traqué sans répit les créatures. Mais le père de Catherine connaissait le prix à payer. Les dragonnades, viols et pillages commis par les soldats aux cheveux tressés qui voyaient dans ces bassesses comme un dû. Sourd aux jérémiades des bourgeois, le père de Catherine avait décidé de mener lui-même la traque, avec ses compagnons de chasse et les meilleurs chiens de sa meute. Les nobles étaient partis à l'aube, pistolets croisés dans la ceinture, fusils à l'épaule, précédés par leurs rabatteurs. À ceux-là, on avait servi du vin chaud et promis dix pièces d'or à qui débusquerait la bête. Nobles et gueux connaissaient leur affaire. Durant les guerres contre la France, avant que Stanislas ne ramène la paix en Lorraine, les fils des meilleures maisons avaient servi sous les ordres de grands capitaines et leurs gens étaient d'anciens vétérans des campagnes. Pourtant, à la nuit tombée, ils étaient revenus bredouilles et fourbus. Déçus, aussi, bien sûr. Ils s'apprêtaient à voler quelques heures de sommeil avant l'aube, déterminés à ne pas abandonner avant d'avoir débusqué la bête dans sa tanière. Mais la créature avait fait preuve d'une cruelle malice. Car, tandis que la troupe s'était lancée à sa poursuite loin du cœur du domaine, c'est là qu'elle avait frappé. Ainsi que dans le cœur de deux hommes : Nicholas et celui qui aurait dû devenir son beau-père.

Une servante éplorée tomba à genoux et se martela la poitrine en annonçant la nouvelle. La bête avait fait une victime de plus — la plus pure, la plus innocente de toutes. Nicholas sentit son âme aussitôt déserter son corps, laissant derrière elle un grand vide glacé. Dieu n'était pas simplement absent de ce monde, il l'avait abandonné. Le père de Catherine demanda à voir le corps de sa fille. On n'osa pas lui interdire de contempler le peu qu'il en restait. Personne, toutefois, n'eut la présence d'esprit de réclamer qu'il déposât ses armes. La détonation prit toute la maisonnée de court. Nicholas se précipita. Il reçut le cadavre dans ses bras. L'arrière de la tête manquait, emporté par la balle.

Parce qu'elle n'est pas simple, la vie n'a rien de merveilleux. L'on n'avait jamais retrouvé le Suceux. Selon toute vraisemblance, il avait réussi à s'embarquer pour le Nouveau Monde, maudite terre qui donnait asile à son engeance. Haine chevillée au cœur, Nicholas l'avait suivi. Plus rien ne le retenait en Lorraine, sinon la honte qu'il aurait éprouvée à laisser impuni le double crime commis par la créature. Celle-ci ou une autre, car tous les Suceux se ressemblent.

*

Allongé dans son abri, Nicholas observe la piste en contrebas, tracée le long du torrent. Plongée dans l'ombre de la falaise, elle se devine à peine. Le fracas des eaux furieuses emplit la gorge étroite. Il couvrira aisément la détonation. C'est un bon endroit pour tirer. « Et une belle journée pour mourir », ajouterait un Indien. Mais Nicholas est déjà mort. Armer, épauler, tirer, son corps est simplement animé de réflexes, mouvements d'agonie qu'il partage avec les Suceux. Les doigts de Nicholas glissent le long de la large crosse de son fusil, d'un geste machinal, comme s'il flattait un animal fidèle. La pulpe de son index accroche les encoches taillées au couteau, six au total. Pour chacune, un Suceux est tombé, foudroyé par un éclat d'argent. La méthode utilisée par Nicholas n'a rien d'honorable, mais l'honneur est une affaire d'hommes, il ne s'applique pas aux bêtes sanguinaires.

Il a fallu du temps pour que le chasseur se familiarise avec les techniques de tir, beaucoup de pratique et de plomb gâché sur des souches et des pierres, pas mal d'ingéniosité aussi. Nicholas a passé de nombreuses heures à modifier son arme. Par exemple, la lunette de marine fixée dans l'axe du canon qui permet d'ajuster son tir à longue distance et de prendre le temps nécessaire avant de presser la queue de détente. Il peut ainsi tuer à coup sûr. Nicholas a appris également à fondre l'argent nécessaire à fabriquer les billes fatales aux créatures. Pour se procurer le précieux métal et se constituer une réserve de balles, le jeune homme a cédé tous les biens qu'il a pu emporter. Sans regrets puisqu'il est un mort en sursis, et qu'il ne sert à rien d'être le plus riche du cimetière.

Il n'y a plus qu'à attendre. Tôt ou tard, chariot et cavaliers passeront sur cette piste, la seule qui relie le campement des trappeurs à celui des mineurs, installé plus haut dans la montagne. Leur camp est la destination évidente des Suceux. L'arrêt dans le village de tentes ne constituait que la première étape, le ravitaillement. Mais le but véritable de l'expédition se trouve plus haut dans la montagne.

Nicholas lève la tête en direction des hauteurs. La crête dentelée forme comme une mâchoire prête à la déchirer. La montagne protège sa fortune.

Les Suceux viennent toujours où l'argent apparaît, révélé par les pics des prospecteurs. Les monts de la Nouvelle-France regorgent de gisements. C'est d'abord l'or qui attire les hommes, mais il arrive souvent qu'un coup de pioche mette au jour un filon de métal blanc. Parfois, les mineurs restent et attendent la venue des Suceux, dans l'espoir qu'ils se montreront magnanimes; parfois, ils fuient, emportant tout avec eux. Toujours, quand il apprend la découverte d'un nouveau filon, Nicholas et son fusil rôdent dans les parages dans l'espoir de voir apparaître les sombres cavaliers et leur chariot. Les mineurs se sont habitués à la présence du Français ivre de douleur et de vengeance, qui hante les bois à la manière d'un spectre.

Pour tromper l'ennui, Nicholas pointe le réticule de sa lunette sur le fond de la vallée où se perd le torrent. Aussi loin que porte son regard, pourtant affûté par le jeu des lentilles, il ne voit que du blanc. Neige, glace, givre, écume, le ciel également, réduit à un lavis sans nuances. Ce n'est pas un pays, mais une saison unique, installée une fois pour toutes. Une vastitude glacée qui a rendu fou plus d'un coureur des bois, à force de solitude et d'horizons illimités. Quand brûle encore au fond du cœur une flamme, appelée espoir, amour ou foi, il est impossible de vivre ici, loin de la compagnie des hommes. Mais celui qui n'a plus que la vengeance ne recherche pas d'autre compagnie.

Bien sûr, il y a le froid et ses conséquences: lèvres mises à vif, engelures au visage, au bout des doigts, ongles qui noircissent et se détachent, vêtements collés à la peau par la crasse rendue cassante… Le sang coule au ralenti dans les veines et oblige à s'abrutir d'eau-de-vie pour réveiller la chaleur. Nicholas n'a pas avalé une goutte d'alcool depuis qu'il a embarqué pour la Nouvelle-France. Ivre de haine, il veut la garder vierge de tout poison. Pure, comme Catherine

Froid, insomnie, les maux viennent s'ajouter au fardeau de Nicholas sans pourtant alourdir sa peine.

Lorsque la douleur est totale, rien ne peut l'aggraver. Mais il ne se fait pas au vent qui souffle sans répit jour et nuit, plus cinglant qu'une lanière de fouet. Son hurlement pousse parfois un trappeur à se faire sauter la tête. Les loups feront du cadavre un festin. Ils ne sont pas un problème pour Nicholas, tant que la faim ne les rend pas téméraires au point d'oublier leur peur des hommes. Nicholas ne leur connaît qu'une crainte ; les loups préfèrent s'entre-dévorer plutôt que toucher à la dépouille d'un Suceux. Ils voient peut-être dans le Convoi une autre meute de chasseurs, sans ennemis naturels.

Une ombre glisse sur la piste, un trait de pinceau bleu-gris sur la toile blanche et lisse tendue le long du torrent. L'œil de Nicholas se fixe au bon endroit, dans le prolongement de sa lunette.

Les cavaliers approchent. L'haleine de leurs montures s'élève en filets compacts qui enveloppent les naseaux des mules. Par ce temps, il devient malcommode d'utiliser des chevaux. Les Suceux continueront à pied, le cas échéant. Pour récolter l'argent, ils ramperaient dans la boue si on leur coupait bras et jambes. Mais ils n'ont pas besoin de se donner autant de mal. À peine extrait de la mine, le métal leur est livré par les prospecteurs les plus avides. Un métal blanc comme la neige. Chaque fois qu'un chariot effectue sa tournée, ils sont plus nombreux à l'attendre. L'once d'argent est devenue une denrée précieuse dans toute la Nouvelle-France, achetée au prix fort en monnaie de papier. Ou de préférence en or, les Suceux ne le craignent pas.

Les cavaliers progressent lentement. Ils sont encore hors de portée. Nicholas interrompt son observation, le temps de charger son fusil. Il commence par vider une dose de poudre dans le fût du canon, y introduit la bourre, la tasse dans le fond à l'aide de la baguette d'acier à tête de poire, puis choisit une balle dans son sac. Comme une jeune fille qui prélèverait un bonbon dans la boîte. Il lui en reste six. Il n'a plus les moyens de s'offrir l'argent nécessaire à les fabriquer. Les Suceux dictent leur loi au marché, Nicholas leur impose la sienne.

Parfois, quand un coureur des bois s'avise qu'il possède des balles en argent, Nicholas est pris à partie :

— Dame, les Suceux te les achèteront un bon prix !

— Je ne souhaite pas les vendre.

— Pourquoi ?

— Je les leur logerai pour rien dans le crâne.

Cela suffit à mettre un terme à la conversation. Mais Nicholas doit fuir le campement, car il sait que certains sont prêts à lui trancher la gorge pour récupérer la poignée de billes. Sous le rabat de sa veste en fourrure, il conserve un « pistolet à chenapan ». Une arme de poing rustique, imitation des modèles anglais qu'utilisent les gentlemen lors des duels. Elle tire un simple plomb, mais c'est largement suffisant. Par la force des choses, Nicholas a acquis une solide expérience en matière d'affrontement au pistolet. Contrairement à ce que croient les gens de la ville, ce n'est pas une pratique répandue dans l'immense territoire que contrôlent avec peine les Français. Sous l'effet de la peur ou de l'alcool, souvent des deux, les hommes ajustent mal leur tir et ratent leur cible. De plus, les armes ne sont pas fiables et font souvent long feu, quand elles n'explosent pas dans la main de leur propriétaire, faute d'un entretien rigoureux. C'est pourquoi Nicholas dévisse régulièrement la platine à silex et les autres pièces pour les graisser. Il est même capable de démonter et remonter pistolet et fusil dans l'obscurité. Que pourrait-il faire d'autre durant ses nuits d'insomnie ? Rêver à Catherine ? Cela lui arrive parfois quand il plonge dans une brève somnolence, mais elle lui apparaît toujours sous la forme d'un cadavre odieusement mutilé, étendu près du corps de son père, dont la tête manque. Alors Nicholas s'éveille dans un cri, couvert de sueur en dépit du froid, et il démonte ses armes pour se calmer.

Une fois le fusil boucanier chargé, Nicholas reprend la position du tireur couché, l'œil collé à l'extrémité de la lunette. Il peut alors observer plus en détail les cavaliers. Ils sont trois et avancent de front. Tous portent un long manteau de cuir boutonné jusqu'au haut du col, des gants de peau et des toques de fourrure ou des chapeaux à larges bords. Une silhouette reconnaissable à première vue. Rien ne s'échappe des foulards, pas le moindre panache de vapeur. Les verres ronds et noirs des besicles sont bordés d'une gaine de cuir, qui protège le tour des yeux et les tempes. Nulle parcelle de peau n'est visible, malgré l'absence de soleil.

Le géant à l'épée a dû rester au village de tentes, peut-être à se repaître du sang des enfants capturés, tandis que ses comparses effectuent la fastidieuse besogne de la récolte. Il faudra songer à s'en occuper, plus tard.

Nicholas isole sa première cible au centre du réticule, là où il a gravé une croix minuscule à la pointe du couteau. Son choix se porte sur le cavalier qui avance du côté du torrent, en première position, parce qu'il offre la plus grande surface d'impact possible. Il attend encore. La distance idéale est d'environ un quart de lieue. Au-delà, la précision du tir est compromise par les lois de la physique, qui dévient la trajectoire de la balle vers le sol. Nicholas tient sa science du père de Catherine qui aimait lire les philosophes. Mais le projectile peut être aussi dévié par le vent. Cela, Nicholas l'a appris tout seul. Un quart de lieue, la distance idéale, en deçà il pourrait se faire repérer.

La croix sur la lentille se fixe à hauteur du foulard qui masque la gueule du cavalier. Viser la poitrine, plus large, réduirait le risque de rater son coup. Mais une balle en pleine face tue à coup sûr. Or Nicholas ne laisse jamais de blessés.

Il suspend son souffle, détend ses muscles. Le fusil ne pèse plus rien entre ses mains. L'arme est comme le prolongement de ses membres. Une extension diabolique de sa chair, organe impie qui lui assure la vengeance. Nicholas connaît son fusil mieux que toute autre partie de lui-même. Une connaissance acquise au fil des mois passés en sa seule compagnie. Le fusil parle fort, tonne et tempête, vibre et le sert aussi fidèlement que le reste de son corps. Davantage, même, car son cœur ne répond plus.

Son index presse la queue de détente. Le chien de silex s'abat, déclenchant l'étincelle qui met le feu au mélange de poudre, le pulvérin. La détonation claque, roule sous l'avancée du rocher qui abrite le tireur, revient en écho. Le canon n'a pas bougé. Dans le cercle de la lunette, le cavalier part soudain en arrière, comme frappé par un poing invisible. Son chapeau s'envole, ainsi qu'une partie du crâne. Il bascule de sa monture et roule dans le lit du torrent. L'eau glacée se mêle d'une cendre grasse. Ses compagnons se figent.

La scène a duré deux secondes. Nicholas recommence à respirer. Calmement, il effectue la série de gestes mille fois répétés : se mettre à genoux, vider une nouvelle dose de poudre par le fût du canon, tasser, ajouter la bourre, enfin une deuxième balle. Puis se rallonger et ajuster le coup suivant.

Pris au piège de la piste bordée par la falaise et le cours d'eau, les deux autres Suceux réagissent vite. Avec méthode, car ils ne connaissent pas la passion. Les manteaux sombres mettent pied à terre et progressent à pas forcé, abrités derrière le cul des mules. Nicholas sait qu'ils ne tarderont pas à repérer sa position. Il les laisse approcher, le temps de réfléchir à la meilleure stratégie. Puis il prend la croupe de la première bête en ligne de mire, et fait feu.

La balle trace un sillon sanglant dans le postérieur de la monture, qui se cabre et hennit de douleur. Déviée par l'impact, la bille d'argent pénètre dans la cuisse du Suceux caché derrière elle. La mule lance une ruade. Fou de rage, le Suceux blessé empoigne la patte de la bête et, d'une torsion violente, la précipite dans le torrent.

Nicholas a beau avoir déjà vu des Suceux en action, il ne s'habitue pas à leur force. Si d'une seule main celui-ci a projeté la mule, qu'a fait le meurtrier de Catherine ? Son aimée n'avait aucune chance.

Nicholas se reprend. Il a eu le temps de recharger son fusil. Quand il lorgne à nouveau dans la lunette, Nicholas constate que les Suceux ont modifié leur plan. Négligeant la sécurité, ils se lancent à l'attaque. Ils ont disparu de la piste, abandonnant les mules à leur sort. Aucune trace de pas dans la neige en amont. Comme ils n'ont pas fui, ni plongé dans le torrent, cela signifie que les Suceux escaladent la falaise couverte de coulures glacées. Ils cherchent à le débusquer. Nicholas n'a pas besoin de se pencher par-dessus l'éperon rocheux pour s'en assurer. Il remballe le fusil dans la peau de castor, l'attache dans son dos, ramasse son attirail et quitte sa cachette.

Puis il chausse les grandes raquettes de bois qui l'ont aidé à gravir la pente et quitte sa position. Souvent, il a pu juger de la vélocité des Suceux. Sur terrain sec, personne ne les bat à la course, pas même un cheval. Mais dans deux ou trois pieds de neige poudreuse, c'est une autre histoire…

Quand il a découvert la manière dont les coureurs des bois se déplaçaient dans les étendues neigeuses — ce que dans le dialecte imagé des habitants de Nouvelle-France on appelle « poudrerie » — Nicholas a d'abord pensé qu'il ne parviendrait jamais à se tenir debout sur des raquettes, ces espèces de tamis munis d'un manche. Ses premières tentatives n'ont d'ailleurs pas été glorieuses. L'habitude venant, il a pu constater l'efficacité du procédé, qui nécessite un jarret solide et du souffle. Beaucoup de souffle. Les Suceux ne pratiquent pas assez l'hiver de Nouvelle-France pour s'être adaptés à la technique des raquettes. Dans pareil environnement, rien ne sert d'être rapide, il faut pouvoir durer, maintenir son effort. Un avantage qu'exploite Nicholas.

La pente s'adoucit mollement en parvenant à la limite qui sépare prairie et forêt. Cette dernière forme un barrage de troncs noirs, serrés à un point tel qu'on croirait un mur de bois, couvert d'une épaisse toiture blanche qui fait se ployer les plus hautes branches en direction du sol. On peut se perdre des semaines dans le labyrinthe végétal, qui couvre une surface bien supérieure à la Lorraine et la France réunies. Des Indiens vivent là, capables de lire les signes invisibles qui jalonnent les parcours des bêtes. Certains coureurs ont appris les leçons de la forêt. Nicholas, lui aussi, en a retenu quelques-unes.

Se déplaçant à petites foulées, il longe un moment l'orée des bois et s'arrête pour jeter un coup d'œil par-dessus son épaule. Il aperçoit comme deux mouches noires qui virevoltent sur la crête de la falaise, pas loin de l'abri où il se tenait quelques minutes plus tôt. Entre elles et Nicholas se déroule une toile blanche. Nul endroit où se cacher. Répartissant son poids de manière à ne pas chavirer, il se retourne lentement, s'empare du fusil, cale la large crosse contre une épaule et bloque le canon dans sa paume, bras tendu. Sans réfléchir, il ajuste son tir sur la silhouette la plus exposée. Le Suceux s'enfonce dans la neige jusqu'à mi-cuisse. Son pas est mécanique, sa volonté tout entière braquée sur un seul objectif : éliminer la menace représentée par l'homme au fusil. Nicholas ne le laissera pas atteindre son but. La croix du réticule se cale entre les verres sombres des besicles. Il se prépare au choc, cette longue vibration coléreuse du fusil qui irradie dans tout le corps, et tire. Le Suceux fait encore un pas. La voix du fusil résonne. Le Suceux part à la renverse. Une éclaboussure rouge et grise macule la neige dans son dos.

L'écho de la détonation rebondit contre la plaque de neige couvrant le sommet de la butte. Une fissure apparaît, en bordure de la crête. La lézarde grandit dans un long craquement, pareil à celui d'une coque de navire brisée contre un écueil.

Déjà, Nicholas a repris sa course, devinant la suite des événements. Il progresse à petites foulées le long de la ligne sombre des bois, tandis que l'avalanche dévaste le flanc de la butte dans un fracas assourdissant.

Au dernier moment, Nicholas oblique brusquement et s'engouffre entre deux troncs sans ralentir. Une claque monumentale le frappe entre les épaules quand un tombereau de neige se déverse contre la muraille dressée par les grands arbres. La neige furieuse coule sous les ramures avec la violence d'une lame de fond. Nicholas chavire et plonge, bras croisés devant son visage. Il est sauf, la forêt a joué son rôle de barrière naturelle, le préservant du plus gros de l'avalanche. Tout d'abord, il ne distingue pas le haut du bas. L'aristocrate a appris des trappeurs qu'il faut se pisser dessus pour savoir où est sa tête. L'urine coule forcément vers le bas, il suffit alors de creuser dans l'autre direction. Mais Nicholas n'a pas besoin de se souiller. Pas aujourd'hui. Il parvient à se dégager sans mal de l'amas glacé qui le recouvre à moitié. Le silence est retombé sur la poudrerie. Nicholas ne s'y fie pas. Le dernier Suceux doit déjà être en train de griffer la gangue qui le retient prisonnier.

Nicholas déchausse ses raquettes, les cale entre sa pelisse et le fourreau du fusil, puis s'enfonce dans le sous-bois, attentif aux messages abandonnés dans l'écorce des grands pins. De minuscules entailles, pratiquées à la pointe du couteau, qu'on pourrait prendre pour des fissures dans le bois, ou confondre avec les veines des troncs. Une piste que Nicholas a discrètement jalonnée la veille. Elle mène au campement des mineurs, une lieue et demie plus loin. Le Suceux n'aura qu'à suivre les empreintes de ses bottes pour parvenir à destination. Un long hurlement s'élève soudain dans le dos de Nicholas. Un appel, comme les loups solitaires en lancent quand ils ont besoin d'une compagne, ou de l'aide d'un des leurs. Malgré le fracas du torrent et la distance, Nicholas sait que le cri parviendra à son destinataire. Aucune oreille humaine ne le percevra d'aussi loin, mais celles du géant à l'épée capteront aussitôt l'alerte. C'est sans doute déjà chose faite. Le géant doit être en route, courant si vite, bondissant si haut et si loin qu'il semblerait voler à un observateur inattentif. Nicholas a déjà assisté à pareille course folle, quand l'urgence oblige les créatures à puiser dans leurs ultimes ressources ; il sait qu'elle épuise les Suceux, mais pas suffisamment, hélas, pour les rendre inoffensifs. Il hâte encore le pas, il doit arriver le premier sur le site qu'il a choisi pour la confrontation finale.

Les prospecteurs reçoivent rarement des visiteurs, et toujours pour la même raison : accaparer le métal blanc extirpé sous forme de minerai des galeries percées dans la montagne. Toutefois, la veille, Nicholas avait une autre idée en tête.

— Des Suceux sont en route, a-t-il averti le contremaître, un barbu taillé aux mesures d'un ours.

Ils se tenaient dans la cabane aménagée en fonderie sommaire, où le minerai est transformé en argent d'une pureté douteuse par les prospecteurs eux-mêmes. Ils livreront ensuite le métal sous forme de lingots.

76

— Et alors ? C't'eux qui paient le bon prix, non ? a grogné le barbu en haussant ses massives épaules.

— Vous feriez mieux de dégager du campement.

— Tiens ! J'crains pas ces tristes sires... On fait affaire.

— Je vais les tuer, a annoncé le coureur.

Une lueur mauvaise a brillé dans les yeux du contremaître.

— C'toi l'maudit chasseur, pas vrai ? Le fou qui s'en prend aux créatures... T'as donc ben du culot d'arriver icitte en prétendant me dire c'que moi j'dois faire !

Nicholas n'a pas cherché à expliquer ses motivations, pas plus qu'à raisonner le barbu. Avant que ce dernier ait pu réagir, le canon du pistolet à chenapan s'est trouvé pointé sur son œil. La balle de plomb s'est logée au milieu du crâne, laissant un trou rouge dans l'orbite. Le contremaître a effectué un drôle de pas de danse pour venir s'affaler contre le fourneau de la fonderie. Les poils de sa barbe ont immédiatement roussi, tandis qu'une odeur de viande grillée s'est élevée. Nicholas a réarmé le pistolet et s'est dirigé vers la cabane qui tient lieu de cuisine. Un mineur était là, en train de manger. Nicholas a tiré à travers la gamelle. La soupe aux pois s'est répandue sur le torse en même temps que le sang. Puis Nicholas s'est rendu à la buanderie. Un adolescent était en train de laver du linge. Probablement devait-il servir de femme aux mineurs, en bien des points. Quand il l'a vu, le garçon a brandi son battoir. Nicholas n'a pas eu besoin d'utiliser d'arme à feu. Il l'a empoigné par les cheveux et lui a tranché la gorge. Puis il s'est posté à l'unique fenêtre, fusil chargé au plomb, attendant que les deux derniers mineurs reviennent. Fatigué ou coupable car ce ne sont pas des Suceux, Nicholas n'est parvenu qu'à les blesser. Il a dû les poursuivre jusqu'au fond d'une galerie mal éclairée avant de pouvoir les abattre. L'un d'eux a manqué de lui briser le crâne d'un coup de pioche. Après en avoir fini, Nicholas s'est contenté de panser sa blessure. Puis, il s'est mis au travail, afin de préparer le campement pour l'accueil des Suceux.

Couper à travers la forêt n'est pas le meilleur moyen d'atteindre la mine. La piste qui longe le torrent y conduit au terme d'une large boucle ascendante, ce qui prend plusieurs heures. La forêt offre de nombreux avantages.

Nicholas repère un double trait horizontal à hauteur de regard, sur le fût de l'arbre qu'il vient de dépasser. Il s'immobilise soudain, voit la lanière de cuir tendue à ras du sol, confondue aux brindilles sur le tapis neigeux. Davantage qu'un tapis c'est une nasse, constituée au gré des effondrements de la couche amassée dans les branchages. Nicholas s'écarte et prend position derrière un tronc voisin. Il a aménagé un support pour le canon du fusil à l'endroit où un nœud forme saillie. Il lui reste trois balles d'argent.

— Je vous attends, murmure-t-il.

Il n'a pas le temps d'éprouver sa patience. Le Suceux déboule à toute allure, silencieux, si rapide que ses pieds semblent voler au-dessus du sol. Néanmoins, Nicholas reconnaît le géant à l'épée, à la couleur particulière de son habit. Tout se passe très vite. Sa botte effleure la lanière de cuir. À peine un frôlement, qui suffit toutefois à produire l'effet attendu.

Quelque part au-dessus de lui, l'anneau de cuivre fixé au bout de la lanière glisse le long de la baguette débarrassée de son écorce. Elle fait office de déclencheur. Une fois l'anneau dégagé, le déclencheur est libéré de la tension imprimée par le cuir solidement ficelé à un tronc voisin. Plus rien ne retient alors la longue branche souple repliée à cinq pieds du sol. Celle-ci se détend en une seconde. À son extrémité, Nicholas a planté un gros clou de charpentier. Avec un claquement sec, la pointe du clou se plante dans le foulard du Suceux. Il se retrouve plaqué contre le tronc marqué d'une double ligne. Aussitôt tout son corps se met à trembler. Nicholas a pris soin de frotter le simple clou d'acier à un lingot d'argent, de la pointe à la tête. Il regarde longuement le Suceux. Il imagine les dents défoncées par le clou, la bête qui s'étouffe, empoisonnée par sa propre salive qu'infecte l'argent. Le Suceux tente de prendre appui sur le tronc pour s'arracher au piège. On dirait une chauve-souris, de celles que les paysans de Lorraine crucifient aux portes des granges. Nicholas n'attend rien du Christ, mais il offre ce supplicié à Catherine. Un de plus. Ce soir, il ajoutera des encoches à la crosse de son fusil, s'il est encore vivant.

Reste la dernière créature, celle qui a reçu tantôt la balle ricochée sur le cul de la mule. Il apparaît à son tour entre deux arbres, distancé par son compagnon, à qui il ne porte pas secours. Au lieu de ça, il se rue en avant, griffes déployées. Un néant noir sur la neige blanche, comme une phrase tracée à l'encre qui raconterait la fin de Nicholas. Celui-ci presse la détente au moment où la créature bondit. La balle fait mouche, à hauteur de la gorge. Une gerbe de cendres explose sous le foulard de la créature, qui meurt avant d'avoir touché le sol, à moins d'un pas de Nicholas.

Mais ce n'est pas encore fini. Un craquement lui fait relever la tête. Le géant cloué à l'arbre s'accroche à la vie. D'une main tremblante, il retire le pieu improvisé de sa gueule. Celle-ci n'est plus qu'une béance d'où s'échappe un filet de fumée grise. Le fusil désormais inutile tombe des mains de Nicholas. Quoi qu'il arrive, il n'aura pas le temps de recharger. Dans un soubresaut, le Suceux s'arrache au piège, déchirant sa tunique bariolée en même temps que sa peau. Il s'avance et vacille sous le poids de son épée, toujours en travers de son dos. Nicholas comprend que l'arme l'a protégé, empêchant le clou de se ficher dans le tronc de l'arbre après avoir transpercé la gueule de la créature. Il doit fuir mais en est incapable, fasciné par la débauche d'énergie de son dernier ennemi, qui refuse la mort, pourtant déjà en route, prête à venir à sa rencontre. Le géant n'a plus de face. Les déchirures de son habit laissent échapper son âme inexistante, des volutes cendreuses qui sont comme un principe de vie aspiré par la lumière du jour. Malgré cela, le Suceux reste dangereux. Il bondit et retombe sur l'aristocrate, l'écrasant de tout son poids. Installé à califourchon sur sa poitrine, il l'enserre entre ses cuisses. Les griffes taillent dans l'épaisseur de la pelisse. Elles déchirent la chemise de Nicholas et fouillent la chair pour arracher son cœur. Tissu et fourrure absorbent le sang vomi par la plaie.

Les yeux de Nicholas s'embuent de larmes, un cri rauque monte dans sa gorge. Ses lèvres se tordent en rictus, parce que la plaisanterie est trop belle. Mauvais chasseurs, Catherine n'a aimé que des mauvais chasseurs, incapables de la protéger. Tâtonnant du bout des doigts, Nicholas trouve la crosse du pistolet à che-napan glissé contre son aine. Concentrant toute sa volonté sur le geste à accomplir, il dégage le canon de sa ceinture et le dirige sur l'entrecuisse du Suceux. Sa face masquée d'un foulard se rapproche, Nicholas peut contempler son propre reflet dans les verres teintés des besicles, qui pendent en travers du faciès ravagé. Lambeaux de peaux décollés par le gel, joues creuses mangées par une barbe hirsute, peau crevassée de froid, cernes violacés autour de ses yeux, qu'est devenu le gentilhomme de Lorraine ? Un spectre hideux, mais qui sourit et souffle entre ses lèvres pelées :

— Pour Catherine...

Nicholas relève le chien de la platine à silex. Tire. L'explosion du pistolet emporte index, médius et une partie du pouce de l'aristocrate, mais cela en valait la peine. Le Suceux roule sur le côté, l'intérieur de sa cuisse labouré par l'explosion du canon. Nicholas se redresse, ahanant sous l'effort. Il se traîne jusqu'à son havresac, abandonné au pied de l'arbre qui a servi de support au fusil. L'arme est maintenant inutile, malgré son habileté, Nicholas ne peut tirer d'une seule main. La douleur reste pour l'instant à distance, atténuée par le froid et la détermination. Le sang de ses blessures se fige en croûte glacée. Sa main droite est réduite à l'état de pulpe. De l'autre, il fouille son sac à la recherche de ses deux dernières billes d'argent, les trouve et s'enfuit en direction du campement des mineurs.

Derrière lui, le Suceux se remet péniblement d'aplomb, s'aidant de l'épée comme d'une canne. On l'entend qui remue neige et brindilles, fend les basses branches à grands coups de griffes rageuses, se cogne aux troncs et trébuche. Mais il n'abandonne pas. Proie et chasseur sont tous deux plus morts que vifs. La traque prend le chemin de l'au-delà — où Catherine attend peut-être, si l'on est optimiste, ce qui n'est plus le cas de Nicholas. Il court dans la forêt, les vêtements et la poitrine ouverts jusqu'au nombril. Cela n'a aucune importance car il est déjà un mort qui court depuis longtemps. Cette course dans les bois de la Nouvelle-France sera la dernière. Bientôt sonnera comme un glas la fin de l'hiver pour Nicholas Ferret de La Costelle. Le calme noir, enfin, qui lui permettra de dormir au côté de Catherine…

La clairière a été dégagée à renfort de cognées par les prospecteurs autour de l'entrée de la mine. Elle affecte la forme d'un fer à cheval. Ses deux extrémités sont collées à la paroi de la montagne qui s'élève presque à la verticale. La neige a effacé les traces laissées la veille par l'aristocrate, après le massacre des mineurs. La porte de la cabane est restée grande ouverte. Le cadavre du contremaître gît toujours au pied du fourneau. Les braises s'étouffent lentement, comme la vie de Nicholas. Pour trouver celles qui sont encore tièdes, il dégage la couche de cendre. Puis il actionne le soufflet de cuir riveté pour relancer le feu. Avec la chaleur, ses plaies se remettent à saigner et la douleur afflue, mais Nicholas tient bon. Quand une flamme bleutée s'élève en sifflant au cœur du creuset, il y enfouit son moignon et, de sa main valide, redouble d'ardeur sur le manche du soufflet. Il hurle le nom de Catherine tandis que le feu brûle et décolle sa peau, rôtit et émiette sa chair. Le feu évapore son sang. Il fond les billes d'argent et amalgame la coulure du métal aux os de sa main mis à nu.

Nicholas n'est que souffrance lorsqu'il se rue hors de la cabane et plonge son moignon à vif dans la neige, qui l'apaise. Il ne voit pas venir le coup. Reçoit la pointe d'une botte sous le menton, sent craquer sa mâchoire et bascule sur le perron de la cabane. Le Suceux est déjà sur lui, l'épée brandie à bout de bras. Il frappe, d'un geste peu assuré, et la lame ne tranche qu'une épaisse couche de neige. Nicholas a roulé sur le côté, abandonnant plusieurs coudées de tripes sur le sol, échappées par la déchirure de son ventre. Le Suceux ne soulève pas l'épée, toutes forces enfuies. Il se traîne à genoux jusqu'à l'homme qui se tord dans un brouet de sang et de neige, l'attrape par une épaule, y plante des griffes tremblantes. Approche sa gueule ravagée dans un réflexe dicté par une pratique millénaire, alors qu'il ne peut plus mordre. Au moment où il se penche sur sa gorge, Nicholas enfonce son poignet gainé d'argent jusqu'au fond de la béance poussiéreuse qui le domine. D'instinct encore, le Suceux referme les lèvres de la plaie sur le membre, cherchant à le trancher. Il crache un flot de poussières mêlées d'humeur. Le Suceux part en morceaux, s'affaisse comme aspiré de l'intérieur par le souffle du Diable. Les pans de son manteau se referment sur Nicholas, en guise de suaire.

Le coureur des bois regrette l'absence de son fusil boucanier. Quatre pieds quatre pouces de long et une garniture de cuivre jaune. Un ami fidèle qui l'a accompagné sur le froid chemin de l'exil. Mais s'il doit retrouver Catherine, là où sa belle âme patiente, il préfère se présenter devant elle les mains vides, allégé du fardeau de la vengeance.

Libéré du poids de son absence.

1851

LA PART D'OMBRE

Je venais de fêter mon seizième anniversaire quand je les ai enfin rencontrés, vers la fin de l'année 1851. Je vivais encore dans le Missouri et je travaillais pour mon frère, à rédiger des chroniques pour sa feuille de chou locale. Quand j'ai appris qu'ils venaient d'arriver en ville, mon cœur a fait un bond dans ma poitrine, j'ai bien cru défaillir. À cette époque, Hannibal n'était qu'un trou, creusé à l'écart du reste du monde, sur la rive gauche du Mississippi. Pour qu'ils y fassent halte, ils devaient avoir une sacrée bonne raison, et j'étais bien déterminé à la connaître. Je suis allé trouver Orion Clemens, directeur du *Hannibal Western Union*, par surcroît mon frère aîné, pour lui faire part de mes intentions. Sa réaction n'a pas été à la hauteur de mes espérances, hélas, mais j'aurais dû m'y attendre :

— Pas question, Sam. À la mort de papa, j'ai promis à m'man de veiller sur toi. Que crois-tu que la pauvre vieille dirait si elle savait que je t'ai envoyé interroger la pire bande de tueurs de Brookes ?

— P't'être qu'elle serait fière de moi. Elle ne maudit pas les Chasseurs, elle. C'est une vraie patriote.

— Ça n'a rien à voir, Sam. Depuis un demi-siècle, les Brookes cohabitent pacifiquement avec les humains à Silver City. Pourquoi n'en serait-il pas de même à l'échelle du pays ?

— Peuh ! Tant que le Convoi prélèvera sa dîme de sang, les gens sensés applaudiront les héros véritables, ceux qui osent prendre les armes et faire face. Bon Dieu, à t'entendre, on dirait qu'Alamo n'a jamais eu lieu ! J'ai honte quand je pense au sacrifice consenti par Crockett et Bowie…

— Ne jure pas, frérot. Et ne confonds pas tout, à nouveau. Les défenseurs d'Alamo luttaient contre l'armée mexicaine.

— Ils se sont battus pour conserver ce qui leur appartenait.

— Et ils ont perdu. Fin de la discussion. Retourne à ton travail, Sam. Il me faut cet article sur l'agrandissement du magasin de grain avant ce soir.

Orion m'a tourné le dos, comme chaque fois qu'il voulait couper court à un salutaire échange d'arguments. Je le soupçonnais de douter de ses propres convictions, empreintes d'une tolérance qui oubliait trop facilement à mon goût le sort réservé aux innocentes victimes des Brookes. Mais depuis la mort de notre père, quatre ans plus tôt, le Convoi était devenu un sujet brûlant à la maison, et plus encore entre nous. John Marshal, juge de paix, nous avait élevés dans un esprit d'équité et toujours encouragés à goûter et aimer la liberté, le legs de l'Amérique à ses enfants, se plaisait-il à répéter, ce qui inclut *tous* ses enfants, avait-il coutume d'ajouter. Orion n'en doutait pas, mais je m'étais montré plus réservé depuis que j'avais découvert dans les livres comment la Famille du Staroste avait imposé son régime de terreur dans le Nouveau Monde.

Les livres, du moins ceux que je lisais, avaient été à la source de mes ennuis familiaux. Je ne puisais pas la bonne parole dans les Écritures, non plus que dans les recueils de lois, mais plus volontiers dans les merveilleux fascicules illustrés vendus à l'occasion des foires par les marchands ambulants. Je dépensais chaque sou gagné en menus travaux pour me les offrir, au grand dam de feu John Marshal, puis d'Orion Clemens qui avait pris sa suite pour ce qui était de me donner une éducation. J'avais très vite appris à lire, dépassant les espérances (et les capacités, je l'ai rapidement compris) de mon institutrice, et dès l'âge de sept ans je dévorais tout ce qui me tombait sous la main. Je me mis à échafauder des stratagèmes pour me procurer de quoi acheter tous les fascicules que je pouvais. J'ai même dupé mes camarades de classe pour les forcer à peindre une palissade, empochant le bénéfice des travaux à leur place, après les avoir convaincus qu'il s'agissait d'un jeu particulièrement amusant. Voilà le genre de petit gars que j'étais, et je n'avais pas dix ans. Alors, à seize ans révolus, mon caractère était bien trempé, et je n'aurais laissé personne, pas même mon propre frère, me dire quoi penser !

— Je crois entendre papa. Si tu me disais ce que toi, tu penses vraiment de la Confrérie des Chasseurs et du Convoi ?

Orion s'est éloigné de la presse mécanique sur laquelle il tirait les exemplaires du *Hannibal Western Union* et m'a fait face pour déclarer :

— Tous autant qu'ils sont, ils appartiennent à la

même horde sauvage, Sam. À s'entre-tuer, rendus fous par l'odeur du sang. Les Chasseurs ne valent pas mieux que les Brookes, de ce point de vue. Au moins, ces derniers font des efforts d'intégration.

— Tu parles de la trêve qui règne à Silver City ?

— Je parle de certains discours tenus au Congrès, en particulier par le représentant de l'Illinois. Mais ce n'est pas le genre de littérature que tu affectionnes, Sam.

— Oh, je connais les thèses de cet Abraham Lincoln, figure-toi. Autant je le rejoins quand il s'oppose à l'entrée de nouveaux États esclavagistes dans l'Union, autant je considère qu'il a tort quand il leur préfère l'idée folle d'un État brooke. Et je ne suis pas le seul, car la majorité des citoyens de ce pays seraient prêts à entrer en guerre si d'aventure pareille aberration voyait le jour.

— Et depuis quand mon très cher petit frère Samuel Langhorne Clemens se rallie-t-il à l'avis de la majorité ? railla Orion, satisfait d'avoir pu me piéger à si bon compte.

Je suis sorti en claquant la porte, farouchement déterminé à ne tenir aucun compte des avertissements émis par Orion. Dehors, j'ai inspiré une bonne bouffée de cet air lourd des effluves humides montés du Mississippi, pour me calmer. C'est alors que la fusillade a éclaté à l'autre bout de la ville.

Je me suis précipité, le cœur battant la chamade. Les coups de feu se succédaient, j'en ai compté une bonne vingtaine le long du chemin. Les gens restaient tétanisés au milieu de la rue principale, peu habitués à de pareils éclats de violence. Le Missouri était un État pacifié depuis longtemps, en théorie. Le

Convoi l'avait quitté au tournant du siècle, bien avant ma naissance et celle d'Orion, pour suivre les limites sans cesse repoussées de la Frontière. Certains membres de la Famille s'aventuraient plus au sud, jusqu'à La Nouvelle-Orléans, mais il arrivait encore parfois qu'un Brooke isolé passe dans le coin. Cela s'expliquait par la proximité relative de Silver City, comme une verrue purulente poussée sur les contreforts des Rocheuses, là où le Colorado, le Wyoming et le Nebraska se rencontrent.

Je suis arrivé complètement essoufflé devant l'unique bar-hôtel de Hannibal, où s'était formé un petit attroupement. Les détonations avaient cessé. Plusieurs chevaux sellés patientaient à l'écart. J'ai aussitôt remarqué les parures des sacoches, les têtes de clou argentées qui poinçonnaient le cuir. Je n'en suis pas certain, mais il me semble que les étriers étaient eux aussi en argent.

Leurs montures... J'avais craint qu'ils ne décampent une fois leur travail terminé, avant que j'aie le temps de les rejoindre. Mais les Chasseurs étaient encore là, à l'intérieur du saloon. Une drôle d'odeur flottait dans l'air, celle de la poudre, bien sûr, du sang versé, et d'autre chose, indéfinissable, mais qui me hérissa le poil. J'interrogeai le premier venu, en l'occurrence le vieux Svegenson, qui n'avait plus de dents mais encore toute sa tête.

— Que s'est-il passé ?

— Deux B'ookes, en 'oute pou' La Nou'elle-O'léans. Les Chasseu' leu' sont tombés d'ssus au beau milieu d'la 'ue ! Ça s'est te'miné là-d'dans...

Il a désigné l'entrée du bar. Personne n'osait s'approcher trop près des doubles portes restées grandes ouvertes. Un carreau était brisé. Deux impacts de balle fendaient le chambranle. Je me trouvais dans un état d'excitation avancé, conscient de la chance qui m'était offerte. Pour moi, à cet instant, nul doute qu'une volonté supérieure au simple hasard avait conduit Chasseurs et chassés jusqu'à Hannibal, en dehors des routes de Saint Louis à La Nouvelle-Orléans. On m'offrait ma chance, j'en étais persuadé. Sans ça, je n'aurais jamais osé franchir le seuil du saloon.

J'étais le premier à entrer et à contempler leur œuvre. Ils se tenaient droits, debout devant le bar, et buvaient en silence. J'avais encore les échos de la fusillade dans les oreilles, l'odeur d'un sang immonde en travers de la gorge. La sciure, sur le sol, avait absorbé le liquide infâme coulé des plaies ouvertes par l'argent, aussi je pataugeais dans un épais brouet. Les vêtements sombres des Brookes gisaient éparpillés dans un chaos de chaises et de tables renversées. Je me suis approché avec respect des hommes alignés face au grand miroir suspendu derrière le comptoir. Le verre ne renvoyait que le reflet des héros, pas celui de leurs victimes, réduites en poussière. Ils étaient cinq, silencieux et magnifiques. Plus que de simples mortels, vraiment. Je me suis éclairci la gorge pour lancer :

— Messieurs, je serais fier d'être le premier à vous offrir à boire. Laissez-moi payer cette tournée.

Ils n'ont pas répondu, ne m'ont même pas adressé un regard. J'ai passé un doigt nerveux dans mon faux col, tiré une pièce de mon gousset et l'ai posée sur le bar.

— Elle n'est pas en argent, hélas, mais elle fera aussi bien l'affaire, pas vrai ?

Toujours aucune réaction de la part des Chasseurs. Je commençais à croire que j'étais invisible à leurs yeux. J'aurais voulu trouver les mots capables de leur faire comprendre mon admiration pour leur bravoure, mais rien ne venait. C'était une chose d'affronter Orion et ses sarcasmes, une autre de se heurter au mutisme des membres de la Horde sauvage, pour reprendre l'expression de mon frère.

— Je souhaiterais vous poser quelques questions, pour le *Hannibal Western Union*, messieurs...

Sans le vouloir, j'avais baissé la voix, achevant ma phrase sur un hoquet étranglé. Mais j'avais enfin obtenu un résultat, modeste toutefois : le Chasseur qui occupait l'angle du comptoir avait tourné la tête dans ma direction et me toisait. Trapu et corpulent, le sourcil broussailleux et le nez écrasé, réduit à une masse de chair grumeleuse, son simple geste me fit perdre tous mes moyens. Honteux, je sentis un filet de liquide chaud couler le long de ma cuisse. Je restais néanmoins cramponné au bar, à tenter pitoyablement de conserver une contenance.

Le Chasseur sourit, dévoilant des dents noires et largement écartées. Puis il cracha une épaisse chique sur le bar, devant lui, avant de donner le signal du rassemblement à sa troupe. Les autres vidèrent un dernier verre et quittèrent le saloon, toujours sans sembler s'apercevoir de ma présence. Nous restions seuls, le chef des Chasseurs et moi, séparés par la longue surface cuivrée du bar.

— Qu'est-ce que tu veux savoir, morpion ?

Je tressaillis. Cette voix ! Basse et éraillée, comme rongée par l'acide des mauvais alcools avalés par cette gorge épaisse...

— Je... Je...

Tout se bousculait sous mon crâne. Les mille récits d'aventures lus dans mon enfance, les chroniques de l'Ouest découpées dans les journaux et que je collectionnais, tout s'amalgamait pour se réduire finalement à un espoir insensé, entretenu depuis des années sans que j'eusse pour autant jamais eu l'occasion de l'exprimer. Aujourd'hui, le moment était venu. Maîtrisant la peur que m'inspirait cet homme, cet authentique tueur de Brookes, si différent des modèles sur papier dont j'avais nourri mes fantasmes, je posai la question à quoi tout se réduisait :

— Je peux entrer dans la Confrérie ?

Le Chasseur ne dit rien. Je le vis se baisser pour ramasser son fusil, calé contre le comptoir, une arme qui lui ressemblait, courte et massive, promesse de violence et de mort. Lentement, pesamment, il me tourna le dos et traversa la salle. Puis, arrivé à hauteur de la porte, il partit d'un rire rauque, mué en toux catarrhale mais qui ne s'arrêta pas pour autant.

Le Chasseur riait toujours quand il grimpa sur sa monture et quitta Hannibal, avec ses compagnons. Ils chevauchaient de front, occupant toute la largeur de la rue et obligeant les curieux à s'écarter. Je me précipitai contre la devanture, n'osant pas sortir de peur d'avoir à essuyer de nouveaux lazzis, pour les voir passer. Je gravai chaque détail dans mon esprit : l'éclat des têtes de clou en argent qui dessinaient de fascinantes arabesques sur le cuir des selles et des sacoches ; le fourreau passé dans le dos du plus imposant des Chasseurs et duquel dépassait le pommeau d'une épée dont je devinai la lame trempée dans l'argent le plus pur, à l'évidence ; les ceintures de cartouches croisées sur la poitrine d'un gaillard arborant de splendides moustaches qui couvraient entièrement sa bouche et son menton, et qui portait un de ces larges chapeaux à la mode mexicaine — pourtant, il avait le teint rose et le regard clair ; les étuis à revolver passés sous les aisselles du Chasseur blond entièrement vêtu de blanc, jusqu'aux gants, impeccables ; l'impression de force brute, sauvage, émanant du faciès couturé de cicatrices d'un colosse noir qui exhibait une chaîne et son boulet d'argent ; enfin, la farouche détermination émanant de leur chef, dont le visage ravagé évoquait une litanie de souffrances, infligées et reçues...

Jamais aucune procession ne me fit pareil effet. Je compris quelle troublante ferveur pouvait enflammer les sens des croyants au passage d'une statue de saint, comme c'est le cas dans la vieille Europe ou encore au Mexique. Les cinq cavaliers ne m'auraient pas provoqué de plus grand émoi s'ils avaient surgi des pages de la Bible.

Pourtant, ils s'en allaient, abandonnant Hannibal derrière eux. Mortifié, je pris la décision d'en faire de même dès le lendemain, à la première heure.

*

Je m'éclipsai de notre vieille baraque en bois sans réveiller Orion, ni maman qui dormait à l'étage. Je préférais leur écrire pour expliquer les raisons de ma fuite, sans trop m'attarder sur l'épisode peu glorieux du saloon. Nous vivions non loin du port de Hannibal et j'avais pris l'habitude, dès mon plus jeune âge, de traîner sur le quai, si bien que la plupart des pilotes de steamer me connaissaient. J'avais même acquis une solide expérience, livresque s'entend, de la navigation sur le Mississippi. Je ne tardai pas à trouver un capitaine qui accepta de m'embaucher comme apprenti sondeur, à l'essai pour une période de quelques jours d'abord. La tâche consistait à s'assurer qu'à l'approche des hauts-fonds, le fleuve conservait les deux brasses de profondeur indispensables à la navigation. Il fallait alors prévenir le pilote, réfugié dans sa cabine en hauteur, en criant le nombre de brasses relevées, que nous appelions aussi des marques. Ce qui me donna l'idée de changer mon nom, Samuel, en Mark, afin de symboliser la métamorphose de mon existence. Adieu, l'insignifiant grouillot du *Hannibal Western Union*, moqué par son abruti de grand frère, et bonjour au jeune et intrépide aventurier, parti sur la piste des Chasseurs de Brookes...

Du moins, c'était ainsi que j'entrevoyais désormais les choses. Mon ardeur à la besogne convainquit le capitaine du *Jonas Beaver* de me garder à son bord, et moins de trois semaines après avoir embarqué, je pris du galon et devins apprenti pilote. Mais la vie sur le fleuve, si elle n'était pas désagréable, ne correspondait pas à mes espérances. En revanche, naviguer m'offrait l'occasion de découvrir les grandes villes qui jalonnaient le Mississippi, de Saint Paul, Minnesota, au nord, jusqu'à la plus étrange et envoûtante de toutes, La Nouvelle-Orléans, où il n'était pas rare que même les Brookes viennent s'encanailler. Surtout, chaque étape me permettait d'assouvir ma passion pour les fascicules illustrés, sans m'attirer les moqueries d'Orion — la plupart des marins, illettrés, admiraient même mon talent pour la lecture et l'écriture ! Le soir venu, je leur lisais des passages de récits merveilleux, tels *Les Exploits remarquables de Jim Lowry, tireur émérite et ennemi juré de la Famille, qui en chassa les membres de ses terres du Texas, racontés sans ajouts ni retraits par Jasper Augustus, dont le témoignage garantit la fiabilité.* Les hommes d'équipage s'endormaient en rêvant qu'ils étaient Jim Lowry, tireur émérite, et moi en m'imaginant tenir la plume en lieu et place de ce Jasper Augustus, dont j'enviais le privilège d'avoir pu accompagner un héros. C'est ainsi que peu à peu me vint l'idée qui allait bouleverser le reste de ma vie : puisque la Horde sauvage ne m'avait pas jugé digne d'appartenir à ses rangs, pourquoi ne pas suivre l'exemple d'Augustus et dénicher mon propre héros, pour rapporter ensuite ses exploits ?

Orion Clemens m'avait appris le métier d'écrire, de cela au moins je pouvais remercier mon frère. Le style des auteurs de fascicule me paraissait facile à imiter. Mon aversion pour les Brookes me fournirait l'énergie et la matière propres à alimenter mes récits. Je continuais à dévorer la prose des chroniqueurs de l'Ouest et à collectionner tout ce qui se rapportait aux Chasseurs, et j'en vins peu à peu à étoffer ma collection, au point qu'elle occupait une pleine malle, dans le minuscule recoin de cabine qui m'était alloué à bord.

Ne restait qu'à dénicher l'oiseau rare. Je me mis donc en quête, furetant dans les bas quartiers à chaque escale du *Jonas Beaver.* Dans un premier temps, ne sachant par où commencer, j'écumai les tripots et autres endroits louches, persuadé que d'authentiques pistoleros aimaient s'y ressourcer. Mais je n'y rencontrai qu'une faune pittoresque d'arnaqueurs, joueurs professionnels, maquereaux et putains, qui n'avaient rien de héros. Malgré cela, ils me fournirent matière à une série d'articles où je m'amusais à dépeindre leurs mœurs. Comme je ne doutais pas de la valeur de mes textes, je n'hésitai pas à les soumettre aux journaux des différentes villes que je traversais. Je devins ainsi un chroniqueur régulier pour le compte de plusieurs rédactions. Je signais mes contributions Mark Twain — les marins du Mississippi utilisaient un argot dans lequel le *two* anglais se prononçait *twain*, et « deux marques » s'avéraient la profondeur minimale nécessaire à la navigation, comme je l'ai déjà souligné — car je ne voulais pas attirer l'attention d'Orion, qui, patron de presse consciencieux, était abonné à la plupart des journaux paraissant dans le Missouri et les États voisins. Je voulais couper définitivement les ponts avec la famille Clemens.

Ces publications me garantissaient des revenus supplémentaires non négligeables, que j'accumulais dans une cagnotte secrète, dans le but d'assurer mon indépendance le moment venu. Je profitai de la fréquentation des putains pour me déniaiser et de celle des bonimenteurs pour exercer ma verve. Puis, lorsque je me sentis prêt, je démissionnai de mon poste sur le *Jonas Beaver*, même si le capitaine me supplia de rester, allant jusqu'à m'offrir la place de son pilote. Mais, malgré le plaisir réel que j'éprouvais à sillonner le fleuve, j'avais compris que ses berges ne recelaient pas la perle rare. Je devais partir vers l'Ouest, territoire des pistoleros et des héros. Ce que je fis à l'approche de mes dix-huit ans, en 1853, emportant dans une vieille malle ma collection de fascicules et quelques vêtements de valeur échangés au tenancier d'un bordel de La Nouvelle-Orléans contre la rédaction d'un vade-mecum sur les questions d'hygiène, rédigé dans une langue simple à l'intention des filles — les putains de Louisiane savent toutes lire, le respect de l'éducation reste de vigueur sur l'ancien territoire français. Je chargeai le tout sur le dos d'une mule et adressai mes adieux au fleuve.

*

J'avais d'abord envisagé de me rendre à Silver City, mais l'idée d'y croiser des Brookes en totale liberté me révulsait. Je décidai donc de remettre ma visite à plus tard, si jamais l'occasion se présentait un jour. Je mis donc le cap plus au sud, empruntant la piste Butterfield à destination de San Francisco, le tracé le plus septentrional du territoire, qui longeait les limites de l'Arizona — nouvel État qui venait de s'agrandir au détriment du Mexique, au terme des accords du traité de Gadsden. Toute la région était encore marquée par la guerre qui avait opposé l'Union à son voisin mexicain, cinq ans plus tôt. Les spectres de Crockett et Bowie m'accompagnaient, tandis que je chevauchais à dos de mule cette piste inconfortable, en compagnie de plusieurs familles d'émigrants d'origines diverses. On commençait de parler des nouveaux gisements d'argent découverts de l'autre côté des montagnes Rocheuses, et les candidats à la fortune affluaient sans cesse plus nombreux de tous les États. Parmi eux, de simples fermiers venaient s'approprier les lots concédés par le gouvernement aux plus pauvres. C'était le cas de Charles Ingalls, jeune père de famille rêvant de fabuleuses récoltes dans les grandes plaines fertiles des nouveaux territoires. L'opinion d'un honnête homme est toujours bonne à prendre, aussi je ne me privais pas de l'interroger, d'autant que ce monsieur Ingalls était d'un commerce agréable, sans parler de sa jeune épouse. Quand je lui demandai si la perspective de devoir traiter avec les Brookes ne le gênait pas, il me répondit que dans l'Est on ne se posait plus ce genre de question et qu'il s'étonnait que cela semble me tracasser. Mais les émissaires du Convoi qui sillonnent désormais l'Ouest n'hésitent pas à s'approprier l'argent par tous les moyens, si d'aventure on leur refuse, objectai-je. Ingalls haussa ses massives épaules, comme si les massacres opérés par ces monstres n'étaient que la facette moins reluisante d'un commerce somme toute lucratif. Je commençai à entrevoir ce que l'apport de sang neuf dans l'ouest du pays pouvait causer comme dégâts, si tous les nouveaux venus considéraient les Brookes avec autant d'insouciance que mes compagnons de voyage !

Je laissai la petite famille rejoindre la Californie sans moi le jour où je rencontrai, fortuitement, le futur Tuxedo Moon. Nous avions fait halte aux abords d'un village composé de baraques en torchis dans le plus pur style mexicain, aujourd'hui occupées par quelques membres d'une peu ragoûtante famille de pauvres fermiers blancs, qui avaient cru recevoir un cadeau du Ciel en récupérant les anciennes possessions de péons plus pauvres encore. Je ne m'attendais évidemment pas à trouver celui que je cherchais dans ce genre de galetas pouilleux. Je fus réveillé au petit matin par l'écho sec d'une détonation. Je crus d'abord qu'on nous attaquait. Puis, comme aucun des membres de la communauté qui vivotait là ne semblait paniquer, je décidai d'aller voir ce qui provoquait pareil raffut. D'autres coups de feu retentirent, cinq en tout en plus du premier, avant que j'identifie le tireur.

Je le trouvai dans l'enclos édifié derrière la principale cahute, les pieds nus plantés dans la boue et les excréments de porc, brandissant à bout de bras le plus grand revolver qu'il m'eût jamais été donné de voir (j'appris par la suite qu'il s'agissait d'un véritable Colt Walker calibre 44, une monstruosité mise au point par le capitaine Sam Walker à l'occasion de la guerre contre le Mexique, sur la base de l'arme primitive élaborée par Samuel Colt). Le canon fumait encore. Des éclats de roc parsemaient l'autre extrémité de l'enclos, là où les balles avaient pulvérisé leurs cibles, de grosses caillasses alignées au pied de la clôture.

Vu de dos, le tireur m'avait l'air plutôt costaud, pas tout à fait le gabarit de certains des Chasseurs aperçus à Hannibal, mais beaucoup plus épais que je ne l'étais moi-même. Aussi je fus surpris de lui découvrir un faciès lisse et angélique, les joues encore rondes, quand il fit volte-face, son Colt toujours serré entre ses paumes jointes. En dépit de sa carrure, c'était encore un gamin, comme le confirmèrent ses premiers mots :

— Woh, m'sieur, vous m'avez flanqué la trouille !

Je levai les mains en signe d'apaisement.

— Désolé, fiston. Je ne voulais pas t'effrayer. Mais je te saurai gré de pointer ton arme dans une autre direction, car tu m'as l'air d'un fameux tireur !

Je n'avais peut-être pas cinq ans de plus que lui, mais je trouvai normal de lui donner du «fiston», et lui du «m'sieur» — ce qui me convenait tout à fait. Il rougit sous l'effet du compliment et entreprit de recharger le Colt. Il portait une ceinture de munitions taillée dans un superbe cuir ouvragé, qui détonnait avec ses guenilles. Je l'observais manipuler l'arme d'une main sûre. Une fois qu'il eut terminé, il glissa le long canon dans sa ceinture et m'indiqua le poteau planté à l'angle de l'enclos, environ vingt pas plus loin. Je remarquai seulement alors le cruchon en terre posé en équilibre sur le pieu. Avant que j'aie eu le temps de reporter mon attention sur le gamin, un coup de feu avait claqué et le pot explosait dans le même temps. Je m'avançai et déclarai, sur un ton que je voulus anodin :

— Tu es drôlement rapide, mon garçon. Comment t'appelles-tu ?

— Wooley, m'sieur.

— Eh bien, Wooley, mon jeune ami, je me disais comme ça que tu es habile à manier un revolver.

— Mon oncle Joshua m'a appris, m'sieur.

— Tiens ? Et cet oncle Joshua est un fameux pistolero, pas vrai ?

— J'sais pas, m'sieur. Je connais pas le mot.

— Il signifie que l'estimé oncle Joshua est un as de la gâchette. Tu comprends cela, Wooley ?

— Oui. P'tain, c'est plutôt vrai.

— L'oncle Joshua est-il plus habile que toi, mon garçon ?

— Oh pour sûr !

— Dans ce cas, c'est à lui qu'il faut que je parle.

— Je crois pas, m'sieur.

Voyez-vous ça ! Et pourquoi donc, mon garçon ?

— Parce que l'oncle Joshua se balance au bout d'une corde du côté de Silver City, à c't'heure, m'sieur.

Le gamin renifla pour souligner ce triste état de fait et essuya le filet de morve qui pendait au bout de son nez d'un revers de manche.

— Je suppose que cette arme appartenait à feu ton oncle, n'est-ce pas ? Et que c'est lui qui t'a appris à la manier.

J'avais deviné juste. Je posai ensuite la question essentielle à mes yeux :

— Qu'est-il arrivé à l'oncle Joshua, du côté de Silver City ?

Wooley cracha avant de répondre :

— L'a pas pu entrer en ville, les gars de Mortensen l'ont eu avant.

— Ce Mortensen avait donc quelque grief envers Joshua ?

— Des gris quoi, m'sieur ?

— Il lui en voulait.

— Pour sûr. C't'enculé dit qu'il a volé ses bêtes...

— Et l'oncle Joshua aurait-il pu avoir maille à partir avec d'indélicats garçons vachers ?

— J'comprends pas tout c'que vous voulez dire, m'sieur, mais j'sais bien qu'il a jamais rien volé à personne.

— Raison pour laquelle tu as décidé de le venger, c'est bien ça ?

Content que j'aie à nouveau deviné juste — Wooley était pareil à un livre ouvert, il aurait fallu être aveugle pour ne pas cerner ses intentions — il m'adressa un franc sourire de chérubin :

— C'est bien ça, p'tain oui ! Ce Colt que vous voyez là a plus servi depuis la guerre, mais j'l'ai graissé jour après jour depuis le départ de mon oncle. C't'avec lui que j'vais abattre c'fumier d'Mortensen !

— Je suis certain que de là où il se trouve, ton oncle t'est reconnaissant du noble sentiment qui t'anime, mon garçon. Je le trouve moi-même admirable. Toutefois, vois-tu, je crains que tu ne te trompes.

Une ombre voila le regard transparent de Wooley, comme un pli soucieux barrait son large front bombé.

— La vengeance, fiston, appelle la vengeance, c'est un fait établi depuis que l'homme est homme. Même si tu parviens à tuer ce Mortensen, ses hommes ne te laisseront pas repartir en paix. Ils te traqueront. Tu ne seras plus en sécurité nulle part. Ni ta famille, d'ailleurs.

— J'suis pas un lâche, m'sieur…

— Ce dont je ne doute pas un instant ! C'est pourquoi j'ai une proposition honnête et équitable à te faire, mon garçon. Veux-tu bien m'écouter un instant, me laisser me présenter et t'indiquer quel brillant avenir je te vois, si tu acceptes de considérer mon offre ? Crois-moi, ce que j'ai à te proposer vaut toutes les vengeances du monde…

Je parlai. J'exposai mon point de vue, usant des ficelles du langage et de trucs appris au contact des bonimenteurs du Mississippi. Mais je crois qu'au fond de lui, Wooley n'avait jamais vraiment été convaincu du devoir qui le liait à l'oncle Joshua, qu'il avait pris prétexte de cette vengeance dans un seul but : s'en aller le plus loin possible de ce village misérable et puant, échapper au soleil implacable du sud de l'Arizona et vivre avec un Colt à la main plutôt qu'une foutue bêche.

Je le convainquis donc aisément de me suivre.

*

Nous prîmes la route du nord, en direction des montagnes Rocheuses, Wooley à pied, moi à dos de mule, jusqu'à atteindre le territoire des Mormons, dans la vallée de la Carson. Des pionniers en route pour la Californie s'étaient arrêtés là quelques années plus tôt pour fonder une cité, Genoa. L'endroit prospérait gentiment, car les terres, bien arrosées par la Carson, s'avéraient fertiles, et les routes de l'Ouest les plus fréquentées passaient à proximité.

Surtout, Genoa correspondait en tout point à mes attentes. J'y trouvai de quoi dépenser une partie de mon pécule. Je rachetai une carriole à un fermier, une seconde mule pour la tirer, des outils et matériaux ainsi que quelques effets indispensables — savon, nécessaire à barbe, sous-vêtements propres, etc. J'avais laissé Wooley seul dans notre campement de fortune, à l'écart de la petite ville. Lorsque je fus de retour avec mes acquisitions, je lui déclarai :

— Il est plus que temps de s'occuper de ta publicité.

— Ma quoi ?

— Ce dont tu as besoin pour accéder à la gloire.

— C'est rien qu'une bête carriole, m'sieur Mark !

Il avait pris l'habitude de m'appeler ainsi, chaque fois qu'il m'adressait la parole. Wooley n'a jamais été prolixe. J'avais déduit de ses rares confidences, tandis que nous cheminions, qu'il devait avoir environ quatorze ou quinze ans, que son père — le frère du fameux Joshua — était une espèce de demi-clochard qui avait atterri dans le sud de l'Arizona après avoir été chassé de partout où le hasard l'avait entraîné, que certains de ses frères et sœurs, dont il ne connaissait pas le nombre exact, avaient fui dès que possible cet enfer.

— Pour l'instant, oui, admis-je. Mais ce ne sera plus le cas après que j'aurai joué du pinceau.

J'exhibai le matériel de peinture acheté à la quincaillerie. Wooley m'observa en silence alors que je m'attaquais aux flancs de la carriole, les recouvrant d'une épaisse couche de blanc.

Une fois mon barbouillage achevé, je reposai mon pinceau et fis mine de réfléchir.

— Il va te falloir un autre nom, Wooley.

— Pourquoi ?

— Mais pour le rêve, pour le spectacle, pour la magie, voyons ! Wooley, sauf ton respect, ça évoque la poussière et ce qui coule du cul des vaches. Il te faut absolument un pseudonyme digne de respect.

— Un pso-deu-quoi ?

— Un autre nom… Voyons voir.

Je trempai les poils du pinceau dans un pot de peinture rouge et commençai à tracer de grandes lettres en capitales. Wooley me regardait sans broncher, comme fasciné par cette démonstration de mes talents.

— Qu'est-ce qu'vous écrivez ?

— Attends que j'aie terminé. Je t'expliquerai.

L'idée m'était venue sur le chemin du retour de Genoa. Là-bas, j'avais cherché de quoi habiller correctement le gamin, histoire de le mettre en valeur pour sa première exhibition, mais les seuls vêtements proposés par le magasin général convenaient pour les fermiers, pas pour un pistolero. Je m'étais alors souvenu des frusques offertes pour paiement de mes services par le patron du bordel de La Nouvelle-Orléans. Je terminai d'écrire le premier mot et reposai mon pinceau.

— Va donc jeter un œil dans ma malle, fiston. Tu vas comprendre.

Wooley ouvrit précautionneusement mon bagage et en inspecta le contenu, circonspect : des tas de bouquins jaunis, la couverture froissée, où l'on devinait les silhouettes de pistoleros fièrement campés en position de duel, ou bien celles, menaçantes, de sombres créatures aux crocs saillants, toutes griffes dehors.

— Peuh ! cracha-t-il. Saloperies d'Brookes !

— Bien dit, mon garçon. Si tu savais lire, tu frémirais au récit de leurs sinistres exploits. Mais ce n'est pas ce qui nous intéresse pour le moment. Fouille encore… Ah, le voici !

Soulevant une pile de fascicules, Wooley découvrit une étoffe couleur myrtille. Il retira un veston et son pantalon assorti du fond de la malle, ainsi qu'une chemise pourvue d'un jabot de dentelles. Dans les bas quartiers de La Nouvelle-Orléans, ce genre de panoplie était monnaie courante, maquereaux et joueurs professionnels aimant se distinguer du *vulgus pecum* par leur ramage et plumage… Mais dans l'Ouest, nul doute que pareille tenue ne marque durablement les esprits — tout à fait ce qu'il me fallait pour donner à la renommée de mon poulain le coup de pouce nécessaire.

— Il te plaît ?

— Sûr, m'sieur Mark.

— Je le portais à Vera Cruz, à la cour de Maximi-
lien. Tu connais l'Empereur du Mexique ?

Wooley opina, même s'il ignorait certainement tout
de l'archiduc autrichien fusillé huit ans plus tôt.

— Eh bien, il a ordonné à son tailleur personnel
de me confectionner ce splendide smoking, afin que
je puisse me présenter dignement au bal qu'il donnait
à Miramar. J'ai valsé avec l'impératrice Charlotte au
son des violons. Ce qu'il s'est passé ensuite, ma foi,
mon honneur de gentleman interdit de le révéler !

Les joues du gamin s'empourprèrent. Je n'avais
pas repéré de bordel à Genoa, mais je ne doutais pas
de l'existence d'un tel établissement, indispensable à
la santé morale des prospecteurs et des pionniers, au
même titre que l'église. J'avais prévu d'y conduire le
futur héros une fois ses exploits accomplis, en guise
de récompense.

— Je me disais comme ça, que tu aurais une fichue
classe là-dedans... Que tu en imposerais. Que ceux
qui croiseraient ton chemin s'en souviendraient toute
leur existence, pour peu qu'ils ne te provoquent pas,
bien sûr.

— Oh, j'sais pas, j'ai jamais porté de veston ni rien
de c'genre.

— Il ne s'agit pas d'un vulgaire veston, mon garçon ! Mais d'un authentique *habit*, comme disent les
Français. Les sujets de Sa Majesté appellent ce type
de costume un *tuxedo*.

J'épelai le nom que j'avais commencé d'inscrire sur
la carriole :

— T, U, X, E, D et O. Je trouve que ça sonne fou-
trement bien. Qu'en penses-tu ?

— Pour sûr, m'sieur Mark.

— Alors c'est dit, désormais, ce sera ton nom de pistolero ! Voyons comme cela sonne : *Tuxedo Kid, Terreur du Staroste !* Pas mal, mais ce n'est pas encore ça…

Je me grattai le crâne, à la recherche d'une formule plus exotique. Wooley contemplait les lettres couleur sang sur le fond blanc tout frais, bouche bée. Je voyais qu'il commençait à y croire, lui aussi.

—Tu saisis à présent ce qu'est la publicité, hein ? Les gens retiennent plus facilement certains noms. Il ne faut pas craindre d'en rajouter pour marquer les esprits. Prends l'exemple des Chasseurs. Depuis qu'on les surnomme dans l'Ouest la Horde sauvage, leur renommée a atteint des sommets.

Wooley n'avait pas besoin de savoir que l'expression, inventée par mon frère, n'avait pas dépassé les limites des colonnes du *Hannibal Western Union*.

— On les connaît parce qu'ils crèvent les Brookes, précisa Wooley.

— Certes. Mais connaître n'est pas admirer… Tout le monde connaît la Lune, mais seuls ses admirateurs l'appellent l'astre d'argent. Tiens, j'y suis !

Je repris mon pinceau et traçai quatre nouvelles lettres de sang sur le flanc de la carriole.

— Moon, indiquai-je.

Ma main libre s'abattit sur l'épaule de Wooley. Le gamin au Colt Walker avait l'air ravi, comme s'il venait de voir passer un vol d'anges radieux dans le ciel miraculeusement pur de l'Ouest sauvage.

— Tuxedo Moon ! Voilà le nom du pistolero que le public va bientôt aduler, fais-moi confiance.

— Tuxedo Moon, répéta Wooley, goûtant la saveur

particulière du patronyme, comme il le ferait d'un vin doux de Californie.

— Ta fortune est assurée, avec un nom pareil.

Ainsi que la mienne, du moins j'y comptais fermement. Depuis un recoin de mon esprit monta le rire gras d'un pistolero à la face ravagée, mais je réussis à le faire taire en resserrant mon étreinte autour du col de mon héros.

*

Le gloussement des jeunes filles fit monter le rouge aux joues du garçon, les accordant presque parfaitement à la couleur de son costume. Les donzelles le suivirent un moment dans la rue principale en pouffant et échangeant des œillades, puis elles disparurent à l'intérieur du magasin général. Les fermiers venus faire leurs provisions se montrèrent plus discrets, mais leurs mines consternées en disaient long. Même le cheval monté par Wooley semblait se moquer de son cavalier quand il secouait la tête et agitait sa crinière. La rosse n'était pourtant guère reluisante, avec sa robe jaunâtre pelée aux articulations — mais je n'avais plus en bourse de quoi offrir un pur-sang à mon héros. Dix dollars s'étaient enfuis dans la poche d'un prospecteur trop heureux de se débarrasser de l'animal, qui n'aurait de toute façon jamais atteint la côte Ouest dans l'état où il se trouvait après avoir traversé la moitié du pays. Le reste de mon pécule devait servir pour la deuxième phase de mon plan.

Je suivais Tuxedo — désormais, je ne l'appellerai plus qu'ainsi — à distance, conduisant mon attelage tout en conservant un œil rivé au dos couleur myrtille de mon partenaire. Genoa, comme je l'ai déjà indiqué, était l'endroit parfait pour faire éclore une réputation. Pas de lois bien définies, aucun représentant des institutions fédérales, puisque le territoire n'appartenait pas à l'Union. Pas non plus de Brookes, puisque les premières mines d'argent se trouvaient à plusieurs centaines de miles au nord. Enfin, je m'en étais assuré lors de mon premier passage en ville, pas d'as de la gâchette non plus dans les parages. Non que je doutais des aptitudes de Tuxedo — le gamin avait continué de s'entraîner ces derniers jours, et je dois avouer que ses réflexes m'impressionnaient — mais je ne souhaitais pas qu'il débute sa carrière en prenant trop de risques.

Obéissant à mes instructions, Tuxedo s'arrêta devant la façade du *Rubis Saloon*, où il entra en roulant des épaules. D'expérience, je savais qu'il suffirait de quelques minutes pour que les quolibets fusent et qu'une rixe s'en suive. L'important était que de nombreux témoins puissent attester que Tuxedo avait été provoqué. Il n'en faudrait pas plus pour que quiconque ne s'avise de lui reprocher la mort d'un homme. J'entrai à mon tour et me dirigeai à une table, dans le coin opposé où Tuxedo s'était installé.

Tous les regards convergeaient évidemment vers ce jeune inconnu si bizarrement fagoté. Clients, joueurs et putains semblaient fascinés par l'apparition. Tous avaient remarqué la crosse de l'imposant Colt Walker, qui dépassait de la ceinture à hauteur du nombril, dans le prolongement de la cascade de dentelles tombée du jabot de Tuxedo. Une fille finit par s'approcher et lui glisser quelques mots à l'oreille. Je vis les joues de mon poulain prendre la couleur de son habit. La fille éclata alors de rire et s'assit sur ses genoux, lui caressant la nuque et commandant une bouteille dans le même temps.

Les yeux clairs de Tuxedo m'envoyèrent un signal de détresse, mais je lui fis comprendre d'une grimace de ne pas s'inquiéter. J'avais en effet repéré le manège du groupe de cow-boys qui occupait l'angle du bar, dans le dos du garçon — les seuls hommes armés du saloon, hormis Tuxedo, bien sûr. Déjà, je prenais mentalement des notes pour mon compte rendu, essayant de trouver les formules les plus aptes à décrire les adversaires de mon héros. Ils étaient trois, mais j'éliminai le plus vieux, dont les mains tremblaient quand il portait son verre à ses lèvres. Rien à craindre de son côté. En revanche, le type au front bas et son acolyte à la barbe bouclée ne cessaient de s'envoyer des coups de coude et des lampées du whisky maison, le cocktail idéal pour ce que j'entrevoyais comme une « issue tragique ».

Le barman apporta la commande de la putain et deux verres. Je savais que la fille ferait semblant de boire, dans l'espoir que tout l'alcool ingurgité par son micheton favoriserait la rapidité d'exécution des ébats tarifés qui allaient suivre. Ma fréquentation des bordels de Louisiane prenait ici tout son sens, dans la mesure où je pouvais décrypter le sens caché de chaque geste et l'anticiper. Ainsi, lorsque je vis le cow-boy barbu s'écarter de la ligne de mire de son compagnon et crocheter nonchalamment ses pouces à son ceinturon, le plan d'ensemble de la scène m'apparut clairement. Le barbu allait couvrir les arrières du seul véritablement dangereux, le petit au front bas et au faciès de brute.

Je m'en voulais un peu de compromettre la vie d'un

humain, mais je me consolais en me disant que seuls de parfaits imbéciles jouaient le jeu de la provocation face à un homme armé. Et si ceux-ci pouvaient aider à la renommée de Tuxedo, leur rôle sur Terre n'aurait pas été vain. Je ne saisis pas ce que le petit cow-boy lança à la putain, mais cela déclencha l'hilarité de la moitié de la salle. L'autre moitié s'était figée, dans l'attente de la réaction de Tuxedo. Mais le gamin aurait été bien en peine de répliquer à ce moment-là, car la main de la putain s'agitait à hauteur de sa braguette quand le cow-boy avait parlé, et mon poulain avait perdu tous ses moyens…

Je voyais mon scénario virer à la catastrophe par la faute d'une professionnelle trop consciencieuse, quand la situation se renversa soudain. Le petit cow-boy, sans doute vexé de n'avoir pas capté l'attention de sa cible, attrapa la putain par les fanfreluches de son col et l'envoya bouler cul par-dessus tête sur le plancher. Je vis l'expression de Tuxedo changer dans la seconde. À présent, l'honneur d'une dame, fût-elle de petite vertu, était en jeu. Mon poulain se releva aussi dignement que la bosse dans son pantalon le lui permettait, tandis que le cow-boy reculait de cinq pas, sans le lâcher du regard. Plus personne ne riait. On entendit distinctement Tuxedo qui demandait :

— C't'enculé vous a pas fait mal, m'dame ?

Sans doute le gamin ne s'était-il pas rendu compte de l'injure proférée, tant il avait pour habitude d'émailler ses propos de qualificatifs aussi fleuris. Mais le cow-boy prit très mal qu'on pût douter de l'orthodoxie de ses pratiques sexuelles, car il dégaina son arme, qu'il portait dans un étui sur le côté.

Un seul coup de feu claqua et le petit cow-boy

effectua une pirouette qui l'envoya valser du côté de la table de jeu, sur laquelle il s'effondra, interrompant définitivement la partie en cours. Tuxedo semblait étonné de la facilité avec laquelle il venait de donner la mort. Il restait là, debout, le Colt à la main, tandis que l'agitation reprenait dans le saloon. Le cow-boy barbu se précipita sur le cadavre de son collègue en jurant. Personne n'eut la présence d'esprit de l'empêcher de dégainer à son tour et de viser la cible parfaite, énorme et couleur myrtille, plantée à quelques mètres seulement. Je comptai trois coups de feu avant que Tuxedo réagisse, comprenant enfin ce qui se passait. Le Colt Walker tonna à nouveau une seule fois. La mâchoire du barbu vola en éclats mais l'homme ne tomba pas. Au lieu de ça, abandonnant la moitié de ses dents sur le sol du *Rubis Saloon*, il détala. J'ai eu l'occasion, par la suite, d'apprendre qu'il avait survécu...

Je grimpai sur ma table et, les bras levés, j'interpellai la foule :

—Vous êtes tous témoins, le garçon a été provoqué ! Ce n'est pas lui qui a dégainé le premier ! Au contraire, il n'a pas souhaité répondre aux provocations... Seulement, le sang de ce brave jeune homme n'a fait qu'un tour quand il a assisté à l'acte brutal dont a été victime mademoiselle...

Je désignai la putain, qui se relevait seulement en époussetant sa robe. J'improvisai, mais les mots coulaient de ma bouche tel le flot d'un torrent après l'orage, tumultueux. Je tenais mon auditoire captif. En moins de dix minutes, l'affaire était entendue, le garçon au costume voyant était un héros, oui m'dame !

Sous les acclamations, j'entraînai alors Tuxedo au-dehors et l'aidai à monter à cheval. Il avait encore l'air sonné. Je mis ça sur le coup de l'émotion. Plus tard, arrivé à notre campement, je découvris les deux trous dans le costume, à l'épaule et au côté. Heureusement, les balles du barbu n'avaient qu'effleuré la peau et le gras du garçon. Je pansai les plaies et le félicitai pour sa bravoure. Il s'endormit comme une masse peu après, dans le fond de la carriole. Je jouai encore du fil et de l'aiguille pour repriser la veste du smoking et je nettoyai le sang que Tuxedo avait abandonné sur sa chemise.

Le soir même, je me mis à l'ouvrage. Le lendemain à la première heure, j'apportai le texte que j'avais rédigé pendant la nuit à l'imprimerie locale. Mes derniers dollars furent engloutis dans la fabrication d'une centaine d'exemplaires du premier fascicule (en réalité, une double page au format du journal de Genoa) rapportant les exploits de Tuxedo Moon. J'insistai pour procéder moi-même à la composition des feuillets, et je surveillai de près l'ouvrier qui se chargea de manier la presse. Le travail se prolongea jusqu'à la fin du jour. Le soir venu, titubant de fatigue mais incapable d'aller prendre du repos, j'emportai le tout jusqu'au *Rubis Saloon*. Comme je m'y attendais, on ne parlait que des exploits de mon héros. La salle était bondée, les curieux avaient afflué de tout Genoa et ses environs. La putain de la veille passait de table en table, sa valeur ayant apparemment augmenté depuis qu'elle avait été l'enjeu de la rixe.

Je grimpai sur une chaise et agitai ma liasse de feuillets, en hurlant le début du texte, que je connaissais par cœur, pour couvrir le brouhaha ambiant :

— *Pour l'honneur d'une Lady, où comment le jeune Tuxedo Moon, le pistolero gentleman, affronta et vainquit au terme d'un combat farouche deux brutes déterminées et sanguinaires…* Mais ce n'est pas le premier exploit de ce pistolero d'exception ! Découvrez comment s'est bâtie la légende du héros le plus élégant de l'Ouest, pour un dollar seulement…

Il ne me fallut pas cinq minutes pour écouler ma centaine d'exemplaires. Un premier succès éditorial qui en annonçait beaucoup d'autres.

*

Les duels se succédèrent, toujours dans les territoires hors la loi de l'ouest des Rocheuses, où la réputation de Tuxedo Moon grandissait de jour en jour. Je passais mes soirées à ajouter de nouveaux chapitres à l'édifiante biographie du « pistolero gentleman ». Quand je les lisais au gamin, je voyais un sourire béat éclairer sa face. Il ne faisait jamais de commentaires. J'écrivais aussi des chroniques dans plusieurs journaux de la côte Ouest, le style des aventures de Tuxedo Moon ayant séduit les rédacteurs en chef du *San Francisco Morning Call* et du *Sacramento Union*, entre autres. Avec l'argent rapporté par mes piges et la vente des fascicules, nous améliorâmes notre ordinaire. Nous descendions dans les meilleurs hôtels partout où nous passions, et nous mangions à notre faim. Si Tuxedo appréciait visiblement la tournure prise par notre existence, ce n'était pas mon cas. Trop de temps avait passé depuis notre rencontre, fortuite, dans le sud de l'Arizona. Plus encore depuis le jour où j'avais embarqué à bord du *Jonas Beaver*. En fait, je venais juste de réaliser que dix ans venaient de s'écouler. Un événement particulier m'avait fait prendre conscience de la date, en parcourant le journal du matin : Abraham Lincoln, le foutu sénateur ami des Brookes, avait remporté l'élection présidentielle. La dernière conversation tenue avec mon frère m'était revenue en mémoire. D'autant que j'eus la surprise de découvrir, à la lecture de l'article qui relatait les décisions prises par le nouvel occupant de la Maison-Blanche, qu'un certain Orion Clemens avait été nommé secrétaire d'un des nouveaux territoires annexés à l'Union : le Nevada — nom signifiant « couvert de neige » en espagnol.

Mon frère, entré au service de Lincoln, allait débarquer dans les environs, si ce n'était déjà fait ! La nouvelle me fit un drôle d'effet. La raison de l'annexion tenait en un intitulé étrange : « Comstock Lode ». Derrière ce barbarisme se cachait la plus formidable des machines à profit. Il s'agissait rien moins qu'une bourse à l'argent, un organisme tout ce qu'il y avait de plus officiel, initié par Lincoln pour rafler légalement le précieux métal. Orion avait été placé à la tête de cette structure. Il était devenu rien moins que le courtier en chef du Staroste, dont je me doutais qu'il serait le principal bénéficiaire de l'opération. Car qui s'intéressait à l'argent plus que le vieux leader du Convoi ? Seulement, il ne pouvait pas agir à visage découvert. La récente élection d'un ami des Brookes à la tête du pays réglait le problème.

De riches gisements avaient donc été découverts dans les montagnes du Nevada, attirant une ruée de prospecteurs. D'ici peu, on ne tarderait pas à voir apparaître les premiers émissaires du Convoi, qui s'était jusque-là tenu à l'écart de la partie méridionale des Rocheuses. Mais ce qui me gênait le plus dans cette affaire tenait à la volonté, répétée, du président à offrir leur propre territoire aux Brookes. Avec les moyens dont il disposait à présent, je ne voyais pas ce qui pouvait empêcher ce projet fou de se réaliser. Peut-être pas dans l'immédiat, puisque dans l'Est, une vive tension opposait la confédération des vieux États du Sud et ses rivaux du Nord, au sujet de la question de l'intégration des Brookes. Toute l'attention de Lincoln demeurait concentrée sur le règlement de ce conflit, qui agitait nombre d'esprits et avait déjà provoqué pas mal de dégâts — des bandes armées financées par les riches planteurs du Sud traquaient les amis des Brookes, n'hésitant pas à en lyncher pour l'exemple, et la garde nationale leur donnait la chasse. Toutefois, c'était au Congrès que les affrontements s'avéraient les plus vifs, entre partisans du traître Lincoln et honnêtes conservateurs. Les mots prononcés à la tribune et reproduits dans les journaux faisaient souvent plus mal que les balles échangées ou la corde passée au cou, car ils détruisaient plus qu'une vie, à savoir la réputation d'un homme et de toute sa famille, et jetaient le discrédit sur sa clientèle politique. Mais toutes les querelles de pouvoir finissent par s'apaiser un jour. Et quand ce jour-là arriverait, le Staroste aurait gagné.

Il était plus que temps de réagir. Je profitai d'un petit déjeuner en compagnie de Tuxedo pour lui annoncer que le «pistolero gentleman» devait maintenant changer de cible. Comme à son habitude, il ne fit aucun commentaire. En dépit des années, il n'avait guère changé, hormis les poils rebelles qui lui couvraient les joues, toujours aussi rondes et lisses. Il n'avait pas non plus appris à lire. Son vocabulaire restait le même que celui du gamin de quatorze ans que j'avais arraché à son trou misérable. En revanche, ses réflexes s'étaient encore affûtés, il savait aussi bien tirer de la main gauche que de la droite. Il portait désormais un second pistolet à sa ceinture, en plus du vieux Colt Walker de son oncle, un plus classique modèle Navy modifié pour accepter lui aussi du calibre 44. À l'instar de James Buttler Hickok, autre pistolero dont les exploits défrayaient la chronique depuis quelques années, Tuxedo gardait ses revolvers dans sa ceinture, les crosses tournées vers l'avant. Il tirait en conséquence en croisant les bras sur la poitrine, ce qui produisait toujours son petit effet sur le public venu assister aux démonstrations que j'organisais dans les théâtres de notre secteur.

— Tu dois rejoindre la Confrérie des Chasseurs, mon garçon, lui annonçai-je.

— Si vous voulez, m'sieur Mark, répondit-il en engouffrant une fourchetée d'œufs au lard.

— Pour cela, il faut ajouter un nouveau gibier à ton tableau de chasse.

— C'que vous voulez...

Je tapai du poing sur la table, renversant nos tasses de café. Tuxedo leva vers moi un faciès peu expressif.

— Bon sang, tu ne peux pas exprimer une opinion personnelle, pour une fois, bougre de crétin ?!

Je m'étais emporté sous l'effet de la contrariété provoquée par les nouvelles du jour. J'avais l'impression de me retrouver dans la peau du pâle jeune homme obligé de se soumettre aux volontés de son frère aîné, comme ce dernier se dressait à nouveau sur ma route. Tuxedo n'avait rien à voir là-dedans, du moins je m'en persuadai — je trouvais quand même étrange son manque d'enthousiasme, la façon mécanique qu'il avait de se comporter avec moi, mais je mettais ça sur le compte de la faiblesse de son entendement.

— Excuse-moi, mon garçon, ce n'est pas après toi que j'en ai.

— Ça fait rien, m'sieur. Vous avez raison. Je crois qu'y faut qu'je pense tout seul.

Sa tentative d'implication me rassura momentanément.

— Il faut que tu comprennes les risques encourus, si nous nous en prenons aux membres de la Famille.

— Donnez-moi d'l'argent, et j'vous jure de pas laisser un seul Brooke faire ses saloperies d'fumier sur notre territoire !

Il me sourit, plus lunaire que jamais, tranquille gros garçon à l'esprit lent mais à la main heureusement plus vive.

— Parfait. Inutile toutefois de tenter le Diable pour l'instant. Voilà ce qu'on va faire, écoute attentivement…

*

— « *Tuxedo Moon, le pistolero gentleman, réexpédie aux Enfers une créature buveuse de sang qui terrorisait une paisible communauté de fermiers du Nevada réunie en prière. Récit de Mark Twain, en exclusivité pour le* San Francisco Morning Call.

« Le révérend Jébidiah Stockton gardera le souvenir de cette nuit du 14 août 1861 gravé au plus profond de sa mémoire. Les paroissiens rassemblés sous sa tente de prêcheur itinérant pour un office vespéral viré au cauchemar, tout autant. La voix chaude et belle du révérend aura-t-elle attiré la créature vers le camp de mineurs installé en amont de la Carson ? Il est vrai que lorsque l'homme de Dieu entonne un cantique, une émotion puissante étreint l'âme des fidèles… Pas plus puissante, hélas, que la frayeur suscitée ce soir-là par l'apparition soudaine d'une sinistre silhouette découpée en ombre chinoise sur la toile de la tente, au moment où s'achevait le sermon. Imaginez l'émoi des fidèles, braves fermiers qui, pour la plupart, n'avaient jamais vu aucun membre de la Famille maudite du Staroste, mais seulement entendu rapporter leurs sanglants méfaits. Aussitôt, le révérend Stockton joua son rôle de pasteur et ordonna à ses brebis de demeurer sous la tente et la protection de Dieu. Le courageux prêcheur empoigna sa Bible et s'avança jusqu'à l'entrée de la tente, murmurant un passage approprié des Écritures pour tâcher de contenir son émotion. Las, les paroles sacrées n'eurent pas l'effet escompté. À peine le révérend avait-il posé un pied dehors que les griffes de la créature se refermaient sur son col pour l'attirer jusqu'à elle, dans le but évident de se repaître de sa chair. "J'ai vu ma dernière heure venue et j'ai remis mon âme entre les mains du Seigneur", témoigne Jébidiah Stockton. "Mais, au moment où l'ignoble créature s'apprêtait à me frapper à la gorge, un coup de feu a retenti et j'ai senti sa poigne faiblir. Un cavalier magnifiquement vêtu avait surgi du fond de la nuit, brandissant un immense revolver argenté. L'apercevant, la créature a

poussé un cri horrible et a pris ses jambes à son cou,
fuyant lâchement. Le cavalier a ajusté un second tir,
pressé la détente, et sa balle a frappé la cible mouvante.
J'ai alors vu le monstre s'écrouler. Le cavalier m'a fait
signe de retourner à l'abri de la tente et je lui ai obéi.
Quelques instants plus tard, il a rejoint notre commu-
nauté, portant les vêtements abandonnés par mon
agresseur, retourné à la poussière. Miss Molly Callwell,
une de mes paroissiennes, a crié le nom de mon sau-
veur: 'Tuxedo Moon!', qu'elle connaissait bien pour
suivre le récit de ses exploits."

« En effet, chers amis lecteurs, vous l'aviez déjà
deviné, il s'agissait de… » bla-bla-bla… Je passe la
suite… Peux-tu m'expliquer, mon cher frère ?

À ma plus grande honte, je n'en menais pas large.
Orion me recevait dans son bureau flambant neuf des
bâtiments de l'administration fédérale, siège du Comstock Lode de Carson City. Il ne m'y avait pas véritablement invité, mais avait dépêché deux costauds de
la Pinkerton, avec pour mission de me conduire jusqu'à cette pièce, avec ou sans mon accord. Les détec-
tives m'avaient cueilli en douceur alors que je sortais
du bain. Tuxedo ronflait comme un bienheureux dans
la chambre voisine. J'avais jugé inutile de provoquer
un scandale.

— J'ai reconnu ton style avant même que mes
espions m'informent de la véritable identité de ce
Mark Twain.

— Je n'ai donc fait aucun progrès depuis tout ce
temps ?

— Oh, que si ! Trop à mon goût, même.

Orion a froissé l'exemplaire du *San Francisco Mor-*
ning Call avant de le jeter dans sa corbeille. Puis il

s'est brusquement relevé de son fauteuil, pour me hurler :

— Que cherches-tu, Samuel ? À déclencher une guerre avec la Famille ?

— J'ignorais que nous étions en paix avec les Brookes, ai-je rétorqué.

— Imbécile ! Comme si nous n'avions pas déjà assez à faire avec la Confrérie… À croire que tout ce que l'Ouest compte de pistoleros conspire contre le président !

— Si ton Lincoln ne baissait pas son pantalon devant le Staroste…

— Je vois que tu n'es pas à une figure de style osée près, m'a coupé Orion. Tes torchons, ce que tu considères sans doute comme de la littérature, agacent en haut lieu.

— Désolé d'être populaire. Les honnêtes citoyens de ce pays adorent mes articles. Ce n'est pas sans raison.

—Tu te trompes, Samuel. On ne te lit guère que dans l'Ouest, et je puis t'assurer que dans les États de l'Union, les exploits de Tuxedo Moon font plutôt rire. N'as-tu donc aucun scrupule à exploiter de la sorte ce pauvre garçon ? Jusqu'à cette ridicule mascarade avec le révérend Stockton…

Je voulus me récrier, mais Orion ne m'en laissa pas l'occasion :

— J'ai mené mon enquête, inutile de me mentir ! Ce Jébidiah Stockton est un vieux prêcheur porté sur la bouteille, tu n'as pas dû avoir grand mal à l'abuser avec ta pitoyable mise en scène… Heureusement, certains de ses paroissiens ont l'œil et l'esprit plus vifs que leur pasteur. Eux ont été frappés par l'allure étrange de ce prétendu Brooke venu perturber l'office. Par exemple, ils ont remarqué sa tignasse rousse, mal dissimulée sous le foulard utilisé en guise de masque. Je n'avais jamais fait attention, mais force est de constater, mon cher frère, qu'avec l'âge tes cheveux ont éclairci et se sont comme embrasés.

Je ne cherchai plus à me défendre, puisque de toute évidence, mon stratagème avait été percé à jour. Je tentai tout de même d'argumenter :

— Tu dois comprendre une chose : Tuxedo Moon incarne des valeurs partagées par une partie des véritables Américains, les pionniers venus défricher les terres de l'Ouest. Peu importe que ses exploits soient ou non authentiques, dans la mesure où ils correspondent aux fantasmes et aux rêves de chaque homme, dans ces territoires que tu sembles mépriser, même si tu es chargé de les administrer.

Orion se rassit et parla d'une voix calme, pour souligner sa résolution :

— Le président Lincoln refuse de laisser couver un second foyer d'insurrection dans le pays, Sam. Il m'a donné tout pouvoir pour régler la question. Il ignore que mon propre frère entretient la flamme de la sédition.

— Cela change-t-il quoi que ce soit de ton point de vue ?

Le soupir d'Orion répondit à ma question.

— Tuxedo et toi devez quitter le Nevada dans les meilleurs délais, Sam. Je te laisse cette dernière chance, pour ne pas briser le cœur de notre pauvre mère. Je te jure que dans d'autres circonstances, je n'aurais pas hésité à vous faire abattre tous les deux par des agents bien entraînés.

— Pas par des foutus Brookes ?

— N'insiste pas, Sam. Pars. Fais-toi oublier. Ne me force pas à obéir aux ordres du président.

— Ne t'en fais pas, je vais apaiser ta conscience, *mon cher frère*.

Je quittai son bureau, persuadé que cette nouvelle algarade fraternelle serait la dernière qui nous opposerait, Orion et moi. Je me trompais, évidemment, une fois de plus…

*

La période qui suivit fut marquée du sceau de l'errance. Je ne pouvais me résoudre à quitter les territoires en proie à la fièvre de l'argent, où affluaient par centaines de milliers les candidats à la fortune. Des villes nouvelles apparaissaient du jour au lendemain aux alentours des gisements du précieux métal blanc, des cités qui échappaient à l'emprise de Washington et ses fichus administrateurs, parmi lesquels mon cher frère. Mais les prérogatives du Comstock Lode s'étendaient chaque jour davantage, et nous devions bouger sans cesse pour trouver un endroit où ses représentants n'avaient pas encore mis les pieds.

Je doutais qu'Orion mît sa menace à exécution mais, par mesure de précaution, j'entraînai Tuxedo hors des frontières du Nevada. Partout, les villes nouvelles poussaient comme des champignons après l'averse. Comme eux, la plupart pourrissaient rapidement sur pied, quand le filon découvert ne s'avérait pas aussi riche que prévu. À défaut de *desperados*, ces endroits attiraient les désespérés de tout le continent. Parmi eux, il se trouvait toujours un imbécile prêt à tenter sa chance contre Tuxedo, dans l'espoir d'une renommée rentable, plus rapidement acquise qu'en s'échinant douze heures par jours pioche en main. En dépit de la distance qui nous séparait du territoire administré par Orion, je préférai suspendre pour un temps la diffusion de ma prose. Inutile de risquer compromettre la carrière de mon poulain. Je fus donc obligé de recourir à différents expédients pour assurer notre train de vie. En réalité, j'envisageais depuis un moment de trouver le moyen de monnayer la notoriété de Tuxedo autrement qu'en passant des nuits blanches à magnifier ses exploits. La lecture des journaux de la côte Ouest m'avait familiarisé avec les noms prestigieux des industriels qui commençaient de s'y établir. Certains n'hésitaient pas à acheter de pleines pages de publicité pour faire connaître leurs produits aux populations fixées dans les grandes villes. Mais il leur était difficile d'accéder à la clientèle disséminée dans les immenses étendues des montagnes Rocheuses, où il existait autant de journaux que de villages éphémères. Je leur proposai donc mes services, et par là même ceux de Tuxedo, pour assurer à leurs marchandises la plus efficace des publicités. La majorité ne daigna pas répondre à mes courriers, mais il s'en trouva malgré tout deux pour risquer l'aventure. Je reçus bientôt les premiers mandats ainsi que des échantillons.

— Qu'esse c'est qu'tout ça, m'sieur Mark ? interrogea Tuxedo, les yeux brillants comme ceux d'un môme la veille de Noël, quand je déposai mes paquets sur son lit.

— C'est pour toi. J'aimerais que tu essaies tout ça. Voyons voir un peu ce que nous avons là…

Je déballai une fiole emplie d'un liquide brun. L'étiquette indiquait que le sirop mis au point par les laboratoires du docteur Singer constituait « le remède souverain contre toutes les formes de déchéances physiques comme morales, alanguissements de l'esprit et du corps » et qu'il garantissait « santé, bonne humeur et joie de vivre » à ses consommateurs réguliers. Je connaissais ce genre de breuvage, pour avoir souvent assisté au boniment des charlatans qui écumaient les bordels. Aussi je m'étonnais qu'une entreprise sérieuse, au point qu'elle accepte de verser un acompte de deux cents dollars, se lançât dans la commercialisation d'un pareil produit. La composition du sirop Singer laissait perplexe le profane : pour l'essentiel, de l'eau additionnée d'extraits de réglisse (pour la couleur) et de noix de cola, un ingrédient que je ne connaissais pas. Je demandai à Tuxedo de goûter.

— C'est pas mauvais, c'truc.

— Tant mieux, parce qu'à compter d'aujourd'hui, ce sera ta boisson de prédilection. Il faudra le faire savoir, fiston. Voyons la suite.

Le second paquet contenait une boîte de brillantine, estampillée le French Chic.

— Ça sert à quoi ?

— À être beau comme un Français de Paris. Les véritables gandins se coiffent exclusivement avec ça. Tout à fait ce qu'il te faut !

Tuxedo ouvrit la boîte avec circonspection, renifla le contenu et fit la grimace.

— Mon vieux mettait c'genre de truc au cul de ses porcs pour soigner leurs saignements...

— Et ils ne s'en portaient pas plus mal, non ?

Écoute, je ne te demande pas d'aimer ça, mais d'en dire du bien au bon moment, c'est tout. Laisse-moi t'expliquer...

Je lui fis la leçon.

— Répète après moi, fiston : « C'est le bon sirop Singer, souverain contre tous les maux, qui garantit la fiabilité de mes réflexes. »

— C'est l'bon sirop Singer souv'rain cont'tout... Euh, c'est quoi la suite ?

Nous répétâmes, encore et encore. Tuxedo faisait des efforts de concentration redoutables. Quand il fut au point, nous reprîmes la route. Dans les semaines qui suivirent, nous nous produisîmes dans plusieurs établissements, avec un certain succès. Cheveux brillantinés, fiole de sirop Singer en pogne, Tuxedo jouait des Colt sur scène, tandis que je contais ses exploits. Il devenait de plus en plus rare qu'on le provoquât. Je dois avouer que ça m'arrangeait. Nos généreux commanditaires devaient être satisfaits, car ils renouvelèrent nos contrats et augmentèrent nos prestations. Grâce à nous, Singer et le French Chic écoulaient leur camelote dans les magasins des nouveaux territoires sans avoir besoin d'y dépêcher leurs représentants. Cela aurait pu durer indéfiniment, et j'aurais peut-être fini par m'accommoder de cette mascarade, si nous n'étions pas passés par Milton Creek.

*

Milton Creek se situait quelque part dans le sud de l'Idaho. Une simple rue, guère plus qu'une coulée boueuse agrémentée de planches pour en faciliter la traversée, et deux douzaines de baraques de chaque côté. Un village de tentes en amont, un cimetière en aval. De l'or et, surtout, de l'argent dans les collines environnantes et dans le fond de la rivière qui faisait une boucle autour du site. Nous aurions pu choisir mille autres lieux semblables, mais il fallut que ce soit celui-là. Je suppose que ce qui arriva le devait, d'une manière ou d'une autre

Le conflit politique qui embrasait la partie dite civilisée du continent depuis près de deux ans ne semblait pas se calmer. La plupart des Chasseurs de la Confrérie avaient déserté les Rocheuses pour s'engager d'un côté ou bien de l'autre, selon leurs convictions pour les plus purs, leurs intérêts familiaux pour les plus lucides. Au-delà de la question de l'intégration des Brookes, cette lutte fratricide opposait de riches planteurs à de non moins riches industriels, et les deux camps luttaient pour préserver la fortune amassée par leurs ancêtres. Car il était clair dans tous les esprits que le parti vainqueur, progressiste ou conservateur, allait rafler la mise et pour longtemps… Dans les faits, la Confrérie semblait même s'être dissoute. Les Brookes développaient donc sereinement leur commerce, accumulant les réserves d'argent dans les soutes des chariots plombés, toujours plus nombreux, qui s'ajoutaient au Convoi. On prétendait qu'il formait une file longue de près de dix miles, quelque part dans le nord des montagnes, et qu'il se déplaçait en direction du Pacifique. Je n'avais jamais rencontré de témoin authentique, personne qui avait jamais vu de ses propres yeux le Convoi. En revanche, ses émissaires écumaient la région, s'aventurant de plus en plus vers le sud, à mesure que de nouveaux gisements étaient découverts. Comme les sites se multipliaient à une vitesse phénoménale dans ces années-là, les Brookes n'hésitaient pas à recruter des collaborateurs humains, pour jouer les intermédiaires avec les prospecteurs dans les endroits les plus reculés. À mon grand désarroi, ils ne manquaient pas, hélas, de volontaires, attirés à la fois par l'appât du gain — la Famille payait comptant en beaux billets verts craquants — et l'impunité conférée par la réputation de leurs employeurs ; quel marshal aurait été assez fou pour imposer la loi des humains à un ami des Brookes ? Wild Bill Hickok faisait figure d'exception, et cela lui a d'ailleurs été fatal, puisqu'il est avéré que Mac Call, le salopard qui l'a lâchement abattu pendant la célèbre partie de poker de Deadwood Gulch en 1876, émargeait auprès du Staroste — mais je m'avance…

Si j'avais été plus attentif à la rumeur qui courait Milton Creek, j'aurais pu me douter de quelque chose, ce soir-là. Mais seule la prestation de Tuxedo m'intéressait et je ne pris pas garde à l'agitation du public. Le *Corridor Saloon* était plein à craquer. Une exhibition du pistolero gentleman constituait une attraction de première catégorie pour les mineurs. Il faut comprendre l'état d'esprit particulier de ces hommes obligés de traiter avec les acheteurs brookes ou leurs collaborateurs pour écouler le métal péniblement arraché aux entrailles de la terre. L'immense majorité détestait les créatures, et les craignait plus encore. Alors, quand l'occasion se présentait de rire à leurs dépens, ils ne s'en privaient pas, en redemandaient même. Pour ma part, j'étais fermement décidé à leur donner ce qu'ils désiraient le plus, à savoir une revanche, fût-elle symbolique, sur la piteuse existence que les Brookes leur imposaient.

J'avais élaboré notre jeu, à partir de l'expérience tentée avec la complicité du révérend Jébidiah Stockton. L'apparition du Brooke était le clou du spectacle. Tuxedo logeait d'abord de vraies balles dans des cartes et des pièces de monnaies, utilisant indifféremment le Colt Walker et le Navy, puis, quand approchait le moment de mon entrée en scène, il prenait soin de recharger à blanc, sans que quiconque s'en aperçoive. Cela fait, Tuxedo s'adressait à l'assistance .

— C'est l'bon sirop Singer, souverain contre tous les maux, qui garantit la fiabilité de mes réflexes, récitait-il avant d'ajouter avec un clin d'œil : même que *tous* mes réflexes sont sacrement améliorés grâce à ce sacré sirop, les dames ici présentes pourront bientôt en témoigner !

Ce qui déclenchait toujours l'hilarité et mettait les mâles de l'assistance de notre côté. Dans les claques où l'on se produisait le plus souvent, ce genre d'effets était apprécié de la direction. Plus prosaïquement, c'était le signal de mon irruption sur scène. Celle-ci variait en fonction de la configuration des lieux. Le *Corridor Saloon* portait bien son nom, car la salle s'étirait tout en longueur, et le bar en occupait le fond. Tuxedo avait commencé son numéro près de l'entrée, là où je devais apparaître. Ce que je fis, emmitouflé dans une cape, un chapeau à larges bords rabattus sur ma tignasse rousse, le visage masqué par un foulard et une paire de lunettes rondes teintées. Mes verres sombres ne me permettaient pas de voir ce qui se passait du côté du bar, de toute façon trop éloigné. Sinon, j'aurais fait immédiatement demi-tour pour quitter Milton Creek à tout jamais !

Au lieu de quoi, je déclamai mon texte :

— Tuxedo Moon, au nom de la Famille, apprête-toi à payer pour tous ceux que tu as expédiés en enfer !

Comme à l'ordinaire, cela suffit à geler l'enthousiasme de l'assistance. Les rires se figèrent au fond des gorges, le silence retomba si lourdement qu'il pesa sur les épaules des buveurs, les empêchant de se redresser pour fuir à toutes jambes. Je pointai un index accusateur sur Tuxedo, qui s'était tourné vers moi lentement.

— Il est temps de mettre un terme à tes exploits !

— J'suis d'accord avec ça, et j'vais même m'en charger... lança une voix de rogomme depuis le fond de la salle.

Ce qui n'était pas prévu au programme. Je jetai un coup d'œil par-dessus les verres de mes lunettes pour mieux voir celui qui avait parlé. Un cow-boy plutôt corpulent fendait la foule massée entre le bar et l'entrée du *Corridor*. Mais ce n'est pas sa silhouette massive qui m'impressionna le plus. Non plus que ses épaules plus larges que celles de Tuxedo, ou la crosse du revolver qui dépassait d'un étui accroché sous le renflement de sa bedaine. Ce qui me fit courir un long frisson glacé le long de l'échine, ce fut son visage. Plus exactement, la partie inférieure de celui-ci. Menton, mâchoire et dentition étaient coulés dans le même bloc de métal mat, deux vis dépassant sur les côtés là où se trouvaient les systèmes d'articulation.

— C't'à toi que j'dois ma gueule, lança-t-il à

Tuxedo. J'espère qu'elle te plaît, pass'que j'compte bien t'en faire une pareille…

Chaque son produit était doublé d'un ferraillement, ce qui lui conférait cette tonalité spéciale que j'avais à tort considérée comme le résultat d'une trop forte consommation d'alcool. Je compris alors plusieurs choses dans le même temps : je me trouvais face au compagnon du premier cow-boy abattu en combat singulier par Tuxedo, quelques années plus tôt — privé de sa barbe, je ne l'avais pas immédiatement reconnu ; la prothèse d'acier qui lui tenait lieu de mâchoire n'avait certainement pas été façonnée par des mains humaines ; en conséquence de quoi, le cow-boy aux dents de métal travaillait forcément pour les Brookes. J'eus confirmation de cette intuition, plus tard, quand je découvris ce qui m'avait jusque-là échappé : Milton Creek avait reçu la visite d'un chariot bâché de noir et d'un couple de cavaliers aux longs manteaux de cuir, quelques jours plus tôt. Les créatures n'étaient restées sur place que le temps nécessaire pour le recrutement d'un intermédiaire humain, et il avait fallu que ce soit lui !

Dans l'immédiat, Tuxedo se trouvait en fâcheuse posture, ses Colt chargés à blanc, face à un colosse animé par le feu de la vengeance et disposant, en plus de son revolver, d'une arme redoutable en lieu et place de la gueule… Il fallait que j'intervienne, ne serait-ce que pour gagner du temps :

— Si vous avez un quelconque grief à l'encontre de M. Moon, il vous faudra attendre que j'aie réglé mes comptes avec lui pour le lui exposer.

J'avais essayé de paraître résolu, imperturbable, comme je pensais qu'un authentique membre de la

Famille l'aurait été en pareil cas. Je vis l'œil du cowboy s'allumer, briller d'une lueur mauvaise. Je savais que ma composition ne pourrait pas continuer à semer le trouble très longtemps dans son esprit, surtout s'il avait côtoyé de vrais Brookes. Toutefois il hésitait, figé à quelques mètres de la scène, partagé entre son ressentiment et sa crainte de déplaire à l'un de ses maîtres. Je décidai de pousser mon avantage :

— Sors, Tuxedo Moon. Finissons-en dehors…

Je priai pour que mon héros entrât dans le jeu et qu'il saisît l'opportunité de fuite que je lui offrais. Mais Tuxedo se contentait de me regarder, l'œil dans le vague, un rictus d'incompréhension déformant son faciès poupin. Je sus, avant même qu'il ne parle, que tout était fichu.

— Euh, c'est pas c'qu'y est prévu, m'sieur Mark…

Je poussai un soupir sous mon foulard. J'étais tout près de la porte. En l'espace d'une seconde, j'avais renoncé à mes rêves et tiré un trait sur les dix dernières années de mon existence. Je tournai les talons et m'enfuis.

— M'sieur Mark ? Euh… Hé, rev'nez…

Je tentai d'ignorer l'appel désespéré de Tuxedo tandis que je me précipitais vers le haut de la rue, où j'avais laissé notre carriole, heureusement attelée. Les premiers coups de feu claquèrent au moment où je me hissais sur le banc et m'emparais des rênes. Je desserrai le frein, frappai la croupe de la mule et la voiture s'ébranla. Pour quitter Milton Creek, j'étais obligé de redescendre l'unique voie et de passer devant le *Corridor Saloon*. Un cri effroyable s'en échappa alors que j'arrivais à hauteur de sa baie vitrée. Je reconnus la voix de Tuxedo, même si c'était celle d'un gamin apeuré exprimant toute sa souffrance d'être au monde, seul, désemparé... Je lâchai un juron et posai le pied sur le frein, tirai sur les rênes de toutes mes forces. La mule poussa un hennissement strident, les roues se bloquèrent et la carriole partit en glissade dans la boue avant de finalement s'immobiliser. La vitrine du *Corridor* explosa alors en milliers de fragments, traversée par une masse désarticulée couleur myrtille... Sans réfléchir, je saisis la carabine dissimulée sous mon siège, normalement destinée à refréner les ardeurs des pillards qui sévissaient sur les routes à cette époque. Je n'avais encore jamais utilisé cette Winchester Henry, mais je n'hésitai pas un instant. Je manœuvrai le levier de pontet pour engager une cartouche, visai au jugé à travers la vitre éclatée et tirai sur la silhouette de colosse qui s'y encadrait. Le temps que Tuxedo se traîne jusqu'à l'arrière de la carriole, j'avais vidé le magasin de ses quinze cartouches calibre 44. L'encadrement de la vitrine était à présent vide. Les clients du saloon avaient dû refluer vers le bar, dans le fond de la salle.

Après m'être assuré que Tuxedo avait bien grimpé à bord, je relançai la mule au galop. Personne ne nous poursuivit. Je ne m'arrêtai pas avant d'avoir mis plusieurs miles entre Milton Creek et nous. Les gémissements et les pleurs de Tuxedo me parvenaient de derrière le panneau de bois peint qui nous séparait. Quelques paroles incompréhensibles émaillaient sa douloureuse litanie. Je ne les compris qu'une fois la carriole stoppée et les battements de mon cœur revenus à un rythme régulier :

— J'vous d'mande pardon, j'vous d'mande pardon...

Je manquai défaillir, terrassé par un violent accès de culpabilité.

— Ne t'en fais pas, fiston, je suis là, tout va bien maintenant.

Je rejoignis l'habitacle pour découvrir le sort que le cow-boy à la mâchoire d'acier avait réservé à mon héros. Je sentis mon estomac se retourner. La joue gauche de Tuxedo manquait. Gencives et denture se trouvaient mises à nu sur tout un côté de son visage. On distinguait nettement les marques abandonnées par les crocs métalliques du cow-boy.

*

Après le désastre de Milton Creek, et la fâcheuse publicité qui s'en suivit, nous perdîmes le soutien financier du sirop Singer et de la brillantine French Chic. Je renonçai à relancer d'autres industriels, car je doutais qu'ils eussent apprécié que leur produit fût associé au visage monstrueux du pistolero gentleman...

Le docteur avait opéré au mieux de ses compétences, et si l'on sait qu'elles lui avaient valu un exil dans les nouveaux territoires après quelques semaines d'exercice à Sacramento, on comprend aisément qu'il ne fallait pas s'attendre à un miracle.

Au moins, Tuxedo vivait toujours. Je me demandais toutefois s'il fallait s'en réjouir... Nous n'avions plus mis les pieds en ville ou dans un campement depuis plusieurs semaines mais, ce matin d'avril 1864, je le trouvai à téter le goulot d'une fiasque de son poison préféré. Je la lui arrachai aussitôt des mains et la jetai. Quand elle se brisa sur un rocher, des larmes mouillèrent les yeux de Tuxedo. Je commençai seulement à pouvoir le regarder en face sans exprimer ma répugnance, aussi je ne parvins pas à me contrôler et j'explosai :

— Foutu menteur ! Tu avais promis d'arrêter quand la douleur serait partie... Pas possible de te faire confiance, pas vrai ? Ma parole, tu as dû cavaler toute la nuit pour trouver ton satané « remède » !

Tuxedo acquiesça, pris en faute, l'œil humide et le nez morveux — aujourd'hui encore, je préfère ne pas évoquer à quoi ressemblait la blessure qui lui tenait lieu de joue gauche.

— C'est trop dur, m'sieur Mark, j'y arrive plus sans ça ! C'est pas le mal, ça s'est passé, j'vous jure... Mais c'est eux, m'sieur Mark ! Eux, que j'vois tout l'temps marcher à mes côtés, sauf quand je bois l'remède...

Je soupirai, ma colère enfuie et remplacée par une vague de pitié qui manqua, une fois de plus, faire chavirer mon esprit — à défaut de mon âme, déjà cédée en échange d'espoirs avortés. Le médecin qui avait accepté de réparer, tant bien que mal, la joue déchirée, n'avait eu d'autres choix que d'assommer Tuxedo de drogue. Il l'avait forcé à avaler un plein flacon de laudanum, et le dérivé opiacé avait produit instantanément son effet anesthésiant. J'avais joué les infirmiers tandis que les outils du doc rapiéçaient les chairs, vaille que vaille. Il avait suivi quelques cours de chirurgie moderne, heureusement, avant de venir s'installer sur la côte Ouest. Les victimes de la guerre contre le Mexique avaient servi à pas mal d'étudiants à se faire la main en matière de cousette. Les sujets défigurés n'avaient pas manqué, dans la mesure où les canons avaient été beaucoup utilisés sur les champs

134

de bataille, et rien n'est plus capricieux qu'un fût de fonte chauffé au rouge... Les plus éminents professeurs en avaient profité pour tester de nouvelles méthodes, parmi lesquelles la plus efficace, quoique rudimentaire, consistait à cautériser à vif une fois le patient soûlé au whisky — en un sens, le laudanum était un progrès... Près de la moitié des blessés survivaient, ce qui constituait une espèce de macabre record. Bref, Tuxedo eut de la chance dans son malheur, car j'aurais pu le conduire tout droit chez un de ces bouchers incapables de faire la différence entre une veine et une artère mais qui s'adonnaient néanmoins aux amputations quand le cas se présentait.

Je demandai d'une voix douce et apaisante :

— Eux, fiston ? Qui ça, eux ?

— Ceux qu'j'ai descendus, m'sieur Mark. Ils marchent avec moi, maint'nant...

— Et ça dure depuis combien de temps ?

— J'sais plus trop... C'est pas clair dans ma tête.

Est-ce que ça l'avait jamais été ? Tuxedo, en dépit de son habit et de ses Colt, sa réputation et son habileté, était toujours resté Wooley, un pauvre gosse trop vite monté en graine. J'aurais dû être plus attentif à l'évolution de son humeur. Mais j'avais fort à faire avec mes propres angoisses. L'épisode malheureux de Milton Creek, s'il avait anéanti mon héros, avait également effrité mes convictions. À bien des égards, je me dégoûtais.

Entendons-nous. À l'heure où je rédige les pages de cette confession, je n'ai toujours pas renié ma détestation des Brookes, et même alors que l'état de Tuxedo prouvait combien j'avais eu tort de croire en mes capacités à fabriquer un héros, pas un seul instant je n'ai songé à remettre mes convictions en cause.

Seulement, au lieu de la gloire promise, j'avais attiré sur le pauvre Tuxedo le malheur et la folie. Si j'avais possédé un soupçon de son courage — revers d'une médaille nommée inconscience — je me serais emparé d'un de ses Colt et je lui aurais charitablement logé une balle dans la nuque. J'en étais incapable. Mon expérience des armes se réduisait au maniement de la Winchester Henry, quand, sous le coup de l'émotion, j'avais vidé son magasin sur une vitrine et celui qui se dressait derrière elle.

Au moins, tout se serait terminé honnêtement. Mais je décidai de ne pas abandonner mon poulain. Par pure bonté, du moins je tâchai de m'en persuader, même si la part la plus lucide de mon esprit ricanait dans son coin à cette idée…

Je commis alors une dernière erreur. Désemparé, désargenté, je repris la plume et renouai le contact avec les rédactions des journaux qui avaient déjà publié mes récits. Seul le *San Francisco Morning Call* accepta de nouveaux épisodes des aventures de Tuxedo Moon. De nouveaux héros l'avaient remplacé dans le cœur des lecteurs. Wild Bill Hickok, chasseur de sudistes et d'Indiens, qui se vantait d'avoir expédié cent hommes en enfer à l'aide de son Colt Army 1860, était le chouchou de la côte Ouest ; un journaliste à sensation, Henri Morton Stanley, rapportait ses vantardises avec un succès retentissant (à tel point que, peu de temps après, ce Stanley prenait du galon et partait conquérir la gloire en Afrique à la recherche d'un médecin perdu…). Succès qui, je m'en apercevais avec rage, devait tout au style que j'avais initié quelques années plus tôt, au faîte de ma renommée.

Je ravalai ma fierté. J'avais besoin de revenus réguliers pour assurer à Tuxedo les soins qu'il méritait — le laudanum se monnayait au prix du meilleur whisky. Je livrai donc une série d'articles, rédigés en piochant dans ma mémoire. Je les agrémentai d'anecdotes empruntées à mes lectures, que je transposai en d'autres lieux. J'inventai ce que j'aurais voulu tenir pour vrai : le retour triomphal de Tuxedo Moon, pistolero et gentleman, en tueur impitoyable de Brookes.

Joignant le rêve à la réalité, je fis de Tuxedo un authentique compagnon des Chasseurs de la Confrérie. Convoquant les souvenirs de Samuel Clemens, aussi purs qu'en ce jour de l'année 1851 où ils s'étaient imprimés à jamais dans l'esprit et le cœur d'un jeune homme de seize ans, je ressuscitai les cinq cavaliers de la Horde sauvage et troussai d'une manière enlevée le récit de leur rencontre avec le plus valeureux de leurs confrères.

Plus Tuxedo s'avilissait par la faute de la drogue, plus son alter ego d'encre et de papier s'ennoblissait. Il faudrait encore à Oscar Wilde un quart de siècle pour livrer au monde son Dorian Gray. Je lui avais brûlé la politesse, métamorphosant le monstre pitoyable qu'était devenu Tuxedo en héros magnifique, incapable de déchéance tant que ma plume lui prêterait vie.

Le Dandy blanc, le Faux Mexicain, le Colosse noir, le Chevalier et Trogne-Usée, tels étaient les patronymes dont j'affublais les Chasseurs, compagnons du Pistolero Gentleman. Ensemble, combien de membres de la Famille n'ont-ils pas exterminés, de toutes les façons possibles ! Combien d'infortunés pionniers, de malheureuses orphelines ou de vieux pasteurs égarés hors des chemins de la foi n'ont-ils pas tirés des griffes brookes ? Les épisodes s'accumulaient, mon imagination enflammée repoussait sans cesse les limites du crédible, et mes éditeurs en redemandaient, arguant que les gamins de toute la côte Ouest s'arrachaient les fascicules aux couvertures criardes, imprimés sur un papier de très mauvaise qualité, où l'on pouvait lire les aventures d'autant d'improbables héros.

Ça ne pouvait pas durer. Je crois que je le savais et, de manière inconsciente, que je cherchais par cette surenchère dans la démesure à provoquer l'ennemi, pour écrire le mot fin au bas de la plus tragique de mes histoires — la vie de Tuxedo Moon.

*

Ils nous tombèrent dessus à la faveur de la nuit. Tuxedo ronflait, assommé par la dose de laudanum ingurgitée en lieu et place du dîner. Depuis quelque temps, sa consommation de drogue avait considérablement augmenté, en proportion des visites des fantômes de ses victimes. J'étais assis à mon écritoire, à travailler à un nouveau chapitre du feuilleton commandé par le *San Francisco Morning Call*, réfléchissant à la manière dont le Pistolero Gentleman et ses compagnons avaient bien pu s'y prendre pour expédier dans l'enfer des Brookes quelques nouvelles douzaines de ces créatures, quand je perçus le grincement d'une latte du plancher, juste devant la porte de notre chambre.

Le temps de me retourner et ils étaient là, debout à mes côtés, deux sombres silhouettes emmaillotées de cuir. Ils avaient retiré leurs foulards et me souriaient. Je sentis une sueur acide mouiller le dos de ma chemise. Je gardais un Derringer Spécial Brooke, cadeau d'un éditeur, à portée de main, caché dans un compartiment de mon nécessaire à écriture, mais je ne songeai même pas à l'utiliser.

— Passez ceci, monsieur Twain, ordonna une des créatures, brandissant son foulard à hauteur de mes yeux. Nous vous emmenons en balade.

— Soyez rassuré, fit la seconde, nous vous ramènerons ici avant l'aube.

— Vous ne risquez rien, qu'un peu de vertige.

— Et la nausée. C'est pourquoi nous préférons que vous demeuriez aveugle pendant le trajet.

Je répétai, bêtement :

— Le trajet ?

— Jusqu'au bivouac, monsieur Twain.

Il n'avait pas besoin d'en préciser davantage. J'avais déjà compris que ces deux-là venaient pour me conduire jusqu'au Convoi.

— Hâtons-nous, ne faisons pas attendre le Staroste plus que de raison, monsieur Twain.

Je nouai le foulard autour de mes yeux. Une poigne de fer me décolla de mon siège et me maintint solidement bloqué contre une poitrine musculeuse. Je respirai de trop près à mon goût l'odeur écœurante qui émanait du costume de cuir de mon ravisseur. Mais je n'eus pas le loisir de m'en plaindre. D'un coup, je me sentis perdre pied d'avec le sol et une enivrante sensation de vertige me chavira les sens. Je m'évanouis rapidement.

Quand je revins à moi, mille lumières dansaient dans la pénombre, je crus contempler le ciel et les étoiles. Mais je me trouvais assis dans un confortable fauteuil, sous une toile de tente, entouré de bougies — des dizaines, des centaines, plantées dans des chandeliers de métal ouvragé ou bien simplement fichées dans la cire, et qui nimbaient la scène d'un halo doré. Je voyais des ombres aller et venir sur le fond de la toile, longues et décharnées, menaçantes et silencieuses. Mon cœur semblait vouloir s'extraire de ma poitrine, ma gorge était emplie de poussière, mes mains se mirent à trembler sur les accoudoirs.

— Ne craignez rien, monsieur Twain, fit une voix dans mon dos, une voix douce, à l'accent chantant, indéfinissable — la voix que l'on prête naturellement aux vieux sages étrangers dans les pièces de théâtre. Vous savez qui je suis, n'est-ce pas ?

J'acquiesçai. J'étais incapable d'esquisser le moindre geste. À peine si je pus murmurer :

— On vous appelle Staroste…

— Quand on doit me nommer, oui, c'est exact. Vous doutez-vous de la raison de votre présence chez moi, monsieur Twain ?

Je perçus un bruissement derrière moi. Je sursautai quand une main effleura mon épaule. Les doigts du Staroste étaient longs, secs et terminés par des ongles arrondis, parfaitement coupés. Il portait une bague à l'annulaire, un anneau d'or serti d'une pierre noire, telle que je n'en avais jamais vue.

— Pas de griffes, comme vous pouvez le constater, continua-t-il. Je vous le répète, vous n'avez rien à craindre. Si j'avais souhaité me débarrasser de vous, ce serait fait depuis longtemps. Désirez-vous boire quelque chose ? Vous restaurer, peut-être ? Vous avez fait un long voyage pour arriver jusqu'ici. Long pour un humain, s'entend.

Je déclinai l'offre et demandai :

— Où sommes-nous ?

— En ce moment, le Convoi fait halte près d'Oregon City. Nous avons installé le bivouac à l'endroit où la Piste de l'Oregon rejoint la route empruntée par l'expédition Lewis et Clarke, au début de ce siècle. L'endroit idéal pour nous. Le jeune État est riche de promesses, ses terres et ses forêts attirent de nombreux émigrants et sa position dominante, au nord des nouveaux territoires, permet le contrôle des flux. Beaucoup d'argent transite par ici... Mais je ne vous ai pas fait venir pour discuter de géopolitique ! Monsieur Twain, j'ai suivi avec attention la carrière de Tuxedo Moon.

Une révélation qui, loin de me flatter, fit courir un frisson le long de mon échine. Le Staroste se déplaça encore, à peine un chuintement d'étoffe, comme le souffle de la brise agitant des rideaux. Je l'entendis remuer quelques objets, puis il reprit :

— Des lectures vraiment distrayantes, je vous l'accorde...

Un froissement de papier, puis une douzaine de fascicules atterrirent sur mes genoux. *Tuxedo Moon, pistolero et gentleman. Les exploits authentiques d'un Chasseur de Brookes, rapportés par Mark Twain.* Il s'agissait des derniers numéros édités par les journaux de la côte Ouest, non des premières feuilles composées par mes soins. Les illustrations ajoutées par les dessinateurs professionnels présentaient Tuxedo sous un jour flatteur : la mine rayonnante, le regard fixe et dur, le menton volontaire, les épaules carrées dans son célèbre habit. Rien à voir avec l'épave qu'il était devenu. Les membres de la Horde sauvage lui étaient de magnifiques faire-valoir — le Dandy blanc, Trogne-Usée, etc.

— De simples histoires... tentai-je de me justifier, bien piteusement.

— Allons, pas de fausse modestie, se moqua le Staroste. Je ne vous blâme pas d'exercer le métier qui permet à votre talent de s'épanouir. Il faut bien vivre, pas vrai ? D'autant qu'à croire ce qu'on m'a rapporté à son sujet, M. Moon n'est pas au meilleur de sa forme. Son état nécessite des soins coûteux.

Ainsi, il savait. Je ne cherchai donc pas à nier l'évidence.

— Les ravages du laudanum sur un esprit simple sont effrayants. L'opium reprend très vite la confiance qu'il accorde dans les premiers temps d'une relation.

— C'est parfaitement dit, monsieur Twain. Vous ne déméritez pas votre réputation.

Je m'enhardis à mesure que la conversation avançait.

— Quelle réputation ? J'en ai gâché plusieurs tout au long de ma vie : pilote de steamer, journaliste, imprésario, écrivain, camelot... Peuh ! Rien que du vent.

— Votre cas est particulier, je dois l'admettre. En dépit des exploits de M. Moon, vantés dans nombre de gazettes, vous et moi savons pertinemment qu'il n'a jamais représenté la moindre menace pour la Famille. Mais beaucoup de gens l'ont cru. Certains, parmi la plus jeune génération, le croient encore, et c'est peut-être pire.

— Comment ça ?

Le Staroste marqua une pause. Je perçus à nouveau le froissement de ses robes, un mouvement à la périphérie de mon champ de vision. Instinctivement, je tournai la tête vers l'endroit où j'avais cru voir quelque chose. Il n'y avait rien, que les bougies qui brûlaient. Mais quand je reportai le regard devant moi, il était là, si proche que je n'avais qu'à tendre le bras pour le toucher, ce que je n'aurais tenté pour rien au monde.

D'une minceur extrême, le crâne culminant presque au plafond de la tente, il se découvrait sans apparats, tel que l'avait conçu quelque aberration de la Nature, une éternité plus tôt. Son visage exprimait à la fois une intense sauvagerie et l'amour infini qu'il portait à son peuple. Totalement glabre, la peau parsemée de taches brunes et rousses, le nez réduit à deux fentes qui palpitaient au rythme de sa respiration, ses yeux brillaient comme si le reflet de chaque flammèche allumée sous la tente y avait trouvé refuge. À croire que ses orbites abritaient deux pierres précieuses aux milliers de facettes. Les lèvres, guère plus qu'un mince cordon de cuir séché, restaient entrouvertes sur le chaos d'ivoire bruni qui emplissait sa gueule. Néanmoins, il y avait dans ce terrifiant sourire comme l'amorce d'un regret quand il demanda :

— J'ai évidemment l'apparence d'un monstre à vos yeux, n'est-ce pas ?

La question me prit de court. Toutefois, je n'osai pas mentir. Je me contentai d'une réponse évasive :

— Chacun de nous a sa part d'ombre…

— Quoi de plus vrai en ce monde, monsieur Twain ? Comme je suis heureux que vous me compreniez si bien. Nous avons un proverbe, qui remonte à la nuit des temps, qui dit ceci : « Chacun de nous est une lune, avec une face cachée que personne ne voit. » J'aime croire que la Famille est comme la face cachée des hommes, monsieur Twain.

Tandis qu'il parlait, j'observais, fasciné, les mille rougeoiements dans le fond de ses yeux, qui demeuraient fixes. Je compris alors qu'il ne voyait pas — du moins, pas comme nous y sommes habitués. Le Staroste était aveugle. Mais ses autres sens, y compris ceux qu'aucun humain ne possédait, compensaient largement sa cécité.

— Vous prétendez que nous partageons une nature commune ? m'enquis-je.

— Cela a l'air de vous heurter. Pourquoi ? Réfléchissez-y, monsieur Twain. Je vous sais favorable aux thèses émancipatrices et abolitionnistes. Vous reconnaissez en tout homme, quelle que soit la couleur de sa peau ou la forme de ses traits, un semblable. Pourtant, quel rapport entre vos coutumes et celles d'un habitant du cœur de l'Afrique ? Un Chinois ou un Japonais ? Un observateur impartial pourrait conclure que vous n'appartenez pas à la même forme de vie, tant vos comportements ordinaires diffèrent. Pourquoi en serait-il autrement avec les membres de ma Famille ?

— Mais parce que vous vous comportez de manière odieuse avec nous, voilà pourquoi !

À cet instant, toutefois, j'avais compris que le Staroste m'avait piégé et conduit là où il le souhaitait.

— Et comment vous comportez-vous avec vos *frères* rouges du Nouveau Monde, monsieur Twain ?

Quelle justification apportez-vous aux massacres dont ils sont les victimes innocentes ?

Le chef de la Famille aurait eu sa place sur les bancs du Sénat, assurément, ou dans un prétoire ! Comme je restais muet, il poursuivit sa démonstration :

— J'admets que les relations entre nous sont passées par des phases de violence regrettables. Mais les choses ont bien changé depuis le jour où j'ai fait construire le premier chariot du Convoi. À cette époque, qui se souciait de la loi dans ce pays ? Survivre, voilà ce qui motivait les actes des pionniers, quels qu'ils soient. Si quelque chose, ou quelqu'un, représentait une menace, on l'éliminait. Aujourd'hui, plus personne ne souhaite agir de la sorte. Nous autres moins que quiconque, surtout depuis que le président Lincoln a tenu son discours sur la tolérance, au Congrès.

J'avais lu plusieurs comptes rendus du fameux discours, parus dans la presse. J'y avais retrouvé les échos d'une conversation tenue près de quinze années plus tôt dans les locaux du *Hannibal Western Union*. J'imaginais parfaitement mon frère aîné, devenu l'éminence grise de Lincoln, souffler à l'oreille du président les mots en faveur de l'intégration de la Famille. Néanmoins, malgré toute son habileté rhétorique, il n'était pas parvenu à dégager une majorité à la Chambre. Les sénateurs étaient toujours partagés sur la question sensible du nouveau territoire à concéder aux Brookes. J'en fis la remarque au Staroste.

— Oh, je ne m'attends pas à un plébiscite en notre faveur, rétorqua-t-il. Il faudra encore du temps, mais c'est justement ce dont nous disposons à profusion.

Surtout que nous sommes parvenus à maîtriser les flux du commerce de l'argent dans tout le pays, ou peu s'en faut. La création de Silver City a été la première étape dans le processus d'intégration, et cela remonte au début de ce siècle. S'il faut patienter jusqu'au début du prochain, le Convoi en profitera pour s'étendre davantage. Non, monsieur Twain, du point de vue politique, l'affaire est entendue, désormais.

— En ce cas, qu'est-ce qui vous chagrine encore ? Tout de même pas ça ! Je ramassai un des fascicules tombés à mes pieds et le lui agitai sous son absence de nez.

— Le croiriez-vous ? C'est pourtant le cas. De simples histoires — ce sont vos propres mots — dont il ne faut pourtant pas négliger l'impact sur les esprits de la nouvelle génération. Je refuse que vous continuiez à attiser la haine contre nous, à force de nous présenter comme les monstres que nous ne sommes pas.

— En somme, c'est une affaire de mauvaise publicité que vous me reprochez !

— Je vis avec mon époque. Tout comme vous. J'ai conscience de la portée des images et des mots, quand ils sont reproduits à des dizaines de milliers d'exemplaires, plus peut-être. Ne me dites pas que vous n'avez jamais envisagé votre travail sous cet angle. Dans le fond, vous avez fait de Tuxedo Moon l'instrument idéal de votre propre ressentiment. Chacune de ses prétendues aventures est comme une balle en argent que vous nous tirez en pleine face, comme vous n'avez pas le courage physique de porter un revolver...

Je me tortillai sur mon siège, de plus en plus mal à

l'aise. Le débit du Staroste s'emballait, il haussait le ton et me faisait mon procès, avec une efficacité d'autant plus cruelle qu'elle puisait à la source de la vérité. La péroraison finit par arriver :

— C'est pourquoi je veux que vous rédigiez sans tarder le dernier chapitre des exploits du Pistolero Gentleman. Et je ne vous parle pas de fiction. Débarrassez-vous-en, une bonne fois pour toutes. Je nous considérerai comme quittes, après cela, quoi qu'il m'en coûte, *monsieur Clemens*.

Je sursautai.

— Pardon ? Comment m'avez-vous appelé ?

— Ne te donne pas cette peine, Sam, fit alors une voix que je reconnus aussitôt, même si je ne l'avais plus entendue depuis longtemps.

Orion sortit de sa cachette, derrière un voile dans la pénombre. Il n'avait guère changé. Peut-être un peu forci, ce qui n'avait rien d'anormal dans sa position — un notable authentique... L'exact opposé de son frère cadet : je n'étais déjà pas très épais quand j'avais quitté Hannibal, mais les épreuves des dernières années avaient encore affiné ma silhouette.

— Je ne devrais pas être étonné de te voir ici. Le directeur du Comstock Lode et son principal associé... Pourtant ça me fait quelque chose, avouai-je.

— Allons, Sam... Je ne suis pas le premier invité du Convoi. Certainement pas le dernier non plus. Les relations entre la Famille et les humains sont en train de changer. Des liens se tissent, plus nombreux et solides chaque jour. Il n'y a que toi et certains pistoleros pour ne pas s'en rendre compte.

— Pourquoi ne pas faire assassiner Tuxedo par tes

hommes de main ? La Maison-Blanche ne doit pas manquer de sicaires à son service…

— Tu as raison. Mais ce ne serait pas juste, Sam. Et trop facile, tu t'en tirerais à trop bon compte, comme toujours. C'est toi qui as créé Tuxedo Moon. C'est à toi de le tuer. Les Brookes qui t'ont amené ici te prêteront la main si tu le veux, mais nous exigeons, le Staroste et moi, que tu accomplisses personnellement le geste fatal — d'ailleurs, ils y veilleront… Pour une fois dans ta vie, aies donc du courage et de la compassion !

Orion Clemens était toujours le même, prompt à faire la leçon. Mais avais-je, quant à moi, réellement changé, puisque j'allais lui obéir ?

*

Mort mystérieuse de Tuxedo Moon, le Pistolero Gentleman, par notre reporter, Samuel Langhorne Clemens.

Il faisait à peine jour ce 15 avril 1865 quand des coups de feu tirés depuis l'étage du Gem Hôtel *d'Oreste (Nevada) réveillèrent en sursaut les clients de l'établissement. La veille, le célèbre Chasseur à l'habit myrtille avait déposé ses bagages et annoncé qu'il souhaitait goûter un repos bien mérité dans la paisible bourgade, après une exténuante traque menée en compagnie de ses acolytes habituels. Comme chaque fois qu'il venait en ville, Tuxedo Moon se conformait au règlement édicté par le marshal et déposait ses Colt dans le coffre de l'hôtel. C'est donc désarmé qu'il gagna sa chambre, où il s'enferma à double tour après avoir demandé qu'on ne le dérange pas avant le lendemain matin. On sait que le Chasseur goûtait la solitude depuis l'accident qui le laissa pour partie défiguré. Aussi le personnel de l'hôtel prit-il un soin particulier à respecter sa requête. Les détonations perçues au petit jour étonnèrent beaucoup. On se précipita et, trouvant porte close, le propriétaire exigea qu'on fît sauter la serrure. Ce qui fut fait promptement. L'intérieur de la chambre était resté en ordre. Tuxedo Moon gisait sur le lit, dans son habit, l'air serein. On compta un seul trou à sa poitrine, à hauteur du cœur, laissé par une balle de petit calibre, comme en tirent les nouveaux Colt modèle Derringer, affectionnés par les joueurs professionnels. Détail troublant, la balle extraite du cœur de Tuxedo Moon par le médecin aussitôt dépêché sur les lieux, était en argent. La fenêtre de la chambre, entrouverte, indiquait le moyen choisi par l'assassin pour entrer et sortir — même si une inspection minutieuse ne révéla aucune trace d'escalade le long de la façade. Plus curieux encore, le propriétaire du* Gem Hôtel *signala un peu plus tard dans la journée qu'on avait forcé son coffre, pour y dérober seulement les revolvers du Chasseur, délaissant billets et bijoux déposés par la clientèle. Le corps de Tuxedo Moon restera exposé deux jours, le temps de permettre à ses admirateurs de venir lui rendre un dernier hommage, puis il sera inhumé dans le cimetière local.*

L'article, paru en pages intérieures du *San Francisco Morning Call*, n'eut guère de retentissement car, le jour de sa publication, une nouvelle autrement importante barrait les cinq colonnes de la une, comme celles de tous les journaux du pays. La veille, à Washington, on venait d'assassiner le président Lincoln d'une balle bien placée. J'appréciai l'ironie. Je me voyais débarrassé de celui par qui je m'étais trouvé obligé de sacrifier Tuxedo, disparu, lui, sans que quiconque s'en aperçoive. Pourtant, je constatai, non sans amertume, que j'éprouvais un lâche soulagement à cet état de fait. Comme si on venait d'ôter de mes épaules le poids d'un invisible fardeau. J'ignorais ce qu'il allait désormais advenir du pays, après la mort du président favorable à l'intégration des Brookes, si l'indignation suscitée dans le camp progressiste suffirait à contenir la vague de satisfaction montée du camp conservateur, et qui, finalement, tirerait son épingle du jeu — sinon, au bout du compte, le chef de la Famille...

Je me rappelais le proverbe : « Chacun de nous est une lune, avec une face cachée que personne ne voit. » Curieusement, les paroles du Staroste trouvaient aujourd'hui en moi un écho favorable. Tuxedo avait été ma face cachée, tout comme les Brookes représentaient celle de l'humanité. Il serait vain de chercher à séparer les deux faces d'un même astre, à moins de vouloir le détruire en entier.

C'est ce qui s'était produit dans cette chambre d'hôtel d'Oreste, Nevada, où Tuxedo Moon et Mark Twain étaient morts tous les deux, permettant à Samuel Langhorne Clemens de revivre.

1857

NUIT DE SANG

Quién se mide con la Bestia, quién podrá
luchar con ella * ?

JUAN, *Apocalipsis*

Juan ne comprend pas.

Que les coyotes attaquent son troupeau pour manger, ou que des voleurs s'emparent de têtes de bétail, c'est pour ainsi dire naturel, presque dans l'ordre des choses. Comme, dans ce pays, de tabasser un Mexicain ou d'humilier sa femme parce qu'elle est indienne. Il y a aussi des gens qui diraient que Juan et Pilar ne peuvent pas avoir autre chose. C'est le lot des péons. Et que leurs enfants — forcément ils en ont puisque l'engeance se multiplie — ne seront riches que de leur prénom. Pas vraiment un décret de Dieu vu qu'il n'en a rien à faire.

Tout *ça*, Juan l'accepte.

Mais *ça*, non.

Toutes les chèvres ont deux trous dans la nuque, et

* « Qui égale la Bête, qui peut lutter contre elle ? » Jean, *Apocalypse*.

elles sont mortes. Juan tire son couteau qui lui sert à ébarber le maïs et éventre le cadavre d'une bête. Ce qu'il voit à l'intérieur lui arrache un sanglot. Tous les organes sont plats et secs comme des outres abandonnées dans le désert. Il ouvre une autre chèvre et y trouve la même chose. Les sanglots se transforment en peur. Mais la peur lui est familière, elle l'accompagne jusque dans son lit. Juan s'endort et se réveille avec elle, et sa première pensée n'est jamais pour sa femme. La peur est comme une maîtresse, la seule que Juan peut se payer. Il lui est fidèle, même Pilar s'y est habituée. Ce qu'il voit aujourd'hui dans les tripes racornies comme un vieux cuir éveille en lui autre chose. Pour la première fois de sa vie, Juan connaît l'angoisse, celle du père et du mari.

Il se redresse en grognant, le dos cassé par le travail, à croire qu'il n'a que le droit de rester courbé. Il fixe un instant le soleil déclinant, ce soleil qui ne l'a jamais aimé, et qui est plus clément pour les serpents et les *Ingleses*. Bientôt la lune prendra le relais. Disque d'argent qui brillera dans la nuit de sang. La *Noche de sangre*, celle du démon des anciens.

Pilar sait, mais lui n'a jamais le temps pour écouter sa femme. Trop de travail, de silence dans les champs, et une oreille fatiguée par les cris, les siens, et surtout ceux des autres, les aboiements des chiens anglais. Des rires, des coups, et ses mains qu'il aimerait tellement refermer en poings. Au lieu de quoi, il reprend la bêche et recommence à retourner la terre en fixant ses ongles noirs. La honte, chez l'ouvrier, est tout entière dans ses mains. Son honneur devrait s'y trouver aussi, mais il s'use au contact des outils. Juan a pourtant sa dignité, celle qu'on dépose sur la table et qui permet aux enfants de manger. Il aimerait que les siens s'emplissent la panse de haricots noirs, de viande au piment, d'oignons et de patates douces, et que la petite ait du sirop de maïs. La plupart du temps ils mangent des *tamales* sans rien dedans.

Ils seront toujours assez gras pour la créature qui se nourrit de chèvres. Le démon n'est pas regardant.

Juan court, ses pieds martèlent la terre poudreuse.

Le péon arrive enfin chez lui. Il peut dire que c'est sa maison parce qu'il en a posé chaque pierre. Pilar et les petits l'ont aidé. À l'intérieur des murs en torchis ils sont chez eux, mais ils y sont seuls. *Mi casa es su casa*, une invitation qu'ils n'ont jamais eu à prononcer. Pas d'amis, pas de proches, uniquement les voisins qui viennent souvent les déranger. En son absence, les *Ingleses* bousculent Pilar, et trop souvent en rentrant Juan la découvre le visage marqué d'un bleu. Mais ils ne la violent pas parce que c'est une Indienne. Pour eux, ne pas la forcer sur une table devant les enfants est une marque de mépris. Pilar est pure parce qu'elle est sale — c'était déjà le cas au Mexique. Les descendantes des Conquistadores se moquaient de son absence de pilosité, signe qu'elle était une sauvage, tout juste bonne à servir à table. Les *doñas* étaient fières du poil qui couvrait leurs bras, mais Juan préfère la peau douce de Pilar. La prochaine fois que les *Ingleses* s'en prendront à elle, Juan leur tiendra tête. Mais ils ne sont pas venus depuis un mois.

Avant de rentrer, il tâche de se reprendre. Inutile d'alerter les enfants, notamment Miguelito qui est malin. Le garçon verrait tout de suite que quelque chose se cache derrière la tristesse ordinaire de son père. Juan ne peut offrir à Miguelito et Rosa que l'image forte de celui qui veille sur eux, maigre cadeau qui a l'épaisseur du mensonge. Le paysan pose ses outils contre le mur. Il essuie ses pieds sur le seuil. Pilar y tient, comme si elle ne voulait pas avoir affaire avec la terre.

Juan pénètre dans l'unique pièce qui contient sa vie. Pilar est en train de préparer le dîner. Il la regarde, trapue sur ses jambes courtaudes, digne de cette façon discrète qu'ont les gens de son peuple. Juan se dit alors qu'il doit absolument lui parler. Mais ce n'est pas facile, à cause des enfants. Rosa traîne déjà dans ses pattes. Il la soulève, l'embrasse, et la petite lui retourne son baiser. Elle rit, les joues de son père sont piquantes et sa barbe la chatouille. Une plaisanterie qu'ils reconduisent chaque jour. Juan d'habitude aurait souri, mais l'amour de sa fille ne peut rien aujourd'hui. Il confie Rosa à son frère pour qu'ils aillent jouer plus loin. Miguelito agite une poupée de terre cuite. Sa sœur voit qu'il n'est pas vraiment dans le jeu car il garde les yeux tournés vers les parents. Le père murmure quelque chose, Pilar se signe aussitôt. Trois fois et vite, pour qu'aucune part de la Trinité ne l'oublie. Elle demande pour les chèvres. Juan s'affaisse sur le tabouret en inclinant la tête. Pilar dit alors qu'il faut avertir les enfants. Miguelito a déjà compris. Il sait maintenant qu'il est un grand.

À mesure que les parents racontent, la fillette perd son innocence. El Chupacabra pénètre dans l'esprit de Rosa.

*

— *El demonio.*

— Mais tu n'en n'avais jamais parlé ! dit la petite, effrayée.

— Il y a des choses qu'on doit taire, répond Pilar en versant la soupe.

Miguelito trempe une tortilla dans le brouet clair mais ne la porte pas à sa bouche.

— Qu'est-ce qu'il y a ?

— Je n'ai pas faim.

Juan le frappe d'un coup sec sur le côté de la tête.

— Ne me fais pas injure, *hijo* !

— Mais...

La deuxième gifle le fait tomber à terre.

— Un père doit nourrir ses enfants, alors tu prends ce qu'on te sert !

Miguelito se relève, jette un œil à Rosa qui pleure. Une larme de la petite tombe sur sa médaille du Christ enfant, comme pour bénir l'argent. Ils dînent sans un mot. La conversation est proscrite, une bouche ne peut contenir à la fois des phrases et des aliments. De toute façon, ils n'ont rien à se dire parce qu'ils savent tout de chacun. Au loin un chien aboie puis son cri s'étrangle en un hurlement de terreur.

Pilar rompt le silence :

— Il se rapproche.

Juan fait mine de n'avoir pas entendu. Il aspire bruyamment le contenu de sa cuillère.

— Il est tout près, insiste Rosa.

— Je sais, femme, mais nous n'avons rien à craindre.

— Pourquoi ?

— El Chupacabra ne s'attaque qu'aux chèvres.

L'Indienne verse de l'eau dans les gobelets de terre cuite.

— Tu sais que ce n'est pas vrai. Il mange aussi des lapins...

— ... raison de plus pour ne pas s'en faire ! l'interrompt Juan en forçant son rire.

Il prend les enfants à témoins :

— Toi, Miguelito qui cours vite, tu te sens dans la peau d'un lièvre ? Et toi, Rosa, c'est vrai que tu ressembles à un lapereau !

Juan fait mine de se jeter sur sa fille pour la dévorer. Le résultat n'est pas celui qu'il souhaitait. La petite explose en pleurs et va se réfugier dans les jupes de Pilar qui reprend :

— Des lapins et des chevaux si sa faim est trop grande. Mais quand il sent venir la mort, El Chupacabra s'attaque aux humains.

Juan ne peut plus reculer. Rien dans sa vie de paysan ne l'a préparé à cet instant. Il va devoir improviser, faire preuve d'imagination, ce dont il est incapable. Heureusement, Miguelito est là pour l'aider :

— Maman, tu as dit que le démon n'attaque que la nuit ?

— Oui.

— Et qu'il ne peut entrer dans un endroit où on ne l'a pas invité ?

— C'est vrai, *hijo mio*, mais n'importe quelle ouverture est pour lui une invitation.

— Dans ce cas, il suffit de condamner la porte et les fenêtres ! Papa, où sont les clous que tu as achetés ?

— Dans le pot, derrière toi, mais ils m'ont coûté cher. Je les garde pour l'étable.

— Quelle étable, papa ? On n'aura jamais les moyens...

Les paroles du garçon s'abattent sur Juan comme

une injure. Il s'apprête à le corriger, mais le visage de son fils est franc. Juan se lève et s'empare du pot. Il en verse le contenu sur la table. De bons clous d'acier à tête plate, qui s'enfoncent dans l'âme du paysan.

— Tu as raison. Aide-moi à rassembler des planches.

Miguelito fait mine de se lever quand sa mère lui agrippe fermement l'épaule.

— Vous ne comptez tout de même pas sortir ?

Juan avait oublié qu'il faisait nuit. Il n'arrive pas à penser, son esprit ne s'y fait pas. Pilar désigne son coffre, le seul bien qu'elle possède.

— Défonce-le.

Juan sait que c'est un sacrifice pour sa femme, mais il ne dit rien. Il empoigne sa bêche et l'abat sur le coffre. Il disjoint le panneau, sépare les flancs.

— Ça ne suffira pas, affirme Pilar.

D'un coup de pied, Juan renverse la table. Les plats se brisent en tombant. Le paysan est pris d'une rage folle tandis qu'il détruit leurs possessions. Il en ressent même du plaisir, comme s'il dissipait enfin une illusion, celle de leur bonheur misérable. Rosa se tient en retrait, loin des échardes qui fendent l'air. À la fin, tout ce qui est en bois y est passé. Pilar et son fils ont fait deux tas de planches. Sans reprendre son souffle, Juan s'empare d'un maillet et commence à condamner la porte. Les coups sourds frappent à l'unisson de ses battements de cœur, il est tout entier à l'ouvrage.

— Les fenêtres, à présent !

Pilar lui tend une cruche d'eau mais son mari l'ignore.

— Aide-moi à poser les planches ! dit-il à son fils.

L'enfant se prend un coup sur la main, son père le repousse.

— Empoté, regarde comment il faut faire !

Juan ne parle en fait à personne. Il ahane sous l'effort mais ne s'arrête qu'une fois le travail terminé. Porte et fenêtres sont condamnées par des croix de bois brut.

D'un revers de manche, Juan essuie la sueur qui coule sur son visage.

— Qu'il vienne, maintenant !

Un hululement répond au péon comme à une invitation.

*

La créature court à quatre pattes, elle n'est plus habituée à marcher. Elle trébuche, s'étale près de la ferme. La maison, enfin. De l'humeur coule de son nez, elle renifle. Ses cheveux poisseux tombent bas sur son dos. Ils recouvrent en partie sa colonne vertébrale, saillante comme une crête dorsale. Le démon est nu ou presque, vêtement d'une seule peau que percent par endroits les os. Ses ongles labourent ses flancs, déchirent sa propre chair pour cacher une douleur plus grande, celle de la faim. Mais cette nuit il pourra se nourrir autrement que d'entrailles d'animaux faméliques.

Quatre en tout, dans la maison, deux humains et leurs petits. Il les a observés durant des journées entières, tapi sous une roche plate de la Mesa. Ce sont des proies par nature. Ceux aux cheveux couleur de paille ne cessent de les malmener. Surtout la femme. Mais en se laissant faire elle tient tête, et évite qu'on s'en prenne à ses petits. Se méfier de la femme.

Il y a un mois, El Chupacabra s'en est pris aux

autres, ceux que les occupants de la maison appellent *Ingleses*. Eux préfèrent se nommer cow-boys. Ils n'ont pas résisté, mais pleuré. Supplié, oui, renié père et mère, aussi, et maudit leur dieu supplicié avant que le *goatsucker* n'aspire leur substance. Mais c'était il y a un mois et, loin des siens, le démon a toujours plus besoin de sang.

La Famille l'a renié. Parce qu'il a dit quelque chose ou n'a pas trouvé les mots qu'il fallait. Quand ? Il y a un siècle, peut-être une année. Depuis il erre, se nourrit la nuit quand il peut et fuit durant la journée les morsures du soleil. Le soleil n'a jamais aimé son espèce, il est plus clément pour les scorpions et les humains. C'est dans l'ordre des choses, comme il est naturel au prédateur de tuer.

Le démon s'approche de la porte. Il renifle le bois, sent à travers l'odeur du lait. Une enfant. La Famille chérit les enfants parce qu'ils sont trop rares. Lui n'en a jamais eu et il n'est pas le seul. Alors pourquoi le punir ? Devait-il faire comme les autres pour garder sa place dans le Convoi ? Probablement, mais c'est trop tard. Il est resté silencieux ou s'est avisé de parler. Le démon oublie à mesure que son esprit s'embrume. Trop de temps sans les siens, à ne plus trouver la force d'avancer alors que les rares enfants de la Famille bénéficient de son entière attention. Injustice.

Ses ongles grattent le panneau de la porte, glissent le long du linteau. Le démon entend des murmures, perçoit des sanglots. Il connaît ce bruit, les pleurs d'enfant sont la cause de sa chute.

Bien souvent il a demandé pourquoi il fallait faire tant cas des enfants. Après tout, ce sont les derniers venus dans la Famille. Ils n'ont pas connu le naufrage, ils ignorent tout de la longue traversée. Les petits sont faibles et ne peuvent chasser. Poids mort pour le Convoi. « Un jour ils prendront le relais », lui a répondu l'Ancien, « aussi faut-il veiller sur eux ». Ce qu'il n'a pas fait alors qu'on l'avait déclaré responsable. Il a laissé se perdre un enfant. Volontairement, pour alléger sa tâche. Mais pourquoi devait-il être le gardien ? Le Convoi a fait halte, ce qui n'arrive jamais. Les sages se sont réunis. Sages, c'est ainsi qu'ils se nomment, mais pour quelle raison ? Parce qu'ils sont vieux, mais tous le sont dans la Famille, et pratiquement immortels, alors pourquoi s'encombrer ? Quand il lui a fallu s'expliquer, il n'a pas su quoi dire, mais s'est entendu parler. Un mensonge ? Non, pas vraiment, de cela il est sûr. Pour le reste il ne s'en souvient plus, sinon qu'on l'a rejeté.

Il ne peut franchir la porte. Ainsi donc on lui refuse l'entrée. C'était parfaitement prévisible, toutes les créatures tiennent à la vie, y compris quand celle-ci n'est qu'une suite de maux. Même les membres de la Famille ne renonceraient pas à leur existence faite d'ennui. Pas de velléités personnelles au sein du Convoi, seulement l'Œuvre en partage à laquelle on sacrifie tout. Pourtant, certains n'ont pas abdiqué leurs aspirations propres. On les a chassés ou ils ont quitté le Convoi. Ils n'en sont pas quittes pour autant, on ne peut s'arracher à la Famille. Elle a envoyé à leurs trousses des tueurs, des exécuteurs au bras protégé par une maille d'acier, et qui tiennent une épée à lame d'argent. C'est une fin digne pour celui qui tombe sous leurs coups.

El Chupacabra aurait bien aimé rester dans le

160

Convoi, même à la traîne. Les sages en ont décidé autrement.

Le démon se casse en deux sous l'effet de la douleur. Aucun coupable ne mérite cette faim. Bien souvent, il a entendu les plaintes du paysan. Celui qui s'appelle Juan ne sait pas ce que c'est que d'être vraiment affamé, quand la voracité se retourne vers l'âme et en dévore chaque parcelle. Orgueil de paysan qui fait de sa misère un manteau. Bientôt il sera nu face à la mort des siens, et sa chair sera consommée en dernier.

L'humeur coule du nez de la créature. Un flot régulier qui poisse son torse. Il est en train de se vider. Pour un peu, il se coucherait face à la porte pour attendre l'aube et sa délivrance. Mais l'instinct lui commande de réagir. Griffes en avant, El Chupacabra s'élance vers la fenêtre.

*

— Il peut passer !

Pilar était sûre que le démon ne pourrait entrer. Mais la fenêtre n'est pas bien consolidée. Manque de clous, Juan a fait pour le mieux. C'est insuffisant. À travers le mince espace entre les volets, l'Indienne distingue les yeux de la créature. Ils ne sont pas rouges, ainsi que l'affirme la tradition, mais d'un noir d'encre et globuleux, comme deux œufs expulsés par le néant. Déjà, les longues serres ont fait sauter une planche. Le démon engage son bras. Rosa hurle en découvrant les motifs complexes qui courent jusqu'à l'épaule. *L'écriture de Satan*, pense l'Indienne, le sceau qu'il imprime sur ses vassaux. Miguelito s'empare d'une machette et l'abat avec force. La lame mord dans la chair, pénètre jusqu'à l'os. La créature hurle et retire son bras. La machette tombe, elle ne porte aucune trace de sang. Les enfants reculent et viennent se réfugier au centre de la pièce, tandis que Juan se précipite vers la fenêtre avec son maillet. Il frappe en aveugle, pense toucher plusieurs fois la bête. Puis le silence retombe sans donner de repos.

— Le fusil ! crie Juan à son fils.

Miguelito se précipite vers le mur et décroche l'antiquité ainsi que la corne de poudre. Souvenirs du grand-père qui a participé à la prise d'Alamo. Après des jours d'attente, Santa Anna a déclenché une violente salve d'artillerie. Puis le général a ordonné à un clairon qu'il sonne un vieil air. *El Deguello*, qui signifie « Pas de quartier ». Des milliers de soldats en jolis uniformes napoléoniens ont ensuite chargé le fort, tombant comme des figurines de carton. Mais ils avaient pour eux le nombre, une marée de vies négligeables qui avançait sans jamais refluer. Une fois épuisées leurs munitions, les défenseurs ont chargé leurs fusils avec des clous, jeté des pierres, et combattu au corps à corps. Finalement, Jim Bowie, W. B. Travis et leurs quelques centaines d'hommes ont fini par tomber. Juan se souvient que son aïeul disait avoir vu le légendaire David Crockett se faire clouer à la porte du fort. L'ancien en parlait toujours avec respect, et il ne s'était plus jamais servi de son fusil. Mais sa femme a continué à le nettoyer, et a graissé chacune de ses pièces. La mère de Juan a fait de même, et Pilar a pris le relais, en remplaçant parfois la vieille poudre par de la nouvelle, confectionnée d'après un mélange qu'on se passe d'une génération à l'autre, comme on le ferait d'une recette de cuisine.

Saisissant le fusil à deux mains, Juan se dit que les objets ont peut-être aussi un destin, et que cette arme n'est faite que pour tuer à l'occasion de sièges. La première fois, c'était une victoire. Mais cette nuit pourrait bien sonner pour Juan et les siens leur propre *deguello*.

— Les balles !

Juan est brutalement arraché à ses pensées. Il n'a pas besoin de faire répéter à Pilar. Ils n'ont pas de munitions.

— Même si on en avait, seul l'argent peut tuer la créature ! constate Juan en enserrant la crosse.

Il l'abattra sur la tête du Chupacabra jusqu'à lui défoncer le crâne. Et puisqu'on dit que la créature est immortelle, Juan est prêt à accepter son propre enfer. Il pulvérisera la face du démon et la verra se recomposer, encore et encore, pour l'éternité. Tout plutôt que de livrer les siens aux mâchoires de la bête.

Les dents. Juan pense alors aux abcès qui l'ont fait tellement souffrir. Longtemps il s'est efforcé de ne rien laisser paraître jusqu'à ce que Pilar lui remette un jour leurs maigres économies. C'était le jour de son anniversaire, sa femme et les enfants avaient gardé le secret. Il pouvait se rendre à la ville, pour se faire soigner par un dentiste *inglés*. Au début, Juan a refusé. « Pas question que je me mette dans la bouche une somme épargnée sur de la nourriture. » Jusqu'à ce qu'il se rende aux arguments. En bonne santé, il ne travaillerait que mieux et tout le monde y gagnerait. Juan s'est donc rendu chez le spécialiste qui a accepté ses billets puant la sueur du labeur. L'*Inglés* a percé les abcès, nettoyé les gencives, et recouvert une dent avec de l'argent.

Juan confie le fusil à son fils. Il prend des tenailles et les tend à Pilar.

— Arrache-moi la dent.

Il n'a pas besoin de préciser laquelle.

— C'est de la folie, tu risques d'en mourir ! Aujourd'hui ou demain, si ça s'infecte.

— L'infection est à notre porte, femme. La folie serait de ne pas tout tenter pour vivre, répond Juan en se tournant vers les enfants.

Pilar incline la tête, résignée :

— *Hijo mio*, va nous chercher l'alcool de grain !

Miguelito rapporte le cruchon qu'il tend à son père. Juan le lève au-dessus de sa tête et boit à la régalade. Puis il se couche sur le sol. Pilar songe un moment à essuyer la paire de tenailles sur son tablier, mais elle se ravise. L'outil a été en contact avec de la pierre, du fer et du bois. Des éléments naturels qui donneront une part de leur force à son mari. Tandis que la petite Rosa tient une bougie au-dessus de sa tête, Pilar place une cuillère entre les mâchoires de son mari. Pour ménager un espace où elle enfoncera les tenailles, et que Juan morde quand la douleur s'emparera de lui. Elle repère la dent, engage la tête de l'outil, referme l'étau. Elle tire, Juan griffe de ses doigts la terre battue, traçant cinq sillons parallèles comme s'il était aux champs. La dent ne vient pas. Pilar imprime un mouvement de torsion aux tenailles, faisant éclater la gencive comme de la pulpe de pastèque. Juan hurle. Pilar insiste, plaque sa main gauche sur le front de son époux. Sans effet.

L'Indienne fait signe à son fils :

— Viens t'asseoir ici, Miguelito, et coince la tête de ton père entre tes genoux.

Le garçon s'exécute. Pilar caresse les cheveux de Juan poissés de sueur et reprend l'extraction. La dent paraît bouger. L'Indienne verse l'alcool de maïs dans la bouche ensanglantée. Son mari recrache aussitôt. On y voit plus clair. Pilar tire en tournant, Juan hurle et brise la cuillère. La dent vient d'un coup.

Mais la créature ne leur laisse pas l'occasion de souffler. El Chupacabra est maintenant sur leur toit. Ce n'est pas un bruit de pas, plutôt un glissement par à-coups, comme si le démon rampait à la façon du serpent des origines.

Ne sachant quoi faire, Miguelito se tourne vers son père. Il est étendu dans une mare d'alcool et de sang. S'il l'avait découvert ainsi dans une taverne, saoul et battu par les *Ingleses*, le garçon aurait eu honte. Mais aujourd'hui il admire son courage. C'est alors que Miguelito voit les lèvres de son père remuer.

— La… la cheminée, dit faiblement Juan.

L'enfant ne comprend pas, jusqu'à ce que Rosa tende un doigt vers le plafond.

— L'invitation, fait-elle d'une voix étouffée.

La cheminée est une ouverture. Si El Chupacabra parvient à se frayer un passage, plus rien ne pourra le contrer. Miguelito s'empare du fusil. Bien des fois, quand Pilar partait puiser de l'eau en portant Rosa sur son dos, son père lui a montré comment le charger. «Affaire d'hommes», disait Juan en lui adressant un clin d'œil. La bourre, la poudre, Miguelito ne sait plus dans quel ordre il faut les introduire dans le canon. Mais un seul regard de son père lui fait retrouver les gestes souvent répétés.

Reste la balle.

Le garçon la tend à sa mère. Pilar embrasse la dent d'argent puis la donne à Rosa. La petite fait de même, ainsi que Miguelito. De la paille et des tuiles tombent sur leurs têtes. La bête est en train d'agrandir le trou.

— Une seule chance, *hijo mio*… Alors vise juste… commande Juan avant de fermer les yeux.

Le paysan vient d'alourdir le fardeau de son fils. Miguelito ploie sous le faix de la responsabilité. Il a en charge sa famille. Une pincée de poudre, du chiffon et une dent. Le garçon fait glisser la balle à l'intérieur du cylindre d'acier, puis tasse avec une baguette leur espoir de vie.

Il est temps, car le démon apparaît. Chacun peut le voir par le tuyau de la cheminée à demi arrachée. Sa figure maigre est un masque de fureur, mais Pilar y voit aussi la souffrance. Celle qu'il endure et souhaite leur faire partager.

Détournant la tête, Rosa plaque sa main sur les yeux de sa poupée. Miguelito introduit le canon dans le tuyau de la cheminée et appuie sur la détente.

Le hurlement du Chupacabra remonte jusqu'à la lune d'argent.

*

Mal, il a mal au-delà de ce qu'il pouvait imaginer. Il comprend pourquoi le dieu des humains a sacrifié son fils. Le Père a éprouvé la souffrance, s'est enrichi d'une connaissance qui jusqu'alors n'appartenait qu'à ses créatures. El Chupacabra connaît l'extase du ressuscité. La balle lui a emporté le nez puis crevé l'œil dans un éclaboussement d'humeur noire. Mais sa joie est grande d'être à nouveau en vie. Pas d'argent ou si peu dans le projectile, le dentiste s'est bien moqué du péon. À cet instant, sous le toit, Juan comprend que l'*Inglés* l'a volé. Chasseur et proie partagent une même rage, il en faut souvent moins pour rapprocher deux êtres. Les pleurs de la fillette raniment la bête. Elle se redresse lentement et s'assied sur le toit. Sanglots et cris sonnent à ses oreilles comme une musique qu'il compte bien entendre de nouveau. Mais il a le temps, la nuit est encore bien jeune. El Chupacabra contemple l'étendue de la Mesa, un désert où ne vivent que les réprouvés. Il songe aux liens qui l'unissent aux rapaces, aux coyotes, et plus encore à cette famille de malheureux oubliés. Pas perdus pour tout le monde. Lui saura faire des égarés un troupeau, des brebis dont il aspirera le suc. Une fois ses forces reconstituées, il pourra suivre à nouveau la piste du Convoi et, le moment venu, se présenter à la Famille. Le conseil l'accueillera ainsi qu'on le fait d'un fils prodigue.

El Chupacabra incline la tête, ses cheveux retombent en mèches graisseuses devant son œil brûlant de fièvre.

*

— ¡ Hijo de puta !
Pilar n'a jamais vu son mari ainsi. Il hurle, frappe du poing sur les murs et son regard fou ignore leurs enfants. Juan fait éclater sa rage, elle se porte tour à tour sur le dentiste et sur le démon. L'alcool n'y est pas pour grand-chose, Juan ne supporte tout simple-

ment plus l'acharnement du monde. Tous lui en veulent alors qu'il n'a rien fait. Peut-on s'en prendre à un homme simplement parce qu'il ne compte pas ? Le paysan s'empare de la machette et la brandit en l'air.

— Descends, bâtard, viens ici qu'on en finisse ! L'Indienne lui crie de se taire, il ne doit pas provoquer la bête.

— Si tu veux l'affronter, sors, mais ne mets pas en danger nos enfants !

La colère du paysan s'évanouit d'un coup. Il lâche son arme et s'effondre à genoux. Face à lui se tient Rosa. Juan lisse sa robe de coton en demandant pardon. Ses doigts s'arrêtent sur le médaillon qui représente le Christ enfant.

— Toi, au moins, il ne t'arrivera rien. Surtout, quoi qu'il arrive, ne te sépare pas de l'argent.

Quand la petite est née, ses parents ont choisi pour elle un bébé apaisé, et non un Messie supplicié. Pilar espère qu'ils ont fait le bon choix, en confiant Rosa à un enfant qui dort.

Le père se relève. Il s'adresse à son fils :

— Miguelito, tu es mon petit soldat. À nous deux nous allons en finir avec El Chupacabra !

Juan tire sur la botte d'ail suspendue au mur. Malgré la douleur, il croque dans une gousse et la mâche. Quand le contenu de sa bouche a presque fondu, il le crache dans un bol.

— Fais comme moi, dit-il au garçon.

On n'entend plus que le bruit des mastications et des crachats. Quand il ne reste plus d'ail, Juan saisit le bol à demi plein et y trempe des couteaux.

— Ce sera un corps à corps, Miguelito, toi et moi

168

contre le démon. Et voyons si nous parvenons à le clouer à la porte !

Son rire est celui d'un autre homme, pense Pilar. Pas celui qu'elle a épousé, ni même celui qu'elle aime. Un désespéré qui se donne des airs de guerrier.

— L'aube est proche, il va bientôt partir.

Juan se retourne brutalement vers elle.

— Et il reviendra demain, ou le jour d'après !

C'est vrai que pour un péon tous les jours se ressemblent. L'Indienne s'écarte, résignée.

El Chupacabra recommence à défoncer le toit. Ses coups ne sont plus portés avec violence, mais avec la détermination d'un ouvrier consciencieux. Pourtant, Pilar a raison, l'aube ne va pas tarder à poindre, et le démon est en danger. Mais il semble avoir trouvé la paix qui fait défaut dans la maison, comme s'il l'avait aspirée, de la même façon qu'il vide les chèvres de leur substance.

Juan glisse deux couteaux dans sa ceinture et tend à son fils la lame qu'il préfère, celle qui lui sert à ébarber le maïs. Le paysan garde la machette dans sa main droite, pour porter le premier coup. Pilar allume plusieurs bougies qu'elle plante dans des cassolettes et les répartit dans toute la pièce. Puis elle se réfugie derrière le lit avec Rosa qui tient toujours sa poupée. Chacun est immobile, et pourtant les ombres dansent sur les murs sans que l'on sache si elles sont du côté des hommes ou de la bête.

Le démon se jette du toit, retombe souplement sur le sol de terre battue. Ils peuvent maintenant le voir à la lueur vacillante des bougies. Il est atrocement maigre, les motifs tatoués sur sa peau suivent le tracé de ses côtes. Si c'était un homme, il donnerait peine à voir. Nu, avec ses longs cheveux. C'est la Bête qui se tient devant eux. Son œil est noir, et une crête d'os parcourt son dos.

Juan pousse un cri et se jette en avant. D'un revers, il abat sa machette. La large lame enduite d'ail défonce le flanc du démon. Celui-ci éructe, crache un paquet de glaire, et balaye l'air de ses griffes. Juan se déporte vivement sur le côté. Il évite le coup fatal mais les serres lui emportent une oreille. Le paysan plaque sa main sur la blessure et recule, heurte le tabouret et s'étale au sol. El Chupacabra se tasse sur lui-même, prêt à bondir sur le péon, mais brusquement il est pris d'une violente nausée. Il vomit de la bile qui pue l'ail, à croire que son organisme l'a déjà assimilé. Profitant de sa faiblesse, Miguelito le contourne et plante son couteau à la base du dos. Le démon se cambre en arrière, crachant de la salive qui fait comme un trait d'argent. Mais le Chupacabra n'a pas vocation de victime. Effectuant une brusque volte-face, il plante ses griffes dans la blouse de Miguelito et le projette au fond de la pièce. Le garçon heurte le mur et retombe près de sa sœur. La petite se réfugie contre sa mère. Pilar ne dit rien, elle fixe son attention sur le monstre. Elle sait qu'il est inutile d'invoquer le Seigneur, car le pays est plat, et les prières retombent sur la Mesa. Alors elle fait appel aux croyances des siens, des esprits animaux qui peuvent contrer la bête. Le démon hésite, tente de contrôler sa respiration mais ne parvient qu'à s'étrangler dans ses vomissures. Pilar reprend espoir, le totem de son peuple est peut-être puissant.

El Chupacabra se jette sur son mari. Juan perd une sandale en le repoussant d'un violent coup de pied.

Le démon se rétablit et attaque. Juan sent les serres qui se rapprochent de sa gorge. L'haleine de la créature pénètre son âme, la souille pour faire de lui un damné. Soudain Miguelito se jette sur le dos de la bête. Il lui empoigne les cheveux et parvient à l'arracher de son père. La bête tombe sur le côté. Sa bouche entre en contact avec le sang du paysan. Le démon lèche le sol, s'avilit devant sa victime. L'humiliation lui redonne des forces. Il voit que la porte est ouverte, le garçon a pris la fuite. Personne n'échappe au Chupacabra, il doit le poursuivre.

Les autres attendront, mais il reviendra, demain ou plus tard. Pour un péon, tous les jours se ressemblent.

*

Avant de porter secours à son père, Miguelito a eu le temps d'embrasser Rosa. La fillette lui a tendu son bâton de marche, elle savait ce qu'il fallait faire. Le garçon court à perdre haleine, sans prendre la peine de se retourner. S'il le faisait, il verrait peut-être que son plan a échoué, et que les siens meurent dans la certitude qu'il est un lâche. Sauf Rosa. Miguelito sent son cœur battre, pomper le sang convoité. Ses pieds nus frappent le sol, battent la terre comme pour la punir d'avoir si peu fait pour eux. La lune par contre est clémente. Ses rayons d'argent éclairent la Mesa pour tracer la voie au démon. Il le suit, Miguelito en est maintenant certain. Il entend son souffle, un sifflement que brouillent les glaires accumulées dans ses poumons. Le sang cogne aux tempes de l'enfant et dissipe sa peur. Si le Chupacabra souffre, c'est qu'on peut le tuer. Miguelito passe devant les cadavres des chèvres. Elles seront les dernières victimes de la bête, le garçon en fait la promesse.

Son pied heurte une pierre plate, aussi coupante qu'un rasoir, Miguelito tombe, dévale une pente et finit sa course à l'extrémité d'un promontoire qui surplombe le vide. Il relève la tête. Le démon se tient au-dessus de lui. Sa silhouette se détache sur le disque argenté. Il ressemble à un saint que l'on aurait gravé sur une médaille. Miguelito empoigne son bâton de marche, et en colle l'une des extrémités à sa bouche. Il aspire de toutes ses forces, puis souffle dans le bâton pointé sur le démon. L'œil du Chupacabra est traversé d'une lueur d'étonnement avant que sa tête explose. Puis son corps s'écrase en un tas de poussière.

Le garçon prend appui sur sa sarbacane. Bien des fois, quand Juan était aux champs, sa mère lui a montré comment s'en servir. « Affaire d'Indiens », disait Pilar en lui adressant un clin d'œil. Il entame l'ascension de la pente, afin de récupérer le projectile d'argent perdu dans les cendres du démon. Il rendra la médaille du Christ enfant à sa sœur, et Rosa lui dira « Merci, Miguel ».

Car il n'est plus Miguelito, mais un homme.

1866

UN HÉROS AMÉRICAIN

Trop souvent on dit que l'Amérique n'a pas de poètes, parce qu'il n'y a pas de motifs pour écrire. C'est peut-être vrai, encore faut-il s'entendre sur ce qu'on nomme poésie. Est-ce que c'est la rime qui compte, les vers bien troussés, ou est-ce que ce sont les mots, tels qu'on les dit, des phrases simples qui expriment la réalité ? À moins que ce soit tout simplement les bruits, ceux de la rue, de la vie quotidienne, le vacarme des usines et les hurlements des combats. Si c'est le cas, Oliver Fisher Winchester est le barde du pays, parce qu'il a composé une musique d'acier

Pourtant, au début, rien ne permettait de distinguer Oliver des autres jeunes gaillards bâtis en force comme lui, et qui comme lui ne trouvaient pas leur place parce que le pays est grand, riche de possibilités. Du reste, le voyage est dans le sang des Américains, qu'ils soient humains ou brookes. Quoi qu'il en soit, Oliver Winchester a exercé mille métiers et s'est fait virer d'autant, tour à tour apprenti charpentier, aide-maçon, débardeur et ouvrier sans qualifications, avant de trouver sa place dans la chemise. Car avant d'être une manufacture à linceuls, le nom de Winchester a été associé à la confection. De la liquette pour homme, fabriquée en cadence par des ouvrières payées un dollar soixante-quinze la semaine et qui se cassaient le dos, penchées sur leurs machines à coudre.

Il faut reconnaître à Oliver d'avoir, parmi les premiers, su tirer profit des innovations techniques qui n'étaient pas trop le fort de notre nation. On peut imaginer que si les Brookes n'avaient pas débarqué un matin près de Boston, notre peuple aurait bénéficié des belles inventions anglaises, comme les métiers à tisser automatiques, la navette volante de Watt ou la machine atmosphérique de Newcomen, mais il est aussi permis de penser que nous serions encore sujets de la Couronne. De toute façon, il ne sert à rien de réinventer l'Histoire quand on s'échine déjà à la faire. Et de ce point de vue-là, Oliver Fisher Winchester n'a laissé à personne d'autre le soin de tracer son destin. Né en novembre 1810, il était un homme riche au jour de ses quarante ans, ce qui lui permettait d'investir dans d'autres secteurs d'activité. Oliver avait repéré une petite fabrique d'armes qui venait d'être fondée par Horace Smith et Daniel Wesson. La Volcanic Repeating Arms Co, dont le siège était dans Orange Street, à New Haven, ne manquait pas de dynamisme, et ses ingénieurs faisaient preuve d'inventivité. Mais l'époque ne se prêtait pas trop à la vente de carabines, à cause des États de l'Union qui rechignaient à ouvrir leurs frontières et interdisaient donc l'expansion du marché. De plus, le blocus imposé par les Européens ne permettait pas d'écouler la marchandise en direction du Vieux Monde, ce qui est bien dommage quand on se souvient des guerres qui le déchiraient. Enfin, il faut bien l'avouer, Smith et Wesson n'étaient en rien doués pour la finance. Ingénieux en ce qui concerne la mécanique, certainement, mais de véritables paniers percés pour le reste, pas un pour racheter l'autre. Leur gestion des fonds était catastrophique, ils avaient dilapidé leur capital estimé pourtant à cent cinquante mille dollars, et s'étaient méchamment endettés en multipliant les emprunts auprès de la Tradesman's Bank. C'est pourquoi ils accueillirent avec soulagement l'offre de rachat d'une partie des actions que proposait Oliver puis, en 1856, la reprise à son compte des traites non honorées. L'homme des chemises couvrit toutes les créances et obtint par jugement la totalité des actions de la société. Après quoi il envoya se faire voir ailleurs Horace Smith et Daniel Wesson qui, du reste, n'ont pas trop mal réussi.

Une fois seul dans la place, la première mesure prise par Winchester fut de déménager les soixante-dix ouvriers ainsi que la totalité des machines pour des locaux plus vastes, situés sur Artizan Street. Puis, il nomma directeur et responsable des ateliers Benjamin Tyler Henry. Du temps de la Volcanic Repeating Arms Co, Henry était la véritable cheville ouvrière, et le fait que l'entreprise soit rebaptisée Winchester Repeating Arms Co n'y changeait rien. Oliver l'avait parfaitement compris, c'est pourquoi il laissa l'ingénieur lui exposer ses vues. Le catalogue de la fabrique proposait aux clients des carabines disponibles en trois longueurs de canon, pour trois types de magasin. À vingt, vingt-cinq et trente coups, pour quarante-deux ou cinquante-deux dollars, à quoi il fallait ajouter dix-sept dollars le mille de munitions. Des prix assez élevés mais qui n'auraient pas arrêté l'acheteur si le produit ne s'était pas avéré défectueux. Le projectile à balle fulminante était déplorable, mou et sensible à la corrosion, ce qui entraînait un manque de précision et de portée. On prétend que Winchester avait répondu à son directeur que les clients ne risquaient pas de revenir pour se plaindre s'ils échouaient à se débarrasser d'un Peau-Rouge ou d'un Brooke. Il est cependant permis de ne pas accorder foi en l'anecdote. Henry songeait depuis quelque temps à certaines innovations, mais les péripéties financières de ses précédents employeurs l'avaient dissuadé de demander un budget pour la recherche. Winchester ouvrit son cahier de chèques en maroquin, inscrivit une somme et l'affaire fut lancée.

En surface, le nouveau modèle de carabine conservait le canon octogonal, la culasse de bronze et la crosse anglaise qui faisaient l'identité de la marque. Pour le reste, tout était différent. Henry avait conçu un fusil à magasin, armé par pont levier de sous-garde, avec une nouvelle boîte de culasse.

Le déclic du chien était aussitôt suivi par le mouvement du bloc élévateur qui reprenait instantanément sa place dans le logement. Quant aux munitions, l'ingénieur avait définitivement abandonné la balle fulminante au bénéfice d'une cartouche à robe métallique de calibre 44 annulaire. Étui de laiton matrice avec à la base un bourrelet circulaire, de telle façon que le choc du percuteur sur n'importe quel point de sa circonférence puisse enflammer la charge. Le système d'éjection, accordé au reste, permettait de tirer quinze coups en dix secondes pour quatorze coups au but à cent mètres.

Le 16 octobre 1860, Winchester fit enregistrer le brevet n° 3 446, premier du genre à être déposé sous son nom. Ce qui entraîna aussitôt des difficultés, car Benjamin Tyler Henry avait bien conscience d'être insuffisamment payé alors qu'il assumait toutes les charges. L'ingénieur se plaignit, exigea des royalties sur chaque arme fabriquée, mais n'obtint pas gain de cause, ce qui du reste n'a rien d'étonnant quand on connaît Winchester. Nul ne devient magnat d'industrie en arrosant ses employés, et Oliver lui accorda un fixe de sept mille cinq cents dollars, ce qui était une façon comme une autre de congédier l'ingénieur. Henry partit, laissant sa place à Nelson King, tandis qu'Oliver mariait son fils William Wirt à Sarah Pardee, le 30 septembre 1862.

Quatre ans plus tard, King faisait de son patron un roi de légende. Le modèle 66, ou Yellow Boy, conservait la réserve du magasin de munition, toujours de calibre 44, mais se voyait doté d'un système de chargement au coup par coup qui depuis est le signe de reconnaissance des authentiques Winchester. De plus, un mécanisme de refroidissement permettait de ne pas faire fondre l'argenture des balles utilisées contre les Brookes, évitant ainsi d'encrasser l'arme. Une innovation radicale, qui fait qu'il y a un avant et un après le Yellow Boy. C'est pourquoi on peut dire que l'année 1866 fut pour Oliver comme une seconde naissance, celle qui lui accordait une existence immortelle. Sa mort le 11 décembre 1880 n'y change rien.

On peut s'étonner de ne pas compter de Brookes dans la vie de ce poète des temps modernes qu'est Oliver Fisher Winchester. C'est vrai, mais beaucoup lui doivent la mort.

1869

DOCUMENT CLASSIFIÉ PRIORITAIRE
ORIGINAL SANS COPIE

Objet : rapport concernant l'argyrie ou intoxication par l'argent et ses sels.

1. Généralités

Le terme *silver* est dérivé de l'ancien anglo-saxon *siolfur*, *argyre* venant du latin *argentum*. L'argent est un élément de base relativement rare qui se présente sous la forme d'un métal de couleur blanche (facilement malléable au naturel, sous l'effet de la pluie et du vent, d'une tenue stable à l'air et à l'eau mais qui a tendance à s'oxyder), de poudre blanche (nitrate d'argent et chlorite d'argent), ou de poudre grise virant vers le noir (oxyde et sulfite). De tous les métaux, l'argent pur est celui qui offre la meilleure conductivité en chaleur et en électricité. Sous sa forme solide, ce métal est principalement utilisé en joaillerie et dans la conception d'instruments en acier chirurgical, de prothèses dentaires ou d'argenture pour les projectiles destinés aux Brookes[1]. La technique de la photographie a trouvé dans la poudre d'argyre un emploi récent et efficace, qui ne peut cependant

1. Cf. note interne transmise par la Winchester Repeating Arms Co.

faire oublier son usage en pharmacologie depuis l'Antiquité.

2. Historique

La première administration médicale avérée remonte au Xe siècle. Elle est le fait du médecin philosophe arabe Avicenne qui utilisa l'argent pour purifier le sang et réguler le rythme cardiaque. On trouve ainsi dans son *Al-Shifa* ou *Livre de la Guérison* — compilation de cas curieusement présentée sous forme de vers — la description d'un patient affectant une décoloration générale de la peau consécutive au traitement. L'époque médiévale utilisait le nitrate d'argent dans les cas d'épilepsie et autres troubles nerveux. Récemment, nos médecins ont expérimenté l'utilisation de l'argyrol, ou protéine d'argent, dans le cas d'infections bénignes (sinusite) ou lourdes (syphilis)[1]. Toutefois, le recours à l'argent n'est pas sans poser de problèmes puisqu'il s'accompagne, à plus ou moins long terme et selon la prescription, de désordres assez comparables au saturnisme ou intoxication par le plomb : fièvres, vomissements, diarrhées, délire, ulcères intestinaux, anémie par diminution des globules rouges, à quoi s'ajoute l'ensemble des réactions spécifiques que nous nommons argyrie.

3. Actualité de la recherche

L'observation menée en laboratoire sur des sujets animaux permet de constater que, dans le cas

1. Cf. notamment les expériences conduites par le pavillon des aliénistes à l'hôpital Bellevue de New York.

d'absorption de capsules de nitrate d'argent, le métal est éliminé via le système gastro-intestinal. De même, l'inoculation d'argyrol par voie intra-veineuse se solde par une évacuation du métal selon les mêmes voies, comme en témoigne l'analyse des selles. Toutefois, il convient de constater qu'une partie notable de l'argent se cantonne à l'intestin grêle pour s'y fixer, et que l'argent peut entraîner une corrosion des membranes muqueuses, voire la destruction pour tout ou partie, de la cavité. On a pu aussi constater chez plusieurs sujets une excrétion de l'argent par les reins, jusqu'à trois mois après l'administration du métal, et non sans dommages.

Les expérimentations menées sur le patient hémophage (réf. A) admis dans notre clinique permettent d'en apprendre davantage quant à la pathologie singulière des membres de la Famille. Suite à l'inoculation d'une dose infime d'argyrol, nous avons observé un changement notable de la complexion, environ cinq secondes après l'acte. La peau du sujet s'est fripée comme sous l'effet d'un assèchement[1] ou d'un vieillissement accéléré, principalement à la tête, au cou et aux mains, soit dans les régions du corps qui sont habituellement exposées au soleil et à l'air. Épiderme et griffes ont témoigné d'une hyperpigmentation[2], dans les tons bleu (azure lunulae) ou gris

1. Sur la possible dissolution des glandes surrénales qui ne sont plus en mesure d'assurer la synthèse des hormones, nous renvoyons aux beaux travaux d'Addison (1855).
2. Le dépôt, constitué de sulfite d'argent obtenu par conversion des sels, provoque une sublimation inédite de la mélanine, dont l'effet est démultiplié si le sujet est exposé à la lumière du jour. Ce qui permettrait d'expliquer l'aversion qu'ont les hémophages pour le soleil.

d'huître, et dont le phénomène était visible à l'œil nu. Après quoi l'organisme tout entier a été détruit, comme par implosion. La réaction a été à ce point violente que nous avons cru ne pas pouvoir disposer d'une quantité de matière suffisant à l'examen post mortem. L'autopsie a toutefois révélé, principalement via l'observation microscopique, la présence de granules argentés dans les tissus, avec notamment une forte massification dans les capillaires, les gaines veineuses et les tuniques artérielles. Ce qui peut s'expliquer dans la mesure où l'argent circule dans l'organisme via le réseau sanguin, sous forme de colloïde dissous. Par contre, aucune trace de métal n'est visible sur les tissus extérieurs, à l'exception toutefois de curieux mélanomes, répartis inégalement sur l'étendue nécrosée et faisant l'objet une oxydation de type argentée[1].

Les expérimentations ultérieures[2] ont permis d'affiner nos observations. Le sang charrie l'argent sous forme de sels qui se déposent dans les tissus, principalement dans les organes internes, comme le foie ou les poumons. Bien que nous ayons cru un temps que le cerveau soit épargné, il est maintenant établi que les sels d'argent pénètrent la masse cérébrale et font dépôt sur la glande pinéale ainsi que sur l'hypophyse[3], entraînant une perte instantanée de la volition et du contrôle. D'une façon générale, le dépôt métallique est proportionnel à l'irrigation de

1. Cf. Annexe.
2. Principalement sur les sujets de la seconde phase, dont la patiente hémophage et son fœtus.
3. Cf. Murdoch & Hutchinson, notamment.

l'organe, et ses effets doivent être mesurés à l'aune des modalités d'exposition (ingestion, inhalation, application), de sa durée, de l'angoisse qui favorise la diffusion, mais aussi des caractéristiques du sujet (sexe, état de santé[1]...). Toutefois, la simple administration d'argyrol, indifférente à la forme et au dosage, déclenche une réaction entraînant le décès, généralement précédé de convulsions.

Enfin, certains de nos chercheurs travaillent sur l'hypothèse carcinogène de l'argent chez les sujets hémophages. L'injection intramusculaire de sels dilués dans une solution liquide provoque en effet une réaction qui n'est pas sans rappeler la diffusion cancéreuse, mais selon une expansion considérablement accélérée.

Conclusions

Nos travaux confirment l'existence d'une forme d'argyrie particulière aux Brookes, radicalement originale et en rien comparable à l'affection telle qu'elle se manifeste chez des sujets animaux ou humains. Toutefois, et bien que les divers effets provoqués par l'argent aient été longuement étudiés, ses propriétés ne sont pas toutes intégralement connues. Simplement pouvons-nous avancer que, en ce qui concerne le nitrate d'argent, la dose létale moyenne est estimée à dix milligrammes, que les sels paraissent davantage corrosifs que les protéines argentées, et que l'argyrol demeure le toxique présentant le maximum d'efficacité.

---

1. Concernant la difficulté de l'âge chez les Brookes, se reporter à la thèse non publiée de Whitefield.

De façon secondaire mais non négligeable, nous devons faire état des études conduites par le Bostonian College of Optical Surgery concernant l'argyrie oculaire. Elle se manifeste par la décoloration grise de la rétine, du cristallin, de l'humeur vitrée et parfois même du nerf optique, suite à une exposition plus ou moins longue au métal. Ce qui explique l'usage que font les Brookes de lunettes protectrices, sachant qu'ils sont continuellement au contact de l'argent transporté dans leur Convoi. Ces accessoires ne sont toutefois d'aucun secours, car les symptômes ophtalmiques précités sont annonciateurs d'un trouble interne qui dégénérera tôt ou tard en argyrie généralisée.

Dans la perspective du nouveau siècle qui s'annonce, temps du progrès et des innovations techniques, nous préconisons un renforcement des recherches dans le domaine pharmaceutique, ainsi que leur extension aux sphères militaire et agroalimentaire, ce qui suppose une nouvelle répartition du budget national, et son vote au Congrès. Toutefois, une telle publicité pourrait s'avérer néfaste à notre entreprise. Aussi, pour garantir le succès, conseillons-nous à Ulysses Simpson Grant, dixhuitième président des États-Unis, de pérenniser notre organisation sous la forme de Services secrets.

FREAKSHOW

Dans une cage.

Les monstres l'ont collé dans une cage pour que les cheminots ne lui fassent pas la peau. Des ouvriers de chemin de fer, capables de porter une traverse à bout de bras, et qui adorent se payer un Brooke. Quand un membre isolé du Convoi tombe entre leurs mains, les cheminots assouvissent leur haine. D'abord, ils le regardent longtemps à la lumière des lampes, en vidant des flacons de mauvais alcool, du tord-boyaux qui pourrait servir à décaper la peinture des locomotives. Et puis il y en a toujours un qui commence par lui balancer un coup de pied, histoire de mesurer ce qu'il vaut. Quand le Brooke réagit en sortant ses griffes, ça les fait rigoler. En fait, c'est un peu comme pour les Nègres dans le Sud, sauf que les cheminots n'en ont rien à cogner des Nègres du Sud, vu que le chemin de fer n'est pas près d'y passer. Sous leurs airs de civilisés, les gentlemen de Virginie ou de Caroline sont rien que des ploucs. D'une certaine façon, les sudistes sont tenus éloignés de l'histoire du pays, et ils s'en accommodent. Par contre les gars du chemin de fer sont habitués à écrire le destin de la nation, sous forme de lignes régulières en acier qu'ils posent sur la plaine. Du coup ils ont parfois besoin de décompresser, relâcher la pression, comme une chaudière à vapeur. Après avoir attendri la viande du Brooke à grand renfort de bottes, suivent les taloches. Pas des coups de poing virils de fin de soirée comme il arrive dans n'importe quel saloon respectable, mais des gifles juste bonnes à prendre par les putes. À ce moment de la soirée, les gars sont chauds et le Brooke doit le sentir, parce qu'il a tendance à se comporter comme un rat qu'on coincerait au fond d'une cave avec un balai. Alors soit le Brooke se rebiffe et c'est le baroud d'honneur qui se conclut par une décapitation à la pioche, soit il se laisse faire. Généralement, il laisse tomber, comme si loin de sa Famille, un Brooke n'avait plus de cœur au ventre. Alors les ouvriers le torturent jusqu'au bout de la nuit, pour finir par le clouer sur une croix faite de rails, goudronné et emplumé, de façon à ce que les premiers rayons du soleil embrasent la poix gorgée de pétrole. Ou alors ils l'enflamment au briquet, mais dans tous les cas, c'est le sort qu'ils destinent aux Brookes.

Sauf que Steve Glover n'appartient pas au Convoi.

Imaginer Steve dans quelque chose qui serait aussi stable et ordonné que le Convoi est une perte de temps, et le fait qu'il porte un long manteau de cuir, des lunettes et des griffes n'est qu'un coup du sort, l'occasion au départ de se faire un peu de fric dans un pays qui est pauvre à crever. On dit qu'un homme a une chance dans sa vie de se tirer de sa galère ; Steve Glover pense l'avoir trouvée en assistant à un procès. L'idée n'est même pas de lui, il la tient de Roy Bean. Bon, pas vraiment du juge, encore que mettre en scène un Brooke est ce qui se pratique dans la bonne ville de Langtry. On y boit aussi de la bière fraîche que l'on descend au moment de la sentence. À ceci près que le Brooke qui combattait l'ours du juge Bean était un vrai. Avec ses mâchoires d'argent, le grizzly n'a pas tardé à en faire son déjeuner, mais durant le court moment de l'affrontement, Steve Glover a ressenti comme une inspiration, l'idée qui peut faire basculer votre existence. De ce point de vue, il a réussi ; en temps normal il en aurait fallu beaucoup pour qu'il se retrouve dans une cage, alors que tout ce qu'il souhaitait était délester les bourgeois de Serenity.

Serenity, une cité de bondieuseries où les vieilles fortunées mouillent leur mouchoir et peut-être même autre chose rien qu'à l'idée de converser avec les esprits. Thé et gâteaux avant le grand numéro d'eschatologie, société spirite du mardi, entre gens comme il faut. Il y avait un paquet à se faire. Alors Steve s'est dégotté un long manteau en cuir pas trop râpé, des lunettes à verre blanc qu'il a assombri avec du noir de fumée, et des griffes. Bon Dieu, les griffes, personne ne s'y tromperait, il n'y a qu'à examiner ses doigts prolongés par des serres en carton tubulaire, ce serait drôle en d'autres circonstances... et d'une certaine façon, ça l'est. À condition d'être à l'extérieur de la cage. Toujours est-il que Steve a été contacté par un imprésario dans la pension qu'ils occupaient tous les deux, un ancien vendeur itinérant pas très net qui lui a dit : « Fiston, t'as de la chance que nos chemins se soient croisés. » Sûr qu'à l'heure qu'il est, le type doit être en train de dormir dans un hôtel, avec sa valise au pied du lit, comme un chien fidèle, bourrée de flacons d'élixir composé de bourbon délayé à l'eau, d'ail et de menthol. Quelques verres relevés de belles paroles et Steve l'a suivi jusqu'à Serenity, sur la base d'une fameuse combine et d'un pourcentage qui donnait encore matière à discuter, même s'il faut bien commencer quelque part. «Sois pas trop gourmand au début», a dit le bonimenteur, et si Steve avait eu ne serait-ce qu'une petite chance de revenir en arrière, c'est pas gourmand ou raisonnable qu'il serait, mais carrément au régime. Sacrée illumination à Langtry, foutue bonne idée, merci au juge Roy Bean.

Sans trop savoir comment, mais aussi sûrement qu'une flèche sioux touche sa cible, Steve s'est retrouvé dans la seule banque de Serenity, après la fermeture, carrément assis dans le fauteuil en cuir réservé aux meilleurs clients, à discuter avec le directeur tout en tirant sur un cigare. Pour dire le vrai, Steve n'avait pas trop la parole, attendu que son imprésario se chargeait des tractations, ce qui est somme toute normal vu que, quand même, il lui fallait justifier ses émoluments. Le directeur parlait d'une citoyenne respectable, la plus fortunée notable de la ville, insistant sur sa *crédulité*, un mot qui manquait au vocabulaire de Steve Glover. Ce qu'il convient de déplorer, car dans le cas contraire, il ne se serait pas fichu dans ce merdier. C'est pour cela que le programme d'éducation en vigueur dans notre pays devrait insister davantage auprès des jeunes: honnêtes citoyens ou outlaws, ayez de l'instruction.

Le responsable de la banque a dévidé sa rengaine, ponctuée de formules affables, empesées et honnêtement assez soporifiques que l'imprésario interrompait régulièrement par des « Je mate l'embrouille » qui ont fini par sceller leur accord. Steve a eu droit à un bon steak.

Et puis comme c'était mardi, le directeur s'est pointé au cercle spirite, suivi par l'as du boniment qui s'était plaqué les cheveux en arrière avec de l'huile de salade. En le voyant, le majordome a dû avoir un hoquet mais il a su tenir sa place, rapport au sang anglais qui coulait dans ses veines. À ce moment-là, Steve se tenait dans l'arrière-cour de la demeure, avec une clé fournie par le directeur qui lui permettait d'ouvrir la porte de l'office. Tous les domestiques avaient leur congé, excepté le *butler* pour qui être aux ordres est une seconde nature, et la petite bonne idiote qui assurait le service durant les séances de Oui-Ja, autrement dit une tablette en bois qui permet de communiquer avec les morts et qui s'avéra n'être d'aucune utilité.

Tout ce que Steve avait besoin de savoir tenait sur un bout de papier, vélin tout de même, griffonné par le banquier : lorsqu'il entendrait un cri, Steve devait ouvrir la porte, foncer à travers le couloir de l'office en hululant et, une fois qu'il se tiendrait dans le salon, agiter les pans de son long manteau de cuir tandis qu'un écran de fumée le dissimulerait en partie, pour entretenir l'illusion. Déployer ses griffes était en supplément, avait dit l'imprésario, mais leur client avait payé rubis sur l'ongle en tirant deux coupures supplémentaires de sa pince à billets. Steve avait attendu dehors en dansant une gigue peu compatible avec ce qu'on sait des Brookes, mais parfaitement compréhensible dès lors qu'on s'avise qu'il était en proie à une furieuse envie de pisser, et cela dès avant le repas que le directeur avait souhaité, reconnaissons-le, copieusement arrosé.

Et puis il avait entendu le signal, poussé par une voix de rogomme, un genre de timbre à ténor dont on peut se dire que c'est un gâchis d'avoir pareil organe sans pouvoir l'utiliser autrement qu'en gueulant contre les employés aux écritures. Steve Glover avait ouvert la porte du premier coup, s'était précipité dans le couloir en manquant de se prendre les pieds dans la doublure de son manteau, feulant à la façon d'un chacal qui préférerait se taper des mâles, jusqu'à parvenir au salon. Là il avait toussé comme un perdu à cause des fumigènes, sans pour autant oublier de déployer ses griffes, preuve qu'il était consciencieux. La petite vieille vêtue de noir avait ouvert des yeux gros comme les soucoupes de son précieux service à thé, et puis elle était tombée raide morte. Le directeur de la banque s'était fendu d'un sourire mauvais, une simple ébauche, avant de se reprendre et de lâcher : « Sus au Brooke ! » Fichu comédien, avait songé Steve Glover. Mais il n'avait pas trop eu le loisir d'y penser à cause du coup de pelle à tarte en pleine gorge. Ça n'était pas dans le contrat, et le fait que la lame soit en argent n'y changeait pas grand-chose. De cela, Steve aurait aimé débattre avec son associé, mais encore aurait-il fallu qu'il soit visible, dans la fumée omniprésente et le foutoir des chaises renversées. Alors le Brooke d'entresort avait plongé à travers la fenêtre pour retomber lourdement dans la rue. C'est en pissant le sang par mille coupures et en traînant la patte que Steve avait remonté l'avenue sans songer un instant à se planquer dans une venelle, convaincu que seule la gare et le billet de chemin de fer qu'il tenait plaqué dans sa poche de gilet pouvaient garantir son salut. C'était évidemment une erreur. Averties par les appels à l'aide des ladies et gentlemen, tous membres du club spirite, les bonnes gens, peu au fait de la métempsycose mais désireux d'en découdre, donnaient déjà la chasse au Brooke. Steve Glover pleurnichait tout en boitillant, allégé de plusieurs pintes à mesure qu'il s'urinait dessus, traçant une voie malodorante pour les bourreaux du mardi.

Du fait de sa jeunesse, et de la hargne que l'on met à sauver sa peau, le Brooke à cachetons parvint tout de même à la gare. Il bondit sur le quai principal, heureusement désert à cette heure — si l'on veut bien excepter la présence d'un employé affalé sur son rocking-chair — et s'engagea sur les voies, manquant plusieurs fois de se tordre les chevilles entre les cailloux. Bizarrement, Steve voulait absolument prendre son train, celui de minuit, puisqu'il avait acheté son ticket en bonne et due forme. La présence de cheminots au sourire mauvais, de ceux que l'ennui dispose à cogner ou à forcer une femme, élargit ses horizons. Après tout, un transport de marchandises ferait aussi bien l'affaire. Steve Glover venait de jeter son dévolu sur un simple wagon à plateau quand il se sentit soulevé en l'air, pris dans l'étau de bras monstrueux — en fait ceux d'un géant.

Puis il perdit connaissance avant de se retrouver dans une cage.

Qui a eu l'idée de l'y mettre, est-ce le colosse Hanger ou la femme de trois cents kilos ? À moins que ce ne soient les jumeaux Chang et Eng, des siamois soudés par la hanche...

Steve Glover se redresse sur sa paillasse malodorante, il n'en croit pas ses yeux. Tout autour de lui, il n'y a que des monstres, des créatures contrefaites que l'on croirait évadées d'un cauchemar. Et quand il parvient à baisser la tête, ce qui ne va pas sans mal à cause de sa fichue migraine, Steve voit ramper des choses qui lui sourient. Il aimerait parler, exprimer son dégoût, mais le coup de pelle à tarte dans la gorge lui a écrasé le larynx. Pas en profondeur, mais suffisamment pour le rendre muet. Et puis Steve peine à respirer, ce qui le fait siffler comme un Brooke. C'est alors qu'il se rend compte qu'on lui a laissé ses fringues, celles d'un piteux convoyeur qui se serait trouvé une nouvelle famille, la caste des *Bizarros* qui compose la grande fraternité du cirque, une cour de foire que Phineas Taylor Barnum pourvoit en miracles.

Engoncé dans son frac écarlate, le grand homme trace une voie claire parmi ses freaks qui font silence, tel un Moïse séparant les rives du morbide, et déclare à Steve :

— Bienvenue dans *The Greatest Show on Earth* !

Si l'idée était de grimper dans un train, c'est chose faite. Steve Glover se retrouve chargé dans le fourgon à bestiaux, en compagnie de lions pelés aux mites, de Toung Taloung, l'éléphant blanc sacré du Siam qui pose sa pêche en barrissant, et d'un tas de choses plus ou moins vivantes et vraies. Lorsqu'on lui sert sa gamelle emplie de ragoût, Steve se dit d'abord qu'il ne va pas y toucher, avant de s'aviser que la nourriture est bien destinée à un homme. Les forains savent donc exactement ce qu'il est, à savoir un être humain. Autrement dit une espèce de vie qui, sans ressembler aux formes vivantes approximatives qui composent le cénacle de Barnum, leur est tout de même plus proche que ne le seront jamais les Brookes. Steve se débarrasse de son manteau et des griffes qu'il a fait adhérer à ses ongles au moyen de colle à bois, histoire d'avoir l'air de ce qu'il est, rien de moins qu'un brave type. Mal lui en prend, car à sa première visite, la femme de trois cents kilos le frappe à travers les barreaux avec la gaule qui sert à passer la viande aux félins, jusqu'à ce qu'il endosse à nouveau ses nippes, le tout en poussant des *geek geek* qui donnent à la mafflue l'air d'une pie obèse. Puis elle reporte son attention sur une petite cage posée en face de celle qu'occupe Steve. Alors la ventrue grasseye un rire, plonge une main minuscule et fine comme celle d'une poupée de porcelaine entre ses formidables mamelles, et en extrait une clé. Elle ouvre la cage et un avorton en sort, une façon de nègre, estime Glover, sauf que sa peau est d'un jaune sale, et qu'il est doté d'un incroyable tarin dont les narines poissées de morve font comme deux cloaques. Afin de se dégourdir les pattes, le petit dansotte sur ses pieds aux talons blindés de corne. Il est nu, ce qui fait que Steve a une vue imprenable sur son service trois pièces qui brinquebale en cadence. La baleine n'en perd pas une miette et se fend la poire à triple menton déployé. Quand le nabot aux cheveux crêpés comme de la bourre à matelas a fini son quadrille, il se précipite sur la grosse qui aussitôt déballe ses nichons et les lui donne à téter. *Abo, abo* scande la laitière tout en lui malaxant les parties. Lorsque la paille du wagon est éclaboussée d'un liquide blanc dont Steve ne veut tout simplement pas savoir s'il s'agit de lait ou de semence, la femme de trois cents kilos remet ses mamelles en place et le petit range son nécessaire. Après quoi, l'otarie maquillée comme une pute mexicaine roule jusqu'au fond du fourgon et en revient avec une sorte de bâton ou de canne que le nègre jaune se carre directement dans le groin. Il en sort des sons bizarres, *meuuuuuuuuuuhh, meuhh, meuh,* propres à ravir le tas de viande en cotillons.

Steve Glover se dit alors que la Divine Providence a probablement ses raisons, et que sa présence ici n'a absolument rien de fortuit. C'est ça ou basculer dans la pure folie. Et, sans recourir aux plans divins, force est d'avouer que Steve n'a pas tort. Barnum nourrit effectivement certains desseins à son endroit, qui deviennent subitement clairs à la pointe du jour, quand le train marque l'arrêt en pleine campagne. Les yeux croûtés de sommeil alors qu'il n'a pas l'impression d'avoir dormi, Steve voit s'ouvrir la porte du fourgon. Aidé par les artistes, le personnel fait d'abord descendre les lions, l'éléphant et un dromadaire empaillé fixé sur une caisse à roulettes. Puis c'est le tour du nabot, avant qu'on ne s'intéresse à lui. Sourire aux lèvres, Phineas Barnum s'approche de sa cage et l'ouvre. Après quoi il recule, pouces rivés sous les aisselles, comme un maquignon jugeant une bête sur pied.

— C'est à toi, mon garçon, dit le montreur d'anomalies.

Steve Glover hésite, puis s'exécute. Il s'extrait de la cage, se redresse difficilement tandis que les crampes lui arrachent un grognement de douleur. La politesse exige qu'il remercie mais rien ne sort de sa gorge.

— Non, non, c'est nous qui te devons quelque chose, dit Barnum d'un ton bienveillant. Lorsque je t'ai vu, attifé de la sorte, tu m'as donné une excellente idée. Une sorte de numéro qui pourrait rencontrer les faveurs de l'Amérique. Mais, avant tout, il convient de le mettre au point.

— *Geek !*

Steve observe autour de lui. Bingo Boy l'enfant alligator, Sirena, l'enchanteresse des serpents, Leroy l'homme-autruche qui peut avaler n'importe quoi, y compris un rat vivant, toute la confrérie des freaks forment le cercle autour de lui.

— *Geek !* fait la femme de trois cents kilos en pointant son index sur lui.

— Tu peux t'en aller, assure le souverain des monstres.

Glover enfile son manteau de Brooke, tente un pas puis un autre. Sa jambe paraît le supporter.

— *Geek !*

La beauté obèse pousse ses cris qui sont repris par l'ensemble, des pépiements provenant de bouches tuméfiées ou squameuses, qui ne peuvent embrasser que l'horreur, dire leur dégoût du genre humain. Steve accélère sa course, franchit l'anneau des forains, piste circulaire d'un cirque improvisé uniquement destiné aux connaisseurs. Steve Glover court maintenant à fond de train, forçant sa mauvaise jambe au risque de s'étaler. Le sang cogne à ses tempes, il aimerait se débarrasser du vêtement en cuir, trop lourd pour lui, mais rien de ce qui le touche ne doit tomber aux mains des monstres. Ils seraient bien capables de le retrouver, simplement en flairant sa peur. Steve n'ose pas se retourner, il cherche simplement à s'éloigner le plus possible. C'est alors qu'il entend la voix de Barnum :

— Mesdames et messieurs, et vous aussi chers enfants, voyez comment un étranger à nos mœurs, un authentique Aborigène ramené à grands frais d'Australie, parvient à chasser le kangourou. Alors imaginez ce qu'il ferait d'un Brooke si son accessoire était en argent !

Steve perçoit le sifflement du boomerang avant que sa tête ne bascule.

1878

KID CAESAR

Est-il, sur la surface du globe, un coin qui ait été jamais aussi abreuvé de sang que cette étroite bande de terre promise si proche de l'Afrique, de l'Asie et de l'Europe ?

Première phrase du *Ben-Hur* de Lew Wallace, seul roman connu qu'ait jamais lu Billy le Kid

J'avais cinq ans quand mon père a été tué par un Brooke.

À l'époque, on ne m'appelait pas encore Billy mais William, fils de Patrick Henry Bonney et de Katherine McCarty. Pour être franc, c'est un peu la faute de mon paternel s'il s'est fait buter. Avant, on habitait à New York City, dans les bas-fonds où grouillent les gangs. Dead Rabbits, Plug Ugglies et les Swamp Angels dont j'ai fait partie, que de la mauvaise graine qui ne s'en laisse pas conter. Et puis il y a la tuberculose un peu partout dans la ville, même chez les rupins. Au moins à New York, on était sûr qu'il n'y avait pas de Brookes. Aucune chance, pour sûr. Mais le paternel a voulu voir du pays, alors il nous a emmenés avec ma mère et mon frère à Coffeyville,

197

dans le Kansas. Du pays, il n'a connu qu'un arpent de terre avec une croix de bois blanc plantée dessus. Je n'ai pas retrouvé le Brooke, mais faut dire que je n'avais que cinq ans.

Ma mère savait plus trop quoi faire sauf pleurer. Mais un jour elle a dit, comme ça :

— Les garçons, il va falloir qu'on bouge. Je ne me sens pas trop le cœur à marcher tout le restant de ma vie sur le sol qui recouvre votre papa.

On a quitté Coffeyville et j'ai appris plus tard que c'était le patelin où étaient nés les frères Dalton. Des fois je me dis que ma vie est faite de bouts de hasard collés ensemble et qui finissent par former un destin.

Toujours est-il qu'on est parti dans l'Indiana. Il n'y a pas grand-chose à raconter sur cette époque, sauf que M'man a épousé William Antrim. Ça devait être en 73. Le beau-père était un type plutôt bien, du genre silencieux, mais qu'on ne voyait pour ainsi dire jamais, vu qu'il était prospecteur. Du coup ça a fini par lasser M'man, ou simplement la bougeotte était quelque chose qu'elle avait en elle, comme une sorte de fièvre qu'elle m'a refilée, et on a mis les voiles. Au début je me suis demandé comment Bill Antrim avait pris la chose. À mon avis plutôt bien, les types qui cherchent de l'or sont habitués à être déçus. Mais ça ne m'a pas travaillé longtemps, parce que je me trouvais à Silver City.

Je veux bien croire les prédicateurs itinérants quand ils disent que la ville est une nouvelle Jérusalem. Toutes les confessions y sont permises, et on y trouve aussi bien des Brookes que des Chasseurs. Pas n'importe quels Brookes, ceux qui ont fait dissidence avec le Convoi, mais quand même. Inutile de préciser que tout le monde leur fiche la paix. Les gars comme Wyatt Earp, Doc Holliday ou le gang des frères James, et d'autres moins connus, profitent d'être à Silver City pour faire une pause. Du genre se prendre un bain chaud, se donner un coup de rasoir et refaire le plein de balles d'argent. C'est pas que la ville regorge de métal précieux — en ce qui me concerne on aurait aussi bien pu l'appeler Blood City — mais disons que l'endroit a ses habitudes. Et comme il y a du passage, M'man a eu la riche idée d'ouvrir une pension de famille.

J'aimerais dire qu'on n'accueillait que des chasseurs de Brookes, mais c'était loin d'être le cas. La plupart du temps, autour de la table, il n'y avait que des voyageurs de commerce, des types avec une valise pleine d'onguents pour soigner n'importe quoi et qui faisaient profession de vous vendre de l'illusion frelatée avec leur bagout. Mais un jour, j'ai eu ma part de rêve, et quand j'y repense, c'est peut-être cette rencontre qui a décidé du tour qu'allait prendre mon existence, au moins en partie. C'était un drôle de gars avec un costume chiffonné et trop court pour lui, mais il semblait ne pas y donner trop d'importance, comme si son esprit était tout entier occupé par autre chose. En fait, c'était le cas et il ne m'a pas fallu longtemps pour m'en aviser. Le gars, donc, avait les cheveux roux, tortillés en flammes dans tous les sens — un véritable incendie. Avec mon frère, on se moquait un peu de lui, sans que M'man nous voie parce qu'elle aurait trouvé ça mal, et bête vu que je suis moi-même un rouquin. Le fait est que je ne peux pas me dédire et que ça se passait de la sorte à chaque repas. Mais le gars disait rien, et il nous souriait même en reprenant de la tourte. Avec ça, il était sacrément poli avec ma mère, comme on doit l'être avec une dame. Le contraire est quelque chose qui m'incommode, et ça m'a d'ailleurs valu quelques ennuis par la suite. M'man, qui était loin d'être une sotte, avait bien vu notre manège, et elle demandait à son hôte si tout se passait bien. Invariablement il répondait que oui, que la cuisine était rudement bonne, qu'on ne pouvait pas souhaiter meilleure logeuse, et que sa réputation finirait même par décider les Brookes de la ville à prendre pension chez elle. Ça faisait rire M'man, comme elle ne l'avait plus fait depuis longtemps. Ça m'a rendu le rouquin sympathique. Alors un soir, après les corvées, je suis allé dans sa chambre. La porte était à demi ouverte, et s'il y a bien une coutume des Brookes qui est maintenant dans nos mœurs, c'est qu'une porte ouverte vaut pour invitation. Alors je suis rentré dans la chambre.

Il y avait des papiers partout, sur le sol et le couvre-lit, et même des photographies, une chose assez rare à l'époque. Tout avait un rapport avec les tueurs de Brookes. Je me suis tourné vers le gars qui semblait ne pas me voir. Il avait le regard vide, et était assis sur le plancher sans bouger. Ses mains tenaient un petit carnet et une plume mais il ne faisait pas mine d'écrire, comme si tout ce qu'il avait consigné lui brûlait la tête, bien plus que l'incendie de ses cheveux. Je me suis approché et j'ai vu que des noms étaient inscrits sur le carnet. Même en n'étant pas très fort en lecture, ce qui était mon cas, vu que j'avais assez négligé l'école à cause des déménagements, on ne pouvait pas se tromper sur les noms. Uniquement des légendes : William Cody, Doc Holliday, Wild Bill Hickok, Calamity Jane, la crème des chasseurs solitaires, à quoi s'ajoutaient les gangs des frères James, Younger et Dalton, y compris celui qui était marshal. En face, tracée d'une jolie écriture à l'encre violette, il y avait une colonne de chiffres qui me paraissaient gros mais je ne savais pas compter.

— Le nombre de Brookes abattus par chacun, a indiqué le rouquin en sortant de sa torpeur.

Il avait deviné ma pensée, mais c'était somme toute facile. J'ai regardé de plus près et ce que j'y ai vu m'a impressionné. Un type comme Hickok, par exemple, avait pour lui un chiffre aussi long que celui du clan Younger. Peut-être qu'il s'était fait aider sur certains coups par sa Calamity, ce qui faussait le compte. Les Dalton tenaient à eux seuls un quart de la colonne, et j'avoue que j'ai toujours aimé ces gars, probablement parce qu'ils sont de Coffeyville.

— Impressionnant, n'est-ce pas ? a demandé le rouquin.

Je ne voyais pas trop quoi rajouter. Alors je me suis contenté de dire :

— Vous êtes qui ?

Le type a souri, comme quand ma mère lui resservait du café.

— Une sorte de barde, qui effectue un travail nécessaire. Je tiens les chroniques.

Ça faisait trop de mots savants pour mon jeune cerveau. Le rouquin l'a vu, et il m'a tendu un fascicule. Sur la couverture, il y avait une belle image encadrée de chichis, représentant un cavalier aux cheveux longs qui poursuivait des Brookes, bride coincée entre les dents et tenant deux revolvers. Depuis, j'ai lu pas mal de feuilletons, y compris ceux qui me mettent en scène, mais aucun n'a eu autant d'importance que celui-ci.

Cette nuit-là, le gamin qui s'est endormi ne s'est jamais réveillé. Le matin, c'est Billy le Kid qui a embrassé sa mère.

*

Et puis M'man est morte quand j'avais quatorze ans. L'idée n'est pas de me trouver des excuses, mais j'ai connu le malheur plus qu'à mon tour. On me dira que ça n'explique pas tout et que d'autres victimes de l'infortune s'en sortent à meilleur compte, et je répondrai que c'est respectable, mais que la vie décide différemment pour chacun. Au début, mon frère a vécu la même chose que moi et pourtant c'est un Bonney qui n'a jamais fait parler de lui. Comme quoi il n'y a pas de fatalité, juste des occasions que l'on saisit parce qu'elles ne demandent qu'à être prises. Croire qu'il aurait pu en aller autrement serait pathétique, ce que je refuse même d'envisager.

En faisant valoir que j'étais du métier, je me suis fait engager dans un hôtel et j'ai fait la plonge nuit après nuit, les mains rongées par l'eau de vaisselle, suant ce qui me restait de l'enfance en lavant les plats que d'autres mangeaient. Je date de cette période la perte de mon frère, parce que je n'étais plus pour lui un compagnon, et encore moins un parent. En fait, je n'étais que « Billy fais ceci » et « Billy fais cela », des cuisines à la buanderie où régnait cette saloperie de Chinetoque. Je ne me rappelle plus son nom, on ne l'appelait pas autrement que « Chu Chin Chow » en matant la tresse sur son dos, et « Monsieur » quand il nous faisait face. C'était une crevure qui se donnait des airs simplement parce qu'il nettoyait les caleçons des milords. Les garçons d'étage disaient qu'à réception du linge, il mettait les dessous des dames de côté, pour les renifler à l'aise. Je ne demande qu'à le croire puisqu'on ne prête qu'aux riches et, sur ma parole, si les vices faisaient la fortune, le Chinois devait être le plus fameux notable de Silver City. Ce qu'il aimait par-dessus tout, c'était de s'en prendre aux petits, en jetant par exemple une pile de draps par terre sous prétexte qu'ils étaient mal repassés. Du coup, ça lui donnait le droit de faire des retenues sur salaire, et il ne s'en privait pas. Comme on ne travaillait pas en salle ou à la réception, on n'avait pas droit aux pourboires, ce qui fait qu'au terme du mois, il nous restait pratiquement rien. J'ai laissé faire pendant un an, croyant que c'était l'usage dans les hôtels du centre, jusqu'au jour où il m'a brûlé la main avec son fer à repasser. Comme ça, pour rire. Dans l'instant qui suivait, il s'est fendu la gueule d'une autre manière. Pas de chance pour lui, il ne s'était pas avisé que j'étais gaucher. Je lui ai collé sa face sur la planche et la lui ai repassée. Un coup en avant, un coup en arrière, sans faux pli. Ça puait le canard laqué dans toute la buanderie et depuis je ne peux plus sentir les Chinois. Les Nègres et les Indiens non plus, tout le monde le sait, mais j'ai mes raisons qui me font dire qu'on ne gagne rien à se fréquenter si on n'appartient pas à la même race. C'est d'ailleurs l'avis général et je ne cherche pas à me distinguer. Par contre, ce jour-là, je me suis fait salement remarquer des autorités qui m'ont collé en cellule. Pas longtemps, juste histoire de donner l'exemple, mais ces deux jours m'ont appris qu'il n'y a pas pire que la prison.

Et qu'on ne vienne pas me dire qu'un gars peut s'évader dans sa tête !

La prison m'a rendu fou et je suis devenu moi.

*

Après ça, ce n'est pas qu'on me trouvait indésirable, mais j'ai senti que ma place n'était plus à Silver City. Alors j'ai laissé le peu de biens que j'avais à mon frère et je suis parti sans savoir où aller. L'errance est quelque chose qui m'a plu tout de suite, même si c'était pour mener une existence de clochard. La vérité m'oblige à dire que j'en étais bien un, un tas de loques aussi puant et solitaire qu'un Brooke qui se verrait banni du Convoi. Et si le côté sans attaches me convenait parfaitement, je devais aussi penser à manger, et pour cela trouver un emploi. Par chance, le camp militaire de Grant cherchait des convoyeurs et n'était pas trop regardant sur les conditions d'embauche. C'est ainsi que je me suis retrouvé à trimballer des caisses pour le compte de l'armée.

On dit ici et là que j'ai quelque chose contre les militaires. J'apporterais une nuance dans la mesure où je suis le premier à reconnaître que notre pays n'en serait pas là sans les deux ou trois patriotes qui ont botté le cul des Anglais. Ils l'ont fait pieds nus, sans se donner en spectacle. On ne peut pas dire la même chose des cavaliers. Avec leurs bandes jaunes cousues sur la culotte et leur sabre qu'ils laissent traîner jusqu'à par terre, rien que pour entendre le bruit de la ferraille, ils font les importants alors que ce ne sont que des bouffeurs de crottin, à qui revient toutefois le mérite de m'avoir confié ma première arme. Parce que les conducteurs civils avaient en charge la sécurité des chariots, on m'a doté d'un .38 Lightning à double action que la firme Colt venait de sortir cette année là. Il reste mon revolver favori et je l'ai d'ailleurs toujours. C'est avec lui que j'ai tué mon premier homme, en la personne de Frank Cahill.

Cahill était le forgeron du camp Grant. Tout le monde se félicitait de son travail, sans chercher pourtant à le fréquenter parce que c'était un colosse nègre et violent qui ne demandait qu'à rire des histoires que lui-même provoquait. J'en ai connu beaucoup, de ces types qui pensent que la seule loi à suivre est la leur, parce qu'ils sont les plus forts. En soi, ce n'est d'ailleurs pas faux, encore faut-il être à la hauteur. Et Cahill l'était, ce qui lui donnait une incroyable assurance. Il envoyait paître les cavaliers et se permettait des commentaires sur les femmes blanches. Mais comme personne d'autre que lui n'aurait pu faire son travail, les autorités laissaient couler en arguant du fait que c'était un civil. Il faut dire que Frank Cahill en imposait, ses muscles brillant à la lueur des braises tandis qu'il abattait son marteau. D'ailleurs, certaines épouses d'officiers faisaient un crochet jusqu'à la forge rien que pour voir la bête en action. Quand il s'avisait de leur présence, le géant marquait une pause, essuyait la sueur sur son torse nu en faisant rouler ses pectoraux, et finissait toujours par exécuter quelques gestes lubriques. C'est d'ailleurs les femmes qui l'ont perdu, mais pas n'importe laquelle.

J'avais déjà repéré son manège et essuyé moi-même deux ou trois moqueries. Mais comme l'idée était de manger et d'avoir un coin pour dormir, je n'avais pas relevé, sachant que si cela devait dégénérer, le commandant du camp n'hésiterait pas entre le forgeron et moi. Des convoyeurs, on en trouve à la pelle, jusqu'aux Brookes qui en ont fait leur spécialité.

Et puis un jour je me suis retrouvé avec deux chevaux à ferrer en même temps, ce qui fait beaucoup pour un attelage. Forcé de débaucher puisque je ne pouvais plus conduire mon chariot, j'ai emmené les chevaux à Cahill. Il ne fallait pas être un fin observateur pour s'aviser que l'homme était saoul dès le petit matin. Le colosse avait le regard mauvais de ceux qui veulent prouver qu'ils sont maîtres d'eux-mêmes, quitte à en faire tout de suite la démonstration. Et, pour Frank Cahill, ça passait forcément par la dispute. Tout d'abord, il a regardé les sabots en poussant des soupirs à décorner un bœuf, et il a dit que c'était de ma faute. Je lui ai demandé en quoi je pouvais être responsable. Il m'a répondu que j'avais trop demandé aux chevaux et qu'ils avaient forcé leur nature. Pour moi, c'était plutôt un défaut dans le lot des fers, vu qu'ils s'étaient fendus pratiquement en même temps, ce dont je lui ai fait part. Et ça ne lui a pas plu. Cahill a commencé à gueuler avec cette voix de moricaud qui monte dans les aigus, en disant qu'un blanc-bec dans mon genre n'allait tout de même pas lui apprendre son travail. J'ai dit que ce n'était pas la question, et que tout ce temps qu'il perdait à se donner en spectacle, il aurait pu le consacrer à faire son boulot. Comme les gens commençaient à se rassembler autour de son atelier, ça a dû titiller sa fibre d'acteur et il m'a balancé des mots que je ne répéterai pas. Et là je me suis dit que l'Amérique allait vraiment mal, dès lors qu'elle permettait à un Nègre de se hausser du col, ce que je lui ai signifié en termes choisis. La gifle m'a retourné la tête et il s'est jeté sur moi, ce qui ne me donnait aucune chance. J'ai senti ses grosses pattes se refermer autour de ma gorge, mais sans rien faire pour résister — ça m'aurait seulement valu de précipiter mon trépas. J'espérais aussi que quelqu'un dans l'assistance s'interposerait, mais j'aurais pu attendre longtemps tant le forgeron inspirait la terreur. Cahill a craché alors les mots de trop. Imaginer M'man se faire emboutir par le colosse m'a flanqué la nausée. J'ai glissé ma main jusqu'à la corde qui retenait mon pantalon, dégagé le .38 Lightning et tiré à bout portant. Le forgeron roulait ses gros yeux à mesure que je vidais mon barillet, comme si j'avais actionné un genre d'automate de foire, et il s'est abattu sur le côté. Tout le monde s'est écarté de la forge en silence, m'empêchant de fuir jusqu'à l'arrivée des soldats.

« Sérieux, les gars, avec vos sabres et tout le saint-frusquin, vous ne seriez pas mieux à charger les Brookes une bonne fois pour toutes, au lieu de vous en prendre à Billy ? » que j'ai demandé tandis qu'ils me poussaient vers la prison du camp, mais ça les a laissés froids et je me suis retrouvé dans une geôle. Là, à peine allongé sur la paillasse, il m'est arrivé la même chose qu'à Silver City, quand ils m'avaient collé au trou pour avoir molesté le Chinois de la blanchisserie. Frissons, mes mains qui s'agitaient, je voyais des sortes de figures menaçantes dans le relief des murs. Alors avant de commencer à pleurnicher comme un gosse, j'ai décidé de m'évader. Ça a été somme toute facile, par la grâce d'un caporal trop confiant. Au lieu de me passer le repas par la fente prévue à cet effet, il est entré dans la cellule, histoire de me rappeler deux ou trois points de morale. J'ai d'abord laissé dire en avalant mes fayots, parce que je n'avais aucune idée de quand je pourrais à nouveau me nourrir. Une fois torchée ma gamelle avec un biscuit rance de l'armée, j'ai empoigné à deux mains le plateau en fer et le lui ai enfoncé dans la gorge. J'ai dû lui broyer la pomme d'Adam, parce qu'il s'est étalé en poussant des sifflements, comme à ce qu'on dit un steamboat sur le Mississippi, et je suis sorti en évitant ses jambes qui faisaient des ruades en tous sens. Il n'y avait personne d'autres dans la prison et, en y repensant, c'est à croire qu'ils n'avaient rien vu de ce que j'avais pu faire à un colosse noir qui faisait profession de forgeron. Depuis, quand on me dit que l'armée est une institution sur laquelle on peut compter, je garde mon avis dans ma poche avec mon mouchoir dessus. J'ai récupéré mon .38, fait le plein de munitions et me suis emparé sur le râtelier d'armes d'une carabine Springfield à un coup, que j'ai plus tard avantageusement remplacée par ma Winchester. Comme j'avais déjà de quoi largement occuper un juge pour qu'il m'envoie à la potence, j'ai ajouté à ces méfaits le vol d'une monture militaire.

Quelques années après, j'ai eu un coup au cœur en revoyant Frank Cahill. C'était dans un saloon transformé en scène de théâtre. Même si ce n'était pas vraiment lui, je l'ai reconnu tout de suite dans le personnage du roi Othello qui se faisait chauffer la tête par un gringalet. Je me suis dit alors qu'on a tous un rôle à tenir, et que la mort n'y change rien.

*

J'étais maintenant un fugitif. Les gens de la ville croient qu'il est romantique d'avoir la loi à ses trousses, ils ne connaissent pas le prix à payer pour être libre. C'est une somme dont il faut s'acquitter au quotidien, parce que chaque jour qui se lève voit renaître les mêmes préoccupations. Trouver à manger, un coin pour se cacher en attendant la nuit, et même pisser contre un buisson exige qu'on ait son revolver. Et puis avec ça, il y a les pensées qui vous trottent constamment dans la tête. Elles imposent leur rythme à votre cheval, et vous ne pouvez faire autrement que de les suivre.

Je repensais sans cesse à mon premier meurtre, sans avis dessus, juste ce que c'était. Tuer un homme à bout portant ne relève pas de l'exploit, encore qu'il m'est arrivé de voir des types se louper à quelques pieds de distance, simplement parce que la peur faussait leurs gestes, et qu'avoir un bon paquet de chiasse dans le pantalon n'aide pas à arpenter la grande rue. Non, ce qui m'était tout de suite venu à l'esprit en refroidissant Cahill, c'est que je n'avais pas hésité. Mieux, ça m'avait semblé aller de soi, comme si mon .38 était une extension de moi-même. Mais il me fallait savoir si c'était vraiment naturel, ou juste l'effet du moment. C'est pourquoi je devais réitérer l'expérience, un peu comme les savants qui savent si oui ou non ils ont pris le bon chemin. Et vite, avant que cette assurance ne me quitte. Alors, tout en changeant sans cesse de direction pour dérouter mes éventuels poursuivants, j'ai pisté des Indiens. Pas des Sioux ou ce genre de traqueurs qui m'auraient vite repéré, mais une bande de crevards qui se traînaient dans la plaine. Vingt, en tout, et j'en ai tué deux. Un homme, pour retrouver la même impression, et une squaw pour ne pas mourir idiot et parce qu'on peut être amené à tirer sur une femme. Même si, Dieu merci, ça ne m'est jamais arrivé depuis ! Le résultat est que j'étais né pour ça. Mais prendre une vie n'est pas très difficile, chacun de nous peut s'improviser tueur. Ce qu'il me restait à découvrir, c'est que j'étais de plus un authentique *sharpshooter*, de ceux qui ne laissent aucune chance à leurs adversaires, tellement ils sont rapides.

La bataille du comté de New Rome a fait mon éducation. L'endroit ne s'est pas toujours appelé comme ça. Avant, on le connaissait sous le nom de Lincoln County, du temps où le président n'avait pas encore prononcé son discours sur la tolérance au Congrès. Fameux discours en faveur des Brookes, qui lui a d'ailleurs coûté cher. Il s'est fait tuer dans un théâtre par un genre d'illuminé qui s'appelait John Wilkes Booth. Ça a fait un sacré raffut et certains appelaient déjà à la guerre civile, que les journaux ont baptisée tout de suite Silver War dans leurs gros titres à la une. Mais il faut croire que le vieil Ab n'avait pas que des amis, parce que pour finir, il ne s'est rien passé. Le pays a eu un nouveau président et Lincoln County est devenue New Rome.

En arrivant sur place, j'ai d'abord été engagé comme gardien de bétail par un type nommé Heiskell Jones. Il avait un petit ranch et menait prudemment ses affaires en se tenant loin du conflit qui opposait les gros propriétaires, à savoir le major L. G. Murphy et John Tunstall. Ce dernier était un Anglais installé depuis peu dans le pays. Murphy n'avait que modérément goûté qu'on vienne lui tenir tête. En guise de bienvenue, il avait envoyé ses gars abattre les clôtures de Tunstall pour y planter les siennes, en mordant sur le domaine de l'Anglais. Celui-ci avait répliqué de même, et on en serait encore à tendre du barbelé sur le comté de New Rome jusqu'au Jugement Dernier si William Morton et Frank Baker ne s'étaient invités au quadrille. Les deux tueurs engagés par le major Murphy avaient fait le tour des fermiers en disant qu'il était temps pour eux de prendre parti. Pas pour l'*Inglés*, de préférence pour leur santé. Comme je l'ai dit, mon patron était du genre discret, mais il n'a pas apprécié les manières. Aussi m'a-t-il dit d'aller faire un tour du côté de chez John Tunstall, histoire de voir s'il y avait de l'embauche. Je me demande encore pourquoi il avait pensé à moi, attendu que je n'avais pas encore fait d'encoches à la crosse de mon Colt. Je ne compte pas les Indiens et les Nègres, et c'est avec un plateau que j'avais probablement tué mon seul Blanc... Toujours est-il que j'ai fait ce que me demandait Heiskell Jones, en garçon soucieux de servir.

En arrivant au domaine de Tunstall, j'ai d'abord fait connaissance avec John Chisum et Alexander MacSween, les contremaîtres. Ils m'ont semblé être des types bien, mais un peu dépassés par la situation. Et puis j'ai croisé le chemin de Hidden Jake, sur le compte duquel il y aurait beaucoup à dire, et je ne vais pas m'en priver. Dès notre première rencontre, Hidden Jake m'a fait l'effet d'être un faiseur d'embrouilles, comme ces mouches qui n'arrêtent pas d'exciter le bétail, et les événements m'ont donné raison par la suite. John Chisum venait à peine de m'indiquer la direction du dortoir que Jake me disait quel lit prendre, alors qu'il y avait pourtant de la place. John Tunstall manquait de cow-boys, ou tout simplement de gars disposés à travailler sur son ranch. C'est pour cela qu'il a demandé à rencontrer l'oiseau rare venu toucher sa paye chez lui. Ignorant les sarcasmes d'Hidden Jake, j'ai lissé mes cheveux avec de l'huile et suivi MacSween dans la maison de l'Anglais.

Il était en train de déjeuner. Quand il m'a vu, Tunstall a tapoté ses lèvres avec une serviette brodée et m'a *prié* de s'asseoir à sa table. Ce que je n'ai pas fait, parce qu'après plusieurs semaines passées dans les plaines, j'avais mes vêtements crottés et je ne voulais pas salir ses chaises tapissées. Il était grand, mince, bien habillé comme c'est rarement le cas chez les propriétaires fermiers, et j'ai tout de suite vu que c'était un gentleman. Pas un de ces poseurs, façon Nouvelle-Orléans, qui se donnent des airs de gandin, mais un véritable homme du monde. Avec son accent bizarre, John Tunstall m'a dit que je n'aurais pas à m'occuper du bétail, que je devais simplement veiller sur sa propriété. J'ai répondu que ça m'allait parfaitement et MacSween m'a indiqué le montant du salaire. « C'est beaucoup d'argent », ai-je dit à mon nouveau patron. Il a souri, s'est levé et, sans laisser à ses domestiques le soin de faire le service, a saisi une carafe d'eau. Peut-être avait-il deviné que je ne bois pas d'alcool. Il a empli deux verres et m'en a tendu un. On a scellé mon contrat en *portant un toast*, expression qui devait être typiquement anglaise ou en tout cas ignorée de l'Américain que je suis. Quand j'ai quitté la maison, je n'avais qu'une idée en tête : honorer la confiance de Tunstall.

Durant les quelques mois passés à New Rome County, je n'ai pas eu l'impression de chômer. Pour une fois, les journaux disaient vrai en parlant de guerre, un enchaînement de batailles qui nous tenaient tout le temps occupés. Après les clôtures, il y a eu le bétail volé de part et d'autre et le fer qu'on appliquait sur les bêtes pour recouvrir les anciennes marques de propriété. Hidden Jake s'y entendait pour faire meugler le troupeau, et pas mal d'hommes aussi, avec ses phrases pleines de sous-entendus. La plupart du temps, il prenait fait et cause pour son patron, mais d'autres fois, il laissait entendre que le major L.G. Murphy était un natif du pays et qu'il fallait le comprendre. « Pas l'excuser, les gars, mais il me semble qu'un homme a le droit d'aimer sa terre. » Les cow-boys hochaient gravement la tête, tellement il est vrai que ces ploucs donnent raison au dernier qui a parlé. Moi, de mon côté, je me contentais de suivre les indications de Chisum et MacSween, ou plutôt je devançais leurs ordres parce que les contre-maîtres n'étaient pas à la hauteur. C'est pour ça qu'une nuit, je me suis retrouvé sur le domaine de Murphy avec un bidon de pétrole. J'ai mis le feu à une grange avec toutes les vaches dedans. Comme la nuit était belle, j'ai pénétré à l'intérieur des terres du major et incendié la ferme d'un de ses vassaux. Le tout, sans faire usage de la Winchester que je venais de me payer, preuve que le bien honnêtement acquis ne doit être employé qu'avec modération.

Le résultat de ma virée nocturne est qu'on a été tranquille un moment. Du coup, comme les gars et moi avions du temps libre, j'ai décidé de me remettre à la lecture. Sans raison véritable, parce que c'est le type d'activité qu'on peut laisser facilement tomber quand les choses se gâtent. Comme ça faisait tout de même un bail que je n'avais pas lu, j'ai commencé par déchiffrer les pages d'un vieil almanach que m'avait procuré Chisum. Je butais à chaque phrase, ce qui amusait Hidden Jake, lui qui était tellement à l'aise avec les mots. Et puis je me suis dit que lire, c'était d'une certaine façon pareil que de tirer au revolver. Il ne fallait pas donner d'importance au doigt qui caresse la détente ou qui suit la ligne imprimée, et juste s'en tenir à ce qu'on vise. En moins de temps qu'il en faut pour dire «littérature», je suis devenu un lecteur aussi rapide que le plus grand des *sharpshooters*. Mais il me manquait un bon livre. C'est alors que j'ai reçu un cadeau de la part de John Tunstall, mon patron, le seul homme à m'avoir traité comme un fils.

Il me l'a donné un soir, emballé dans du papier marron, en me disant qu'il savait ce que j'avais fait pour lui, et qu'il me devait quelque chose en retour. C'était un bel ouvrage relié, avec des lettres d'or gravées sur la couverture de cuir. Il y avait le titre, en gros, *Ben-Hur*, et au-dessus Lew Wallace qui était le nom de l'auteur. «Tu verras, il y a des chevaux, de l'action et des beaux sentiments, cela devrait te plaire», a dit John Tunstall avant de me laisser seul. J'ai filé au dortoir, réglé la lumière de ma lampe et ouvert le roman.

Je ne m'en suis jamais remis.

Ça m'a pris dès la première phrase : «Est-il, sur la surface du globe, un coin qui ait été jamais aussi abreuvé de sang que cette étroite bande de terre promise si proche de l'Afrique, de l'Asie et de l'Europe ? » Mince, je me suis dit, ça parle de l'Amérique vu que c'est le seul pays qui ne soit pas mentionné. Et puis, du sang, il en a coulé des litres depuis que les Brookes s'y sont installés. Mais en fait, non, l'histoire se passe en Palestine, patrie de Jésus. Il en est d'ailleurs question, mais le récit est surtout centré sur Judah Ben-Hur, dont le prénom ne doit pas prêter à équivoque. C'est un prince qui en a le titre et les manières, et je défie quiconque de se conduire mieux que ce Juif. Franchement, s'il y avait une justice, Ben-Hur aurait dû être heureux, mais son copain d'enfance, un Romain du nom de Messala, s'arrange pendant mille pages pour lui pourrir l'existence. D'abord, il lui demande de rejoindre le camp des Romains, un peu comme si Hidden Jake voulait que je rejoigne les rangs du major L. G. Murphy. Et encore, Messala a pour lui d'avoir sauvé la vie de Ben-Hur, il dit que c'est comme une dette, ce que je conçois. Mais le héros a son honneur et refuse de trahir son peuple, du coup Messala emprisonne sa famille et envoie son ami de toujours sur une galère. Là, il n'est qu'un esclave condamné à ramer, mais son navire est attaqué par la flotte macédonienne. Je connaissais ce peuple parce que ce sont des genres de Grecs et que mon institutrice de Coffeyville disait que « Broucolaque » est un mot qui vient de leur langue. Ben-Hur arrache de la mort le gouverneur Quintus Arrius qui se trouvait à bord, un monsieur important à Rome, l'équivalent de nos élus au Congrès et, alors que l'Empereur voulait faire de l'esclave juif son domestique personnel, Quintus Arrius adopte son sauveur ! Là, j'ai compris pourquoi John Tunstall m'avait remis ce livre. J'ai senti comme une boule dans ma gorge, ce qui ne m'était jamais arrivé auparavant. Devenu l'héritier légitime d'Arrius, Ben-Hur fait savoir à Messala que la fête est finie et qu'il aimerait bien récupérer sa famille. L'autre lui répond que c'est un peu tard, désolé. Fou de rage, Ben-Hur provoque Messala en duel. C'est le meilleur moment du bouquin, une course de chars façon rodéo antique qui se conclut par la défaite de Messala. Ce dernier, mourant, a tout de même la force de balancer son pus dans l'oreille de Ben-Hur en lui disant que sa famille est dans une prison de lépreux et qu'ils se sont convertis au christianisme. Ce qui en dit long sur leurs chances de s'en sortir. Forcément, Ben-Hur n'a plus le goût à rien quand le gouverneur Pilate lui pose la couronne de vainqueur sur la tête, et on peut se faire la réflexion que Ponce Pilate a passé sa vie en ayant devant lui des types couronnés, de lauriers ou d'épines. À la fin le héros retrouve sa famille, en sale état, inutile de le préciser, mais le sang répandu du Christ leur ôte la lèpre. Voilà qui pourrait faire un livre de chevet pour les Brookes, je me suis dit.

C'est vrai que je me suis identifié au héros du général Wallace, et que cette histoire écrite à l'ombre d'un hêtre, dans sa propriété de Crawfordsville, Indiana, était un peu la mienne si on veut bien se donner la peine d'aller au-delà de la simple apparence. Comme Ben-Hur, je ne demandais qu'à être tranquille, mais la vie en a décidé autrement. On pourrait tenir des comptes d'épicier en disant que lui avait encore sa mère, moi pas, que je n'avais jamais été esclave, lui oui mais, dans un cas comme dans l'autre, il n'y a qu'un type qui doit composer avec sa fortune.

Le destin m'a rattrapé au soir du 17 février, quand un groupe de cavaliers commandés par William Morton et Frank Baker est venu abattre Quintus Arrius.

Ils ne lui ont laissé aucune chance. Un visiteur est venu s'annoncer à John Tunstall et, sous prétexte que l'entrevue devait être discrète, il lui a demandé de le recevoir à l'arrière de sa maison. Mon patron ne s'est pas méfié puisqu'il se trouvait en plein milieu de ses terres. Baker lui a tiré cinq coups en plein visage, et un dernier dans la nuque alors qu'il gisait à terre.

Au même moment, William Morton et ses chiens prenaient d'assaut notre dortoir. Ils ont littéralement pulvérisé les murs, vidant posément leurs fusils avant de recharger jusqu'à ce qu'il ne reste plus une poutre debout. Les gars pleuraient autour de moi et je me suis avisé qu'Hidden Jake n'était pas là. J'ai dit aux types que je brûlais la cervelle du premier qui faisait mine de se rendre, et j'ai commencé à tirer en me couchant parmi les décombres. Ça a calmé Morton, ou alors Baker lui a dit qu'ils n'avaient plus de raison de s'attarder vu que l'affaire était réglée, bref ils ont décampé.

Aussitôt je suis allé voir John Chisum et Alexander MacSween qui se trouvaient dans la demeure principale. Comme ils étaient choqués et ne savaient quoi faire, je leur ai dit que ce n'était rien d'autre qu'un assassinat, qu'ils devaient témoigner de cette lâcheté auprès du shérif Brady. Ils m'ont suivi sans être vraiment convaincus et on s'est pointé chez le shérif qui se tenait assis sur son rocking-chair, un fusil à répétition Spencer posé en travers de ses jambes, et l'air arrogant. Avec ses moustaches de phoque et sa panse débordant au-dessus de son ceinturon, j'ai tout de suite vu à qui j'avais affaire. Ça n'a d'ailleurs pas fait un pli et Brady nous a dit que le grabuge venait de chez John Tunstall, que c'étaient donc ses propres hommes qui devaient être mis en cause les premiers. Comme au théâtre est apparu Hindman, qui était l'assistant du shérif, avec une demi-douzaine de bons citoyens armés.

Tunstall était le seul patron qui me traitait en homme. Grâce à lui, j'aurais pu redevenir un garçon honnête. Quand j'ai compris que le shérif et tous les gens du comté avaient été achetés par le major Murphy, j'ai tiré mon revolver et flingué à tout-va. Avec cinq coups, j'en ai abattu six, dont Hindman, un beau score que je n'ai pas goûté tellement j'avais de l'amertume. Les autres n'ont pas demandé leur reste. Ma dernière balle a été pour le shérif Brady, dans ses parties intimes, et c'est lui faire beaucoup d'honneur que de dire que je les ai touchées du premier coup.

Il nous restait à faire payer William Morton et Frank Baker. On a gagné les collines où d'autres employés de John Tunstall nous ont rejoints pour venger le patron.

C'est avec eux que j'ai formé les Régulateurs.

*

On faisait un sacré gang, qui aurait pu verser dans l'attaque de trains ou le cambriolage de banques, mais ce n'était pas notre motivation. Chacun de nous voulait simplement venger un gentleman. Comme nous n'avions pas eu le temps ni l'envie d'assister aux funérailles, j'ai lu une citation du roman de Wallace qui me semblait appropriée, sur la volonté de fer et la détermination à vaincre de Ben-Hur. Les ex-contremaîtres Chisum et MacSween ont paru soulagés quand ils ont compris que, dorénavant, c'est moi qui commandais. On s'est remis en selle et il nous a fallu moins d'un mois pour débusquer nos proies. La bande de Morton et Baker avait carrément délogé une famille pour transformer leur ferme en camp retranché. Au lieu de se jeter dans la bagarre comme le souhaitaient certains de mes gars, j'ai observé le lieu durant des jours avec les jumelles de MacSween, qui avait fait son temps dans l'armée. En dépit de mes réserves pour la chose militaire, je dois avouer qu'il était de bon conseil. C'est d'ailleurs lui qui a repéré la faille. On pouvait distinguer un angle mort qui échappait aux tireurs réfugiés dans la ferme. Une sorte d'invitation à entrer, de celles que réclament les Brookes. Encore fallait-il parvenir jusqu'au point aveugle sans se faire repérer. Le plus simple était de faire diversion. John Chisum et quelques têtes brûlées ont proposé d'attaquer de front, tandis que je contournais le corps de logis. J'ai donné mon accord, à condition que ça se fasse de nuit et qu'ils laissent les chevaux. À pied, en se déplaçant dans le noir, ils auraient la possibilité de ne pas se faire immédiatement tirer comme des lapins par les sentinelles. On a attendu que le soir tombe pour exécuter notre plan. Tout s'est passé mieux que ce que je pouvais espérer. Chisum, MacSween et les autres étaient pratiquement parvenus au seuil quand les tueurs de John Tunstall ont ouvert le feu. Mes gars se sont plaqués au mur et ont répliqué en tirant dans les fenêtres. Chacun d'eux pouvait compter sur deux bons Colt et un fusil. MacSween a sorti un bidon de pétrole, a fait tourner son briquet à molette et mis le feu à un foulard enfoncé dans le goulot. J'ai entendu un bruit sourd, pas vraiment une explosion, et senti le souffle de la chaleur au moment même où je prenais position. De là, j'avais une vue idéale de l'intérieur de la ferme. J'ai calé ma Winchester en prenant appui sur une barrière, et fait feu posément, descendant trois ou quatre cow-boys, dont un qui était transformé en torche humaine et qui, je l'espère, doit m'en être reconnaissant. J'aurais pu en finir rapidement avec Morton et Baker qui n'arrêtaient pas de passer devant ma mire, mais ça me semblait trop facile ; pour tout dire, pas à la mesure de ce que j'appelle se venger. Alors j'ai abandonné mon poste et rejoint les Régulateurs.

MacSween avait une large estafilade sur le front. Il m'a regardé comme si j'étais un Brooke annonciateur du Convoi et je lui ai conseillé de s'occuper de ses affaires qui étaient aussi les miennes. Chisum et deux gars se sont emparés d'un banc pour s'en servir comme bélier. Ils ont défoncé la porte tandis qu'on continuait de tirer par les fenêtres. Je sentais bien qu'à l'intérieur de la ferme, on ne savait plus où donner de la tête, entre le pétrole enflammé qui faisait comme de la graisse brûlante, et la fusillade continue. J'ai repoussé John Chisum sur le côté, parce qu'entrer en premier dans la tanière des tueurs de John Tunstall était pour moi comme un dû, une sorte de privilège que personne ne pouvait me disputer, quitte à tirer sur mes propres troupes. Je suis donc entré, sans même bondir pour leur laisser une chance, sachant qu'ils n'en avaient aucune. Eux aussi le savaient, c'est ça le plus formidable, parce qu'alors j'ai vu Frank Baker se redresser en jetant ses Colt loin de lui.

« Qu'est-ce que tu mijotes, Frankie, encore un de tes sales tours comme celui que tu as réservé à mon patron ? » que je lui ai fait avant de lui pulvériser les genoux. Il est tombé comme pour prier et je lui ai donné ma version du catéchisme en lui tirant dans le cœur. Mais ce n'était pas assez, ça non, et j'aurais aimé que Baker ressuscite pour le massacrer à nouveau. C'est dans ces moments-là que je comprends la vocation des chasseurs de Brookes. Quand on hait un être, on aimerait vivre avec lui jusqu'au dernier jour. Heureusement, il restait William Morton, qui me paraissait sérieusement amoché. Il s'était réfugié derrière une table en compagnie de deux cow-boys. J'ai ajusté mon tir, mais à ce moment-là, un grain de poudre m'a sauté dans l'œil. Chisum, qui a vu que j'étais momentanément aveugle, a voulu s'interposer et il a fait pire que mieux parce qu'un des gars de Morton a tiré sur lui. L'index de Chisum s'est détaché de sa main et il ne tenait plus que par son gant en cuir, ce qui m'a fait drôlement rigoler. Faut croire qu'il fallait au moins ça pour que je me reprenne. J'ai balancé un coup de botte à l'ancien contremaître, histoire qu'il dégage de ma trajectoire de tir et, en visant comme un borgne, j'ai fait sauter la tête du cow-boy. L'autre a brandi un fusil à double canon mais ça ne lui a pas valu grand-chose vu que son arme était vide. William Morton a commencé à chouiner en me faisant des « Je comprends ta haine, Billy, pour sûr je te comprends ! » Ce qui m'a rappelé qu'on était sans nouvelles de Hidden Jake. Tout en remplissant le barillet de mon .38, j'ai demandé à Morton s'il avait une idée d'où se trouvait Jake. Rien ne prouvait qu'il avait participé à l'assassinat de John Tunstall, mais le simple fait qu'il n'avait pas été là en faisait à mes yeux un complice. Morton m'a répondu qu'il n'en avait aucune idée et, chose incroyable, quand j'ai fait tomber une balle, il l'a ramassée et me l'a tendue ! C'est donc avec elle que j'ai mis un terme à son existence. Mais avant, Morton m'a dit que dans la chambre se trouvait le major Murphy. À croire que ce salopard souhaitait nous faciliter la tâche. Après le meurtre de son rival, L. G. Murphy avait perdu le sommeil, persuadé à juste titre que la partie de poker n'était pas terminée. C'est pourquoi il avait abandonné sa maison, pourtant protégée comme une forteresse, afin de s'en remettre à ses tueurs. Quand j'affirme que la peur brouille le jugement, on peut me croire, même si pour ma part, ça n'a jamais été le cas. Je me suis donc dirigé vers la chambre, en toussant et crachant comme un New-Yorkais atteint de phtisie, parce que ça flambait de toute part. Les Régulateurs me suivaient, et même si quelques-uns étaient blessés, j'ai constaté avec plaisir que le compte y était. En passant, j'ai enroulé mon bras droit dans un manteau et saisi un bidon de pétrole qui était encore à moitié plein.

Murphy était recroquevillé sur son lit, comme une femme qui s'attendrait à être battue. « Major ? » j'ai dit, façon de faire les présentations. Il a hoché la tête.

— Buvez, major, je lui ai dit en lui tendant le bidon de pétrole.

— Mais, c'est...

— ... un genre de gnole, peut-être plus fort que les vins français qu'on aime boire à la ville. Mais vous êtes un fermier, pas vrai ?

— Je refuse de...

— Allons, Murphy, ne vous donnez pas des airs.

Le temps où vous régniez sur New Rome County est révolu.

« Révolu » est un mot que j'avais lu dans *Ben-Hur* et qui sonnait bien.

— Buvez, et on sera quitte, a dit MacSween qui avait deviné mes pensées.

Comme mes gars pointaient leurs canons, il a fini par s'exécuter. Tandis qu'il s'étranglait en réprimant des haut-le-cœur, le pétrole dégoulinait sur son menton. Exactement ce que je souhaitais. MacSween m'a tendu son briquet à molette.

Fichue eau de feu qu'a bue le major, comme un avant-goût de l'enfer où il a certainement sa place. Peut-être que je l'y retrouverai. Dans ce cas, même Satan en personne ne m'empêchera pas de tourmenter L.G. Murphy.

*

La guerre de New Rome County, et sa conclusion, avait suffisamment fait de bruit pour être entendue jusqu'à Washington. Le président Rutherford D. Hayer s'était ému et avait décidé de marquer le coup. Comme tous ses prédécesseurs, Hayer travaillait à établir une seule loi pour tous les citoyens, ce qui lui permettait d'éviter la question des Brookes. Aucun président n'avait eu assez de tripes pour affronter le problème, sauf Abraham Lincoln, pour un résultat pas franchement convaincant. C'est pourquoi Hayer s'était contenté de destituer le gouverneur Samuel B. Axtell, pour nommer à sa place le général Lew Wallace.

Rien de moins que l'auteur de *Ben-Hur* !

Forcément j'y ai vu comme un signe, de ceux qui jalonnent mon parcours depuis Coffeyville où les Dalton avaient vécu enfants, jusqu'à Silver City qui est le repaire des chasseurs de Brookes. Alors je me suis dit qu'avec ce que Wallace avait écrit, il serait à même de comprendre le genre d'homme que j'étais. Aussi, tout en échappant aux forces de l'ordre avec mes Régulateurs, je me suis débrouillé pour lire les journaux, afin d'en savoir plus sur notre nouveau gouverneur.

Et je n'ai pas été déçu.

La première mesure de Wallace a été de proposer l'amnistie à tous les fugitifs. Assez rapidement, j'ai appris que c'était une décision du président Hayer en personne, et qu'elle s'appliquait à tout le pays. Mais pour moi, c'était avant tout une affaire d'hommes entre Lew Wallace et le gars Billy. Aussi, quand il a fait savoir que je pouvais me présenter chez lui sans risque, je n'ai pas hésité. Chisum et MacSween m'ont dit que ça sentait l'entourloupe, mais je n'avais que faire de leur avis. J'ai adressé un télégramme à la maison du gouverneur, précisant quand je me pointerais.

C'est comme ça qu'un lundi, à deux heures du matin, j'ai frappé à sa porte. Pas une seconde je ne m'étais imaginé que le général Wallace m'ouvrirait. Pourtant, c'était bien lui, avec son beau visage de patricien (un noble romain), son impressionnante moustache et son bouc blancs. Lui-même m'a semblé assez décontenancé en découvrant un petit rouquin dans mon genre, dont le pantalon trop large tenait par une corde mais qui était coiffé d'un chapeau melon. En avisant mon .38 et la Winchester, il a dit :

— Vous pouvez laisser vos outils de travail à l'entrée.

Sa voix grave inspirait confiance, mais j'ai tout de même répondu :

— Vous m'avez promis une protection absolue.

— Vous n'avez rien à craindre, qu'il a fait en s'effaçant pour me laisser entrer.

J'ai avisé un porte-cannes où j'ai planté ma Winchester, et j'ai déposé mon Colt sur un vide-poches. Ce qui me donnait l'impression d'être aussi nu que le jour de ma naissance. Pour tout dire, je n'étais pas franchement rassuré. J'ai suivi le gouverneur le long d'un interminable couloir décoré de portraits et on est arrivé dans une salle. Là, sous le lustre, il y avait une longue table où le couvert était mis à chaque extrémité.

— Veuillez prendre place, a dit Wallace en s'asseyant.

Au lieu de quoi, j'ai pris couverts, assiette et verre et, sans rien casser, je me suis installé à la droite du gouverneur. Depuis, certaines mauvaises langues ont prétendu que c'était pour limiter le risque, au cas où il y aurait un tireur caché, mais on n'est que deux à pouvoir en parler et je me souviens que le gouverneur a eu plutôt l'air amusé. C'est lui-même qui a fait le service, ce qui paraît incroyable quand on mesure sa situation d'homme le plus important de l'État. Toujours est-il que je me suis retrouvé attablé devant un fameux souper froid, ou un breakfast anticipé, avec du jambon braisé et des *huevos rancheros*. Comme ça faisait un bail que je n'avais pas eu un vrai repas, j'ai fait honneur à la nourriture tandis que Lew Wallace ne touchait presque pas à sa part, c'était probablement trop tôt pour lui. Il nous a servi du vin, chose dont je me passe à l'ordinaire, mais je me suis dit qu'il ne servait à rien de le vexer. Aussi j'ai lampé d'un trait le contenu de mon verre, et clappé des lèvres pour bien montrer que j'appréciais. Le général Wallace a haussé un sourcil en jetant un œil à l'étiquette de la bouteille, puis il est entré dans le vif du sujet :

— Préférez-vous que je vous appelle William ou Billy ?

— Billy, m'sieur, et surtout pas El Cabrito comme ils me surnomment au Nouveau-Mexique !

— Le chevreau ?

J'ai repoussé ma chaise et glissé mes pouces dans mon gilet.

— Ouais, rapport à El Chupacabra qui est le nom qu'on donne là-bas aux Brookes. Le «suceur de chèvres» — les péons disent que je suis presque aussi dangereux. Mais avouez que ce n'est pas un surnom pour un citoyen qui tient à sa réputation

— Billy, donc. Mesurez-vous pleinement ce que signifie une mesure d'amnistie ?

— Sûr, m'sieur, j'ai des lettres, et cela grâce à vous !

Je lui ai alors expliqué combien j'aimais son roman en citant par cœur des passages, que Ben-Hur était pour moi comme un miroir, toutes proportions gardées. Il a paru franchement étonné, mais surtout, quand je lui ai raconté quelques-unes de mes misères, sans trop m'égarer dans le détail, je n'ai vu dans le regard du gouverneur Wallace aucune compassion, ce qui m'a plu. Le général était bien l'homme que j'avais imaginé.

On est revenu à l'amnistie. Je me suis avisé qu'elle était totale et sans conditions.

— Je n'aurai pas à passer devant un juge ?

— Non.

— Pas même pour Frank Cahill, le forgeron du camp Grant ?

— Il a été démontré que c'est lui qui vous a provoqué et attaqué en premier.

— Et pour le caporal de la prison ?

— Il a survécu. En piteux état, mais vivant. Les autorités militaires sont disposées à se montrer compréhensives.

— Et pour New Rome County, le shérif Brady et Hindman, son assistant ?

Lew Wallace s'est penché vers moi. Il a rassemblé ses doigts qui faisaient comme un toit pointu et dit :

— Écoutez, Billy, le gouvernement des États-Unis souhaite régler l'affaire dans sa globalité. Si l'on traite au cas par cas, nous n'en finirons jamais, entre vous, Doc Holliday ou les frères James. Aussi proposons-nous une amnistie générale, à condition que, dorénavant, vous travailliez pour nous.

Je me disais bien qu'il y avait un prix à payer.

— Travailler à quoi ?

— À l'extermination du Convoi. Ce que vous faisiez hier contre les hommes en hors-la-loi, vous pourrez le faire demain en toute impunité contre les Broucolaques. Un peu comme les pirates qui, en recevant une lettre du roi, devenaient corsaires.

L'image m'a bien plu. Le gouverneur a repris :

— Vous devrez aussi demeurer à New Rome City et dissoudre vos Régulateurs.

Je me suis dit qu'un peu de calme me changerait, que ma bande n'avait plus lieu d'être dès lors qu'on avait obtenu vengeance. John Chisum et Alexander

MacSween pourraient retrouver un boulot de contre-maître, ce pour quoi ils étaient faits.

Et c'est ainsi que je me suis retrouvé à servir l'empereur Wallace.

*

« Mieux vaut être l'esclave d'un riche qu'un citoyen pauvre », disait un proverbe romain. À la disposition de Lew Wallace, mon existence n'était pas trop pénible, même si je n'avais trop rien à faire. Je dormais dans la maison du gouverneur, de sa part une sacrée marque de confiance qui ne faisait d'ailleurs pas l'unanimité chez les notables de New Rome. Certains d'entre eux n'avaient pas accepté la mort du major L.G. Murphy, mais personne ne s'avisait de m'en faire la remarque, ce qui valait mieux pour eux. Après tout, j'avais mis un terme à la guerre du comté et l'amnistie avait effacé mon ardoise. Parfois je me demandais comment les chasseurs de Brookes réagissaient à la proposition du gouvernement, persuadé que tous n'allaient pas se laisser séduire. Ce en quoi j'avais raison. Pour ma part, je passais mes journées dans la bibliothèque du gouverneur, à piocher dans les rayonnages, mais j'en revenais toujours à mon exemplaire de *Ben-Hur*. En fait, il en va de la lecture comme des hommes pour les femmes. Certains papillonnent de l'une à l'autre, d'autres sont fidèles à une seule. Moi je n'étais le lecteur que d'un seul roman.

Les jours se succédaient dans la tranquillité. Je me demande souvent ce qui serait advenu de moi pour le restant de ma vie, sans les deux événements qui vinrent tout bouleverser, dont le premier fut ma rencontre avec Pat Garrett.

Comme le comté n'avait plus de shérif depuis mon explication avec Brady, et que personne ici ne voulait prendre sa place, les autorités avaient fait un genre d'appel d'offres dans les journaux. Dans certains endroits, le métier de shérif peut être une véritable sinécure mais ici, mieux valait présenter de solides références. Et force m'est d'avouer que Pat Garrett n'en manquait pas. La trentaine pas même faite, il avait été cow-boy comme tout le monde, chasseur de bisons et surtout Texas Ranger. En plus, ses manières délicates de Sudiste ne manquaient pas de charme — il connaissait l'usage du couvert à poisson depuis qu'il avait été restaurateur. Autant dire qu'il faisait l'affaire et le conseil s'était félicité d'avoir un nouveau shérif qui avait de l'instruction. Seulement les manières de Garrett variaient en fonction de l'auditoire. De cela je puis témoigner car, durant les premiers mois, on s'entendit comme larrons en foire. Avec lui j'ai fréquenté les saloons et déclenché plus d'une bagarre aux tables de jeu, même si pour ma part, je n'ai jamais trop aimé les cartes, au point qu'on nous appelait Billy et Little Casino. Mais Pat Garrett avait des besoins plus profonds, bien enfoncés comme des légumes dans la terre, un terrain sur lequel je ne pouvais le suivre. Pour parler franc, il prenait son plaisir en cognant les prostituées. Quand des fois je lui en faisais la remarque, il souriait de sa façon enjôleuse et désamorçait la conversation avec une bonne plaisanterie. Mon tort est sûrement de n'avoir pas insisté, mais je n'étais pas trop bien placé pour donner des leçons de morale. En plus, Pat Garrett était pour moi ce qui ressemblait le plus à un ami. On pourrait objecter que je comptais le gouverneur Wallace parmi mes proches, mais jamais je n'aurais eu l'audace de le tenir pour mon égal. L'auteur de *Ben-Hur* restait pour moi un modèle, et les modèles, c'est comme en couture, on les suit ou pas.

Même en cherchant bien parmi les faits remontant à cette époque, je ne vois rien que je pourrais reprocher à Garrett, jusqu'à l'événement qui devait en décider autrement, à savoir l'arrivée du Convoi.

New Rome City est une ville où il y a de l'argent. Je ne parle pas de la finance, mais du métal. En fait, c'était même l'un des dépôts officiels, bien plus que Silver City. Les Brookes n'ont pas manqué de le savoir, sans qu'on sache trop comment même si, à mon avis, ils ont un sens pour ça. À moins qu'ils n'aient des informateurs, y compris parmi les Américains, ce qui ne m'étonnerait pas non plus. Toujours est-il qu'un détachement de l'armée s'est mis à la disposition du gouverneur en lui apprenant que le Convoi se dirigeait dans notre direction. Wallace a décrété l'état d'urgence et autorisé la formation d'une milice parmi les citoyens. Mais il lui manquait des fusils sûrs. C'est pourquoi, un midi, il m'a convoqué dans son bureau, en compagnie de Pat Garrett. Lew Wallace s'est d'abord adressé au shérif, en lui disant de tenir ses hommes prêts, qu'il prenait la tête des volontaires civils. Garrett a tortillé sa fine moustache et répondu qu'on pouvait compter sur lui. Puis le gouverneur a commencé à remplir un imprimé attestant que l'on pouvait tirer de l'argent des réserves pour fondre des balles. Tout en remplissant le document officiel et sans relever la tête, il a ajouté à mon intention qu'il serait bon que je reforme les Régulateurs. Du coin de l'œil, j'ai vu Pat Garrett tressaillir. Il a repris aussitôt contenance et dit que c'était une mauvaise idée. Lew Wallace a demandé pourquoi. Le shérif a répondu qu'on ne gagnerait rien à disperser les forces, que mieux valait s'assurer une bonne coordination. Sur cette base, il était disposé à m'enrôler. Je ne sais pas ce qu'en a pensé l'auteur de *Ben-Hur*, mais moi, j'ai reconnu tout de suite une attitude qui me rappelait celle de Messala quand il veut absolument que son ami juif travaille pour le compte des Romains. Alors comme le héros du roman, j'ai refusé. Garrett a piqué une colère blanche qui a dû le révéler sous un autre jour aux yeux du gouverneur. Celui-ci m'a demandé si je pouvais reconsidérer ma position, ce à quoi j'ai répondu : « Non, avec tout mon respect », Garrett a dit des mots, le ton est monté et, pour finir, le shérif est sorti en claquant la porte. En fait, il a carrément quitté New Rome City, non sans avoir dit au conseil municipal qu'il n'était pas un couard, mais qu'il se refusait à servir au côté de Billy le Kid. Je me suis alors fait la réflexion que Pat Garrett avait la mémoire courte, et qu'il ne pensait pas la même chose du temps pas si lointain de nos virées dans les saloons.

C'en était fini de l'association Billy et Little Casino.

*

Le Convoi est arrivé en même temps que l'hiver. Sans rencontrer de résistance, les Brookes ont établi leurs quartiers dans le comté, à quelque distance de New Rome City. L'armée a envoyé des éclaireurs qui sont revenus terrifiés. Les scouts indiens avaient dénombré des centaines de chariots, leurs flancs noirs protégés par des feuilles de plomb, et autant de feux qui étaient là pour impressionner, car les Brookes n'ont pas besoin de se réchauffer. Mais la lueur des torches reflétée par le métal qui faisait comme une carapace à leurs maudits engins donnait l'impression qu'ils arrivaient tout droit de l'enfer. Pas mal de types pourtant braves perdaient tous leurs moyens en apercevant le lent défilé du Convoi dans la nuit, comme une procession de machines enflammées. Rien que le nombre de bêtes nécessaires pour tirer autant de chariots avait de quoi faire tourner la tête, un troupeau assez considérable pour laisser la plaine nue sur son passage.

Le colonel Spengler, un ami de Wallace qui faisait office de commandant, a dit que l'ennemi déferlerait sur New Rome City au printemps. La ville se préparait au choc, engrangeant les vivres et les munitions. Chaque homme en âge de tirer se trouvait enrôlé dans la milice des volontaires. On élevait des fortifications sous la direction d'architectes qui, jusqu'alors, n'étaient habitués qu'à dessiner de jolies maisons à colonnades. La haute palissade de bois encerclant New Rome City lui donnait des airs de camp retranché, ultime rempart face à la meute du Convoi. Étrange Noël, en vérité, et les cantiques que chantaient ces dames au coin des rues avaient des airs d'oraison funèbre. Quand je voyais la buée qui sortait de leurs bouches, je me disais que c'était leur pauvre âme qui fichait le camp avant d'être aspirée par les Brookes. Pour ma part, ils pouvaient se pointer, car j'avais amassé une jolie réserve de balles en argent dont j'avais pris soin d'inciser la pointe, pour multiplier les effets. Le moment venu, je les enduirais d'ail qui est un formidable anticoagulant. Ce serait ma façon de recevoir nos invités.

On a tous été surpris quand le Convoi a dépêché un émissaire. Il invitait le gouverneur Wallace à rencontrer une délégation de Brookes, hors de l'enceinte, afin de parlementer. Wallace pouvait venir accompagné, si ça le chantait. Les élus et le colonel Spengler ont suspecté une traîtrise, mais le gouverneur a accepté, en disant que nos ennemis ne faisaient jamais montre de ruse. J'étais d'accord avec lui. De ce que j'avais lu sur les Brookes, qui se nomment eux-mêmes « la Famille », ils n'emploient aucune tactique et se contentent d'avancer. Ce qui fait le plus peur chez eux, c'est leur détermination. Les deux parties ont convenu d'une date et d'un lieu de rencontre, à savoir le ranch de Pete Maxwell.

Le jour dit, encadré par mes Régulateurs qui faisaient comme une garde prétorienne, accompagné de Spengler et de quelques soldats, Lew Wallace a pris la direction du ranch. Je chevauchais à ses côtés. Nous avons été reçus par Maxwell et Delvina, sa domestique indienne qui me sembla être plus qu'une servante pour le fermier. Elle avait préparé un buffet froid auquel personne n'a touché.

Les Brookes nous ont retrouvés à la nuit tombée. Ils se sont répartis dans la cour centrale en un ordre parfait. Leurs chevaux avaient les yeux vides, comme recouverts d'une taie blanche. Trois des Brookes ont mis pied à terre. Comme on était le 6 janvier, je me suis dit qu'en guise de Rois mages, on ne pouvait rêver mieux. Celui qui me paraissait être le chef s'est avancé à l'intérieur, suivi par les deux autres. L'un d'eux paraissait très vieux, les ongles démesurés. Il était habillé comme à l'ancien temps, avec un grand col blanc, des bas et des culottes. Mais c'est le troisième qui a retenu mon attention. À première vue, rien ne le différenciait des Brookes, avec son long manteau de cuir noir et son chapeau à larges bords, mais il ne portait pas de lunettes à verres teintés. Je n'ai eu aucun mal à reconnaître Hidden Jake. Lui a fait mine de ne rien remarquer — ce fils de pute qui avait trahi John Tunstall, notre patron, et qui avait dû se gargariser de mots jusqu'à entrer dans les bonnes grâces du Convoi ! Si ça n'avait tenu qu'à moi, je l'aurais étendu d'une balle, certainement pas d'argent, ce qui aurait été trop beau pour lui. Mais je n'ai rien fait.

Lew Wallace est allé à la rencontre des Brookes, accompagné de Spengler. Le chef des Brookes a ôté son chapeau. Il portait un masque fait de plaques d'argent cousues sur du cuir. Ça m'a paru déraisonnable, sachant que les Brookes redoutent ce métal, mais le masque devait avoir une signification, et après tout c'est leurs affaires.

— Soyez les bienvenus, a fait le gouverneur en indiquant la table. Souhaitez-vous partager notre repas ?

— *Je préférerais un bol de sang, mais tu n'en as pas.*

En se moquant d'entrée du gouverneur, le Brooke insultait New Rome. Spengler a blêmi et porté la main à son Colt. Wallace l'a retenu d'un geste :

— Notre invité a raison, allons directement à l'essentiel. Qu'as-tu à me dire ?

— *La ville doit abattre ses murailles et se rendre sans conditions.*

— Et pourquoi accepterais-je ?

— *Afin d'épargner des vies. Tu sais que rien ne résiste au Convoi.*

C'était vrai. Depuis qu'ils avaient mis le pied en Amérique, les Brookes avaient renversé pas mal de gouvernements, simplement parce qu'ils traversaient les États. Ça avait tué dans l'œuf la loi générale et permis que des villes comme Silver City ou La Nouvelle-Orléans aient autant d'importance. Elles avaient eu aussi leur part de tracas, et c'était aujourd'hui le tour de New Rome.

— Nos citoyens ne sont pas gens à capituler.

Le vieux Brooke qui se tenait en retrait a souri de ses lèvres fines :

— *C'est aussi ce que prétendaient bon nombre des vôtres, au cours des siècles passés.*

J'ai compris alors que c'était lui, le véritable chef, celui qu'on nomme le patriarche de la Famille.

Le colonel Spengler a abattu son poing sur la table :

— Toi et ta sale engeance ne me faites pas peur, il est temps que le pays en finisse avec vous !

Silverface a alors tiré un sabre dont le manche était orné d'une chevelure humaine. Brandissant la lame recourbée, il s'est adressé à Wallace :

— *Es-tu d'accord avec ton colonel ?*

Le gouverneur a confirmé ses paroles :

— New Rome ne tolérera pas la défaite.

— *Dans ce cas, regagne en paix ta ville et prépare-toi à la guerre.*

*

Au retour de l'empereur, les citoyens romains avaient coutume de lui faire un triomphe. Mais Lew

235

Wallace a été accueilli dans un silence pesant. Une délégation de citoyens l'attendait près du poste de garde où se trouvait l'une de nos mitrailleuses Gatling. L'un d'eux, le plus âgé, s'est adressé à lui :

— Vous devez parler au maire et aux élus, monsieur.

Wallace n'a même pas pris le temps de rentrer chez lui pour se changer. Je l'ai suivi jusqu'à la mairie. Tout ce que New Rome City comptait de notables se trouvait dans le grand hall. On y discutait de choses dont je n'avais jamais trop compris l'importance, comme les fêtes d'anniversaire, les parties de pêche ou une soirée au coin du feu. D'ailleurs, les gens hochaient la tête quand il fallait se montrer poli, sans vraiment écouter les réponses, et je me suis dit que la seule utilité de ces conversations était de rassurer les présents, un peu comme quand une femme demande à son mari s'il l'aime, et que le gars répond «Ouais» sans lever le nez de son journal.

Wallace a serré quelques mains, distribué quelques sourires comme s'il était en campagne — c'est la partie de son travail que j'aime le moins — et tout le monde s'est dirigé vers la salle où le conseil municipal tenait séance. D'ordinaire, les réunions avaient lieu dans une pièce fermée, mais comme il y avait du monde, on a ouvert les doubles battants de la porte, de façon à ce que les gens puissent entendre depuis l'escalier. Le gouverneur a considéré chacun des élus. Son attitude digne lui donnait des airs de sénateur romain. Il ne lui manquait que la toge blanche brodée d'une bande pourpre qu'on appelait jadis « laticlave ». Son regard s'est arrêté sur Horatius Dale, le représentant des commerçants. Tout chez ce vieillard était sec,

du corps décharné aux paroles sévères. Dale appartenait à une vieille famille de New Rome County qui
faisait remonter ses origines à la fondation de la ville.
Il a attaqué de front :

— La rumeur vous a précédé, gouverneur. Elle prétend que vous n'avez pas réussi à écarter la menace.

— Effectivement, et alors ? Cela fait des siècles
que le gouvernement des États-Unis a dépêché des
ambassades pour convaincre les Brookes de se rallier
au peuple américain. À chaque fois, les négociations
ont échoué.

Horatius Dale a pris à partie l'assemblée :

— Comment expliquer leur succès ? On dit qu'à
l'origine, ils ne sont que de simples naufragés, des
chiens fuyant le Vieux Monde.

— Comme nos propres ancêtres...

Un murmure consterné a parcouru l'auditoire. Wallace avait du répondant, mais j'avais bien conscience
qu'il lui en faudrait plus pour se rallier l'assemblée.

— Vous semblez estimer notre ennemi, a insinué
Dale d'un ton perfide.

— Les Broucolaques font ce qu'ils ont à faire,
comme l'Amérique autrefois. Mais, en chemin, nous
avons oublié l'esprit de 1776, celui de Washington et
de Thomas Jefferson. Eux étaient prêts à verser leur
sang pour une juste cause.

Dale a écarté les bras en un geste théâtral :

— Étranges paroles, gouverneur ! Seriez-vous en
train de dire que ce sang versé par nos pères est celui
que les Brookes ont le droit de boire ?

Le vendeur de lard fumé avait du bagout, et aux
yeux des crétins qui composaient l'assemblée, il
devait apparaître comme un authentique tribun. Je

voyais bien que la plupart des citoyens de New Rome approuvaient de la tête. Le gouverneur Wallace a alors lâché d'une voix forte :

— Le Convoi forme une boucle qui enserre la ville. Nous ne pourrons compter sur des renforts avant le printemps. Or nos conseillers militaires pensent que l'ennemi lancera l'assaut aux premiers beaux jours. Je réclame les pleins pouvoirs.

— Et que souhaitez-vous d'autre ?

— Rien, sinon de n'avoir pas à défendre chacune de mes décisions devant le conseil.

Visiblement, c'est à quoi s'attendait Horatius Dale, car il n'a demandé l'avis de personne, pas même du maire, avant de répondre :

— Fort bien. Mais en attendant l'attaque, nos citoyens auront bien besoin de se divertir. Un Brooke a été capturé par nos soldats. Il combattra demain dans le corral à la sortie de la ville. Je sais que le gouverneur Wallace aime tout ce qui est romain, il devrait donc goûter ce combat dans l'arène. L'assemblée tient vivement à sa présence.

L'auteur de *Ben-Hur* a serré les poings sans rien ajouter.

*

Je dînai le soir à la table du gouverneur. C'est à peine s'il avait touché à son assiette. Wallace jouait avec un petit chiot posé sur ses genoux. D'ordinaire, il aimait bien la compagnie des bêtes, mais on voyait bien qu'aujourd'hui il n'avait pas goût à ça. D'ailleurs, l'animal en a eu marre et s'est tiré.

238

— Lui ignore tout de la violence, a dit le gouverneur avant de se taire une bonne fois.

J'ai mangé mon steak mais pas repris de purée, même si j'avais faim, parce qu'avoir bon appétit n'était pas l'ambiance du moment. La pendule a sonné neuf heures, puis la demie.

— L'orage approche, j'ai fait, pour dire quelque chose.

— Oui, et nul ne sera à l'abri.

— Les habitants de New Rome savent où est leur devoir. Nous serons à vos côtés.

Lew Wallace a craché avec mépris :

— Les jeux du cirque, voilà tout ce que l'on peut attendre d'eux. Pour un peu, en ma qualité de gouverneur, je prendrais fait et cause pour la créature et prononcerais l'affranchissement. Après tous, nos tribuns ne pourraient s'y opposer !

Le général était épuisé, mais sa voix restait ferme. Il a repris :

— Billy, as-tu connu ton père ?

Tout de suite, j'ai été sensible à son ton familier. J'ai répondu :

— Un peu, mais quand j'avais cinq ans, un Brooke l'a tué. Alors je suppose qu'il aurait aimé que je demeure près de vous.

Wallace a incliné la tête. Il semblait ému.

— Soit. Dans ce cas, je te libère de ta parole. Plus question d'amnistie, dorénavant, tu ne m'es plus attaché, sinon par ton amitié.

Alors il m'a donné mon propre exemplaire de *Ben-Hur*, avec sur la première page une dédicace. Il suffit de dire qu'elle n'était pas adressée au Kid mais à

William Bonney, comme s'il m'avait retiré mon nom d'esclave.

— Sur ma parole, m'sieur, y vous feront rien.

Je suis resté à New Rome en homme libre.

*

Panem et circenses, « Du pain et des jeux », tel était le souhait des antiques Romains qui se massaient dans l'amphithéâtre. Le Colisée pouvait accueillir des dizaines de milliers de spectateurs. Je me souviens qu'il était possible d'inonder l'arène afin d'organiser un combat naval. Plusieurs centaines d'hommes armés s'affrontaient alors sur des navires. Mais aujourd'hui, seuls trois combattants joueraient leur vie dans le corral pour distraire New Rome City.

J'observais le gouverneur à la dérobée. Il avait gagné sa place à contrecœur, ne partageant pas l'enthousiasme du public. Horatius Dale, lui, fixait l'arène en contrebas avec une joie mauvaise. Il avait l'air de ces types qui, à l'abri au premier étage d'un bordel, se réjouissent d'un duel dans la grande rue. Dale fixait la porte du corral. Il s'est soudain exclamé comme s'il forçait une vierge :

— Elle s'ouvre !

Une formidable ovation a accueilli l'entrée des gladiateurs. Le sergent de l'armée qui faisait office de rétiaire est apparu le premier, armé d'un filet et d'un trident. Un mirmillon a suivi. Taillé en Hercule, la peau noire, il me rappelait Frank Cahill, le forgeron du camp Grant. Il portait un glaive et une maille d'acier protégeait son bras droit. Cependant, la foule n'avait d'yeux que pour le Brooke. Très grand, maigre à faire peur, il était vêtu d'une longue chemise noire et de pantalons en cuir. Mais surtout, il avait les yeux cachés par un foulard retenu en arrière par une broche d'argent.

— Andabate, a murmuré Lew Wallace.

Le soir même, j'ai vérifié ce mot dans un dictionnaire. C'était un gladiateur qui combattait en aveugle dans l'arène. Une sorte de casque sans ouverture l'empêchait de voir ses adversaires.

À l'évidence, le spectacle coûtait au gouverneur. Il a reçu la parodie d'hommage des combattants sans réaction. Bras droit tendu vers lui, poing serré, le sergent et l'homme noir se sont écriés :

— Avé, César, ceux qui vont mourir te saluent !

Horatius Dale jubilait — j'ai deviné que c'était son idée. Le Brooke captif ne s'est évidemment pas joint au salut. Indifférent aux quolibets de la foule, il restait planté dans le sable comme un piquet de clôture.

Par tirage au sort, il revenait au mirmillon d'engager le combat en premier. Rabattant sa visière, le colosse s'est rué vers sa proie. Ça n'a pas traîné. Le Brooke a fait un pas sur le côté et balancé ses griffes, déchirant le flanc du mirmillon. Avant de tomber, celui-ci a eu le temps de frapper de son glaive. Le Brooke a bloqué la lame entre ses paumes et l'a envoyé voler dans les airs. Puis il a enfoncé ses deux poings dans la poitrine du géant. Ce qui a suivi était propre à soulever le cœur du plus aguerri. Quand il en a eu fini, le Brooke s'est redressé, toujours tout droit sur le sable, sauf qu'il semblait beaucoup plus fort, rapport aux poumons pleins de sang qu'il venait de dévorer.

— Il a eu de la chance, a craché Dale, affectant le mépris.

Mais il avait l'air franchement inquiet.

J'ai reporté mon attention sur l'arène. Le rétiaire se dirigeait vers le centre. Parvenu à hauteur du Brooke, il a imprimé à son filet un mouvement de balancier, comme un pêcheur assuré, à croire que c'était un marin plutôt qu'un cavalier. Puis le sergent a projeté la nasse sur son adversaire. Le Brooke s'est contenté de faire un bond sur le côté, tellement rapide que je jure n'avoir rien vu. Un moment il était ici, et l'autre là, sans déplacement entre les deux. Le gladiateur a piqué du trident, mais le Brooke est parti en arrière comme s'il flottait dans les airs. On aurait dit une feuille d'arbre en automne, qui retombe par terre en effectuant une boucle parfaite. Les deux combattants se sont accordé une pause, tournant en cercles de plus en plus serrés. Brusquement, le rétiaire a fouetté l'air de son filet. Le Brooke l'a évité, s'est retourné et a porté un coup de griffes. Le torse du gladiateur s'est ouvert en deux. Lâchant sa fourche, il s'est effondré comme une masse.

Inutile de dire que l'amphithéâtre a accueilli la fin du combat dans un silence pesant. Alors un homme, suivi par des centaines d'autres, a pointé son pouce vers le sol.

— À mort !

La foule rugissait. On ne savait trop si elle voulait la tête du Brooke ou qu'on achève les vaincus. Sauf qu'en ce qui concerne ces derniers, il n'y avait plus rien à faire. Complètement dans son rôle de tribun romain, Horatius Dale a dit alors au gouverneur :

— Que va-t-on faire du Brooke ?

Lew Wallace s'est levé. Les citoyens attendaient son jugement.

— Dans les jours à venir, New Rome va affronter un ennemi déterminé. Le sang coulera, de part et d'autre. Cette boucherie aura au moins eu le mérite de nous faire prendre la mesure du péril.

Sans rien ajouter d'autre, le gouverneur a quitté le corral, laissant l'assemblée stupéfaite. Le Brooke était toujours planté dans l'arène, tête tournée vers moi, comme si son regard aveugle me fixait.

Avant de suivre Wallace, je lui ai collé une balle d'argent dans la tête.

*

Durant les semaines qui ont suivi, du matin au soir, Spengler se trouvait à pied d'œuvre sur les remparts. En vue de la stratégie qu'il devait mettre au point, le colonel supervisait les travaux de fortification. Charpentiers et terrassiers s'échinaient à consolider la muraille, et je dois dire qu'ils fournissaient un travail efficace. Un jour que j'accompagnais le gouverneur Wallace, je l'entendis rappeler au colonel l'épisode du corral :

— Un seul d'entre eux a pu défaire deux lutteurs armés. Qu'en sera-t-il quand la horde du Convoi s'abattra sur nos murs ?

Spengler avait craché un long jus de chique avant de répondre :

— New Rome saura vaincre Carthage.

L'officier faisait allusion à un épisode de l'histoire du Vieux Monde, au cours duquel une armée de moricauds avait traversé les Alpes pour détruire tout sur son passage.

— Repousserons-nous le Convoi de la même façon ?

Le gouverneur ne semblait pas franchement convaincu. Repérant un corbeau qui survolait la ville, j'ai épaulé ma Winchester et tiré. L'oiseau a chuté comme une pierre.

Lew Wallace a souri et m'a pressé l'épaule. Puis il a grimpé l'escalier de rondins jusqu'au poste de guet. Son regard a parcouru les rangs des ouvriers et des soldats qui ont cessé le travail quand il s'est adressé à eux :

— Citoyens, vous connaissez l'ennemi, son nombre et sa cruauté. Depuis des siècles, le nom des Brouco-laques est prononcé chaque jour, ici et partout dans le pays. Sous l'effet de la peur, l'Europe a décrété le blocus, coupant notre nation du reste du monde, oubliant que jadis nous étions ses enfants. Nous, Américains, avons droit à la sécurité, comme chaque homme a le droit de vivre tranquille, et d'aspirer au bonheur. Cette paix, les Broucolaques la méprisent. Laisserons-nous les ténèbres recouvrir New Rome ?

— Non ! a clamé un forgeron en brandissant son marteau.

Wallace s'est adressé à un jeune porteur d'eau :

— Et toi, fiston, te rendras-tu sans lutter ?

— Jamais, gouverneur !

Alors, l'auteur de *Ben-Hur* a saisi un morceau de craie et il a tracé un trait à ses pieds.

— Je serai à cette place le jour du combat. Rien ne pourra m'en éloigner !

Aussitôt, les défenseurs l'ont imité, marquant le bois d'un signe blanc.

— Qu'il en soit ainsi, a fait le gouverneur d'un air las. Cette ligne de craie sera notre dernier rempart.

*

Cette nuit-là, j'ai retrouvé le gouverneur Wallace dans la pièce attenante à sa bibliothèque. C'était une sorte d'antichambre dont lui seul possédait la clef et qu'il appelait son Cabinet de Curiosités. À l'intérieur, il conservait dans des vitrines quantité de choses, comme des collections de monnaies anciennes ou de papillons, tout un lot de poupées katchinas qui peuvent garder du mauvais sort ou le favoriser, des espèces de gros coquillages pétrifiés dans la pierre, et quelques livres qui n'avaient leur place qu'ici. Il fut un temps où je n'aurais vu dans ces vieux ouvrages reliés de cuir que de la peau morte, mais je savais maintenant que le savoir qu'ils contenaient était bien vivant. Tous parlaient effectivement de chair rancie et pratiquement immortelle.

Wallace veillait tard. Le gouverneur lisait à la lueur d'une lampe et prenait fréquemment des notes. Quand il me vit, il posa son porte-plume et se massa les paupières.

— Ne t'es-tu jamais demandé pourquoi la plupart des gens appellent nos ennemis « Broucolaques » ?

Je savais, mais j'avais envie de lui signifier mon point de vue :

— Sauf votre respect, gouverneur, je ne cherche pas à savoir pourquoi on dit que la merde se nomme comme ça. Il me suffit de savoir que c'en est.

D'ordinaire, il appréciait plutôt mon franc-parler, mais là ça ne lui a fait ni chaud ni froid. Souriant de façon mécanique, il a récité pour lui-même :

— Broucolaques, Upierzyces, Lamies ou Voïvodes, tous les peuples leur ont donné un nom, y compris des contrées éloignées, comme Ceylan, qui les appellent Guarequirs et Quoregners. Mais je préfère par-dessus tout le titre que leur décernaient les anciens Grecs : Striges, « les Siffleurs », parce que c'est le bruit qu'ils émettent en émergeant de la mort. Bien des mots servent à les désigner, mais personne ne sait d'où ils viennent.

— Mais une chose est sûre, gouverneur, ils vont droit sur nous.

— Ce n'est pas la première fois que Rome a affaire à eux, dit Wallace en prélevant une feuille sur sa pile de papiers.

Il l'a lue à haute voix. J'en ai fait plus tard une copie que je reproduis ici :

Du temps où Narcès était gouverneur de l'Italie, Rome connaissait la peste. Un jeune Liburnien, berger de profession, bon et tranquille, fut attaqué par la maladie dans la maison de son maître, l'avocat Valérien. Comme on le croyait mort, le berger revint à la vie et raconta qu'il avait été transporté au ciel. Là, il avait appris les noms de ceux qui devaient mourir en dégorgeant une bile noire. Car, comme on l'a prouvé depuis, la peste est un débordement de l'âme qui, devenue matérielle au contact des miasmes, se déverse hors du corps.

En témoignage de sa bonne foi, le berger assura qu'il avait acquis la connaissance de langues étrangères, dont le grec, et en fit la démonstration à son maître.

Celui-ci prit peur en entendant les paroles du jeune ber-
ger. Mais le Liburnien certifia à Valérien qu'il n'était
pas du nombre, car il devait survivre pour rendre
compte de ce prodige. Après deux jours, le garçon
tomba dans un accès de rage et mourut en se dévorant
les poings, suivi de ceux qu'il avait nommés.

Ça me paraissait tout de même difficile à croire.

— Vous voulez dire que ce gamin a causé plusieurs langues dont il n'avait pas idée ?

— Ne dit-on pas la même chose des apôtres, après qu'ils ont reçu l'Esprit saint ?

Je savais l'auteur de *Ben-Hur* concerné par la religion, mais ça ne me disait pas trop de le suivre sur ce terrain. Pour un peu, il m'aurait démontré que la résurrection n'est pas le seul fait de Jésus-Christ, et que boire le sang n'est pas que l'apanage des Brookes. D'ailleurs, certains prédicateurs tenaient ce discours à travers le pays, répandant la confusion.

Le gouverneur a dû voir que je n'étais pas à mon aise, parce qu'il est passé à autre chose :

— On prétend que Pat Garrett est toujours dans le pays.

J'ai tout de suite pensé à Hidden Jake. Les deux hommes avaient bien des points en commun. Jake avait mis les bouts tant qu'il était temps en abandonnant son patron, Garrett s'était détourné du gouverneur. J'ai caressé les encoches sur ma crosse, une pour chaque homme abattu, en me faisant la promesse que bientôt j'en ajouterais deux supplémentaires. Mais avant, il fallait se mesurer aux Brookes, sans avoir la moindre idée d'à quoi s'en tenir.

On l'a su dès le lendemain.

*

À l'aube, alerté par les guetteurs, tout ce que la ville comptait de défenseurs s'est massé sur les remparts pour scruter l'arrivée du cavalier. Avec les jumelles de MacSween, j'ai vu que le Brooke portait un gilet où étaient cousues des pendeloques et qu'il montait un cheval noir à la crinière nattée. Il est parvenu au bas de la palissade et s'est adressé à nous :

— *Remettez-nous l'argent et vous aurez la vie sauve. Renoncez à l'espoir de vaincre et jetez les armes.*

Le gouverneur Wallace a boutonné l'œillet du bas de son imperméable à son gilet pour dégager son Colt. On aurait dit un véritable *sharpshooter*. Il s'est penché au-dessus des fortifications et a répondu :

— Rapporte à la Famille que les citoyens de New Rome tiennent par-dessus tout à leur liberté. Nous sommes fiers de ne devoir rien à personne. Dis-lui cela, sans rien oublier.

— *Inutile que je le lui répète. La Famille se doutait de votre réaction. Et sa réponse est : « Qu'il en soit ainsi. »*

L'émissaire a fait demi-tour, en nous tournant ostensiblement le dos. Aussitôt, il s'est retrouvé dans la ligne de mire d'un soldat, mais le colonel Spengler a abaissé son canon.

— New Rome ne versera pas le premier sang, surtout par traîtrise.

A commencé alors une attente insupportable. L'humeur devenait morose à mesure que les heures défilaient. Je me suis dit qu'il avait dû en être ainsi pour David Crockett, Jim Bowie et tous les héros d'Alamo. L'attente amollit l'instinct, il vaut mieux affronter le risque que de le redouter. Militaires et citoyens en venaient presque à souhaiter que le combat s'engage, pour en finir une bonne fois, et j'étais du nombre.

Notre vœu a été exaucé au milieu du jour.

On a tout d'abord entendu un grondement, comme celui du tonnerre s'abattant sur la ville ; ou plutôt le roulement de tambours rythmant l'effort de galériens, celui qui résonnait aux oreilles de Ben-Hur avant l'attaque des Macédoniens. Puis, un son clair déchirant le ciel, auquel a répondu l'écho à chaque extrémité de la plaine. « Striges », a fait le gouverneur, le sifflement des morts. Le bruit s'est amplifié à mesure qu'avançaient les chariots du Convoi.

Tous équipés pour l'assaut. Les moyeux des hautes roues cerclées de fer étaient prolongés par une flèche d'acier, comme le char de Messala dans la scène de la course finale. Un caparaçon de fer protégeait intégralement les flancs des bisons, laissant seulement le crâne et les cornes à découvert. Les meilleurs tireurs pouvaient espérer en abattre quelques-uns pour ralentir la charge, mais je savais que c'était du temps perdu, un moyen de nous détourner des seules cibles qui valaient le coup : les Brookes dans leurs longs manteaux de cuir, où s'accrochaient des trophées macabres, scalps et ossements humains. Ils se tenaient à l'abri des chariots, équipés d'armes modernes, mais aussi de rapières et de pistolets à pierre, tout un attirail qui remontait jusqu'à Mathusalem…

J'avoue que je n'étais pas trop fier. Il en allait de même pour chacun. Lew Wallace et le colonel Spengler n'ont toutefois rien laissé paraître.

— Colonel, la dernière fois, ne parliez-vous pas de Carthage ?

— En effet, gouverneur. Hannibal avait ses éléphants, et il a perdu. L'ennemi devrait tirer les leçons de l'Histoire.

Ces propos, échangés sur le mode de la plaisanterie, étaient surtout destinés aux hommes postés sur les remparts. Je voyais bien que Spengler semblait contrarié. Le commandant scrutait l'adversaire et murmurait pour lui-même :

— Où sont les cavaliers, pourquoi le Convoi ne lance-t-il pas ses troupes d'élite ?

Je reportai mon attention sur l'ennemi. Protégés par les chariots, les Brookes avançaient au pas. On distinguait parmi eux ce qui semblait être des femmes. Cheveux tressés ou retombant sur les épaules, certaines portaient des bonnets semblables à ceux des Amish. Elles étaient vêtues de fourrures passées sur de longues robes et progressaient en tendant des lances. J'ai cru même voir des petits portant des couteaux aux lames aussi larges que des tranchoirs de boucher.

— Souhaitons que tu aies bien fait de rester, m'a dit Wallace, ce que je n'ai pas trop apprécié. Après tout, il avait ma parole, et ça m'aurait bien fait plaisir qu'il s'en souvienne.

Les chariots ont franchi sans problème la première tranchée et balayé les piques de protection comme s'il s'agissait de paille. Le colonel Spengler a alors fait signe aux servants des mitrailleuses Gatling :

— Maintenant !

Le tir continu a haché les Brookes, sans pourtant en tuer beaucoup, car il n'y avait qu'une balle sur dix en argent dans les chargeurs des Gatling. Wallace voulait économiser, parce que le but restait de protéger le métal précieux, pas de le dilapider. Ça a tout de même fait son effet, on a vu un peu partout des Brookes exploser en poussière. En retour, ils ont criblé nos remparts de traits enflammés. On se serait cru au Moyen Âge.

— Éteignez l'incendie ! a gueulé Spengler.

De nombreux soldats ont dû abandonner leur poste pour étouffer les flammes, comme la Famille l'avait prévu. Profitant de cette manœuvre de diversion, les chariots se sont massés sur toute la longueur de l'enceinte. On tirait sur les bisons sans trop choisir les projectiles, et moi-même j'ai dû gaspiller pas mal de balles en argent. Les bêtes qui n'étaient pas mortes se tenaient tranquillement contre nos murs.

— Ces animaux savent exactement quoi faire, ils n'ont même pas besoin de guides pour les diriger ! a dit Spengler qui ne savait plus où donner de la tête.

— Colonel, si l'on ne tente rien, les remparts vont tomber. Vous devez engager la cavalerie !

Obéissant au gouverneur, Spengler a fait ouvrir une porte. Les Brookes se sont rués dessus mais les volontaires civils gardaient l'ouverture. Ils se tenaient derrière des voitures renversées qui formaient un carré défensif. Ils ont contenu le choc, permettant à la cavalerie de sortir, sabre au clair.

— Les chariots, chargez les chariots ! a ordonné le colonel.

Le fracas des armes couvrait sa voix. Couverte par le tir en hauteur, l'unité montée a progressé vers le Convoi. Les Brookes ont bondi dans les airs, par-dessus les chevaux, décapitant au passage la plupart des soldats. J'ai quand même eu une dizaine de ces saloperies au vol, et Chisum presque autant, mais c'était loin de suffire. Les Brookes se lançaient maintenant à l'attaque des remparts, sans avoir besoin d'échelles parce qu'ils couraient à la verticale en direction du sommet, et on aurait dit des faucheux avec leurs longues jambes noires. L'un d'eux est parvenu jusqu'en haut et a embroché MacSween. J'ai vu ses griffes sortir du dos de mon Régulateur. Alors je lui ai tiré dans la tête, une balle normale, puis une autre, et pour finir de l'argent. J'ai eu une pensée pour l'ancien contremaître, mais pas longtemps, parce que ça commençait à chauffer. Depuis le bas, des Brookes tiraient sur nous au fusil, et ils n'étaient pas manchots. Quant à ceux qui nous tombaient dessus sans discontinuer, ils étaient équipés d'Allen-Elgin, une redoutable antiquité de calibre 54 dont le canon est prolongé d'un poignard. Ils enfonçaient la lame dans le bide d'un défenseur puis tiraient, ce qui projetait le malheureux sur ses compagnons. Autant dire que c'était une rude empoigne et que j'y tenais ma place, au côté du gouverneur.

Soudain, Wallace a blêmi :

— Là !

Son doigt pointait en direction de la plaine. Une centaine de Brookes, coiffés de larges chapeaux noirs, étendards fixés à la selle des montures, chargeaient en pointe de lance. On distinguait presque l'écume sur les mors des chevaux. Au dernier moment, la formation s'est divisée en arcs.

— Que font-ils ?

Spengler a répondu comme s'il donnait un cours à West Point :

— Ils effectuent une boucle. Un cercle, qui va se resserrer pour étrangler nos cavaliers.

Les Brookes se sont taillé une voie claire parmi les soldats. Ceux-ci n'ont même pas eu l'occasion de refluer jusqu'aux portes, les créatures mâles et femelles qui avançaient derrière les chariots les ont submergés. J'ai même vu un enfant déchirer la carotide d'un caporal. Il n'a pas eu le loisir de poursuivre son repas. Je l'ai descendu et je vous prie de croire que ça ne m'a rien fait.

— Il ne reste que la milice, a lâché Wallace d'une voix blanche.

— Oui, gouverneur, mais il est dangereux de dégarnir nos défenses. Mieux vaut subir le choc en étant assiégé.

Les deux Gatling disposées sur les remparts criblaient l'ennemi. Mais celui-ci pouvait compter sur un océan de combattants qui recouvrait ses pertes par vagues. Elles venaient s'écraser sur nos remparts, inlassablement.

Pourtant, nous n'accordions pas un pouce de terrain. Tirant son sabre, le colonel Spengler courut affronter deux agresseurs. Il évalua ses adversaires et attendit l'attaque. Une rapière siffla en direction de sa tête. Spengler s'accroupit et balaya les jambes du Brooke. D'une balle, je l'aidai à s'en débarrasser. Un attaquant brandit son Allen-Elgin. Parant l'arme de l'avant-bras, Spengler frappa du sabre, permettant à Chisum de tirer à bout portant. Celui-ci se retourna à temps pour dévier un coup d'épée et répliqua d'un mouvement rapide en vidant sa Winchester dans l'aine d'un Brooke. J'ai un souvenir parfaitement clair de la scène, comme une photographie, et pourtant je n'y assistais pas en spectateur. Moi et mes Régulateurs faisions tout pour contenir les vagues d'assaut qui s'abattaient sur les rangs des miliciens, et surtout on protégeait notre peau. Par miracle, je n'avais que des blessures légères et Chisum pouvait en dire autant, ce qui du coup me faisait de la peine pour Alexander MacSween dont je n'avais que du bien à dire depuis le jour où on s'était rencontré. Par association d'idées, j'ai pensé à Hidden Jake, qui devait forcément être là quelque part, peut-être derrière Silverface comme un chien suivant son maître. Alors je me suis détaché de l'action et j'ai entrepris de tirer loin derrière les premiers rangs des Brookes, en me disant que peut-être je toucherais Jake par hasard, ou tout du moins un membre éminent du Convoi qui se tiendrait à bonne distance. Mais le tour que prenait l'assaut m'a rappelé à mes devoirs immédiats, surtout quand j'ai remarqué Spengler en fâcheuse posture. Voyant qu'il était en danger, les miliciens sont venus à son secours. Un notable s'est retrouvé empalé aux griffes d'un Brooke, un autre a vu ses intestins tomber de son ventre comme un paquet d'abats qu'on jetterait aux chats, bien que pour ma part je n'aie jamais rien donné à cet animal, pas même du temps où M'man tenait sa pension, parce que je le trouve fourbe.

— Nous ne bougerons pas ! a gueulé un milicien en brandissant le drapeau de l'État.

J'ai repensé alors aux marques de craie faites par le gouverneur. Elles étaient depuis longtemps effacées, mais cela n'avait aucune importance, parce qu'autour de Wallace nous assurions une ligne de défense. On devait tenir, empêcher la déferlante de submerger les fortifications. Chacun de nous avait conscience de former le dernier rempart avant l'accession au cœur de la cité. Face à moi, je voyais la horde renouveler ses rangs, sans discontinuer.

À la fin du jour, la défense a marqué des signes de faiblesse. L'opposition frontale ne menait plus à rien. Le colonel Spengler a donné de nouveaux ordres : briser la ligne afin de former des groupes qui se déplaçaient en courant d'un point à l'autre. Cela faisait belle lurette que les Gatling n'étaient plus d'aucune utilité. Les projectiles d'argent commençaient à manquer. Alors ce qu'on faisait pour économiser les balles, c'était d'utiliser les Allen-Elgin de nos ennemis dont on avait préalablement frotté la lame avec la robe d'argent d'une de nos balles. Ça donnait un méchant corps à corps. Je compensais mon manque de technique au couteau par une hargne qui en remontrait aux deux camps. Je puis avouer sans honte que je ressens de la fierté en me souvenant de mon attitude durant le siège de New Rome City. C'est vrai qu'avant, j'avais été une sorte de pirate, mais je m'étais depuis racheté en devenant corsaire du gouvernement. À présenter les choses comme ça, on pourrait croire que l'engagement ne manquait pas de noblesse. En réalité, c'est tout le contraire. Ça chiait et pissait du côté des miliciens qui couraient en tous sens pour rallier les postes affaiblis, en bousculant au passage leurs adversaires qui, de leur côté, dégueulaient une sorte d'humeur nauséabonde. Vus du ciel, les camps antagonistes devaient ressembler à deux troupeaux de vaches malades, manœuvrant en mouvement contraire pour se rendre maîtresses du terrain.

— Billy ! m'a crié le gouverneur Wallace.

Son long imperméable gorgé de sang faisait comme un manteau pourpre. Pourtant, il ne semblait pas blessé.

— Billy, quitte les remparts !

— Non, gouverneur, je ne vous laisserai pas.

Lew Wallace m'a tendu un document portant sa signature.

— Cours jusqu'à la banque de dépôt et demande au directeur qu'il mette à disposition toute la provision d'argent !

— Pour quoi faire, on n'aura pas le temps de faire fondre les balles…

— On se servira des lingots comme projectiles, ou comme barrière sur les remparts. Dépêche-toi !

Confiant Wallace à ce qui restait des Régulateurs, j'ai obéi à contrecœur et dit à John Chisum qu'il me suive. À première vue, la cité paraissait paisible, mais on distinguait ici et là des foyers d'incendies. Les panaches de fumée noire se répandaient sur la ville comme une peste, de celle qui s'était répandue dans l'ancienne Rome et avait fait d'un berger un vampire. Quant à la nouvelle Rome, elle était déserte peut-être pour la première fois de son existence. Les citoyens se terraient dans leurs maisons ou priaient dans les temples. Avec Chisum, on a couru comme des dératés jusqu'à la banque.

— Eh, toi !

Un civil assermenté s'est interposé. J'ai reconnu tout de suite le gars qui appartenait à la bande de Pat Garrett quand celui-ci était encore shérif. On voyait à son air qu'il allait me faire son grand numéro, alors j'ai hésité entre mon .38 et le billet de Wallace. Finalement, c'est le document que j'ai pointé vers le garde.

— Ordre du gouverneur, laisse-moi passer ! que j'ai dit sans reprendre mon souffle, avec assez d'aplomb pour qu'il s'écarte.

Il nous a même accompagnés jusqu'au bureau du directeur. Il n'y a rien à dire sur lui, sinon qu'il était en sueur à l'idée de traiter avec ses nouveaux clients si d'aventure la défense tombait. Il tenait un minuscule Derringer, mais je doute que dans le feu de l'action il s'en serait servi pour ouvrir un compte aux Brookes. Ou le régler, c'est selon. Quand il m'a vu, j'ai cru qu'il allait me serrer dans ses bras, ce que je n'aurais jamais imaginé d'un directeur de banque même si, comme je le rappelle, je n'ai jamais attaqué ce genre d'établissement. Mais c'est le problème avec les gens ordinaires, qui croient que dès lors que vous savez manier un revolver, il y a du vice en vous. Ce qui s'étend aussi aux shérifs, puisqu'en général on ne les engage pas pour leur habileté au point de croix. Le gars s'est repris, je lui ai expliqué ce qu'attendait Wallace, et il m'a accompagné à la salle des coffres. La porte était aussi épaisse que les steaks que servait M'man à ses pensionnaires, mais ça n'aurait rien changé pour les Brookes. Heureusement, le directeur avait arrêté l'horloge commandant le mécanisme d'ouverture. Avec un coup de main des employés, j'ai commencé à mettre les feuilles d'argent dans des caisses plates, tandis que Chisum et le directeur transbahutaient les lingots. Au bout d'un quart d'heure, on était en nage. C'est à ce moment-là que s'est pointé un soldat couvert de blessures.

— On a été trahi ! qu'il a fait en s'effondrant sur les dalles.

Le directeur s'est précipité sur l'officier avec une flasque de brandy ce qui, à mes yeux, était gâcher du bon alcool, alors qu'un pied au cul est le meilleur moyen de se faire entendre des cavaliers. Il a repris conscience et a dit :

— Horatius Dale a ouvert une porte...

— Mais pourquoi ? a crié le directeur.

— S'enfuir, ou espérer la clémence des Brookes. Certains occupent déjà le centre, mais la plupart ont filé vers l'enceinte. Wallace est cerné de toute part !

Mentalement, j'ai ajouté Dale à Hidden Jake et Pat Garrett sur la liste de mes futures encoches. Puis j'ai dit à Chisum :

— Ma place est auprès du gouverneur. Occupe-toi du chargement.

À mon air, ils ont vu que mieux valait ne pas me faire répéter. J'ai chargé mon .38 et la Winchester, pris toutes les boîtes de balles que je pouvais sur le comptoir de la banque et gagné l'extérieur. J'ai couru à fond de train, croisé une femme qui se traînait, l'air hagard, en portant son nourrisson, et suis tombé sur un groupe de Brookes qui se tenaient en rang, immobiles. J'ai failli trébucher et me suis retrouvé à glisser sur les genoux vers eux tout en tirant à la carabine. Ça a provoqué un nuage de poussière épaisse et grasse qui m'est rentrée dans la bouche et que j'ai recrachée en gueulant tout en continuant de faire feu. Puis j'ai repris ma course en jetant un regard en arrière et je me suis avisé que les Brookes survivants ne me donnaient pas la chasse, alors que ce sont de rudes traceurs. À croire qu'ils en avaient rien à faire de moi, qu'ils étaient tellement sûrs de l'avoir emporté que je comptais pour quantité négligeable. Même venant de créatures pareilles, ça m'a vexé, alors je me suis retourné pour finir le travail avec mon Colt. J'ai pris le temps de souffler en rechargeant mes armes, et suis reparti. Lorsqu'enfin je suis arrivé aux contreforts, après avoir encore descendu deux Brookes à l'air vraiment âgé et qui me parlaient dans une langue incompréhensible, j'ai vu le colonel Spengler venir à ma rencontre. Il me faisait signe d'attendre.

— Les combats ont cessé. Je ne sais pourquoi, puisque le Convoi a l'avantage.

Mon regard s'est porté vers les remparts. Les survivants formaient le dernier carré autour du gouverneur. Lew Wallace se tenait droit en dépit des blessures. Il faisait face aux Brookes qui avaient abaissé leurs armes. Les créatures se sont écartées pour laisser passer Silverface. Il portait une armure noire faite de plaques assemblées.

— *Gouverneur, pouvons-nous mettre un terme à la bataille ?* qu'il a demandé.

— La Famille s'est rendue maître du terrain, mais notre volonté de lutter demeure intacte ! a répondu le gouverneur comme s'il ajoutait un paragraphe à *Ben-Hur*.

La femme que j'avais entrevue s'est alors pointée. Elle tenait toujours son bébé. Il gigotait dans les bras de sa mère et son rire clair a résonné dans la place.

— *Écoute-le, gouverneur. L'enfant est promesse de futur.*

— Quel avenir lui réservez-vous ?

— *Le tien, le nôtre, celui que nous construirons ensemble.*

Wallace a exprimé l'étonnement de tous en disant :

— Tu parles de construire, toi qui sèmes la ruine ?

Silverface a répondu — il y avait de la lassitude dans sa voix :

— *« Pour bâtir haut, il faut creuser profond »*, dit un de nos proverbes. *Le temps est venu d'établir la paix. Au moins momentanément.*

Sur ces paroles, Silverface a tendu la main au gouverneur. Wallace l'a serrée. Alors le Brooke a retiré son masque. Il avait les yeux de Pat Garrett.

*

La région n'a plus connu la violence. Les deux camps sont parvenus à un arrangement : nous avons abandonné la réserve d'argent fédérale, en retour, les Brookes nous ont laissés tranquilles. Je suppose que le gouverneur Wallace a dû rendre compte de sa décision au gouvernement des États-Unis, mais vu l'empressement du président Rutherford D. Hayer à nous envoyer des secours, on ne lui a pas fait d'histoires. Les conseillers du président ont même retourné l'incident à son avantage, en parlant de résistance héroïque du peuple américain, etc. Tout est donc rentré dans l'ordre, avec cette facilité qu'a le pays d'absorber n'importe quelle bizarrerie. *Pax universa* pour tous les habitants, humains ou Brookes. De mon côté, la célébrité venant, j'ai eu droit à tout un tas d'articles dans les journaux, mais ce qui m'a le plus touché, c'est que le gang des Swamp Angels se fasse maintenant appeler « la bande des Gauchers », en hommage à Billy le Kid. Pourtant, du temps où je vivais à New York, je n'étais que leur mascotte. Comme quoi, il n'est pas besoin de s'appeler Lew Wallace pour réécrire l'Histoire.

Le gouverneur m'a proposé le poste de shérif, mais j'ai refusé. À vingt et un ans, j'ai vingt et une encoches sur mon Colt. Comme je l'ai dit, sans compter les Nègres, les Mexicains et les Indiens. Ou les Brookes. Pete Maxwell, celui-là même chez qui on était allé pour rencontrer les émissaires du Convoi, m'a proposé de me louer quelques arpents de terre. Lew Wallace a dit qu'il pourrait m'aider pour les fonds. Imaginer Billy en fermier est peut-être difficile, mais je crois que ça pourrait me plaire, comme de lire d'autres livres que mon exemplaire corné de *Ben-Hur*, le soir venu.

Mais avant, il me reste une affaire à conclure.

Convaincu de trahison, Horatius Dale a été enfermé dans un pénitencier où quelques citoyens en délicatesse avec la loi lui ont fait la peau. Ce qui m'a privé d'une vengeance mais facilité le travail. Restent Hidden Jake et Pat Garrett. On les a vus ensemble, comme du temps où je faisais la paire avec Little Casino dans les saloons. Garrett n'a pas abandonné son vice. Il a tabassé une prostituée du nom de Ruthie Lee. Une chic fille, qui m'a dit que son tourmenteur n'arrêtait pas de crier mon nom en lui remodelant le visage. Il veut me faire la peau ? J'en ai autant à son service, comme quoi avec Pat, on est toujours au diapason.

En attendant, j'ai rendez-vous chez Pete Maxwell à deux heures du matin. Ça me paraît être un peu tôt pour discuter d'un bout de terrain, mais après tout, je me dis autant commencer vite ma nouvelle vie.

Le 14 juillet 1881, à deux heures du matin, Billy le Kid a été abattu par Pat Garrett, au domicile de Pete Maxwell.

1881

UN TYPE HONNÊTE

— *Lequel d'entre vous est le docteur, gentlemen?*
Autour de la table, la partie s'interrompt. Aucun
joueur n'a vu le Brooke entrer et se glisser jusqu'au
fond de la salle. Ils ont seulement pris conscience de
sa présence en entendant le chuintement filtré par le
foulard de batiste — sa voix. Levant les yeux de leurs
cartes, les joueurs détaillent de pied en cap l'échalas.
Plus grand et plus fin que les autres Brookes, il a
troqué le manteau de cuir des siens contre un extrava-
gant costume de flanelle lie-de-vin. Le jabot de la chemise lui fait une gerbe d'écume sous le menton, qu'il a
masqué de son précieux foulard. Tous les Brookes en
ont un, et ils ont lancé une mode, car les cow-boys
l'ont adopté. La dentelle mousse à ses poignets, couvrant les gants de chevreau. Il les retire en prenant son
temps, découvrant ses longs doigts cerclés de métal
précieux. Pas d'argent, bien sûr, mais de l'or à profusion, ainsi que des gemmes, toutes plus éclatantes les
unes que les autres à la lumière tombée du lustre. Le
haut-de-forme est assorti au costume. Des boucles
cendrées s'échappent de sous le chapeau claque et
protègent la bande de peau laissée à nu par le foulard.

Le Brooke fixe l'assistance de son regard mort. La monture des lunettes est en or, les verres rectangulaires teintés de mauve.

— *Je cherche le docteur*, répète la créature. *Rien d'autre...*

— C'est moi, répond un des joueurs en déposant sa main sur la table — un brelan.

L'homme repousse lentement sa chaise et se lève sans gestes brusques. Une attitude prudente, qui est celle du tueur d'expérience. Il a presque la taille du Brooke, et la qualité de ses vêtements n'a rien à envier à celle de l'importun, bien qu'il soit vêtu de façon moins extravagante. Ramenant le poing devant sa bouche, il lâche une quinte de toux, puis dit :

— Je n'exerce plus.

— *Pourquoi ?*

— La maladie. Les gens ont peur d'être contaminés.

— *Je ne crains rien de votre part*, assure le Brooke.

Une vérité à double sens, songe l'homme élégant.

— *Acceptez-vous de seulement examiner ma mâchoire ?*

Les joueurs restés assis échangent des coups d'œil affolés. Personne n'a jamais vu la mâchoire d'un Brooke et vécu assez longtemps pour en parler. Mais la proposition semble amuser le docteur, qui sourit. Hochant le menton, il indique d'un geste les portes du saloon :

— Si vous voulez bien me suivre jusqu'à mon ancien cabinet. John Henry Holliday. Mais tout le monde m'appelle Doc.

*

Le Brooke passe l'index sur le dossier du fauteuil, dessine une arabesque dans la couche de poussière.

— Vous êtes mon premier client depuis pas mal de temps, explique Doc en s'affairant dans le tiroir où sont rangés ses instruments.

— *Vous vivez ici ?*

— Je sors rarement de l'endroit où vous m'avez trouvé. Mais je viens ici à l'occasion, quand j'ai besoin de calme et de solitude. Il m'arrive même d'y dormir.

— *Problème de sommeil ?*

— Quelque chose comme ça. Ce qui ne doit pas être votre cas…

— *Non, en effet*, fait le Brooke en posant son chapeau sur une desserte.

— Je vous en prie, prenez place.

— *Tirez d'abord les rideaux, il y a trop de lumière naturelle dans cette pièce.*

Tandis que Doc obtempère, le Brooke coule sa longue silhouette dans le fauteuil inclinable. Les ombres s'ajoutent aux ombres dans le cabinet. Un craquement sec et l'odeur du soufre, puis la flammèche d'une allumette, et Doc murmure :

— Une simple chandelle… Je n'y vois rien dans le noir, moi.

— *Vous ne perdez rien à ne pas percer les ténèbres.*

Un soupçon d'amertume dans la voix de la créature ? Doc ne pourrait le jurer. À la lueur de la chandelle, son client paraît plus mince qu'en réalité, à demi dévoré par les ombres portées. Vengeance métaphorique des ténèbres…

— Voyons si je n'ai pas perdu la main, lâche Doc en réglant la hauteur du siège. À propos de main, vous m'avez fait renoncer à un brelan.

— *Vous êtes joueur*, affirme le Brooke. *Est-ce pour cela que vous avez pris le risque de m'accueillir chez vous ?*

Doc Holliday se met à rire, avant de se plier en deux, déchiré par la toux. Au fond d'une poche, il trouve un mouchoir qu'il plaque contre sa bouche. Le Brooke sent l'odeur du sang à travers son foulard. Ses ongles griffent l'accoudoir de cuir, mais il se contient. Doc n'a rien perdu de sa réaction.

— Le risque ? Si vous ne vous en êtes pas encore rendu compte, je suis en train de crever.

— *Tuberculose ?*

— Excellent diagnostic, cher confrère.

L'ironie de Doc touche la créature, bien plus qu'elle ne voudrait l'admettre.

— *Nous craignons aussi la phtisie.*

Mais la créature ignore ce que la tuberculose a fait de John Henry Holliday. Elle lui a pris sa mère, Alice Jane, puis son frère adoptif dont il s'est occupé. Enfin, comme si cela ne suffisait pas, elle l'a marqué de son sceau. En lui faisant cracher ses poumons à la face des patients, elle lui a interdit de pratiquer son art. Doc aurait pu être quelqu'un d'autre si la maladie ne l'en avait pas empêché.

— Dans ce cas, vous croyez vraiment que je tiens à la vie ?

Le Brooke regarde John Henry. C'est un homme qui veut mourir. On dit de lui qu'il se détruit méthodiquement à l'alcool et qu'il recherche les duels déloyaux, ceux qui ne lui donnent aucune chance. Comme celui de l'été 1879, à Las Vegas, au Nouveau-Mexique. À l'époque, Doc tenait un saloon, sur Center Street. Un jour, Mike Gordon lui a cherché querelle. Gordon était une célébrité locale qui savait se servir d'un revolver. Comme le ton montait, Doc lui a dit poliment de tirer le premier, et de viser où il voulait. Le gars a dégainé, puis Doc lui a logé trois balles dans l'estomac.

Le Brooke peut comprendre qu'on se lasse de l'existence. C'est souvent le cas chez les êtres de valeur. Lui-même a eu bien des frères qui se sont lassés du mode de vie de la Famille. Ça s'est toujours mal passé.

— *On prétend que vous êtes un homme précieux.*

— Un gandin, voulez-vous dire ? Dans ce cas, vous en êtes un autre, il faudra me donner l'adresse de votre tailleur.

— *Je disais simplement que votre vie a une valeur.*

— Avant, peut-être, mais c'est du passé. Alors si vous êtes venu pour me tuer, ne vous gênez pas. Sinon, restez tranquille sur ce foutu fauteuil et laissez-moi jeter un œil à vos dents…

Un silence, puis, dans un souffle :

— *Vous pouvez approcher, docteur.*

Le Brooke dénoue son foulard, qu'il replie ensuite avec soin et arrange en pochette dans sa poche de veste.

— Il faut que j'approche la chandelle.

— *J'espère que vous avez le cœur bien accroché.*

Le bougeoir en main gauche, Doc se penche et recule aussitôt. L'odeur est atroce, pire que celle des abattoirs de Chicago, ou des charniers indiens laissés par la cavalerie.

— Un instant.

Doc dépose le bougeoir sur sa table, s'empare d'un

pot d'onguent aux clous de girofle. Un puissant anesthésiant.

— *Je ne crains pas la douleur.*

— Ce n'est pas pour vous.

Il répartit un peu de crème à l'intérieur de ses
narines et saisit un repoussoir.

— Tenez votre langue au fond.

Le Brooke obéit, sans marquer d'hésitation. Doc
examine l'intérieur de la bouche. Pour la première
fois depuis longtemps, sa curiosité s'éveille. Il n'a
jamais rien vu de tel, y compris au Pennsylvania Col-
lège of Dental Surgery où il a fait ses études. Là, les
occasions d'observer des malformations n'étaient
pourtant pas rares. C'est d'ailleurs ce qui lui a inspiré
son sujet de thèse sur les maladies de la bouche. Mais
s'il avait vu ça, à l'époque, Doc aurait rajouté un chapitre. Les dents paraissent plantées sans ordre, sur
plusieurs rangées. Leur nombre défie l'imagination.
Certaines sont si petites qu'elles dépassent à peine la
gangue de pulpe des gencives. D'autres, au contraire,
ont la taille des crocs d'un loup — celles-là sont les
plus abîmées, couvertes de tartre, par endroits écla-
tées.

— Voilà des outils qui ont beaucoup servi, dit le
praticien en retirant l'abaisse-langue.

— *Des outils, le mot est juste, ce sont mes plus fidèles
instruments.*

— Combien de vies ont-ils pris ?

— *Ce qu'il fallait.*

— Je voulais dire, combien de femmes ou d'enfants ?

— *Le strict nécessaire. Pas plus, pas moins. Et
vous ?*

268

Doc accuse le coup. Des visages apparaissent fugacement, ceux-là mêmes qui l'empêchent de dormir.
Beaucoup de morts, depuis son premier meurtre à
Austin, en janvier 1875. Puis Leadville, Georgetown,
Central City, Denver... Doc a eu les Texas Rangers à
ses trousses, et même l'armée. Une fois, il a dû se
réfugier en territoire apache pour échapper aux chasseurs de prime. Il regrette parfois que personne ne
l'ait rattrapé. John Henry s'approche de sa table,
fouille parmi ses instruments et prélève un scalpel.

— Vous voyez cette lame ? Elle est en argent chirurgical, spécialement confectionnée pour moi. Je
pourrais m'en servir.

— *Vous pourriez, en effet. Et ?*

Le chirurgien sourit. Il y a bien des années, à Fort
Griffin, Doc a pour ainsi dire décapité un soldat Il lui
a lacéré la face avec son couteau mais s'est arrangé
pour le laisser vivre. En fait, Doc ne s'en souvient pas
vraiment, parce qu'il était ivre. Reposant le scalpel, il
plonge les mains dans la cuvette de porcelaine et les
frotte vigoureusement, pour ôter toute particule
d'argent sur sa peau. Puis il retourne à l'ouvrage. Sous
les dents présentant la patine du vieil ivoire, il distingue d'infimes pointes qui tentent de percer la gencive. Ainsi donc, les Brookes sont semblables au
requin, qui renouvelle ses armes sans discontinuer.

— Il va me falloir libérer un passage, pour favoriser la poussée.

D'une main aux doigts bagués, le Brooke l'invite à
poursuivre. Doc s'active, incise plusieurs fois en croix,
pour ôter les chicots.

— Crachez.

Une écume rosâtre se répand dans le bassin en

émail, mêlée à une humeur ambrée. Doc connaît cette substance qui semble être vitale pour les créatures.

— *Tout est rentré dans l'ordre, docteur ?*

Le Brooke se tamponne délicatement les lèvres avec son mouchoir de batiste.

— Oui. Dans votre cas, on pourrait presque parler de dents de sagesse.

— *La sagesse ne pousse pas, ou alors au hasard. Et vos concitoyens ne semblent pas concernés.*

Le Brooke indique la fenêtre du menton. Les joueurs de poker se tiennent dans la rue, face au cabinet de Doc. Ils tremblent mais sont armés.

— Laissez-moi faire.

Doc Holliday fait un pas sur le perron, en s'essuyant les mains.

— Eh bien, mes amis… Qu'est-ce qui me vaut l'honneur ?

Un bruissement dans son dos l'avertit que son client a quitté le fauteuil. Doc replie sa serviette avec soin, l'accroche négligemment à sa ceinture. Pour cela, il soulève un pan de son veston, révélant l'étui de son revolver, tapi contre l'aisselle. Un mouvement de recul anime les joueurs, dans la rue. Des raclements de gorge s'élèvent, des crachats maculent la poussière.

Le Brooke se glisse en silence aux côtés du docteur. L'un des joueurs s'exclame :

— C'est comme ça que tu nous remercies ? À une époque, t'étais bien content de trouver asile dans notre ville !

Très vite, les langues se délient :

— Doc, avec qui tu manges ton pain ?

— Crache ton sang, Doc, mais pas le nôtre !

Doc Holliday impose le calme. D'une main, celle qui se tient prête à tirer.

— Allons, les amis... Vous ne voudriez tout de même pas gâcher ma réputation ?

Celle du tueur ou du dentiste, chacun est libre de décider. Doc a toujours été habile avec les mots. Un fameux rhéteur, nourri de grec, français et latin. Ce qui lui permet de dire en plusieurs langues qu'il a raté sa vie.

Tous abaissent les armes, tandis que le Brooke se fraye un passage dans les rangs. Au dernier moment, Doc Holliday l'apostrophe :

— Vous n'oubliez pas quelque chose ?

La créature se retourne lentement.

— *Quoi donc ?*

— De régler ma note, le prix de la consultation.

Le Brooke ajuste son foulard et lâche :

— *Mettez ceci sur mon compte. Nous sommes amenés à nous revoir.*

*

Virgil Earp est fatigué. Toute la nuit, il a patrouillé en ville, ne s'octroyant à l'aube qu'une brève heure de sommeil. Morgan et Wyatt ont meilleure allure. Les jeunes frères du marshal de Tombstone passent pour des dandys auprès des ploucs du coin. Vestes et gilets noirs impeccables, chemises blanches parfaitement empesées, les Earp tiennent à se démarquer de la populace. Si Tombstone est demeurée épargnée par les émissaires du Convoi, c'est en partie aux frères Earp qu'elle le doit. À ce titre, rien ne s'oppose à ce qu'ils se singularisent.

Avec son superbe costume gris, le quatrième homme du groupe qui arpente Fremont Street en remontrerait aux plus remarquables gentlemen de La Nouvelle-Orléans. C'est peut-être lié à la démarche souple, à la silhouette émaciée, un je-ne-sais-quoi de provocant dans la pose affectée avec une nonchalance trompeuse. Quoi qu'il en soit, John Henry Holliday est à lui seul aussi dangereux que les trois frères Earp réunis. D'ailleurs, Wyatt qui le connaît depuis leur mémorable beuverie au *Shanessy's saloon* de Fort Griffin dit de lui qu'il est l'homme le plus dangereux de la Création.

Ensemble, ils tiennent Tombstone et la protègent à la fois.

Marchant d'un même pas sous le soleil de la mi-journée, ils remontent Fremont Street en direction de la sortie nord de la ville. La rue reste exceptionnellement calme. À peine si un rideau s'entrouvre au passage des quatre marshals, assermentés le matin même par Wyatt. Virgil, Morgan, Wyatt et Doc arborent leur insigne ; une belle cible à hauteur du cœur, en forme d'étoile, qui renvoie des reflets d'argent, même s'il ne s'agit que de fer-blanc. Une camelote de bonne étoile qui ne protège pas.

Un homme arrive à leur rencontre, depuis le bas de la rue. Virgil reconnaît la silhouette du shérif en titre, dont il n'est que l'adjoint. Mais de l'avis des citoyens de Tombstone, ce n'est pas John Behan qui fait régner l'ordre, mais bien l'aîné des frères Earp.

Behan leur adresse un signe, une main levée en guise d'apaisement. Les quatre hommes continuent d'avancer sans même ralentir.

— Écoutez, les gars, c'était franchement pas la

peine d'vous déranger... Bill Clanton m'a assuré qu'ses gars et lui allaient décamper. Y sont juste venus éclaircir quequ' détails, rapport à Ike. J'lui ai tout expliqué.

Le shérif transpire d'abondance. Le mouchoir qu'il porte noué autour du cou absorbe la trouille qui s'écoule par les pores de sa face.

— Tu as dit à ce vieux Billy pourquoi son frangin avait dormi en cellule ? demande Virgil, réprimant un sourire.

John Behan grimace. Il avance et gesticule à côté de son adjoint, pareil à une mouche agaçant un cheval de trait.

— Rien d'bien méchant, à c't'heure... C'est vrai, quoi... Ike a rien fait qu'un peu d'raffut, c'te nuit.

— Ike Clanton a menacé de me tuer, ainsi que mes frères. Il avait beau être saoul, il savait à qui il s'adressait : un marshal dans l'exercice de ses fonctions.

— J'dis pas l'contraire, Virgil. Mais tu l'as bel et bien rossé, pis enfermé quequ'temps. T'as fait ton boulot. Alors peut-être que...

Wyatt Earp interrompt son supérieur :

— De toute façon ce n'est pas Billy qui décide, mais son père, Old Man Clanton.

Le shérif Behan insiste :

— Ike a été puni. J'pense donc qu'on pourrait...

— Fermez-la, shérif, lâche Doc, du bout des lèvres. On y est.

D'un geste du menton, Holliday désigne la bâtisse en bois qui borde Fremont Street. Une banale écurie, flanquée d'un parc à bestiaux. Sur le portail resté clos, on peut lire, gravé au couteau : «OK Corral». L'entrée principale se situe sur Allen Street, à l'opposé du bâtiment, là où Billy Clanton a rameuté sa troupe. En fait, celle de son propre père, une meute de chiens composée du jeune Ike et des frères Mac Laury, Franck et Tom. Ainsi que de Curly Bill Brocius et John Ringo, des cow-boys et voleurs de bétail. Un mélange des genres que ne réprouvent pas les Earp, qu'ils ont eux-mêmes pratiqué en des temps où la justice n'était pour eux qu'un mot, et qu'ils continuent de faire.

— Soyez raisonnables… Donnez-moi vos armes.

Le shérif se fige dans l'attente d'une réponse. Elle tombe de la bouche de Virgil :

— Tu n'es pas obligé de rester.

Puis, sans laisser au pauvre Behan l'occasion de plaider sa cause, l'aîné des Earp s'écrie :

— Mains en l'air !

Dans le même temps, Morgan et Wyatt assènent deux vigoureux coups de bottes dans le vantail, qui s'ouvre à la volée, révélant en contre-jour les silhouettes du gang Clanton, découpées dans l'encadrement du portail côté Allen Street.

Billy Clanton dégaine et tire le premier. Le revolver de Wyatt Earp lui répond en écho. En une fraction de seconde, le vacarme des détonations et l'odeur de la poudre brûlée envahissent OK Corral.

La balle de Billy rate de peu Wyatt, mais pas l'aîné des Earp, qui se tient à deux pas. Touché à l'épaule, Virgil riposte au jugé, vidant la moitié de son barillet sans autre effet qu'ajouter à l'affolement des chevaux parqués à l'extérieur. Les hennissements de terreur redoublent et Virgil se souvient d'un sermon entendu dans son enfance, où il était question du lamento des damnés expédiés en enfer… Sûr qu'ils ne devaient pas gueuler plus fort que ces bestiaux !

Indifférent au sort de son frère, Wyatt court droit sur Billy Clanton, revolver à bout de bras, sans cesser de tirer.

Une brûlure à la hanche fait vaciller Doc alors qu'il pointe le canon de son arme sur un des Mac Laury — impossible de savoir lequel dans la pénombre. John Henry s'effondre sur un tapis de paille souillée, il fait feu à trois reprises. À l'autre bout, sa cible tressaute et danse une gigue mortelle.

Doc et les Earp ne sont pas entrés depuis une minute dans l'écurie que déjà plusieurs hommes sont à terre. Du bout des doigts, Doc tâte sa hanche. La balle a déchiré le tissu de sa veste, de la chemise, tracé un sillon peu profond dans sa chair, avant d'aller se perdre dans les ténèbres d'une stalle déserte. En face, le Mac Laury ne se relève pas. La voix de Wyatt résonne soudain :

— Virgil ? Morgan ?

— Ça ira, répond Virgil. Le gras de l'épaule a pris.

— Je suis touché aussi, fait Morgan. J'ai mal…

Doc ne dit rien. Inutile de renseigner l'adversaire sur sa position.

— Je crois que j'ai eu Billy, mais Ike a filé, reprend Wyatt. Il y en a peut-être d'autres…

Comme pour confirmer les doutes du marshal, des bruits de bottes parviennent de l'extérieur, du côté d'Allen Street, là où Ike Clanton s'est éclipsé au début de la fusillade. Un groupe d'hommes lourdement armés — en témoignent les cliquetis du métal, chiens qu'on relève, canons entrechoqués — et le froissement du cuir et des étoffes.

Immobile, aux aguets, Doc attend la suite des événements. Des murmures s'élèvent de l'autre côté de la palissade de planches mal jointes qui cloisonne les stalles. Plusieurs hommes sont en train de contourner l'écurie, afin de prendre le marshal et ses alliés à revers. Trop tard pour s'enfuir par là où ils sont entrés, comprend Doc. Déjà, des fusils doivent êtres pointés sur l'issue de Fremont Street. Un piège parfait.

Les frères Earp se sont tus. Eux aussi doivent avoir conclu que leur meilleure chance de rester en vie se trouve à l'intérieur de la bâtisse, dans la semi-obscurité à laquelle leurs yeux ont eu le temps de s'habituer. À eux quatre, les Earp plus Doc, ils peuvent tenir les deux entrées sous le feu de leurs armes, tant qu'il leur reste des munitions.

Après, ce sera une autre histoire...

John Henry Holliday se dit que pour réussir ce coup-là, les Clanton bénéficient du soutien d'une part de la population. Pas difficile de deviner ce qui pousse de braves citoyens à prêter la main à pareils salopards. Doc se souvient des rictus de haine et de dégoût qui tordaient les visages des hommes rassemblés devant son cabinet, le jour où il a soigné le Brooke. Voilà pour quoi il paye, aujourd'hui. Cela, il l'accepte, car il y a une certaine logique dans le ressentiment des concitoyens. Mais ça ne signifie pas que Doc mourra seul.

— Doc, souffle Wyatt. On est encerclé. Je vais couvrir l'arrière avec Virgil. Toi et Morgan, occupez-vous de...

Ils ne lui laissent pas le temps d'achever. La première salve fait rouler un tonnerre continu pendant près d'une minute, emplissant l'écurie d'un nuage de poussière, de paille déchiquetée et de fumée, d'esquilles de bois arrachées aux poteaux qui soutiennent le grenier à foin. L'air devient vite irrespirable, une véritable torture pour John Henry, qui se met à haleter et inspirer en sifflant. L'idée de la suffocation le fait paniquer. Le feu embrase ses poumons malades. La douleur le plie en deux et il se met à tousser, cracher du sang, qu'il essuie d'un revers de manche.

Pour ça, les crevures réunies au-dehors vont payer.

Une fois le calme revenu, une voix s'élève, peut-être celle d'Ike Clanton, Doc n'est pas sûr :

— Eh, là-d'dans ! S'il y'a encore quelqu'un en vie, qu'il sorte les bras en l'air !

Un ricanement répond à la proposition, Virgil ou bien Morgan. Puis Wyatt murmure :

— Ils sont venus pour nous tuer. On ne peut pas sortir.

Rien de nouveau, se dit Doc.

— Alors quoi ? demande Virgil.

— Notre seule chance, c'est ici. Il faut les faire entrer, eux.

— Et s'ils mettent le feu ?

Doc y a pensé aussi, mais il n'y croit pas. Un trop gros risque pour la ville, les constructions voisines de l'écurie. Par un temps aussi sec, un incendie se propage à une vitesse stupéfiante. Tombstone veut la peau de l'ami des Brookes, mais pas au prix d'un holocauste.

— Non, confirme Wyatt. Mais ils ont tout leur temps...

Doc pense alors à Morgan, le plus sérieusement

blessé, qui mourra en premier, vraisemblablement des suites d'une hémorragie interne. À l'instar de ses frères, Morgan a tenu Tombstone à l'écart des recruteurs du Convoi, ces dernières années. En guise de remerciement, on le laisse agoniser comme une bête sur la paille. John Henry Holliday promet qu'il enterrera Morgan avec l'un de ses plus beaux costumes.

— Je vais sortir, propose Doc.

Puis, avant qu'un des Earp ait eu le temps de réagir, Doc se lève et tire deux fois, au jugé, fonçant en direction du vantail entrebâillé, côté Allen Street. La réaction de la populace ne se fait guère attendre. Les carabines répondent, obligeant Doc à mordre la poussière, à ramper dans la fange des chevaux jusqu'à l'abri d'une stalle. Là, les poumons dévastés par l'incendie qui couve dans sa chair, il étreint sa poitrine, serre et laisse couler des larmes de douleur.

Jamais il n'atteindra la sortie.

— Doc? Réponds... s'inquiète Wyatt.

— Ça va, crache Doc.

L'odeur atroce de merde et de sueur le met au supplice. Il ne veut pas mourir ici, pas dans ces conditions. Pas dans l'ombre, non plus. Peut-être que s'il pouvait atteindre le grenier, se hisser sur la plateforme qui domine l'alignement des stalles, il aurait une chance d'abattre quelques-uns de ses adversaires avant de succomber. De voir le soleil sur Tombstone et de mourir en pleine lumière...

Dos plaqué contre une poutre de soutènement, Doc se redresse lentement, attentif à ne pas se faire remarquer depuis l'extérieur. Il jette un coup d'œil autour de lui, aperçoit l'échelle qui autorise l'accès au grenier, de l'autre côté de l'écurie. Impossible de traverser les lignes de tir des Clanton et leurs alliés sans se faire hacher par une grêle de plomb.

— Saloperie... jure-t-il à mi-voix.

Puis, sans avertissement, les assaillants donnent l'assaut. Les battants de la porte, côté Fremont Street, volent soudain en éclats, sous la poussée d'une charrette utilisée comme bélier. Protégés par le véhicule, les hommes d'Ike Clanton pénètrent dans l'écurie en déchargeant leurs barillets. Un coup porté à la tempe fait vaciller Doc, dont la nuque cogne violemment la poutre. Assourdi par le vacarme des détonations, ou désorienté par sa blessure, il doit rassembler sa dernière énergie pour ne pas s'effondrer, ne pas mourir couché dans la merde des chevaux...

Une poigne solide le saisit par le col et le maintient debout.

Dans le même instant, la silhouette de Franck Mac Laury se profile sur le seuil de la stalle, le canon d'une carabine pointé sur son cœur.

— Eh, Doc, putain j'y crois pas, c'est moi qui vais te tuer ! s'extasie l'imbécile.

Doc se sent décoller du sol alors que le coup de feu claque comme une lanière de cuir mouillé sur le dos d'un voleur de bétail. La balle effleure sa cuisse, déchire le tissu du pantalon, arrache un lambeau de peau et un peu de chair. Puis le décor bascule et Doc se retrouve allongé sur le dos, dans une botte de foin sec à l'odeur agréable.

— *Je crois qu'il est temps pour moi de payer ma dette*, souffle une voix connue à l'oreille de Doc.

Comme celui-ci cherche à se redresser, une main douce mais ferme le retient.

— *Vous êtes blessé. Vous perdez du sang.*

Cette dernière remarque est suivie d'un chuintement de langue passée sur des babines — du moins, c'est ce que Doc imagine.

— Dans ce cas, il vaut mieux que vous vous éloigniez de moi, plaisante John Henry.

— *C'est plus raisonnable, en effet.*

Une ombre masque un court instant le peu de lumière filtrée par la fenêtre unique, ouverte sur Allen Street, qui permet de hisser les ballots de foin jusqu'au grenier. Doc perçoit encore un bruissement du côté de la trappe ouverte dans le plancher, au-dessus de la stalle où il se tenait quelques secondes plus tôt.

Une supplique s'élève soudain, et Doc reconnaît la voix de Franck Mac Laury. Un cri étranglé, puis un bruit métallique, comme des éperons qui s'entre-choquent, mais Doc sait que le Brooke ne porte pas de tels accessoires.

— Sainte mère Marie, non... Sainte...

Puis, plus rien. Le temps est comme suspendu.

Avant que les coups de feu reprennent, mêlés à des cris de panique, cette fois. La confusion qui s'empare d'OK Corral s'étend au-delà de l'écurie. Des hommes et des femmes se mettent à crier à l'extérieur, alors que les chevaux hennissent de plus belle. Tombstone tout entière semble se lamenter, à la manière d'un chœur antique, se dit Doc en imaginant les bourgeois ventrus de la ville portant casques grecs et boucliers.

Cela dure plusieurs minutes, longues comme autant de fragments d'éternité, des éclats que Dieu abandonne parce que lui aussi gâche son temps.

Doc en profite pour panser ses blessures, utilisant des bandes de tissu arrachées à sa chemise. Les plaies ne sont pas profondes, les saignements s'arrêteront bientôt. Mais Doc ne veut pas tenter plus que de raison l'ami qui vient de lui sauver la vie. Ce serait faire injure à son honneur que de lui imposer sa nature, de le réduire à la bête qu'il est quand il s'élève au-dessus des hommes.

Le calme enfin revenu, il utilise l'échelle pour regagner l'écurie. L'odeur de la poudre brûlée et celle, métallique, du sang versé, forme un remugle reconnaissable pour qui s'est approché une fois dans sa vie d'un combat. Les charniers puent de la même façon, et ce ne sont pas les vies prises, toutes différentes, qui y changent quoi que ce soit. À chaque fois ça finit pareil, que l'on ait femme et enfants, que l'on soit pourri d'humanité, ou pur de cette sainteté qu'ont les faibles. La poudre baptise, donne à la dernière seconde d'existence un goût amer, comme s'il fallait faire face au Jugement Dernier pour comprendre que rien ne valait la peine. Et c'est encore le cas aujourd'hui. Des corps abandonnés dans toutes les positions jonchent la litière éparse. Doc repère d'abord Morgan, assis dos au mur près de l'entrée, côté Allen Street. Le marshal tient un mouchoir serré en boule contre son sein gauche. Il respire lentement et transpire. Malgré cela, il sourit en apercevant Doc.

— Tu as raté le spectacle, fait-il, sa voix, pourtant guère plus qu'un murmure, résonnant comme celle du pasteur en chaire sous la voûte profane d'OK Corral.

Les yeux de Morgan se tournent vers le portail entrouvert, quelques pas sur sa gauche. Doc comprend alors ce qui retient les habitants de Tombstone, massés au-dehors, de pénétrer dans l'écurie.

Ike Clanton est là, debout, adossé au vantail.

Quelque chose ne va pas.

Doc comprend quoi. Ike est beaucoup plus grand que dans son souvenir. Et pour cause, ses bottes ne touchent plus terre.

Un gros clou de maréchal-ferrant, fiché dans la gorge d'Ike Clanton, le maintient en l'air. Comme s'il venait tout juste d'amorcer une lévitation, pour au dernier moment se retenir de partir au ciel. Son col est ouvert, sa chemise déboutonnée laisse apparaître un torse pâle et propre. Aucune trace de sang. Une peau nettoyée consciencieusement.

Doc n'est même pas certain qu'Ike soit bel et bien mort.

Mais ça lui est égal. Revenant sur ses pas, il trouve Tom Mac Laury, le tireur à la carabine. Pour lui, le Brooke a utilisé deux clous.

Un pour chaque œil.

Les joues du voleur de chevaux ont été elles aussi nettoyées. Aucune trace de l'humeur vitreuse coulée des orbites crevées. Doc se dit qu'il a bien fait de panser ses blessures avant de quitter le grenier.

— Doc ? Bon dieu de bon dieu, c'est toi ?

— Tu nous as fichu une sainte trouille, sur ma parole ! On a cru qu'il revenait finir le sale boulot...

Wyatt Earp et Virgil s'extraient tant bien que mal de sous la couche de paille et de merde où ils ont trouvé refuge. Les deux frères se donnent l'accolade, avant de rejoindre Doc.

— Tu savais qu'il était là ? demande Wyatt.

— Non... avoue Doc.

— C'est dingue... Pourquoi il est revenu ? s'étonne Virgil.

— C'est un type honnête, répond Doc.

Comme les Earp échangent un regard perplexe, Doc ajoute :

— Il est venu payer sa dette, vous comprenez ? À sa manière...

— Il savait qui on est ? demande Wyatt.

— Oui. Il sait que vous êtes des tueurs de Brookes.

— Tu en es un aussi, fait remarquer Virgil.

Doc ne répond rien et se dirige vers la sortie, côté Fremont. Virgil a raison à son sujet.

Autour de la charrette bélier, John Ringo et Curly Brocius, ainsi qu'un autre membre du clan Clanton, achèvent de répandre tripes et boyaux dans la paille. D'après l'aspect des blessures, le Brooke s'est servi de ses griffes pour leur déchirer le ventre. La mort n'a pas été instantanée. Quelques jours plus tôt, un pareil spectacle aurait attisé la rancœur de John Henry Holliday à l'égard des gardiens du Convoi.

À présent, il n'est plus certain de vraiment haïr les monstres au visage de cuir. En tout cas pas celui qui paraît isolé, qui opère sans l'aide des cavaliers sombres de la Famille.

Dans la rue, la foule s'écarte sur son passage. John Behan est au premier rang. Le shérif tripote nerveusement son chapeau entre ses mains. Il se décide soudain à faire un pas, et se plante devant Doc.

— Dis, qu'est-ce qu'tu vas faire ?

— À propos de quoi ?

— Ben... Si des fois y'revenait...

— Je ne sais pas, répond Doc, sincère.

Ce qui encourage Behan :

— On n'était pas d'accord avec Clanton, tu sais...

Des murmures approbateurs s'élèvent dans le dos

du shérif. Doc Holliday sent la braise se mettre à rougir sous la cendre qui tapisse ses bronches. Il réalise que l'air de la ville lui est devenu insupportable. Trop vicié pour ses poumons. Réprimant la quinte de toux qui menace, il consent à répondre au shérif, porte-parole de tous les citoyens :

— John Behan et vous tous, priez le Ciel qu'il ne soit pas le seul type honnête de sa tribu. Alors, peut-être que vous aurez une chance de réchapper au Convoi quand il passera par Tombstone, la prochaine fois.

Puis, rajustant le nœud de sa cravate, Doc jette un dernier coup d'œil sur la façade de l'écurie, par-dessus son épaule, avant de tourner le dos à OK Corral.

Définitivement.

*

L'important, c'est la bouchée parfaite, se dit Devereaux qui est attablé devant une table croulant sous les plats français et cajuns concoctés par sa mamma. Il y a aussi du foie gras de Strasbourg. Devereaux n'aime pas trop ça, mais il a les moyens de s'en faire venir d'Europe malgré le blocus. De la *cheap-soup* aux pois, un plat de pauvre qui lui rappelle le chemin parcouru. Du ragoût de crabe à la saucisse fumée. Des clams. Du poulet frit et ses trois variétés de riz. Des beignets de patates douces. De la tourte à la mélasse. Des biscuits parfumés à la vanille. Du *biblical fruit cake* farci d'amandes, de raisins et de figues en hommage aux livres de la Genèse et de Samuel, parce que Devereaux n'en a pas plein la bouche des textes sacrés, et qu'il n'y a que comme ça qu'il peut avaler le message divin. Le tout accompagné d'excellents vins. C'est son ordinaire et il finira tout. Il léchera même les assiettes s'il est en présence de gentlemen, pour rappeler qui préside aux usages. Devereaux est une bête, de celles qui en ont l'air. Mais en plus il pense. Vite, bien, une intelligence qui va toujours au pire, à ce que vous ne pouvez pas imaginer mais qu'il vous fera subir. Devereaux est un bâtard et ce n'est pas une insulte.

Il s'apprête à enfourner une bouchée amoureusement composée quand un de ses lieutenants pénètre dans son bureau :

— Patron, ils sont là.

Oakley tremble. Il sait que c'est un péché mortel de déranger Devereaux quand il mange. Le patron a d'ailleurs déjà tué à cette occasion. Mais, cette fois-ci, il ne peut faire autrement. Devereaux extrait son imposante carcasse de son fauteuil, beaucoup de graisse, mais aussi du muscle ferme. Et une formidable cervelle que certains voudraient lui faire bouffer avec du beurre noir, de la pansure ou un simple jus de citron. Devereaux règne sur les bas-fonds de la ville et pour ça, il en a brisé plus qu'à son tour Comme il aime à le dire, il a commis tous les crimes, sauf pisser dans une église. Simplement parce que ça ne s'est pas présenté. Devereaux essuie le miel qu'il a sur les lèvres, reliquat du livre des Proverbes, et fait signe à Oakley d'y aller.

Ils avancent dans le couloir. Beau et Embassy les rejoignent, deux Nègres armés de fusils à canon scié. Ils progressent entre les caisses de marchandise, de la contrebande livrée le matin même par un sloop français. Devereaux n'en a rien à faire du blocus décidé par les Européens Mieux, il en tire avantage. Tant qu'on continuera à boire, à se parfumer et à baiser, la loi ne pourra rien faire d'autre que de favoriser ses affaires. L'offre manque, la demande croît, les prix montent, c'est toute l'arithmétique dont a besoin Devereaux.

Son regard se pose sur le cul d'Embassy, moulé dans un pantalon anglais qui a encore le pli du neuf. Voilà-t-il pas qu'il s'est servi sans permission ! En d'autres temps, il l'aurait fouetté pour ça, mais le Nègre a une tête de pioche, juste bonne à casser des nez au coup de boule, et faut dire qu'il le fait bien. Devereaux ne dit rien. Beau, c'est autre chose. Un pisteur des bayous, capable de traquer et de ramener, y compris père et mère. Pire que de la bête, en somme, et ça, Devereaux apprécie.

Ils continuent de marcher dans le réseau de couloirs faiblement éclairés aux quinquets. Un véritable laby-rinthe pour rats. Devereaux a de la faiblesse pour cet animal, parce qu'il est intelligent et organisé. Un autre prince de l'ordure. D'autres n'ont pas cette philoso-phie. Ainsi, Oakley n'en mène pas large. Pourtant, à une époque, c'était de la viande à nerfs. Peut-être qu'il est temps pour lui de prendre sa retraite, c'est-à-dire de finir égorgé, avec de la bourre dans le groin. L'exemple ne sera pas perdu pour tout le monde.

Le groupe arrive devant la porte du salon. Mais avant d'entrer, Devereaux demande :

— Personne ne les a vus venir ?

— Non, le quartier est sécurisé, dit Oakley, comme si ses mots allaient racheter sa peur alors qu'ils ne font que la révéler.

Une chance que personne ne les ait vus. Car si l'on s'avisait que Devereaux traite avec des Brookes, même lui ne serait plus à l'abri. Il y a des choses qui ne se font pas, et pourtant la barre est placée haut à La Nouvelle-Orléans.

Devereaux entre dans le salon. En premier, parce qu'il a son honneur. Mais il se fige à cause de l'odeur, une saloperie de puanteur qui pourrait être sainte s'il y avait de la religion dans la crasse. Devereaux se dit qu'il ne pourra jamais s'en débarrasser, que ses meubles et ses rideaux français pueront toujours, même s'il les changeait, parce que l'odeur est dans sa tête, la puanteur déjà un souvenir. Oakley ne fait plus rien pour dissimuler son malaise. Même Embassy commence à tirer sur ses pantalons, à se tourner et à gigoter, comme s'il pensait qu'il valait mieux être correctement habillé des fois que ce serait sa dernière heure.

Devereaux fait deux pas en avant en pointant son nez fin en l'air, et Beau marche en regardant le sol, comme s'ils réfléchissaient à des choses importantes dont ils pourraient discuter plus tard, éventuellement.

Et là, parce qu'il ne peut plus faire autrement et que le client attend qu'on le regarde, Devereaux fixe les Brookes. Ils sont deux, assis dans des fauteuils à oreillettes, ce qui leur donne un air digne de parlementaires. Ce qu'ils sont. Devereaux s'oblige à détailler leur mise. Du cuir, des vêtements sombres qui ont dû être élégants, et les breloques, une quantité de trophées qui sont cousus aux gilets. L'un d'eux a même une tête de poupon en porcelaine fixée à la boutonnière. Devereaux grimace mais le Convoi paye bien. Quarante feuilles d'or dans des caisses plates, volées à la banque fédérale, qui permettront d'acheter de la marchandise et des gens.

— *Vous l'avez ?* dit un Brooke.

Devereaux ne répond pas mais fait signe à ses hommes d'aller le chercher. Beau et Embassy n'hésitent pas, et Oakley les suit. Devereaux ressent alors pour eux de l'affection, comme s'ils formaient une famille. Il se dit que ses gars — et lui, par la même occasion — sont liés par quelque chose de bien plus solide que le courage ou l'ardeur qui, fatalement, s'atténuent, quelque chose qui les soude comme du sang séché, et que c'est tout simplement le crime, la complicité en partage, la quantité d'horreurs et d'indignités commises, y compris sur les enfants. Devereaux se dit alors que lui aussi pourrait arborer une tête de poupon à la boutonnière.

Les hommes reviennent en tenant le Brooke. Il est torse nu, sa peau est affreusement blanche, ornée d'un tatouage complexe qui lui couvre le dos et presque toute sa poitrine creuse. On dirait un phtisique. Mais ses muscles sont nerveux et déliés. On le pousse jusqu'au centre de la pièce. Il ne résiste pas.

Devereaux lâche, comme pour s'excuser :

— C'est comme ça depuis qu'on l'a capturé. Il s'est laissé faire, même quand on l'a enfermé dans la cage, à croire qu'il souhaitait être pris.

C'est vrai qu'il est apathique, et que peut-être il ne souhaite plus vivre. Mais Devereaux a caché une partie de la vérité. Quand ils l'ont trouvé, prostré au fond d'une grange, les hommes de Devereaux lui ont donné des coups et craché dessus. Le Brooke s'est contenté de trancher la carotide d'un des sbires, avec l'ongle de son index. Après quoi, on lui a fichu la paix. Autant du moins qu'il était possible.

Les deux Brookes se lèvent et font face à leur semblable. Ils parlent, dans une langue incompréhensible à Devereaux.

— *Tudod miért vagyung itt ?*

— *Jól tudod, hiszen nem mondasz semmit. Tehát azt is tudod mi vár rád* *.

Pour ce qu'en a saisi Devereaux quand il a pris contact avec les émissaires du Convoi, le Brooke solitaire est considéré comme traître à la Famille. Ils ont leurs usages, ce que comprend le souverain des bas-fonds, puisque même les bandes de brigands ont leur règle. Mais pour l'instant Devereaux ne pense pas à quoi que ce soit, et pas plus Beau, Oakley ou Embassy. Ils ont les yeux rivés sur l'un des Brookes qui enfile une sorte de gantelet à maillage d'acier qui lui monte jusqu'à l'épaule. C'est une protection. Elle lui permet de saisir une épée à lame d'argent sans être empoisonné au contact du métal.

Devereaux réfléchit vite, parce qu'il y a du fric à se faire. On ne sait rien des Brookes, même pas s'ils tiennent un genre de chroniques, mais une exécution au sein de la Famille peut rapporter beaucoup si on la donne en spectacle. Seulement, il faut présenter les choses. Ce qui n'est pas un problème, car Devereaux a du bagout.

— Vous devriez différer l'exécution.

L'un des Brookes tourne vers lui son regard dissimulé par des verres noirs.

— *Pourquoi ?*

— Pour qu'elle serve d'exemple à tous, aux

* « Sais-tu pourquoi nous sommes ici ?

— Tu le sais puisque tu ne dis rien. Alors tu n'ignores pas non plus ce qui t'attend. »

humains et aux gens de votre espèce. Laissez-moi le temps d'avertir La Nouvelle-Orléans, c'est l'affaire de quelques heures. Je peux rassembler tout le monde ici, ce soir.

Les Brookes acceptent, sans donner l'impression d'hésiter. Mais l'un d'eux dit tout de même :

— *Si l'on nous voit, vous aurez des problèmes. Toute la ville en aura.*

Devereaux prend l'air de celui qui a tout prévu, alors qu'il découvre ses pensées à mesure qu'elles se forment.

— On fera la chose dans les caves. J'y ai une fosse, pour les combats de chiens. Vous n'aurez qu'à assister au show depuis la galerie, derrière une glace sans tain.

Les Brookes baragouinent un long moment sans même bouger une main. C'est curieux, cette manière de n'être jamais énervé, se dit Devereaux. La classe… Il se promet de les imiter. L'un d'eux finit par dire :

— *Qui se chargerait de la décapitation ?*

Devereaux réprime un sourire. Même dans ses souhaits les plus déments, il ne pouvait imaginer mieux. Une tête de Brooke, roulant à terre sous des flots de champagne. Devereaux claque des doigts en direction de Beau. Le Nègre fait un pas en avant. Les Brookes détaillent le colosse comme une bête au marché. Celui à la tête de poupon conclut :

— *Nous attendrons ce soir.*

Devereaux jette un regard en coin sur la proie, qui ne laisse rien paraître.

*

Toute la chienlit de la ville s'est réunie dans les sous-sols de Devereaux. Les gueux, qui sont comme des taupes évoluant dans des boyaux graissés de merde, mais aussi l'aristocratie locale, c'est-à-dire les putes et les joueurs, dont pas mal de Français. C'est le nom qu'ils revendiquent, une part d'eux en tout cas, ceux qui se donnent du *Monsieur* et du *Madame*. Leurs ancêtres ont fui quand les têtes tombaient, tout ici revient au sang. Ils continuent de rouler dans la sciure, celle gorgée d'alcool et de dégueulis — la nuit est déjà bien entamée. Devereaux est dans sa loge, c'est presque une chaire d'église. Il surplombe la foule qui danse frénétiquement. Impossible qu'autant de gens aient en même temps envie de danser. Ils recherchent la transe, aidés par les percussions vaudou, une communion qui les consacrera dans le crime. Complices, ils ne pourront rien dénoncer, ce qui les absout.

Le captif apparaît, encadré par Oakley et Embassy. On distingue parfaitement son tatouage qui fait comme des sangsues. Il est précipité dans la fosse aux chiens. Devereaux jette un regard à la galerie haute. Il est sûr que derrière la glace sans tain, les émissaires n'en perdent pas une miette. Le maître des lieux baisse la tête, voit que ses larbins servent le champagne, que les filles mouillent en prenant les paris. Beau se pointe, sûr de son effet comme un acteur en tournée. À l'exception d'un pagne, le colosse est nu et sa peau d'ébène est luisante. Pour un peu, Devereaux en aurait la trique. Beau porte sur son bras la protection à maille d'acier. Ce n'est pas qu'il en a besoin, puisque les humains n'ont rien à craindre de l'argent, mais son patron lui a ordonné de l'enfiler. Pour marquer l'effet, car tout le monde veut du spectacle. Une femme, que chacun ici connaît comme étant respectable, se précipite sur le grand Nègre. Elle est encore désirable, d'une beauté à peine fanée par la quarantaine, et elle donne à voir ses seins. Elle veut que Beau les morde, qu'il la plante avec son épée de chair et la fouille plus profond que ce qu'il fera au Brooke. Le géant la repousse. Elle le traite d'esclave, pleure tandis que la lie la conspue. Devereaux se dit que la soirée est une réussite, il regrette juste de n'avoir pas eu le temps de se trouver une paire de dogues, à qui il aurait fixé des mâchoires d'argent. Tant pis, se dit-il, mais c'est une idée à creuser. Dans quelque temps, il n'aura pas trop de mal à convaincre un de ces rejetons de famille riche à se costumer en Brooke pour un flacon d'absinthe, et il se fera crever heureux par les chiens. Devereaux reporte son regard sur Beau. Il a toute confiance en son molosse, il fait signe à sa bête de sauter.

Beau atterrit avec souplesse dans la fosse. Il se tient accroupi comme une panthère face au Brooke. Comme le captif ne réagit pas, Beau fouette l'air de sa lame d'argent. Aussitôt, le Brooke se casse en deux, comme si la simple présence de l'épée empoisonnait l'air. À croire que les molécules de métal précieux font une nasse autour du Brooke, le retenant prisonnier par des liens invisibles. C'est à peine s'il remue. L'assistance s'impatiente, elle presse les adversaires d'engager le combat. Beau ne sait pas trop quoi faire. Il lève la tête vers son patron, mais Devereaux regarde ailleurs. Il y a du grabuge près de l'entrée. Le prince des bas-fonds fait signe à Oakley et Embassy de se rendre aux nouvelles. La foule s'exaspère, Devereaux aimerait maintenant que tout ça se termine, de préférence à son avantage et il ne pense pas uniquement aux bénéfices de la soirée. Si tout ne se passe pas au mieux, il devra rendre des comptes aux émissaires du Convoi, et Devereaux préfère ne pas y penser. En fait, il y a songé dès leur première rencontre, c'est pourquoi il a pris soin de dissimuler sur lui deux Derringer chargés à balles d'argent. Un dans chaque manche, pouvant coulisser sur un rail de métal fixé le long de son bras. Il entend Oakley gueuler quelque chose, voit Embassy tirer son couteau. Soudain, les deux hommes sont projetés en arrière, déchirés par les impacts. Une silhouette surgit, en long imperméable et chapeau rabattu. Le public rugit d'aise, décidément, c'est un bon numéro qu'a concocté Devereaux ! Sauf que le poussah de La Nouvelle-Orléans n'y est pour rien, et chacun le comprend quand l'inconnu finit de vider ses barillets sur l'assistance. Il tue en aveugle, et pourtant de façon équitable, puisque hommes et femmes ne sont pas épargnés. L'intrus lâche ses Colt et s'approche de la fosse. Beau le voit mais n'y accorde pas attention. À cette minute, son univers se limite au fond du puits, un futur qui sera le sien ou celui du Brooke. L'assistance hurle, s'agite, plusieurs joueurs et putes ont tiré des armes, mais personne ne fait encore feu. Beau, lui, est calme, de cette assurance que confère la seconde nature qu'est le crime. Le géant noir sabre de revers en s'approchant de sa proie. Celle-ci ne peut toujours pas bouger, mais une volonté semble l'animer à nouveau, comme si l'arrivée de l'inconnu lui avait redonné espoir. La créature tient ses ongles recourbés en serres, prête à les planter dans la chair du colosse, à mourir avec lui comme deux amants réunis, ou plutôt à la façon des soupirants d'une même maîtresse exigeante. L'inconnu écarte le pan de son long imperméable et tire de l'étui fixé à sa cuisse une Winchester à canon scié. Beau est maintenant penché sur le Brooke, son imposante masse le dissimule au public qui ne peut s'empêcher de fixer la fosse. L'intrus cherche à viser Beau mais il n'y parvient pas. Alors il vide sa Winchester sur les deux combattants. Beau tressaute, le Brooke est traversé par au moins trois balles, le sang éclabousse ses sangsues tatouées. Beau élève sa lame et tente de l'abattre de toutes ses forces qui sont encore grandes. L'inconnu vise posément et lui fait sauter la calotte crânienne. Le colosse s'abat comme un pilier sur le Brooke. Tout le monde suit alors la transformation qui s'opère. Le Brooke remue, couvert par le sang de son ennemi. Ses cheveux cendrés prennent la couleur de l'ébène, comme s'il aspirait la vitalité de Beau. C'est bien le cas. Le Brooke se redresse lentement, s'écarte de l'épée d'argent pour sauter hors du puits quand, de la galerie haute, la vitre sans tain explose en éclats, mille tessons effilés qui viennent déchirer la chair des invités à travers leurs jolies tenues. Deux formes noires aux manteaux sombres qui font comme des ailes tombent sans bruit au fond du puits. L'inconnu s'écarte, recharge et fait feu. Les projectiles sont en acier commun, mais ils suffisent à freiner les mouvements des attaquants, le temps au moins que le Brooke torse nu puisse s'emparer de l'épée. Il saisit la garde d'argent ouvragé, hurle tandis que sa main fond et la plante dans son premier adversaire qui se liquéfie instantanément. Mais la gangrène d'argent remonte vite à son poignet. L'inconnu comprend. Il tire un coutelas à la lame aussi large qu'un tranchoir de boucher et le jette dans le puits. Le Brooke couvert de tatouages s'en empare et, sans marquer d'hésitation, se tranche la main infectée. Elle tombe en tenant encore l'épée. L'autre créature au manteau sombre cherche à s'en emparer. Le captif de Devereaux lui déchire la face, plonge ses griffes dans son gilet, arrache la tête de poupon. Le public a conscience d'assister à un événement unique, que la terreur ressentie par les perdus de la ville surpasse tout ce qu'une créature de Dieu est en droit d'endurer. Certains prient, d'autres se pissent dessus pour renouveler leur baptême. Doc Holliday se contente d'attendre. Comme il lui reste des balles, et qu'il est sûr que son ami aura le dessus, il se tourne vers l'assistance et fait valoir sa loi. Il massacre sans que personne ne puisse un jour le lui reprocher, car il n'y a que des rebuts dans les sous-sols de Devereaux. John Henry se dit alors qu'il aimerait bien en parler au propriétaire des lieux. Accompagné par les hurlements voraces de son ami, dans l'odeur de cordite qui se mêle à la douceur du sang, il marche parmi les corps, repousse parfois l'un d'eux de sa botte et, s'il y a besoin, lui colle une balle dans la tête. Une femme le supplie, elle tient un couteau de table sous ses jupons. Doc lui tire dans le genou histoire d'en faire une pute originale, la boiteuse qu'on continue de bourrer par charité. Il avance en direction de la loge. Un gamin bégaie en le voyant, John Henry lui fait sauter la bouche pour qu'il n'ait plus à se justifier, qu'on cesse de se moquer de lui, au moins le temps de son oraison funèbre. Doc n'a plus de balles dans sa Winchester. Il l'abandonne dans un seau à champagne, presque délicatement, et prélève son dernier Colt dans le holster d'aisselle. Son ami le rejoint. La plaie est nette, remarque Holliday le médecin. Ils ne disent rien, les mots viendront plus tard ou jamais. Peut-être à la prochaine occasion, quand le Brooke le tirera d'un mauvais pas, comme il l'a déjà fait. C'est à croire que ces deux-là sont destinés à danser ensemble jusqu'à ce que l'orchestre se taise. Doc grimpe l'escalier de pierre conduisant à la loge de Devereaux. Ce dernier est étendu sur un tapis de prix, le visage souillé de sang et de sauce. Il se garde bien de toucher à ses Derringer.

Le Brooke rejoint John Henry. Ils se penchent sur Devereaux, tremblant parmi les cadavres.

— Mais ce n'est pas possible, personne ne pouvait faire ça ! dit le prince déchu.

— Ah. Personne ne m'a prévenu, répond Doc.

*

Le vieil homme est assis dans une chaise longue, face à la grande verrière qui donne sur les jardins du sanatorium. Il apprécie la vue de Glenwood Springs, mais il est vrai qu'il n'a pas d'autre choix. Il est en fin de vie, usé par la vieillesse qui ne doit rien à l'âge et tout à la maladie. Il est venu de son propre fait, pour bénéficier des sources de vapeur sulfureuse, comme un dernier défi qu'il se doit de relever. *Une existence bien remplie*, se dit-il tandis que le soleil disparaît à l'horizon. Pleine de cadavres qui ont fini dans un linceul comme des glaires dans un mouchoir. C'est ce que se dit le vieil homme qui, par malchance, n'oublie rien de son passé. Il peut se souvenir de chacun des duels qui s'est soldé par une mort, à chaque fois différente, tant il est vrai qu'il y a mille façons de crever. La sienne n'est pas reluisante.

Le vieil homme tire sur l'épaisse couverture de laine qui protège ses jambes. Cela ne change rien. On est le 8 novembre, la région n'avait pas connu depuis bien longtemps un aussi bel automne. Non, le froid qui torture ses membres vient de l'intérieur. « C'est l'âge, cher confrère », a diagnostiqué son médecin, qui n'en revient pas d'avoir John Henry Holliday pour patient. Doc ne fait pas l'effort de le démentir. Il doit accepter sa peine, et d'autres blessures plus profondes, en provenance du passé. Mais aussi quelques jolis souvenirs. Kate, par exemple. Comme la fois où elle avait foutu le feu à une prison pour l'en faire évader. Elle avait pointé deux revolvers sur le marshal, l'obligeant à délivrer son amoureux. L'incendie se propageait à toute la ville, ils avaient décampé vite fait, mettant quatre cents bons miles entre eux et leurs poursuivants avant de rejoindre Dodge City. Sacrée Kate, née Mary Katherine Horony, qui durant sa longue vie avait changé aussi souvent de noms que de maris : Elder, Melvin, Fisher, Cummings, Howard… Mais surtout Holliday, car même si Doc ne l'a jamais épousée, c'est encore à son nom qu'elle s'attachait le plus. Et puis elle avait un de ces corps, et une foutue grande gueule aussi, leurs disputes faisaient les délices de Wyatt Earp. Un autre compagnon disparu, se dit John Henry en se raclant les poumons. Kate en avait eu un jour marre de cette vie, ce que Doc pouvait comprendre. Il lui avait donné de l'argent, pas de trop pour que Kate n'ait pas l'impression qu'il payait ses services, et elle avait mis les voiles, certains disaient du côté de Bisbee, Arizona. Paraîtrait même qu'elle avait épousé un forgeron, un type un peu marteau, se dit Doc. Son rire dégénère en quinte qui le déchire comme une rafale de Gatling.

— Tout va bien, monsieur Holliday ? dit la jolie nurse en l'aidant à se redresser.

Elle l'aide à boire de l'eau avec une paille, tapote l'épaisse couverture qui couvre ses jambes et le laisse seul.

Pas exactement seul.

Une silhouette noire se coule dans les ombres du jour finissant. Elle glisse vers Doc qui sent sa présence derrière lui. Par réflexe, comme un vieux lion mortellement blessé qui ne partira pas sans un baroud d'honneur, Doc se prépare à briser le verre dans sa main pour égorger l'intrus avec un tesson. C'est alors qu'il reconnaît son ami.

— *L'heure est venue, John Henry Holliday.*

— Pas besoin de votre aide, cette fois-ci, dit Doc dans un souffle.

— *Je vous envie.*

De sa seule main, le Brooke s'empare d'un fauteuil et s'assied face à lui. Une infirmière passe dans les jardins, regarde dans leur direction sans rien remarquer. Doc se dit qu'il aurait encore bien à apprendre de son ami. Et il souhaite en savoir plus, avant de partir. Ses poumons sifflent, il fait un effort pour parler :

— Je ne comprends pas... Pourquoi étiez-vous seul, toutes ces années ?

— *Et vous ?*

— Moi, c'est différent.

— *En quoi ?*

— J'ai eu des amis, un temps, comme les frères Earp avant qu'on ne se brouille.

— *Il en va de même pour moi. À ceci près que les fâcheries des miens sont pour ainsi dire éternelles, nous mettons des siècles à les effacer. Alors, John Henry Holliday, qu'est-ce qui nous rend à ce point dissemblables ?*

— Pitié, arrêtez votre questionnement socratique. Le temps de mes études est loin, je n'ai plus la force…

— *Ce n'est pas de la rhétorique. Bien au contraire, tout est très simple, nous sommes comme deux faces d'une même pièce, un dollar d'argent perdu sur les chemins.*

Doc a toujours apprécié les belles phrases, surtout quand elles recèlent une part de vrai.

— C'est marrant…

Le Brooke hausse un sourcil derrière ses verres fumés.

— *Quoi donc, mon ami ?*

— J'ai toujours cru que je crèverais d'une balle, ou les tissus rongés par le bourbon, que je partirais…

John Henry Holliday peine à poursuivre. Le Brooke essuie l'écume sanglante sur ses lèvres avec un mouchoir de batiste. Puis il tire un flacon de son gilet.

— *Du pur malt, on m'a dit que les humains aimaient cela.*

Sans rien dire, John Henry lui tend le verre à eau. Son ami le vide et l'emplit à ras bord. Maladroitement, de la main gauche, Doc se dit que les créatures ont aussi leurs défauts. Il hume l'alcool de prix, admire les reflets ambrés et boit d'un seul trait.

— J'ai toujours pensé que vous étiez un type honnête. C'est marrant...

Sa main retombe, le verre se brise.

Face au soleil couchant, le Brooke courbe les épaules, comme sous l'effet d'un fardeau.

Jamais il n'a été aussi seul.

1890

WOUNDED KNEE

Nous n'avons aucune excuse à présenter.

Général NELSON A. MILES

La chambre est minable, mais il y a le couvre-lit. Il est beau, blanc, fait au crochet, et c'est Dwight qui se l'est payé, alors qu'il n'est que locataire. Il a économisé sur son propre salaire, ou ce qu'il en reste après avoir réglé l'hôtel. Mais Dwight n'a pas besoin de grand-chose, et c'est tant mieux, l'enveloppe de la paye n'est pas bien grosse. Dwight y a touché le moins possible. Contrairement aux gars de la fabrique qui, dès le vendredi soir, claquent tout en alcool et parfois en putes. Il faut bien oublier avant que tout ne recommence, le lundi. Dwight ne fait pas comme ça, vu que rien ne l'intéresse. Mais il aimerait bien ne plus se souvenir, ne serait-ce qu'une nuit. Sauf qu'il n'y parvient pas. Alors il a fait semblant d'en prendre son parti, et a acheté le couvre-lit. Si les gars de l'atelier savaient ça, ils seraient d'abord étonnés. Quand on regarde Dwight, on se dit qu'il n'est pas le genre de type à s'intéresser aux chiffons. À condition de le voir, parce qu'en général on cherche à l'éviter. Mais il y aurait forcément un type, le petit malin, celui qui s'arrange pour que d'autres fassent le boulot à sa place, un futé qui dirait à la cantonade : « Ben, Dwight, qu'est-ce qui te prend, qu'est-ce que c'est ces façons, t'aurais pas comme qui dirait des goûts de femme ? » Et là, personne ne s'aviserait de rigoler. Tout le monde attendrait sa réaction, en se demandant s'il cognerait le marrant et en espérant que le chef d'atelier virerait Dwight. Ils pourraient enfin être entre eux. Et puis ils verraient ses yeux et ne croiraient plus en rien. Le vendredi d'après, les ouvriers rentreraient chez eux sans avoir goûté à l'alcool ou aux putes, ils se réfugieraient dans le giron de leur épouse pour vraiment oublier.

La plupart d'entre eux ont déjà croisé le regard de Dwight, le premier jour, quand on l'a engagé, et depuis ils l'évitent. Dwight facilite la situation de tout le monde en se tenant en retrait. Même à l'heure de la pause, il prend ses repas tout seul. D'ailleurs il préfère, parce qu'en général, il dégueule dans la foulée. La nausée le tient au ventre depuis des années. L'un dans l'autre, tout conspire à le faire vivre seul. Pas d'épouse qui dit des choses, pas d'enfants qui ont des besoins. Il n'a aucun mal à dépenser son argent comme il veut. C'est pourquoi il s'est payé le beau couvre-lit, fait au crochet. Il en caresse la surface, blanche comme une étendue de neige qui le ramène à Wounded Knee.

Longtemps il s'est dit que tout était de la faute des Indiens. Dwight en avait la profonde conviction

— celle d'un homme capable de réfléchir. Quand il était cadet à West Point, ses professeurs voyaient en lui un futur officier au jugement sûr, qui n'engagerait pas ses hommes sur un coup de tête, ou par orgueil, comme le lieutenant-colonel George Armstrong Custer. Classé parmi les premiers de sa promotion, il avait choisi d'être affecté au 7ᵉ de Cavalerie, reconstitué depuis peu. Ses camarades n'avaient pas compris son choix. Le 7ᵉ était maudit depuis le massacre de Little Big Horn. Même les autorités de Washington ne voulaient plus en entendre parler. Loin des actions d'éclat, par crainte que son honneur soit à nouveau terni, le régiment restait cantonné à des opérations de basse police auprès des réserves indiennes. Mais le lieutenant Dwight Ellison voulait servir sous le drapeau à étamines rouge et bleu, aux sabres d'argent croisés.

Dwight relève la tête, observe son sabre qui pend à un clou. C'est tout ce qui reste du fringant officier qui s'exprimait avec aisance. Puis il baisse les yeux et contemple ses mains aux paumes couvertes de cals, souillées du sang des Indiens.

Les Badlands... c'est là qu'ils vivaient, sur des territoires dont l'homme blanc ne voulait pas. Il est vrai que s'être emparé des plaines lui donnait le droit de choisir. Les Sioux crevaient de faim dans les réserves. Ils ne se nourrissaient que de haricots rances et de lard avarié. Les vivres alloués par le Bureau des affaires indiennes étaient détournés par des fonctionnaires corrompus, parmi lesquels on comptait nombre d'agents indiens. *Qu'ils règlent cela entre eux*, se disait Dwight à l'époque. Comme il n'avait que faire des jeunes Sioux qui ne pouvaient plus chasser et n'avaient pas le cœur de jouer à Lacrosse, un sport de batte qu'auraient pu pratiquer des gentlemen. Mais il n'y en avait pas chez les Peaux-Rouges, dont on peinait à croire qu'ils aient pu être un jour des guerriers. Insensible à leur peine, Dwight regrettait simplement de ne pouvoir les combattre.

Il caresse le couvre-lit. Ses yeux se détournent du sabre et se portent sur la Bible, posée sur la table de chevet. Dwight ne l'ouvre jamais.

La Société des Amis comprenait la détresse des Indiens. Dès leur arrivée en Amérique, ses membres avaient subi des persécutions. En 1661, quatre d'entre eux avaient été pendus à Boston, plusieurs avaient eu les oreilles coupées. Depuis, ils vivaient en communauté dans leur État de Pennsylvanie et refusaient de faire allégeance au gouvernement de Washington. C'est pourquoi les quakers n'avaient rien demandé en arrivant dans les réserves. Mais sur la recommandation du Bureau des affaires indiennes, le 7e de Cavalerie avait eu pour mission d'assurer leur sécurité. Dwight s'était intéressé à leur apostolat. Les Amis professaient que la vraie religion n'a pas d'autorité établie. Simplement parce que Dieu se trouve en chacun, comme une lumière intérieure éclairant les affaires des hommes. Ils n'étaient parvenus à rien sinon à armer les Indiens.

Wovoka, un sorcier paiute, s'était proclamé prophète d'un nouveau culte. Il annonçait que le Messie allait revenir sur terre pour sauver les nations indiennes. Sa parole n'avait pas tardé à enflammer

Standing Rock, la réserve sioux que limitait au nord la rivière Cannon Ball, et au sud le territoire soumis des Cheyennes. Ceux-là, qui se proclamaient «êtres humains», étaient devenus pacifiques et demeuraient sourds au message de Wovoka. Mais il n'en allait pas de même pour Kicking Bear, dont le cœur pulsait au rythme de la Ghost Dance. C'est pourquoi, au début du mois d'octobre 1890, Kicking Bear, chef des Minneconjou, rendit visite à Sitting Bull.

Sitting Bull tenait Standing Rock pour son fief. C'est de là qu'il avait emmené deux mille guerriers, femmes et enfants, à travers le Wyoming, pour rejoindre la vallée de Little Big Horn où, le 25 juin 1876, avec les chefs Two Moons et Crazy Horse, il avait anéanti une bonne part du 7e de Cavalerie. Après la victoire, il s'était réfugié un temps au Canada, pour finalement rendre les armes et retourner à Standing Rock. Depuis, celui dont le nom véritable était Tatanka Yotanka se tenait tranquille, mais il n'avait rien perdu de son autorité parmi le peuple sioux. Le chef charismatique attendait seulement l'occasion. Kicking Bear la lui fournit en affirmant que l'esprit du Christ était descendu sur Wovoka : « Au printemps prochain, Tatanka, le vent emportera les adeptes de la Ghost Dance au-dessus des nuages, le temps que la terre panse ses blessures. Elle engloutira l'homme blanc puis se couvrira d'une herbe grasse. Alors les buffalos reviendront dans la plaine, ainsi que les chevaux sauvages, et les nôtres seront placés sur la terre, avec leurs ancêtres ressuscités. »

Il est peu probable que Sitting Bull ait accordé foi en la prophétie, comme une version indienne du Déluge qui aurait offert aux tribus un nouveau départ.

Jusqu'alors, il n'avait vu dans la Ghost Dance qu'un culte pour les femmes, ces veuves des guerres contre les tuniques bleues, qui dansaient dans la neige jusqu'à s'évanouir. Mais quand Kicking Bear lui assura que les peintures rituelles de la Ghost Dance protégeraient les braves des balles de fusil, il comprit que les hommes étaient prêts à reprendre la lutte. Ils ne seraient pas invulnérables, mais le temps de déterrer la hache de guerre était enfin revenu. Kicking Bear retourna chez les siens avec le soutien de Sitting Bull.

L'entrevue s'était déroulée dans le plus grand secret. Mais le Bureau des affaires indiennes tenait Sitting Bull sous haute surveillance. Lorsque des troubles éclatèrent dans la tribu des Minneconjou, sitôt après le retour de Kicking Bear, la police indienne fut rapidement débordée. Un détachement du 7e prêta main-forte au Bureau. Plusieurs *ghost dancers* furent abattus lors d'une émeute, d'autres finirent enfermés. Dwight était là quand on arrêta Kicking Bear. Il comprit tout de suite que les autorités avaient commis une erreur en faisant du chef minneconjou un martyr. C'est lui, en officier avisé, qui conseilla de télégraphier à Washington. Dwight avait bien agi, quoi qu'en dise l'agent Valentine Mc Gilly, un fonctionnaire de la réserve qui ne connaissait rien à la stratégie, un pacifiste, pour qui la Ghost Dance n'était rien d'autre qu'un mouvement d'illuminés, comparable aux adventistes du septième jour. « Ceux-là préparent le second avènement du Christ, et on n'en fait pas tout une affaire ! » avait hurlé Mc Gilly à la face de Dwight. Ce dernier n'avait pas répondu ; Washington l'avait fait à sa place.

À l'aube du 14 décembre 1890, quarante-trois

agents indiens avaient encerclé la demeure de Sitting Bull. Le lieutenant Bull Head était entré dans la cabane. Il avait trouvé le chef sioux endormi. Bull Head l'avait réveillé et, sans qu'il ait besoin de dire un mot, Sitting Bull s'était déclaré prêt à le suivre. Il était maître du jeu. S'il ne pouvait frapper lors d'une bataille, Tatanka Yotanka rendrait coup pour coup à son procès. Mais l'autorité de Sitting Bull se retourna contre lui. À peine avait-il mis un pied hors de la cabane que les agents du Bureau se retrouvèrent encerclés. « Tatanka Yotanka n'ira pas en prison ! » promirent les *ghost dancers* armés. L'un d'eux, Catch the Bear, tira sur Bull Head. Touché au côté, le lieutenant répliqua et, sans le vouloir, atteignit Sitting Bull. Le chef sioux se cassa en deux, tomba en avant dans la neige. L'agent de police Red Tomahawk en profita pour lui loger une balle dans la nuque. Sitting Bull mourut de la main d'un Indien, assassiné lâchement, comme avant lui Crazy Horse, d'un coup de baïonnette dans le dos. *Sitting Bull, Crazy Horse... et Two Moons qui crève dans une geôle pénitentiaire, c'en est bien fini des vainqueurs de Little Big Horn*, s'était dit le lieutenant Dwight Ellison.

Du sang macule le couvre-lit blanc. Dwight marche vers le lavabo et se lave les mains, pour la centième fois de la journée. Mais il n'y a rien à faire.

Sous la direction de Big Foot, leur dernier sachem, la totalité des Indiens minneconjou, hommes, femmes et enfants, avaient alors quitté les Badlands pour aller vers le sud. En chemin, ils avaient été rejoints par leurs frères des nations lakota et oglala. Ces derniers avaient convaincu Big Foot de rencontrer leur chef sage et vénéré. Le grand Red Cloud n'avait pas participé aux guerres indiennes. Sa seule revendication avait été de dénoncer en 1866 la construction d'une ligne de chemin de fer, parce qu'elle ferait fuir très loin les buffalos. Comme on ne l'avait pas entendu, il avait anéanti un détachement de quatre-vingts cavaliers qui protégeait la voie ferrée. Red Cloud avait obtenu l'arrêt de la ligne. Aucune charge n'avait été retenue contre lui. Depuis, ses conseils étaient suivis par le Bureau des affaires indiennes et Washington le tenait pour un interlocuteur avisé.

Big Foot espérait trouver protection auprès de Red Cloud. C'en était fini des espoirs mis en la Ghost Dance, Big Foot voulait uniquement la paix pour les siens, et qu'ils puissent manger. C'est pourquoi, en dépit de la pleurésie qui le faisait à peine tenir debout, le chef des Minneconjou avançait à marche forcée au cœur de l'hiver, traînant derrière lui la communauté des Sioux. Beaucoup tombaient, peu se relevaient. Big Foot évitait de regarder en arrière.

S'il l'avait fait, peut-être aurait-il vu le 7e de Cavalerie.

En temps normal, le major M. Whitside aurait dû prendre la tête des opérations. Au dernier moment, il s'était vu retirer son commandement au bénéfice de James W. Fortsythe, général de brigade. Retenant la leçon de Little Big Horn, Fortsythe était venu avec quatre mitrailleuses Hotchkiss à tir rapide. Il avait bien l'intention d'en finir. Dwight avait fait sienne la rancœur de Fortsythe. Chacun des jeunes officiers pensait de même. L'affront subi par le 7e devait être effacé. Tous les hommes tombés à Little Big Horn avaient été scalpés, à l'exception du lieutenant-colonel Custer. La presse affirmait que c'était par respect, mais les soldats connaissaient la vérité. Il s'agissait d'une marque de mépris. Sitting Bull, Two Moons, Crazy Horse et aucun des braves ne voulaient des longs cheveux blonds de George Armstrong Custer. Un boucher pour les Indiens, un héros pour l'Amérique.

La tempête de neige semblait protéger les fuyards. Elle effaçait leurs traces, et même les éclaireurs crows de Fortsythe avaient du mal à suivre. Le froid mordait à travers les pelisses et les manteaux de fourrure des officiers. Visage giflé par le vent, lèvres fendues, ils ressemblaient à des spectres. Leurs chevaux s'enfonçaient dans la neige jusqu'aux fontes. En passant le gué d'une rivière gelée, la colonne faillit perdre une mitrailleuse quand la glace céda sous son poids. Un muletier eut la jambe broyée par l'attelage, deux caisses de munitions furent emportées par le courant. Mais le 7e progressait sur un chemin délimité par les cadavres abandonnés. Au matin du 28 décembre, les éclaireurs crows établirent le premier contact avec les fugitifs. Affaiblis, décimés par la faim, les Minneconjou étaient prêts à se rendre. Leur chef Big Foot se porta à la rencontre des soldats, protégé par le drapeau blanc. Voyant que le sachem était malade et qu'il pouvait tout juste parler, James W. Fortsythe lui tourna ostensiblement le dos. À son commandement, Dwight et plusieurs officiers firent parquer les Indiens comme l'on rassemble du bétail. Les Sioux établirent leur campement dans la cuvette de Wounded Knee.

Au matin suivant, les mitrailleuses prirent position sur la crête. Le général de brigade envoya une trentaine de cavaliers pour désarmer les Indiens. Les soldats étaient nerveux, Dwight avait le plus grand mal à se faire obéir. Il obtint tout de même que les Sioux entassent fusils et couteaux devant la tente de Big Foot. Le drapeau américain flottait au-dessus de son tipi. En dépit de la pleurésie, le sachem se tenait droit sous la bannière étoilée. Soudain, un *ghost dancer* prit à partie ses compagnons. Big Foot tenta de le faire taire, mais le jeune guerrier était consumé par une fièvre bien plus ardente que celle qui dévorait son chef. Le *ghost dancer* saisit un fusil sur le tas et le brandit au-dessus de sa tête. Un cavalier chercha à le désarmer en empoignant le canon. Il prit la balle en pleine tête.

Sur le couvre-lit, blanc comme la toile du cinématographe, Dwight voit se projeter les spectres.

Les flancs des chevaux sont déchirés par les impacts, le tir continu hache les cavaliers qui tressautent comme des poupées. Vingt soldats sont fauchés par la première salve. C'est un traquenard, les Peaux-Rouges ont une mitrailleuse. Ce ne peut être que la seule explication, même si Big Foot est l'un des premiers à tomber. Dwight saisit son Colt 44 et loge une balle dans le *ghost dancer* par qui tout est arrivé. Puis il tire sur les Sioux venus faire leur soumission. Un mensonge, proféré sous le drapeau américain. Dwight sent la bile lui remonter dans la gorge. Déjà les guerriers se jettent sur le tas d'armes. Dwight laisse tomber son revolver et dégage son sabre du fourreau. D'un large revers, il frappe une femme qui s'agrippe à ses étriers. Elle voulait le désarçonner

Dwight hurle, pas des ordres mais juste un cri en direction de la crête. Les mitrailleuses Hotchkiss balayent le campement. La dizaine de soldats survivants se regroupe pour former une tache bleue, identifiable à distance. Dwight voit des cavaliers qui viennent en renfort. Un caporal qui se tient à sa droite tombe, la calotte crânienne emportée par un tomahawk. Dwight oublie les cours de stratégie enseignés à West Point. Il gueule à ses hommes de se disperser, tant pis pour le risque d'être touché par les soldats que Fortsythe garde en réserve. Dwight prend le temps de réarmer son Colt. Il tremble et laisse tomber plusieurs balles. L'officier gémit, il a envie de pleurer. Un garçon sort du tipi le plus proche. Il cherche à fuir ou à rejoindre les défenseurs cachés ici et là. Dwight referme son barillet à moitié plein et le vide sur l'enfant. Il le loupe deux fois et finit par l'atteindre à la jambe. Le jeune Indien tombe dans la neige sans même lâcher un cri. Une engeance de démon, des tueurs-nés. Il lance son cheval sur le garçon. Un sabot le frappe à la tempe. Son crâne explose comme une coquille de noix. Dwight se dit que ce n'est pas suffisant, n'importe quel Peau-Rouge dans le campement est un ennemi. Il se penche et saisit un vieux fusil Henry sur le tas d'armes. Il vise posément une squaw et fait feu. La femme tourne sur elle-même et glisse sur la pente neigeuse. Quelqu'un empoigne Dwight par l'épaule. Il se retourne et frappe avec la crosse de son fusil. La mâchoire du soldat est violemment déjetée sur le côté. Il vide les étriers et tombe. Dwight lui crie que c'est de sa faute, qu'on ne saisit pas ainsi un officier. Il se dirige vers des cavaliers et leur demande de témoigner en sa faveur, au cas où il devrait passer en cour martiale. Les hommes ont les yeux exorbités, ils ne comprennent rien à ce que dit leur lieutenant. L'un d'eux le tient même en joue. Dwight lâche son fusil. Il contourne le groupe et pique une pointe dans la longue allée délimitée par les tipis. Plusieurs Sioux tentent de l'abattre, Dwight frappe du sabre mais n'en touche aucun. Sans trop savoir comment, il se retrouve à l'extérieur du camp. Il fait demi-tour et charge sabre au clair. Cette fois-ci, il scalpe un *ghost dancer*. La masse de cheveux noirs tombe à terre, comme une réparation à l'affront subi par Custer. Dwight reprend ses esprits. Il vide ses poumons, respire à fond et arme son Colt 44.

Appuyée par le tir des mitrailleuses, la seconde vague des cavaliers a maintenant descendu la crête. Ils forment une boucle large qui va se resserrer pour étrangler l'adversaire. Dwight voit sur les visages qu'il n'y a aucune clémence à attendre du 7e. Il ressent une intense bouffée de fierté. Lui aussi ne faillira pas, on ne pourra lui reprocher d'avoir laissé s'échapper un coupable. Il vise posément et abat un guerrier. Dwight pointe ensuite son canon sur un cavalier. Il s'avise alors que l'homme porte une vareuse bleue. Mais c'est un Indien, peut-être un Crow, il n'en est pas sûr. Dans le doute, Dwight le tue. Ce n'est pas le moment d'avoir l'âme sensible : en face, l'ennemi est déterminé. Dwight voit un guerrier planter son couteau dans la poitrine d'un cavalier. Ses yeux ne peuvent se détacher des boutons d'uniforme qui brillent sur la vareuse ensanglantée. Il tire plusieurs fois sur le Sioux mais le rate. Il se lance à sa poursuite. Dwight ne parvient pas à le toucher parce que l'Indien court en zigzag dans la neige, et qu'il va très vite. Un soldat s'interpose, les bras écartés. Il brise l'élan du cavalier. Dwight lui balance un coup de botte et reprend la traque. Mais il a perdu de vue l'Indien au couteau. Le lieutenant pourrait se choisir une autre cible, seulement il aurait l'impression de ne pas avoir fini le travail. Son regard fou balaye le campement. À distance, il repère enfin le Sioux au couteau. Finalement, il semble blessé. Il prend appui sur un guerrier, ou le porte, tandis qu'un troisième marche à leur côté. Ils sont rejoints par deux squaws, une jeune et une vieille. L'un des guerriers parle à l'ancienne, elle lui réplique d'un ton sec. Dwight vise posément et tire. La vieille s'effondre sur les genoux puis tombe face contre terre. Aucun des Indiens ne semble s'en être avisé alors qu'ils ne l'ont pas quittée du regard. Alors la jeune squaw hurle « Mère, mère ! ». Dwight s'avise qu'elle a une large tache rouge sous le sein. Il la met en joue et appuie sur la détente. La balle trace un mince trait sanglant sur le front de la jeune femme, qui se met à courir. Elle cherche à lui échapper. L'Indien qui a tué au couteau l'un des camarades de Dwight saisit la squaw. Il la porte sur quelques mètres. Ils s'effondrent. Dwight lance son cheval dans leur direction. Ils se traînent dans la neige et basculent au-dessus d'un remblai. Le cavalier ne peut prendre le risque de quitter la zone des combats pour se lancer à leur poursuite. Ils vont donc s'en sortir.

Dwight fait demi-tour. Soudain, toutes les sensations affluent à son esprit. Odeur de sang, de bois brûlé et de poudre, bruit des culasses, du tir régulier des mitrailleuses, mais surtout les cris, de rage et de désespoir, qui remontent dans les gorges rouges ou blanches. « Pitié ! » hurlent les femmes en brandissant leurs papooses. Ce sont probablement les seuls mots d'anglais qu'elles connaissent. Des mots récités, qui n'ont pas de sens. Les Sioux n'ont eu aucune pitié à Little Big Horn, et aujourd'hui ils ont agi par traîtrise. Dwight se lance sur le groupe de femmes, imité par d'autres cavaliers. Il frappe avec son sabre, tranche net les deux mains d'une squaw qui tiennent encore son bébé. Le nourrisson tombe sur les cuisses de Dwight qui l'empoigne avec dégoût et s'en sert pour frapper. Il cogne à coups redoublés sur les têtes et, bientôt, le papoose n'est qu'un tas de chair informe. Dwight le jette au fond d'un ravin, sur les Peaux-Rouges rassemblés en bas, qui se croient à l'abri du danger. Les mains jointes, ils implorent les soldats. Certains prient comme des chrétiens. Toute cette hypocrisie écœure Dwight. Il tire dans le tas, recharge son Colt, le vide sur ceux d'en bas, le recharge à nouveau, fait feu sans prendre la peine de viser, et recommence, jusqu'à ce que l'arme brûlante lui échappe des mains.

Alors il met pied à terre et se laisse glisser sur la pente. Il voit une adolescente qui remue. Dwight lui plante son sabre dans le dos. Il cherche à dégager sa lame mais n'y parvient pas. Il prend appui avec sa botte sur le flanc de la fille et parvient à l'arracher. Un officier l'a rejoint, ainsi qu'une demi-douzaine de soldats armés de sabres ou de couteaux. Ils lardent les corps en silence, on n'entend que leur souffle court, celui d'hommes peinant sous l'effort. Un cavalier enfonce son sabre dans le corps d'un papoose. L'enfant gigote encore au bout de la lame. Le type vomit, ce qui déclenche un fou rire chez ses camarades. Un rire libérateur qui fait du bien à Dwight et lui permet de garder toute sa tête quand une femme lui dit : « Un seul d'entre nous a déclenché tout cela, et vous aller massacrer notre peuple à cause d'un fou ? » Dwight lui fend le visage, un coup porté sous le nez qui lui tranche la face en deux parties presque égales, symétriques. Dwight se dit qu'il y a de l'ordre dans leur action, que toute l'opération du 7e de Cavalerie a été menée avec méthode. Tandis que les cavaliers gardés en réserve traquent les derniers fuyards sur plus d'un kilomètre, Dwight Ellison achève sa tâche. Entièrement couvert de sang, plus rouge que ne l'a jamais été un Indien.

Le couvre-lit est maintenant écarlate. Dwight le frotte avec une éponge mouillée. Il devient rose, comme la neige de Wounded Knee.

« Quatre-vingt-huit guerriers, quarante-quatre femmes et onze enfants morts », affirmera le rapport. En fait, ils sont bien plus nombreux, comme le savent les muletiers qui ont creusé la tranchée pour ensevelir les cadavres. Les soldats se tiennent au bord de l'excavation, sans rien dire, jusqu'à ce que James W. Fortsythe les rejoigne.

— Beau travail, mes garçons, dit le général de brigade.

Son ton est neutre, c'est celui que l'on prend pour énoncer un fait qui n'appelle aucun commentaire. Pourtant, un capitaine se détache du groupe des officiers. Il s'agit de Trevor Hunt, un fidèle du major M. Whitside, qui n'a pas admis que Fortsythe lui retire son commandement. Hunt lance un regard appuyé en direction de la fosse puis détourne la tête.

— Qu'y a-t-il, capitaine ?

— Des vieillards, des femmes et des enfants, ce n'était que des innocents !

Fortshyte esquisse un sourire :

— Vous oubliez les guerriers. Ils ont tiré les premiers...

— L'acte d'un fou, mon général. Notre réplique était disproportionnée !

Dwight a vu ses camarades tomber par dizaines. Ce que dit le capitaine est faux. Il s'apprête à répliquer mais James W. Fortsythe ne lui en laisse pas le temps :

— Monsieur Hunt, vous connaissez mon opinion à ce sujet ? J'ai fait mienne la maxime d'un valeureux soldat qui m'a précédé à la tête du 7e.

Les seuls bons Indiens sont les Indiens morts. Comme tout le monde, Dwight connaît la sentence de Custer. En fait, elle est du général Sheridan, mais la presse l'attribuait à George Armstrong Custer. Alors il se l'est appropriée, pour coller à sa légende.

Trevor Hunt relève la tête. Ses lèvres tremblent mais il se contient et hurle :

—Avec tout le putain de respect que je vous dois, général, pourquoi ne vous acharnez-vous pas plutôt sur les Brookes ?

James W. Fortsythe fait mine de réfléchir à la question, sans se formaliser du ton. Puis il répond :

— Parce que dans leurs rangs, il n'y a pas de Nègres, de Chinois et surtout pas d'Indiens. Je n'ai donc rien contre ces gens. Cette explication vous satisfait-elle ? Bien, dans ce cas, monsieur Hunt, veuillez vous considérer aux arrêts. Nous statuerons sur votre cas à notre retour.

Quand ils étaient rentrés au fort, la rumeur semblait les avoir précédés, comme si elle avait été portée par le vent ou l'esprit des défunts, blancs ou indiens. Contrairement à l'habitude, quand un détachement revenait d'une opération à risques, c'est à peine si les civils s'étaient rassemblés pour les accueillir, demander tout de suite qui était mort, leur dire quelques mots de réconfort en tendant un gobelet de café chaud, ou simplement s'occuper des blessés. Même les soldats cantonnés au fort détournaient la tête en voyant les cavaliers couverts de sang. Après s'être occupés des bêtes, les muletiers avaient regagné leurs baraques sans accepter le repas offert à la cantine. L'ambiance n'était pas meilleure au mess des officiers. D'entrée, les hommes du major M. Whitside avaient pris place à une table séparée, loin du général Fortsythe et de sa fière assurance. Dwight n'avait su quoi faire car, pour les registres du régiment, il dépendait directement de Whitside, mais son cœur allait à James W. Fortsythe. Alors il était retourné dans sa chambre. Il avait dormi d'un sommeil vide, en rien réparateur.

Le lendemain, tous les officiers avaient été convoqués pour le compte rendu dans la grande salle qui accueillait deux fois par an le bal du régiment. Fortsythe et Whitside se tenaient derrière une table couverte d'une nappe blanche, en compagnie d'officiers qui n'avaient pas pris part à l'engagement. Ce que l'on appelait «la bataille de Wounded Knee» ne faisait pas l'objet de témoignages contradictoires. Des gradés aux simples soldats, tous s'accordaient à dire que les Indiens avaient tiré les premiers. Un tir isolé, puis une salve continue qui avait anéanti le groupe envoyé pour désarmer Big Foot. Quand vint son tour, Dwight confirma point par point la description. Sa déposition fut brève, car elle recoupait celle des autres soldats. Sans qu'on ne lui demande rien, le général Fortsythe fit remarquer que les cavaliers n'avaient pas eu le temps d'accorder leurs témoignages, qu'il ne fallait donc pas douter de leur sincérité. Une belle unanimité que rompit le capitaine Trevor Hunt en début d'après-midi. Afin qu'il puisse se présenter au rapport, on avait provisoirement levé son ordre d'arrêt. Avant qu'il ne prenne la parole, Fortsythe se déclara prêt à oublier les mots du capitaine, certainement provoqués par la tension et son inexpérience du combat. Trevor Hunt inclina sèchement la tête et entama sa déposition ainsi : « Comment pouvez-vous tuer toute une nation à cause d'un fou ? » C'étaient les paroles mêmes de la jeune Indienne que Dwight avait sabrée au visage. Puis Trevor Hunt poursuivit en énonçant les faits sur un ton mécanique : lorsque le *ghost dancer* avait brandi son fusil, un cavalier avait saisi l'arme au lieu de raisonner l'Indien. Dans le contexte, ce geste inconsidéré ne pouvait être interprété que comme un acte d'agression. Tout était parti de la maladresse du soldat, dont l'imprudence lui avait coûté la vie.

— Que faites-vous du tir roulant ? avait demandé un officier du fort.

— Je ne me l'explique pas.

— Voyez-vous cela ? s'était moqué Fortsythe.

— Non, mon général. Le premier à être tombé est Big Foot, sachem de la nation minneconjou. Pourquoi les siens l'auraient-ils tué ?

— Parce qu'il était vieux et faible, miné par la maladie. Un poids mort pour ses propres guerriers, déterminés à se battre, avait répondu le général Fortsythe d'une voix blanche.

— Admettons. Mais tous les témoins ont entendu un tir continu, celui d'une mitrailleuse. Or, nous n'avons pas retrouvé une telle arme dans le campement de Wounded Knee.

Manquant de renverser la table, le général de brigade James W. Fortsythe s'était violemment redressé :

— Qu'insinuez-vous, capitaine Hunt ? Que j'ai donné l'ordre de tirer sur mes propres hommes ?

À cet instant, l'assistance comprit que le compte rendu prenait des allures de procès. Le colonel qui avait autorité pour recueillir les dépositions mit brutalement fin au témoignage de Hunt. Dwight lui en fut reconnaissant. L'honneur du 7e ne pouvait être remis en cause par l'un de ses officiers. Il vit se présenter les civils avec soulagement. Tout d'abord les éclaireurs crows, ennemis héréditaires des Sioux et entièrement dévoués à Fortsythe, qui confirmèrent sa version. Dwight s'en voulut d'avoir peut-être abattu l'un des leurs. Preuve, se dit-il en lui-même, qu'il était perméable aux reproches, capable d'objectivité. Puis se succédèrent les muletiers qui n'avaient pas pris part au combat. Tous admirent que le général Fortsythe avait agi en officier responsable. Pourtant, l'un d'eux laissa entendre que de nombreux cavaliers étaient ivres dès l'aube. On n'accorda pas suite à ses dires et, dans le mois qui suivit, l'armée mit fin à son contrat.

La bataille de Wounded Knee fit l'objet d'un rapport transmis à Washington. D'un caractère élogieux, il alimenta de nombreux articles dans la presse et provoqua la demande de plusieurs médailles d'honneur du Congrès.

Quand il reçut la sienne, Dwight prit conscience qu'une page était tournée. Depuis l'académie de West Point, sa seule ambition avait été de laver l'affront subi par le 7e. En lui accordant une médaille, les autorités confirmaient qu'il avait réussi. Il n'avait plus rien à faire dans l'armée. Dwight Ellison ne renouvela pas son engagement, alors que tout le poussait à rester, comme si sa volonté se trouvait gelée dans les neiges de Wounded Knee.

Dwight ouvre le tiroir de la commode, en sort la petite boîte carrée. Elle contient sa médaille du Congrès, épinglée sur du satin blanc. Dwight ne la porte plus sur son cœur, qui bat au rythme de la Ghost Dance.

Avec son brevet d'officier, il n'avait eu aucun mal à trouver un emploi. Parmi la quantité de propositions qui s'offraient à lui, il avait choisi un poste dans une grande banque de Washington. Le directeur s'était félicité de compter parmi ses employés un jeune lieutenant décoré pour bravoure. Aussi avait-il nommé Dwight conseiller auprès de la clientèle. Il apparut très vite que monsieur Ellison avait le contact facile, toujours une parole aimable. De plus, comme il lisait quotidiennement les journaux et se tenait au courant des opérations en Bourse, ses suggestions étaient toujours avisées. Aussi ne tarda-t-il pas à se faire inviter dans toutes les bonnes familles de la capitale. À ces dîners participait toujours un convive qui, après s'être inquiété poliment des aléas provoqués par le blocus, et avoir dénoncé la lâcheté des Européens, revenait sur Wounded Knee :

— Vous y étiez, lieutenant ?

— En effet, monsieur…, répondait invariablement Dwight, en attendant la suite.

Seul le nom de l'interlocuteur changeait.

— Et c'était comment ?

Dwight se tapotait les lèvres avec sa serviette puis racontait. La menace des *ghost dancers* ; la traque dans la neige ; la traîtrise des Peaux-Rouges ; le massacre de ses hommes ; les squaws ; les mains coupées ; le corps du papoose devenu flasque à force de coups ; le sabre, encore et encore, jusqu'à ce que plus rien ne bouge dans le ravin.

Les invitations se firent rares puis cessèrent. Un vendredi matin, alors qu'il s'entretenait avec un couple qui souhaitait ouvrir un compte, le directeur souhaita lui parler.

— De préférence dans mon bureau.

Dwight ne fit pas mine de se lever.

— Monsieur Ellison ?

Depuis quelque temps, les journaux avaient oublié « la bataille » et ne parlaient plus que du « massacre de Wounded Knee ». La rumeur prétendait que l'on allait désigner une commission d'enquête pour rouvrir le dossier.

— Monsieur Ellison, s'il vous plaît ! insista le directeur d'un ton ferme en évitant de regarder les clients.

L'ancien officier savait qu'il était dans son droit. Dwight n'avait rien à cacher.

— De quoi voulez-vous que nous parlions, monsieur le directeur ? Des enfants tués par balles ou des squaws éventrées ?

La femme qui se tenait assise face à lui eut un

hoquet. Dwight reprit, son regard rivé sur la page blanche d'un formulaire :

— J'ai fait tout cela, et pire encore. *Nous* l'avons fait, cavaliers du 7ᵉ, afin que les civils puissent dormir en paix. Vous, monsieur le directeur, et vous, chers clients.

Et puis il avait continué, ne négligeant aucun détail, jusqu'à l'odeur cuivrée du sang qui lui revenait parfois en plein milieu d'une journée à la banque. Le couple avait renoncé à ouvrir un compte et Dwight s'était fait renvoyer.

On lui avait réglé deux mois de salaire pour prime de licenciement. Ajouté à sa solde de vétéran, cela lui permettait de ne pas reprendre tout de suite un emploi. Dwight décida donc d'assister aux séances de la commission d'enquête effectivement ordonnée par le Congrès. Dirigée par le général E. D. Scott, elle était ouverte au public, dans un grand bâtiment situé non loin du Capitole. Dwight s'asseyait au fond de la salle, en costume civil, n'arborant pas sa médaille du Congrès. Il espérait que la commission le convoquerait, mais l'appel à témoins s'était limité au commandant de l'expédition et à ses subordonnés directs. Du moins, lors des premières séances, car à la demande du général Scott, un survivant avait été appelé à la barre. Un Peau-Rouge, à qui on avait payé le billet de train et l'hôtel, qui se présentait les cheveux nattés devant des officiers en grand uniforme. Dwight n'en croyait pas ses yeux.

— Votre nom ? avait demandé le général Nelson A. Miles, rapporteur de la commission.

— Wasee Maza, ce qui dans la langue lakota signifie « Queue d'acier ».

Quelques rires avaient fusé dans la salle. Sans se démonter, l'Indien avait poursuivi :

— Pour les vôtres, j'ai pris comme nom Dewy, en hommage à votre amiral George Dewey que je respecte. Un homme juste, qui a toujours fait cas de mon peuple. Je me réjouis de le voir siéger à votre commission.

L'amiral Dewey avait incliné la tête et dit :

— J'aimerais que le témoin puisse s'asseoir. Chacun peut voir qu'il est estropié.

Dwight avait regardé autour de lui, mais personne parmi le public ne parut offusqué quand Wasee Maza prit place sur un confortable siège.

— Nous vous écoutons, monsieur Dewy.

Alors il avait raconté, d'une voix calme, exempte de passion. Comment Sitting Bull voulait faire d'un mouvement religieux une doctrine de guerre. Les *ghost dancers* s'étaient fait manipuler par le sachem charismatique, Wasee Maza en était convaincu. À la mort de Sitting Bull, ils s'étaient retrouvés désemparés. Le témoin leur en voulait d'avoir poussé les siens à quitter la réserve. Il reconnaissait leur part dans la tuerie de Wounded Knee.

— Vous confirmez qu'un danseur a tiré le premier ?

— Oui, amiral.

— Poursuivez.

Puis il y avait eu les rafales. Wasee Maza avait vu une balle traverser la bouche d'un cavalier, ses dents voler en l'air comme des mouches d'os. Les tuniques bleues étaient tombées presque en même temps que Big Foot. La première pensée de Wasee Maza avait été pour les visages pâles, pas pour son chef. Il avait tout d'abord songé à un traquenard monté par les *ghost dancers*, ce que dans la marine on appelle une..

— Mutinerie, avait précisé l'amiral George Dewey.

C'était bien le mot, mais pas la réalité, car toutes les armes des Sioux s'entassaient face au tipi de Big Foot, surmonté du drapeau américain. De plus, son peuple n'avait jamais bénéficié d'une telle puissance de feu. Le tir continu hachait les chevilles ou frappait les têtes. Il y avait donc plusieurs machines, dont les hausses étaient réglées à différentes hauteurs.

— Aviez-vous auparavant été confronté à pareilles armes ? demanda le rapporteur.

— Oui, monsieur.

— Sauriez-vous les identifier ?

— Oui, il s'agissait de mitrailleuses.

Un murmure avait parcouru l'assistance. Dwight secouait la tête comme pour en faire tomber les mots du témoin. Celui-ci avait poursuivi du même ton calme, presque indifférent. Quand les soldats présents sur le site avaient commencé à faire feu, il s'était précipité pour s'emparer d'un fusil. Mais les chevaux des tuniques bleues l'en avaient empêché. Puis il avait entendu les cris des enfants. La plupart restaient figés sur place, offrant des cibles idéales. Wasee Maza se souvenait d'une fillette qui se tenait la gorge, sans parvenir à comprimer sa plaie. Alors il avait ressenti de la haine pour les soldats.

— Et pas pour celui des vôtres par qui tout est arrivé ?

— Non, ma haine allait pour les soldats. Je l'ai concentrée sur un seul.

Dwight avait alors entendu comment l'Indien avait planté son couteau dans la poitrine d'un cavalier, dont les boutons d'uniforme brillaient sur la vareuse ensanglantée. Les tuniques bleues avaient tenté de l'abattre, mais leurs tirs manquaient de précision. Wasee Maza les avait vus s'entre-tuer. Une balle avait fini par l'atteindre au genou. Il s'était enfui en traînant la jambe et avait trouvé un fusil vide. L'un de ses frères, blessé, lui avait passé sa cartouchière en le suppliant de protéger les enfants. Des cris provenaient d'un ravin, mais Wasee Maza devait retourner au campement pour veiller à la sécurité de sa femme et de son fils.

— Les avez-vous retrouvés?

— Non, mais je suis tombé sur mes frères, et j'ai vu...

Le général Nelson A. Miles, rapporteur de la commission, avait coupé Wasee Maza:

— Notre témoin pourrait-il être plus précis? Les usages de son peuple veulent qu'ils s'appellent indifféremment entre eux «frères» ou «sœurs». Quel était le lien de parenté?

— J'ai vu les fils de notre mère. D'abord White Lance, l'aîné, blessé de toutes parts. Ensemble, nous sommes entrés dans notre tipi. La tente, si vous préférez. Nous avons vu notre frère William Horn Cloud, assis avec un trou dans la poitrine, d'un diamètre de six pouces, mais il vivait toujours. William nous a demandé de lui serrer la main, parce qu'il avait besoin de force pour entreprendre le long voyage.

— Qu'avez-vous fait?

— Nous l'avons redressé. Il a pris appui sur les épaules de White Lance. On entendait toujours les tirs de mitrailleuses. Alors White Lance a entonné un chant de mort, pour couvrir les rafales, et William m'a dit de partir. Ce que j'ai fait, mais pas tout de suite, car en sortant de notre tente nous avons croisé deux squaws. L'une vieille, l'autre jeune, avec une large tache rouge sous le sein. On leur a dit de nous suivre. L'ancienne a répondu sèchement que notre devoir était de rester sur place.

— Pour se battre ?

— Oui, parce que maintenant que tous les enfants étaient morts, il n'y avait plus rien d'autre à faire.

L'assistance avait réagi, mal à l'aise. Dwight se dit alors que le témoin mentait, parce que de nombreux enfants étaient toujours en vie. Ceux qu'il avait massacrés aux derniers instants du combat. Il entendit à peine Wasee Maza raconter comment la vieille femme avait été abattue, et comment la jeune s'était écriée : « Mère, mère ! »

— Une balle lui a lacéré le front. Elle s'est mise à courir, avant de tomber dans la neige. Je l'ai soulevée et portée sur quelques mètres avant de m'effondrer à mon tour. Nous avons rampé jusqu'à un remblai, puis j'ai poussé la squaw pour qu'elle glisse sur la pente et je l'ai suivie.

— Vous étiez donc à l'abri ?

— Oui, mais je devais revenir pour aider les miens. Ma femme et mon fils.

— L'avez-vous fait ?

Pour la première fois, Wasee Maza avait marqué un signe d'émotion. Il avait incliné la tête et était demeuré un long moment sans rien dire.

L'amiral George Dewey était intervenu :

— Le témoin souhaite-t-il un verre d'eau ?

— Non, je ne suis pas retourné les aider. J'ai vu cinq Sioux oglala, cachés dans les bois, qui montaient des ponies. Je leur ai demandé ce qu'ils faisaient. L'un d'eux, Joseph, m'a dit qu'il n'y avait plus rien à faire. Voyant que j'étais blessé à la jambe, il m'a obligé à monter derrière lui, tandis qu'un autre s'occupait de la squaw. Nous avons pris la direction de White Clay Creek.

Un lourd silence avait succédé au témoignage, bientôt interrompu par le rapporteur :

— Bien, monsieur Dewy, nous vous remercions pour avoir...

— Une dernière chose. Plus tard, j'ai appris que mon fils était resté des heures près de sa mère, tuée d'une balle dans la poitrine. Qu'il avait bu au sein et s'était étouffé avec le sang. Celui de sa mère. C'est moi, messieurs de la Commission, qui vous remercie de m'avoir écouté.

Wasee Maza avait remonté la longue allée qui menait à la sortie. Il boitait mais se tenait droit.

Les murs de la chambre d'hôtel semblent se refermer sur Dwight. Avec effort, il se souvient que le contre-interrogatoire mené par l'avocat du général Fortsythe avait révélé que le témoin indien était présent à Little Big Horn, et que sa parole devait donc être mise en doute. Restaient les chiffres de Wounded Knee : vingt-quatre soldats et un officier tués, trente-deux soldats et trois officiers blessés.

À qui voulait l'entendre il affirmait que l'enquête était une farce, mais personne ne lui prêtait attention. Dwight quitta Washington comme s'il fuyait une réserve pour soldats désarmés. Après tout, il dépendait du Secrétariat aux vétérans, pour se nourrir et trouver un logement, comme les Peaux-Rouges dépendaient du Bureau des affaires indiennes. Dwight ressemblait à ses anciens ennemis, il commençait à les comprendre. Au moins eux avaient-ils vécu les combats. Ils n'écrivaient pas l'Histoire le cul vissé derrière un bureau. Les Sioux étaient de foutus cavaliers, les seuls à pouvoir s'opposer au glorieux 7e, les seuls dignes d'en subir le courroux. Entre eux, ils s'appelaient «frères». Dwight aurait aimé désigner ainsi chacun des soldats qui avaient servi avec lui, sous le drapeau à étamines rouge et bleu, aux sabres d'argent croisés. Au lieu de quoi, des traîtres comme le capitaine Hunt se permettaient de fuir leurs responsabilités. Quant au général Fortsythe, Dwight devait admettre qu'il s'était trompé sur son compte. Le commandant avait exigé de ses hommes qu'ils se comportent en bouchers. Pas d'ordre direct, mais le fait accompli. Le lieutenant Dwight Ellison s'était retrouvé en plein cœur de la tourmente, obligé d'improviser. Alors il avait tué des guerriers, bien sûr, mais aussi des femmes et des enfants. Ceux-ci seraient devenus plus tard des combattants, aussi Dwight ne regrettait pas ses actes. Mais la raison ne pouvait rien contre les cauchemars. Jamais de rêves explicites enchaînant les visages ravagés, les corps de papooses que l'on jette dans la fosse ou le sabre qui traverse la poitrine d'une adolescente. Simplement des ombres, spectres de la Ghost Dance qui le tourmentaient dans son sommeil, le suivaient alors qu'il chevauchait dans la plaine. Dwight leur parlait ou s'adressait à lui-même, parce que personne d'autre ne voulait l'écouter. Pas même ce rouquin, rencontré à une étape, qui se vantait de tenir la chronique des Chasseurs :

— Les Dalton, Calamity Jane... J'ai même connu Billy le Kid, quand il était enfant.

— Ce sont des tueurs, avait dit Dwight, alors ma vie devrait vous intéresser.

Le rouquin avait très vite posé son crayon. Il avait écarté sa chaise et essuyé son visage en sueur. Dwight avait alors posé sur la table sa médaille d'honneur du Congrès. En forçant son rire, le rouquin avait déclaré : « Désolé, elle ne m'intéresse pas. Votre décoration n'est pas en argent. »

Puis il avait repris sa route vers nulle part, escorté par les spectres, qui s'étaient un matin matérialisés devant ses yeux. Le lieutenant Ellison faisait face au Convoi. La colonne s'étirait sur plus d'un kilomètre, composée de chariots lourds, couverts de peaux et de feuilles de plomb, tirés par des bœufs. Dans les voitures non bâchées, on voyait des femmes coiffées de bonnets en dentelle qui s'occupaient d'enfants au teint crayeux. « Les voici, vos vrais visages pâles », avait dit Dwight aux fantômes qui ne le quittaient jamais. L'un d'eux avait approuvé de la tête, comme on le ferait pour une connaissance qui n'est pas un ami. Le Convoi était escorté par un nombre considérable de cavaliers. La plupart portaient de longs manteaux de cuir, mais certains restaient vêtus à l'ancienne mode, un peu comme les quakers que Dwight avait croisés. La Famille ressemblait sur quelques points à la Société des Amis. Sur quelques points seulement, car Dwight avait pris conscience que certains cavaliers portaient des toques de fourrure, ou qu'ils étaient coiffés d'un chignon fixé haut sur la tête. Tous n'avaient pas l'air Européens, s'était dit le lieutenant en se demandant quel pouvait être le sens d'une telle remarque appliquée aux Brookes. Alors la vérité lui était apparue, comme une évidence. On avait tort de dire «les Brookes», comme on dit «les Indiens». Le Convoi était composé de différentes ethnies, comme il existait plusieurs nations, comanche, apache ou cheyenne. Nul avant lui n'avait pu s'en aviser, parce que personne n'avait approché d'assez près le Convoi sans perdre la vie. Pareils renseignements devaient être connus de Washington, mais il était trop tard. Alors qu'ils ne lui avaient jusqu'alors pas prêté attention, plusieurs cavaliers avaient rejoint Dwight. Ils l'avaient encerclé, l'empêchant de faire demi-tour. Dwight avait vu les simples foulards ou les écharpes brodées qui protégeaient leur face. Il s'était vu reflété sur les verres sombres, une vingtaine de soldats aux visages identiques, portant une vieille tunique au bleu passé, regroupés au centre de Wounded Knee.

— Approchez! avait hurlé Dwight en tirant son sabre.

Les cavaliers sombres étaient demeurés sans réaction.

— Venez vous battre comme des soldats, comme des Indiens!

Pas un ne bougeait. Toute l'horreur du massacre lui était remontée alors à la gorge. Dwight s'était affaissé sur sa selle et avait dit en pleurant:

— Je vous en prie, ayez pitié, achevez-moi…

L'un des cavaliers s'était penché et avait ôté son foulard. Dwight avait cru entrevoir ses dents, mais le Brooke s'était contenté de le renifler.

— *Tu es marqué, humain, bien plus que ne le sont*

les gens de mon peuple. Va, et dis aux tiens ce que tu
sais de la Famille. Mais personne n'écoutera Caïn.

Dwight observe les motifs du papier peint jauni.
Ceux de cette chambre d'hôtel qu'il occupe depuis
qu'il est un simple ouvrier. Ils semblent former des
phrases, celles qui concluent le rapport de la commission, rédigé par le général Nelson A. Miles : « L'armée
ne peut être tenue pour responsable. Ce sont les
Indiens qui ont agi traîtreusement, comme ils l'ont
toujours fait, et leur aveuglement religieux est une
explication, pas une excuse. Ils ont tiré les premiers et
n'ont cessé de le faire durant l'engagement. Que des
femmes et des enfants aient trouvé la mort est un
dommage de guerre regrettable, sachant que la plupart sont tombés sous les balles de leur propre camp.
Nous n'avons aucune excuse à présenter. »
Dwight ouvre le tiroir de la commode puis traverse
la chambre. Il décroche son sabre et en cale la garde
au fond du tiroir. Il ouvre la bouche et se projette en
avant, dans la fosse de Wounded Knee.

1892

COFFEYVILLE

Le visage de Julia se consume dans la braise. Emmett Dalton regarde disparaître celle qu'il aime, réduite en cendre. Le papier jauni se referme comme un poing autour de la jeune femme. Il en avait coûté deux dollars à Emmett pour cette photographie. La prime payée au shérif, quand il abat un tueur. Une somme touchée bien des fois par Frank Dalton, le grand frère, avant qu'il ne se fasse descendre à son tour par des voleurs de chevaux, en territoire cherokee. Frank a eu le temps d'en abattre deux.

Les traits de Julia Johnson se racornissent, elle n'est plus qu'un fantôme. Emmett Dalton doute qu'elle ait jamais été autre chose. Il est loin, le temps où il faisait sa cour à la jolie organiste du temple. Tous les dimanches, Emmett retrouvait sa bien-aimée à la sortie de l'office. Ils se contentaient de marcher le long de la grande rue de Coffeyville. Bob et Grat Dalton suivaient derrière, à distance. Parce qu'ils étaient timides, même si on peine à le croire. Mais en ce matin du 5 octobre 1892, les frères comptent rentrer ensemble dans la ville, à cheval et armes au poing.

— Il faut y aller, dit Grat.

Grattam, la tête brûlée de la famille qui, à l'âge de vingt ans, a sauté d'un train en marche, pour se soustraire à la peine de vingt ans de réclusion requise par la cour de Tulare suite à l'attaque meurtrière d'un convoi ferroviaire à Alila, Californie, un an et demi plus tôt.

Un instant.

Bob Dalton tire à son tour un portrait et le déchire en deux parties égales. Eugenia Moore, sa bonne amie, qui a fait partie du gang. Elle rejoint Julia dans le feu.

— En selle.

Grat efface du talon de sa botte les lignes et les cercles tracés dans la poussière.

— Tout le monde a mémorisé le plan ? demande Bob, le cerveau de l'affaire.

— Sûr, répond Emmett. Coffeyville est une ville qu'on connaît. Père y est enterré, et certains des habitants vont aujourd'hui le rejoindre.

Emmett caresse furtivement la crosse nacrée de son Colt Single Action Army, entièrement gravé d'arabesques du bout du canon au pontet. Une arme redoutable pour les ennemis des Dalton, forgée dans un argent pur. Bob et Grat en possèdent chacun un exemplaire, ainsi que les autres membres du gang.

Les cavaliers quittent leur camp d'Union Creek à l'aube. Ils traversent la plaine, passent devant quelques fermes isolées. Pas les grosses propriétés des vendeurs de bétail, non. Le pays n'a jamais été riche. Durs au labeur et prudents, c'est ainsi que sont les gens du coin. Le peu d'argent gagné est mis à la banque. Précisément dans les deux établissements de Coffeyville : la C. M. Condon et la First National

Bank. Emmett sait qu'il va ruiner les fermiers, et qu'il connaît nombre d'entre eux. Il va les priver des efforts d'une vie, pour leur permettre de continuer leur existence. Emmett et ses frères ne goûtent pas le tragique de la situation, cela fait trop longtemps qu'ils côtoient le drame.

Les cavaliers parviennent au carrefour. Quatre chemins poudreux qui se croisent avant de se prolonger à l'infini. Le reste du gang attend sous le poteau du courrier, délivré une fois par semaine. Un vieux sac Wells Fargo y est encore accroché.

— Où est Doolin ? fait Bob, sans descendre de sa selle.

Dick Broadwell ouvre la bouche, mais c'est Bill Powers qui répond :

— Il a fait une mauvaise chute. Son cheval est blessé à une jambe. Bill est parti en chercher un autre.

Ce qui veut dire que Bill Doolin est allé le voler. Bob Dalton fixe respectivement Broadwell et Powers, dont le visage s'orne de la plus belle paire de moustaches du gang.

— Il va nous mettre en retard. J'aime pas ça, déjà qu'on attaque en plein jour. C'est pas notre façon de faire. Pas non plus celle du cousin Jesse.

Emmett se penche vers son frère :

— On en a déjà parlé, Bobby. Et puis oublie un peu Jesse James. C'est pas parce qu'on est de la même famille qu'il faut agir pareil.

Grat Dalton rit, Bob se tait. Il réfléchit. C'est son rôle, il est le cerveau du gang. C'est lui qui a convaincu les autres de participer au double hold-up de Coffeyville. Son grand coup à lui. Finalement, il lâche :

334

— Tant pis pour Doolin. On peut s'en sortir sans lui. Il va être temps d'y aller.

Powers hoche la tête et monte en selle. Broadwell balance sur les braises son fond de café. Emmett jette un œil sur sa montre à gousset, offerte par Julia. Il referme le boîtier avant que la ritournelle mécanique ne s'achève.

Bob a raison. Il est temps d'y aller.

*

Peu avant neuf heures, le gang parvient à l'entrée de Coffeyville. La petite bourgade est paisible, éveillée depuis l'aube. Les commerçants s'affairent. Ils entament une nouvelle journée en pensant qu'elle sera identique aux autres. Grattam reconnaît ici et là un visage familier. Des souvenirs pas toujours agréables. Le forgeron qui lui avait collé une rouste quand il avait douze ans. La femme de l'épicier, un peu plus loin. La vieille Mc Kenna refusait de faire crédit à père. Adeline « Ma » Dalton avait dit à son époux de ne plus y retourner. Une sacrée femme, Ma, née Younger, du même nom que le gang. Elle a imposé à sa tribu d'hommes de toujours se comporter avec fierté.

La vieille Mc Kenna sursaute en reconnaissant les Dalton. Ils passent leur chemin et s'engagent dans la Huitième Rue. Là où sont établies les deux banques, presque en face l'une de l'autre. Aucun des cavaliers ne semble s'intéresser aux édifices de briques solidement bâtis, pas plus qu'à leurs façades arrogantes, bardées de piliers et de colonnes, surmontées d'un fronton où s'étalent les raisons sociales des établissements et leurs dates de construction. Bob Dalton avance en tête. Il s'arrête soudain, l'air contrarié. Des travaux de terrassement barrent l'accès à la place centrale du village, où il était prévu de mettre les chevaux à l'attache.

— Qu'est-ce qu'on fait, Bob ? demande Grat

— On continue. Suivez-moi.

Bob engage sa monture dans une petite rue voisine, suivi par le groupe. Ils mettent pied à terre et attachent leurs chevaux à une barrière.

— Vérifiez vos armes, commande Bob.

Tous sont équipés de Winchester et de deux Colt 45. L'un à la ceinture, l'autre dans un holster, coincé sous l'aisselle. Ils ont des munitions, mais ne disposent que de quelques balles en argent. C'est d'ailleurs la raison de leur présence ici. Faire le plein de métal, pour plus tard vider leurs barillets dans ces saloperies de Brookes.

— Visez-moi ça !

Grat tire de ses fontes une fausse barbe et se la colle au menton. Broadwell éclate de rire. Un seul regard d'Emmett lui boucle son clapet.

— Ôte-moi ça, Grattam. On est venu pour travailler.

— Ça empêche pas de s'amuser…

Mais Grat obéit. Tant mieux, car avec le postiche noir, il ressemble à père, et Emmett ne veut pas y penser. Bob, lui, ne se laisse pas distraire. Il répartit les hommes conformément à ce qui a été prévu. Broadwell, Powers et Grat s'occupent de la C. M. Condon. Emmett et lui-même se chargent de la First National Bank qui se trouve un peu plus haut, de l'autre côté de la place. Ils dissimulent leurs Winches-

ter sous de longs manteaux et regagnent la rue principale. Bob sourit, car ainsi accoutrés, ils ressemblent à
leurs ennemis. On pourrait presque les confondre
avec des Brookes, sauf que le gang Dalton avance à
visage découvert.

L'épicière est toujours là. Son regard croise celui
d'Emmett. Elle y reconnaît la même flamme qui
brillait dans les yeux de William Bonney. Billy le Kid.
Enfant, lui aussi a habité Coffeyville. Son père aussi
s'est crevé à la tâche. Et tout comme aux Dalton, la
vieille Mc Kenna ne lui a pas fait crédit.

Emmett détourne la tête :

— Maintenant !

Les hommes se séparent, courent à fond de train et
s'engouffrent dans les banques. Un minutage parfaitement réglé. Eugenia Moore aurait apprécié. Du temps
où elle tenait sa place dans le gang, Eugenia fournis-
sait à Bob les horaires de trains qui transportaient
l'argent. Elle lui donnait aussi autre chose, jusqu'à ce
que la maladie l'emporte. Eugenia est morte en crachant du sang. La tuberculose… pas une si mauvaise
chose : même les Brookes en ont peur.

La vieille Mc Kenna se dirige vers la First National, observe l'intérieur à travers la vitre blindée. Ce
qu'elle y voit lui fait peur. Elle lâche son bagage de
tapisserie. Sa bouche aux lèvres ridées s'ouvre sur un
cri qui ne vient pas.

À l'intérieur de la banque, tout va très vite. Bob et
Emmett dégainent leurs armes, couchant en joue les
deux caissiers et les trois clients présents. Leurs intentions sont évidentes, pas besoin de longs discours.
Les visages des frères Dalton sont connus : personne
n'a envie de tester son héroïsme. Mieux, une certaine

connivence lie les employés de la First National aux bandits. Après tout, les Dalton sont là pour l'argent, pas vrai ? Et l'argent sert à faire mordre la poussière aux Brookes, alors…

Le coffre est vite ouvert, délesté de son contenu. Deux lourds sacs pleins d'argent.

— On s'en va, conclut Bob.

Emmett se dirige vers la porte et pousse le battant du pied. Une grêle de plomb s'abat sur le chambranle et le battant de bois. Emmett se jette en arrière, échappant de justesse aux balles qui lui étaient destinées.

— Merde, fait Bob. J'espère que les autres n'ont pas de problème.

*

— Ouvre ce putain de coffre !

Charley Bail, le chef caissier de la Condon Bank essuie son lorgnon d'une main tremblante :

— Grattam, je te connais depuis que tu es gamin. Tu sais que je ne te mentirais pas. L'ouverture du coffre est commandée par un mécanisme d'horlogerie. Il est programmé pour déverrouiller la porte de l'armoire blindée.

— Dans combien de temps ?

Le petit homme consulte l'horloge murale :

— Dans une dizaine de minutes seulement. Mais vous pouvez prendre les billets.

T. C. Babb, le comptable, présente une liasse de billets. Quarante mille dollars en espèce. Grat repousse l'employé contre le comptoir :

— Gardez votre foutu papier! C'est l'argent qu'on veut, et vous le savez!

Bill essuie la transpiration qui coule sur sa lèvre :

— Qu'est-ce qu'on fait ?

— On attend, tranche Grat. Préviens mes frangins, Dick.

Broadwell s'apprête à sortir quand l'écho de la fusillade l'arrête net.

— C'est pour nous ?

Grat s'avance jusqu'à la devanture et risque un coup d'œil au-dehors.

— Non, Bill. Ces salopards arrosent l'autre banque!

Dick et Bill se précipitent pour voir. Grat renvoie Powers, plus brutalement qu'il ne l'aurait voulu :

— Ne les quitte pas des yeux, connard! S'ils bougent, tu tires, compris ?

Bill brcdouille des excuses et reprend sa place devant le comptoir, canon de sa carabine pointé sur l'estomac du chef caissier.

Grat regarde du côté de la First National. Les événements se précipitent. La porte s'ouvre et trois silhouettes tremblantes, bras en l'air, vacillent sur le perron. Derrière elles, Grat reconnaît ses frères, protégés par ce rempart humain.

— Bien joué…

Mais cela ne suffit pas. Un claquement sec suivi d'un feu nourri ravage les planches du perron, projetant des échardes en tous sens.

— Bon Dieu, ils sont au moins douze, là-haut! lance Grat, qui cherche à repérer les tireurs embusqués sur les toits.

Bob et Emmett refluent à l'intérieur de la banque, suivis par leurs otages inutiles. La fusillade ne s'interrompt pas. Les vitres des fenêtres explosent, en un déluge de verre et de plomb brûlant.

— Ils veulent leurs peaux, ces fumiers ! crache Dick Broadwell.

— T'inquiète, ils ne l'auront pas si facilement, assure Grat.

— Apparemment, ils ne couvrent pas l'autre entrée...

Dick se souvient des explications ressassées par Bob Dalton, jusqu'à la nausée ; la First National dispose d'une porte dérobée qui donne sur une ruelle. La solution de repli idéale en cas de coup dur. Et ce qui se passe là-dehors est un foutu coup dur !

— Ils vont y arriver. Bob et Emmett vont les baiser, ces salauds !

— Ouais, dit Grat. Mais ce n'est plus pour eux que je m'inquiète... Regarde.

Dick obéit. Ce qu'il voit au-dehors lui dresse les poils sur la nuque. Une troupe armée vient de prendre position sur la place, canons braqués sur la façade de la Condon.

— Des volontaires de Coffeyville, précise Bill.

— Des péquenots, se moque Grattam. Vise comme ils tiennent leur fusil. Un poids mort, ils ont plus l'habitude des fourches.

En fait, Grat n'en pense pas un mot. Il sait que les gens du coin n'hésitent pas à tirer. Et pas seulement sur des lapins. Le gang des cousins Younger en a fait les frais, à Northfield. Ma l'a dit, une fois : « C'est pas dans le destin de nos hommes de mourir vieux. »

— Je ne parlais pas d'eux.

Dick Broadwell pointe du doigt les sept silhouettes longilignes, engoncées dans de longs manteaux de

340

cuir. D'un pas tranquille, elles s'avancent à découvert, de front.

Bill Powers étouffe un cri :

— Merde, qu'est-ce qu'ils font là, c'est pourtant le jour !?

— Va leur dire, les Brookes sont peut-être pas au courant ! lâche Grattam.

Effectivement, le jour s'est levé, mais il est encore jeune. Le pâle soleil du matin accroche des reflets aux montures de lunettes. Les créatures portent des verres sombres, et leur vision latérale est masquée par des protections. Mais les Brookes n'ont pas besoin de voir, tous ceux qui les ont affrontés le savent. Du moins, ceux qui ont survécu.

Lentement, les ombres se déploient en arc de cercle devant la Condon.

— Ils savent que la banque n'a pas d'issue de secours !

La voix de Dick Broadwell grimpe dans les aigus. Grattam sent qu'il est sur le point de flancher.

— Combien de balles pour ces pourris ? demande Grat.

Une question simple, à laquelle ses complices peuvent répondre. À cette minute, il leur faut du concret.

Dick tire le Colt de son holster d'aisselle. D'un coup sec, il dégage le barillet :

— Cinq pour moi.

— Trois seulement, fait Bill depuis le comptoir.

— Six chambres pleines, annonce Grat. Ça fait quatorze, deux balles pour chaque Brooke. Pas question de rater son coup. Je prends les trois du côté gauche, vous vous partagez les autres.

Dick respire bruyamment. Sa main armée tremble. Il se tourne vers Grat :

— Qu'est-ce que tu comptes faire ?

— Nous allons sortir d'ici et *nous* farcir ces ordures, Dick. Puis on rejoint Bob et Emmett là où on a laissé les chevaux, comme prévu.

— Tu es cinglé ! Ils vont nous massacrer dès qu'on se montrera.

Grat empoigne Broadwell par le revers du manteau :

— Ils vont nous massacrer de toute façon. Ils sont là pour ça, tu n'as pas encore compris ? Notre seule chance, c'est qu'ils semblent croire qu'on est à court de balles en argent, sinon ils ne s'exposeraient pas.

— Je suis d'accord, lance Bill Powers. Plus on hésite, moins on a de chances de s'en tirer. Personne ne s'attend à nous voir sortir en flinguant à tout-va ! Dès que le premier Brooke tombera, les pétochards planqués derrière eux vont détaler comme des putois !

— Sûr, confirme Grat, avec un clin d'œil à l'adresse de Dick.

Broadwell prend une profonde inspiration. Le tremblement de sa main s'atténue.

— Comme des putois, répète-t-il, esquissant un sourire. Je suis prêt, Grat.

— Alors, on y va ! Crevez-moi ces saloperies, messieurs !

*

Emmett observe les volontaires rassemblés autour du marshal C. T. Connelly. Un ancien instituteur, qui faisait l'école du temps où les Dalton apprenaient à

342

lire et à compter. Cette éducation, pas très poussée, permet toutefois aux frères de déchiffrer leur nom sur les affiches, et la mise à prix qui ne cesse d'augmenter. Bob en tire fierté. Chacun a son orgueil, même les Brookes. Emmett détaille la mise des sept créatures. Elles portent des petits objets, cousus à leur gilet. Les gens pensent qu'il s'agit de trophées, prélevés sur des adversaires valeureux. Certains conservent même des armes, parfois très anciennes, dont ils ne se servent jamais. Emmett soupèse son Colt en argent, décoré d'arabesques. Ces fumiers devront payer cher pour s'en emparer.

— Pourquoi les Brookes ne s'en prennent-ils pas à la populace ? demande Bob.

— Pire, ils semblent vouloir aider les habitants de Coffeyville. Une alliance contre nature, du jamais vu dans les chroniques des Chasseurs.

— Faut les excuser, Emmett. Il y a quelques jours, le Convoi a envoyé sept éclaireurs. Ils nous ont fait comprendre que l'argent ne devait pas sortir d'ici. Et que si on le perdait, ils détruiraient la ville. Hommes, femmes et enfants.

Emmett Dalton se tourne vers W. H. Sheppard, courtier à la First National :

— Pourquoi nous avoir donné l'argent, au lieu de résister ?

— Parce qu'ils nous tueront, de toute façon.

L'employé a raison, mais tous ne pensent pas comme lui. Emmett reconnaît des visages qu'il n'avait plus vus depuis l'école. Des faces ridées par le travail aux champs, mais qui sont encore celles de gamins. Des gosses incapables de reconnaître leur véritable intérêt, et qui se contentent d'obéir à leurs maîtres.

Non pas le shérif C. T. Connelly, ancien instituteur, mais les tueurs du Convoi.

Emmett Dalton, d'ordinaire plutôt calme, explose en fureur :

— On sort par l'arrière !

Bob n'attendait que ça. Il dégaine ses Colt et s'interpose entre les otages et la sortie.

— Prends les sacs, je te couvre !

Emmett s'empare du butin. De sa main libre, il empoigne Sheppard et pousse le courtier en avant. La porte de service s'ouvre à la volée sur Lucius Baldwin. Le jeune gars fait mine de tirer son revolver. Bob pivote, ajuste posément et fait feu. Baldwin est projeté contre le mur de briques. Il dégage le passage et permet à Emmett d'avancer. Bob gagne la sortie d'un bon pas et achève Lucius, sans prendre la peine de viser. Emmett considère Sheppard, pense qu'il va les freiner, et se contente de lui fracasser le crâne d'un coup de crosse. Les frères Dalton foncent dans la rue, passent devant le Isham Harware Store. George W. Cubine se tient à l'entrée du magasin. Il pointe une carabine Winchester. Bob fait feu, une fois. La balle du calibre 45 traverse le lobe frontal de Cubine qui tombe en arrière. Son sang et des particules de matière cérébrale aspergent Charles T. Brown. Le bottier recule, s'essuie la bouche. Brown est un alcoolique, Emmett s'en souvient et lui colle une balle dans le foie. Puis, pour faire bonne mesure, il lui troue la gorge à bout portant. Bob entend alors du bruit en provenance de la banque. Aryes, le caissier, brandit un pistolet. Les cibles se présentent l'une après l'autre, on se croirait à la foire. Emmett lui tire dans l'aine. Aryes saute d'un pied sur l'autre, comme s'il était au bal. Bob ne trouve pas ça drôle et fait feu une quatrième fois. Le projectile traverse la joue d'Aryes et son œil gauche explose.

Les frères Dalton parviennent enfin à la ruelle.

Les chevaux sont toujours là.

*

Aussitôt la porte franchie, l'odeur lui saute à la gorge. Grattam Dalton frémit. Les Brookes dégagent un musc puissant, inoubliable quand on l'a respiré de près. Un relent plus excitant que celui de la chair tendre pour un Chasseur. Certains prétendent que cette odeur a rendu fou le gang Dalton, qu'elle est à l'origine de leur acharnement à traquer les Brookes. Comme un envoûtement. D'autres affirment que c'est le parfum de la mort, que seuls les assassins peuvent sentir. Grat ne sait pas qui a raison, mais il est sûr d'une chose : il fera tout pour la respirer encore une fois.

Le cri poussé par le bandit est repris en écho par Powers et Broadwell quand ils font à leur tour irruption sur le perron de la Condon Bank. Un instant, les tirs cessent dans la rue. Le hurlement sauvage des desperados fait vibrer l'air déjà brûlant de cette matinée d'octobre. Puis l'enfer se déchaîne à nouveau sur la place principale de Coffeyville.

Le Colt Single Action Army de Grat ouvre les hostilités. Sa première balle étoile le verre droit du Brooke le plus proche. Il recule et vacille, pleurant une pulpe verdâtre, avant de s'effondrer. Grat bondit dans la rue, sans cesser de hurler. Derrière lui, Dick Broadwell prend soin de viser avant de loger deux balles dans la poitrine de la créature située à la gauche du rempart de cuir dressé devant la banque. Le Brooke émet un râle étouffé par l'épaisseur du foulard noué autour de sa gueule. Il s'étale dans la poussière. Sans attendre de le voir crever, Dick tourne son arme vers un autre fantôme. Puis il plonge à l'abri d'une colonne soutenant l'avant-toit de la Condon. La main de Bill Powers tremble ; il vide son chargeur au jugé sur la paire de Brookes qui lui a été assignée : trois coups, dont un seulement porte. Touché au bassin, le Brooke effectue un lent demi-tour et tombe à genoux, cassé en deux. Un filet de fumée grise s'échappe de sa blessure mais il ne lâche pas Bill du regard. Effaré, Powers continue de presser la détente de son Colt argenté, désormais inutile.

Clic. Clic. Clic.

Un éclair sombre. L'autre Brooke est sur Powers. Le desperado n'a pas le temps de lâcher le cri monté de ses entrailles, nouées par la peur.

*

Grat Dalton se réceptionne en souplesse au bas du perron, expédie une balle dans le cou de sa deuxième cible, et plonge sur le côté pour éviter le tir des volontaires civils. Ces messieurs de Coffeyville se sont retranchés sur le toit du bâtiment d'en face. De piètres Chasseurs, songe Grattam, incapables de moucher une proie en mouvement à plus de vingt pieds. Mais mieux vaut éviter une balle perdue. Grat achève sa culbute contre le tas de gravats abandonné par les terrassiers aux abords du chantier. Sans prendre le temps de souffler, il se relève et cherche le troisième

Brooke qu'il s'est adjugé. Un mouvement sur sa droite l'avertit du danger, trop tard.

La violence du choc propulse Grat contre les arêtes des pavés mêlés à la terre de remblai. Écrasé sous son adversaire, le bandit suffoque. L'odeur dégagée par la créature ajoute un poids supplémentaire au fardeau de cuir qui le maintient plaqué au sol. Le Brooke a refermé un poing ganté autour de son cou et la pression devient peu à peu intolérable. Grat a souvent vu mourir des hommes, plus rarement des femmes ou des enfants, étouffés par la poigne d'acier des créatures, larynx et vertèbres broyés.

Pourtant, Grat Dalton rit. Un hoquet douloureux, plus qu'un rire véritable, mais cela suffit à attirer l'attention du Brooke. Les cercles jumeaux de son regard se posent sur le visage congestionné du bandit. Grat remue les lèvres, laissant échapper des mots presque inaudibles :

— Tu arriveras le premier en enfer...

Son canon effleure le bas-ventre du Brooke. L'index de Grattam se crispe sur la queue de détente. Une fois, deux fois, trois fois. Grat encaisse chaque secousse, chaque brûlure de poudre avec un éclat de rire sonore, dément. Les soubresauts du Brooke ont quelque chose d'obscène, d'autant que Grat bande comme il ne l'a jamais fait. À cause du sang qui afflue vers sa queue à mesure que l'étau se desserre. La silhouette noire lâche sa gorge et se redresse d'un bond, tel un ressort détendu. L'hilarité de Grat redouble quand il voit le trou foré par l'argent dans les parties du Brooke. Le Dalton enfonce son canon d'argent au fond du puits de ténèbres, d'où s'écoule une cendre grasse et chaude. Elle vient se mêler à la poussière, à mesure que la créature se replie sur elle-même, vidée de sa substance. Finalement, il ne reste du Brooke qu'un amas de cuir et des bibelots clinquants. Baisé à mort.

*

— Grat ! Par ici !

C'est la voix de Dick Broadwell. Grat prend le temps de rengainer son Colt dans l'étui d'épaule, puis jette un œil par-dessus le tas de gravats qui le dissimule à la vue des tireurs. Dix pas plus loin, sur le perron de la banque, il aperçoit d'autres paquets de cuir et de ferraille, reliques des spectres expédiés en enfer par ses complices. Dick s'est retranché derrière un pilier, pris pour cible par les tirs ennemis. Les éclats de marbre volent en tous sens comme autant de projectiles. Grat cherche Bill Powers et le découvre en mauvaise posture, à l'autre extrémité du perron, un Brooke sur le dos. D'un signe du menton, il interroge Broadwell, mais celui-ci agite son barillet vide en guise de réponse. Plus de balles en argent. Grat prend une profonde inspiration et bande ses muscles ; un Dalton n'abandonne pas un membre de sa bande. Pas si celui-ci est en mesure de révéler les secrets du gang.

Grattam s'élance au milieu des balles tombées du ciel. Les détonations claquent comme autant de coups de fouet autour de lui. Il franchit la rambarde d'un bond et s'abat sur le Brooke occupé à fouailler les chairs de Bill Powers. Grat enfonce son genou dans les vertèbres de la créature. Il crochète son cou d'une clé experte et tire d'un coup sec. La tête du Brooke tombe sur le côté comme celle d'une poupée disloquée. Mais il continue de lacérer Powers. Grat Dalton lâche un tombereau d'injures, assure sa prise et se laisse tomber en arrière.

Le Brooke décolle dans un craquement d'os, entraînant Bill Powers avec lui. Grat roule sur le côté et s'empare d'une des prises suspendues au manteau du monstre : un authentique Bowie Knife bruni par le sang de son ancien propriétaire. Alors que le Brooke se tord sur le perron, l'échine brisée, Grat appuie la lame du couteau de chasse contre le revers du manteau, à l'endroit supposé du cœur. Grat Dalton se laisse choir de tout son poids, les deux mains refermées sur le manche de corne.

La lame transperce la double épaisseur de peau — manteau et chair, avant de se ficher dans une planche. Grat arrache alors le foulard du Brooke. Il entrevoit sa gueule, figée dans un cri, une vision de cauchemar tout en crocs et salive, une fraction de seconde avant qu'elle ne s'affaisse dans un nuage de cendre.

Grat se penche sur Bill Powers. Celui-ci respire encore.

— Merde, merde, mon visage, il m'a pelé ma putain de face !

Il hésite entre pleurer et rire de soulagement. Grat décide pour lui ·

— Pas le moment de faire le joli cœur !

Grat empoigne Bill par la ceinture et le tire à l'abri. Dick Broadwell les rejoint. Les volontaires de Coffeyville, tétanisés par la violence de l'affrontement, suspendent leur tir.

— On retrouve les autres, lance Grattam. Comme prévu.

— C'est Grat !

Bob pointe son arme en direction du bout de la ruelle, où trois hommes viennent d'apparaître. Broadwell couvre la retraite des deux autres, qui avancent en claudiquant, bras dessus bras dessous.

— Il y a eu de la casse.

— Powers, m'étonne pas. Je te l'avais dit, Emmett, Bill n'est bon que pour les trains.

— Va falloir qu'il trouve vite sa voie, parce qu'on n'est pas tiré d'affaire.

Grat Dalton rejoint ses frères. Pas d'embrassades ou de claques sur l'épaule. Simplement, Emmett lui redresse son col, comme il le fait depuis qu'il est gamin. Un geste machinal, qui tient lieu d'affection. Bob songe déjà à la suite. Le futur des Dalton se compte peut-être en minutes. Une anecdote lui revient alors en mémoire :

— Les gars, vous vous souvenez de Black Faced Charlie ?

Emmett esquisse un sourire :

— Faudrait être demeuré pour l'avoir oublié.

Charley «Black Faced» Bryant, surnommé ainsi à cause du tir qu'il avait reçu en plein visage et des grains de poudre qui y étaient incrustés. Le colosse s'en était tiré et Julia lui avait dit qu'il était plus costaud qu'un Brooke. Seule Julia pouvait se permettre ce genre de comparaison avec Charley. Il s'était contenté de bougonner, avant de l'aider à tirer l'eau du puits. Black Faced Bryant, une masse à la cervelle d'oiseau, entièrement dévoué au gang, jusqu'à donner sa vie. C'est d'ailleurs ce qu'il avait fait.

— Merde, le coup du Santa Fe Express ! C'était quand, déjà, 89 ?

— 91, Dick.

— Ouais, ben peu importe. Toujours est-il que Bob tient la locomotive, on se fait tous les wagons, pour quatorze mille dollars en bon argent, rien que sur les voyageurs. On s'esbigne vite fait, et voilà que le Charley trouve rien de mieux que de se pointer en ville. Il tire en l'air, le marshal l'embarque, et lui demande où se cache le gang. Alors, ni une ni deux, notre Black Faced brise ses menottes, s'empare d'un Colt et flingue à tout-va !

Chacun a entendu l'histoire mille fois mais ne peut s'empêcher de rire. Un hurlement libérateur qui gagne aussi Bill Powers :

— Il en avait, le fils de pute ! Pas dans la tête, mais il en avait...

Emmett Dalton essuie ses larmes et reprend son sérieux. Il fait le plein de munitions avant de lâcher :

— À Charley Bryant.

— Sûr, à Charlie.

Tout va très vite. Grat et Dick Broadwell montent en selle et quittent l'abri de la ruelle. Leurs chevaux sont abattus par les citoyens postés dans le Isham Harware Store. Une écume rosâtre jaillit des naseaux et se répand sur les mors. Les montures se cabrent, Grat et Broadwell vident les étriers. Bill Powers vient à la rescousse, mais son visage lacéré est une cible facile. Un volontaire, dissimulé par la barricade qui coupe l'avenue, tire sur le bandit. Powers meurt et le civil y gagne une place dans l'Histoire. Dick Broadwell se relève, il a l'épaule déboîtée et ne peut lever son arme. Broadwell quitte la partie.

C'en est trop pour Grattam. Et puis il y a ses frères, qui peuvent encore s'en tirer. Grat Dalton empoigne ses Colt et écarte les bras :

— Allez-y, mes mignons, surtout vous gênez pas !

Grat tressaute sous les impacts mais ne recule pas. Le desperado commet alors sa dernière bravade, qui marquera au fer rouge l'honneur de Coffeyville. Grattam pivote sur ses talons pour exposer son dos.

— Et comme ça, c'est plus facile ?

Les citoyens font feu, la honte aux joues. Le manteau de Grat Dalton se couvre d'écarlate. Il tombe à genoux, face au marshal C. T. Connelly, et tue son ancien instituteur.

Bob est fou. À cette minute, il a oublié sa croisade, la lutte contre l'infection qui a gagné tout le pays. Brookes ou citoyens, pas un pour racheter les autres, personne ne mérite d'être sauvé. Son cheval fonce dans l'avenue. Cavalier et monture sont soudés par la rage, comme un centaure d'apocalypse. Bob Dalton avise alors la dernière créature, qui se tient droite devant le magasin Boswell & Co. Il met pied à terre, marche vers le Brooke, et le pousse du pied dans l'abreuvoir. Le spectre de cuir s'affale de tout son long. Bob tire dans l'eau jusqu'à ce qu'elle soit teintée de sang. Il s'adresse alors à Coffeyville :

— Buvez-la, elle est bénie par votre lâcheté !

Le citoyen John Klaerh ne peut en supporter davantage. Il abat Robert Dalton.

Le dernier membre du gang est cerné de toute part.

Pour parvenir jusqu'à son frère, Emmett a payé le prix. Il est atteint à la hanche et au bras droit mais se tient toujours en selle. Emmett se penche pour recueillir les derniers mots de Bob :

— Ne t'occupe pas de moi, je suis fait. Ne te rends pas, lutte à mort !

Emmett hoche la tête, ce qui vaut pour promesse. Il talonne les flancs de son cheval et fonce vers nulle part. Un. Deux. Trois. Huit. Onze impacts dans le dos. De la chevrotine. Emmett parvient au bout de la Huitième Rue. Trois autres coups. Il tient toujours le sac d'argent. Deux balles de .45 à bout portant. Emmett Dalton mord la poussière.

Les citoyens hésitent, puis se rassemblent. Quelqu'un appelle même le photographe, histoire de marquer le coup, d'immortaliser la boucherie, alors que seuls les assassins de cuir jouissent d'un semblant d'éternité.

Increvable, Emmett relève la tête. Il distingue une paire de bottes noires. De la qualité anglaise qui résiste aux siècles, elles appartiennent à un Brooke. D'autres se pointent sur la place. Derrière eux, Emmett Dalton reconnaît la vieille Mc Kenna, cette foutue épicière qui ne faisait jamais crédit. Avec difficulté, Emmett tire de son gilet une babiole d'argent, prélevée jadis sur le cadavre d'un Brooke.

Il la jette au pied de la femme :

— Tenez, ma'ame. Payez-vous.

LA VEUVE NOIRE

> Il s'est bâti une maison d'araignée, il s'est
> construit une hutte de gardien riche.
>
> Livre de Job

> La demeure de l'araignée est la plus fragile
> des demeures.
>
> Coran.

— Vous êtes la première fortune d'Amérique.

L'avoué relève la tête. Roy F. Leibn contemple la minuscule silhouette entièrement vêtue de sombre. Une mantille de dentelles noire dissimule les traits de Sarah L. Winchester. Personne n'a plus vu son visage depuis sept ans. Précisément depuis que William, son époux, a été emporté par la tuberculose pulmonaire. La mort lente que redoutent même les Brookes, et qui a fait comme un contrepoint au décès d'Annie Pardee, leur fille foudroyée un mois après sa naissance. Le couple n'a plus souhaité avoir d'enfant, renouveler le sang des Winchester alors que William le crachait. Sarah est tombée dans un état de prostration que certains ont assimilé à la démence, alors qu'il s'agissait de chagrin. Une fatalité qui s'est abattue sur la famille pour n'épargner que la veuve.

Comme Sarah ne fait pas mine de réagir, le juriste poursuit :

— Conformément aux dispositions testamentaires de William, vous détenez plus de quarante-huit pour cent des actions de la Winchester Repeating Arms Co. Ce qui, après estimations, correspond à un avoir de vingt millions de dollars dont vous pourrez disposer à votre guise, quelles que soient les décisions que prendra le conseil d'administration à partir d'aujourd'hui. Le tout, non imposable. J'ai pris l'initiative de placer le capital, de façon à vous assurer un revenu de six mille dollars par jour. Cela, jusqu'à la fin de votre vie, que j'espère longue et heureuse, Sarah.

Mrs Winchester demeure sans réaction. Roy F. Leibn tire son stylographe et le tend au domestique japonais de sa cliente, en même temps que le testament. Sarah signe au bas de chaque page, sans prendre la peine de lire le document.

— Parfait, dit le mandataire de la firme en s'efforçant de sourire. Qu'allez-vous faire, maintenant ?

— Consacrer mon argent à une juste cause.

La voix de la veuve est à peine un murmure, mais ce qu'il en saisit suffit à réjouir Leibn. Sa cliente a donc des projets, recommence enfin à songer au futur.

— Excellent, Sarah, pourquoi pas des dons ? Andrew Carnegie vient de confier six millions de dollars à l'Athenaeum de Boston, afin que le club encourage la création de bibliothèques publiques.

— Du papier relié de peau sèche… je n'ai que faire des livres.

Pour se donner contenance, l'avoué déplace les

feuillets posés sur son sous-main. Il se force à poursuivre :

— Peut-être voyager, reprendre goût à la vie ?

— Voyager, en effet, monsieur Leibn. En direction
du royaume des morts.

*

Tanaka ouvre la porte arrière de l'Aveline & Porter, un modèle automobile révolutionnaire importé
d'Angleterre en dépit du blocus. Les Winchester se
moquent des mesures politiques : ils font la loi. Sarah
s'assied sur la banquette de cuir tandis que les passants l'observent. Tous les habitants de Boston la
connaissent. Bien qu'elle ne mesure qu'un mètre
trente pour moins de cinquante kilos, elle représente
une part importante de l'Histoire. Celle d'un pays
qui s'est forgé dans le feu des fusils. Tanaka jette un
œil aux badauds avant de prendre le volant. Il est à
la fois chauffeur, majordome et garde du corps de
Mrs Winchester. Le véhicule s'engage dans la longue
avenue, se frayant un passage dans la foule à coups
de klaxon. Bruit de la modernité qui couvre les hennissements des chevaux, comme une allégorie d'un
âge finissant. Même les Brookes finiront par adopter
l'automobile, estiment les journaux. D'ailleurs, ils
finiront par se fondre dans les cités qui sont en pleine
expansion. Rien que pour la ville de New York, la
population est passée de trois millions huit cent
quatre-vingt mille en 1860, à sept millions deux cent
soixante-huit mille en cette fin de siècle. Les mœurs
se civilisent, la *Women's Christian Tempérance Association* milite pour la fermeture des saloons, on évite

de cracher dans les rues et, pour la première fois, les chiens ont des muselières. Il n'est pas loin le temps où l'on musellera les Brookes, se félicite la haute société lors de banquets à dix mille dollars qui se tiennent au célèbre restaurant *Delmonico*.

La voiture s'engage dans un quartier résidentiel et fait halte devant une imposante maison à pignons et colonnades. Tanaka ouvre la portière de Sarah et lui offre son bras pour monter les trois marches d'escalier. Elle refuse l'aide de son majordome et se présente la première au domicile du spirite. Une bonne lui ouvre, jeune, en tablier et coiffe. Mrs Winchester n'a pas besoin de parler, on ne la fait pas patienter. Elle se dirige vers le cabinet de lecture où l'attend Langdon Trevelyan.

Trevelyan n'est pas le premier médium qu'ait consulté Sarah, mais il est le seul qui lui inspire confiance. Cela, depuis le jour où il a eu sa crise. Une sorte d'épilepsie qui s'est emparée de l'homme grand et maigre, quand il a raccompagné sa cliente jusqu'au seuil. Sans rien manifester, comme si la situation était normale, les domestiques ont dégrafé son col avant de l'allonger sur une ottomane. Après avoir bu un verre d'eau très sucrée pour recouvrer ses forces, Langdon Trevelyan s'est expliqué :

— C'est à cause de l'extérieur, Mrs Winchester, toutes ces âmes vivantes ou mortes qui marchent dans les rues. Je reçois leurs peines comme d'autres entendent les bruits, sans rien pouvoir faire. Comme un robinet ouvert à fond qui déverse son trop-plein de douleur dans ma tête. C'est pourquoi je ne sors jamais de ma maison.

Au début, les séances n'ont rien donné. Pressée

d'avoir des nouvelles de William et de leur petite Annie, Sarah posait trop de questions. Les esprits n'étaient pas en confiance, il leur fallait le temps de s'habituer.

— À quoi? a demandé la veuve.

— À leur nouvelle vie, si cette expression a du sens, a répondu Trevelyan.

Honnête, le médium n'a pas voulu la faire payer. Mrs Winchester s'est présentée la semaine suivante, et celle d'après, toujours accompagnée de son domestique, un petit homme sec et sérieux, coiffé avec la raie au milieu et vêtu d'une redingote qui lui donne un peu l'air d'un collégien anglais.

L'obstination de Sarah a fini par porter ses fruits. Un jeudi après-midi, vers cinq heures, au moment où le soir tombe et le jour redoute de partir, William s'est manifesté. Il a parlé par la voix de Trevelyan mais c'était bien son époux. De cela, Sarah est sûre car les détails qu'il a délivrés n'étaient connus que du couple. Avec pudeur, William a rappelé leurs moments intimes, non pas ceux que tous les amants de la terre partagent sur la couche, mais de purs instants de félicité qui sont faits de petits riens. Sarah a ri et pleuré sous son voile. Puis elle a demandé pour Annie.

— *Je ne la trouve pas*, a répondu William, que cet aveu semblait torturer par-delà la mort. *Et pourtant, sur notre amour, je te jure que j'essaye.*

— L'as-tu appelée par son prénom?

— *Ici, il y a quantité d'Annie.*

— Et son nom?

— *N'oublie pas qu'à sa mort, elle n'était qu'un bébé. Annie ne le connaît pas.*

— Pourtant, Winchester est un nom célèbre.

— *C'est vrai, Sarah, connu pour d'horribles raisons. C'est pourquoi tu dois m'aider.*

Et William qui, à la mort de son père s'était retrouvé à la tête de la Winchester Repeating Arms Co, a dit à sa veuve combien la famille était coupable. Des dizaines de milliers de vies fauchées par les armes qu'ils avaient fabriquées en série. C'est à cause de cette hécatombe qu'Annie était morte, que son père l'avait suivie, et que Sarah était devenue folle. Comme une expiation légitime qu'il leur fallait encore accomplir.

— *Tu dois te concilier les fantômes.*

— Comment ?

— *En calmant leur colère, car sinon ils te tueront.*

— William, je n'ai pas peur de mourir. Je veux vous rejoindre, toi et notre fille.

— *Ils nous tiendront séparés.*

— Qui ?

— *Les morts. Ou plutôt leur douleur, leur colère.*

— De tels sentiments existent dans l'au-delà ?

— *Oui, Sarah. Les défunts effectuent le voyage avec tous leurs bagages, des sacs d'existence qui contiennent de la tristesse, mais aussi de l'amour. Celui que j'ai pour toi et pour notre Annie. Aide-moi à la retrouver dans les limbes.*

— Que dois-je faire ?

Et son mari a parlé par la bouche de l'homme maigre. Elle devait bâtir une maison, pour elle et les esprits défunts, uniquement pour ceux que les carabines Winchester avaient tués.

— *D'autres essaieront de venir, pour te hanter, pour contrarier notre œuvre. Tu devras les en empêcher.*

— À quoi les reconnaîtrai-je ?

— *Crois-moi, tu le sauras. Nos alliés défunts t'aideront à concevoir des leurres, des pièges pour enfermer les âmes damnées. Mais surtout, Sarah, n'arrête jamais de bâtir.*

Et c'est encore ce que lui répète William aujourd'hui, alors qu'elle est assise face à Langdon Trevelyan :

— *Tant que tu construiras, tu vivras. Si les travaux s'arrêtent, tu mourras. La tentation de me rejoindre sera toujours là, mais tu devras être forte. Résiste tant que je n'ai pas trouvé Annie.*

Sarah sourit à travers ses larmes.

— Je ferai ce que j'ai à faire. Après tout, je suis une Winchester.

— *Hélas, oui. Pardonne-moi, mon amour.*

— De quoi, William ?

— *D'avoir demandé ta main…*

— Personne ne m'a forcée.

— *… de t'avoir entraînée dans tout ça.*

— Je t'aime, William. Je continue de t'aimer. Te souviens-tu du jour de notre mariage ?

— *Comment oublier ? 30 septembre 1862, tu étais la plus belle fille de New Haven.*

Peut-être pas la plus belle, se dit Sarah, mais elle reconnaissait avoir eu du charme, ainsi que du talent. Son toucher au piano faisait dire à William qu'elle était aussi habile que la déesse Arachné. Aujourd'hui, il lui demandait de tisser sa toile.

— Tu m'as entraînée, c'est vrai, dans une danse qui a ouvert notre bal. Et c'est tout ce dont je souhaite me souvenir.

— *Alors poursuivons la danse, Sarah, en direction de l'ouest.*

*

Des dizaines de milliers de vies, d'humains et d'animaux, de Brookes aussi, William a été formel. Tout cela par la faute d'Oliver Winchester, le fondateur de l'empire. Sarah n'a jamais aimé son beau-père. Un colosse aux façons de parvenu, qui voulait en remontrer aux vieilles familles de New Haven. Lui qui avait fait fortune dans la confection de chemises se posait en chevalier d'industrie. Loin de corriger ses manières, il se complaisait dans la vulgarité, parlant fort, sauçant son assiette, bâillant avec ostentation quand il allait au théâtre. Oliver Winchester avait bien sûr sa loge réservée.

Sarah aime la musique, elle joue d'ailleurs très bien du piano. Enfant, elle ne demandait rien d'autre que des airs à son anniversaire, pas de poupées françaises mais des partitions, qu'elle déchiffrait le soir avant de s'endormir. Puis elle les interprétait pour le plus grand bonheur de Léonard et Sarah Pardee, ses parents, morts depuis longtemps. La musique est la seule consolation qui lui reste. Mais elle ne touche plus au clavier, son piano est désaccordé. Et puis ses mains sont tordues par l'arthrite, un mal qui la gagne progressivement, comme l'odeur de poudre qui se répand à mesure que Winchester vend ses carabines. Le nouveau modèle que la firme s'apprête à produire est particulièrement meurtrier. L'arme absolue, affirment les vendeurs, capable de chambrer du calibre militaire, adaptée à tous les besoins. Culasse, logement et pont levier, une ritournelle entendue encore et encore à chaque repas. Mrs Winchester connaît cette musique mais ne l'aime pas. Elle doit agir, vite, avant que son corps ne soit calcifié par l'arthrite et qu'il retienne son âme dans une cage d'os.

Tanaka se coule dans le salon tel un spectre bienveillant. Comme chaque soir, il lui présente une tasse de thé et deux toasts. Sarah n'absorbe rien d'autre au dîner, depuis des années. Elle n'y touche pas. Le majordome lui souhaite le bonsoir avant de se retirer. Pour beaucoup, ce n'est qu'une formule de politesse, mais pour le Japonais, qui demeure impassible, il s'agit d'un vœu prononcé avec ferveur. Sarah lui en sait gré mais pour l'heure, elle n'y pense pas car son esprit erre dans les villes fantômes.

Red Dog Camp, Mad Mule Gulch, Murdere's bar, et même Vandalia qui fut un temps capitale de l'Illinois : le pays est couvert de vestiges qui s'étendent sur des centaines d'acres de terre abandonnée, des tombes collectives livrées aux mauvaises herbes. Des gens y ont vécu, avec leurs espoirs, leurs chagrins et toutes les petites tracasseries de la vie quotidienne. Parfois, dans ces ruines, on entend les bruits de la vie, rires et pleurs qu'emporte le vent des prairies. Les habitants fantômes murmurent les récits du passé.

Sarah quitte son fauteuil avec peine. Elle se dirige vers la bibliothèque, hésite quelques instants avant de retrouver la Bible. Un livre qui n'a plus été ouvert depuis la mort de William. Elle l'ouvre sur ce passage de l'Exode, quand Dieu dit à Noé : « La fin de toute chair est arrivée, je l'ai décidé car la terre est pleine de violence à cause des hommes, et je vais les faire disparaître de la terre. »

Sarah construira une arche.

*

Guidée par son mari, Mrs Winchester quitte New Haven, direction l'ouest du pays. À plusieurs reprises, elle pense avoir trouvé l'endroit, mais William la presse de poursuivre. Maintenant que l'affaire est engagée, il n'a plus besoin d'un médium pour parler à son épouse. Sarah en est heureuse, ils peuvent converser jour et nuit. Pour l'essentiel, ils évoquent des souvenirs. William ne veut rien savoir de ce qu'est l'Amérique aujourd'hui, et il répugne à décrire ce qui se passe là-bas, de l'autre côté, dans les plaines grises où hommes et bêtes se nourrissent de cendres. Alors elle lui parle de la saveur du pain, du parfum des fleurs, mais les mots lui manquent rapidement, ou son mari fatigue. Trop de sensations l'épuisent, même s'il s'agit d'illusions. Par contre, William peut se projeter loin en avant, franchir d'un souffle les distances, et c'est lui le premier qui parvient en Californie. *California*, on prétend que ce sont les conquistadores qui ont donné son nom à la région, d'après un roman de chevalerie écrit en 1510 par Montalvo. L'auteur y décrivait une île imaginaire, un lieu de fiction, aussi ténu et réel que les chimères qui peuvent hanter l'esprit. «C'est l'endroit idéal», assure William. Il attend que sa femme le rejoigne, lui dit qu'elle doit poser ses malles de l'autre côté de cette colline, dans le comté de Santa Clara. Puis William la quitte, peut-être pour toujours si elle ne parvient pas à accomplir sa mission. La peur au ventre, Mrs Winchester télégraphie à son avoué. Roy F. Leibn doit faire virer les fonds nécessaires à l'acquisition d'une propriété. «Combien d'argent?» demande le mandataire par retour de billet. « Suffisamment », répond Sarah sans plus d'explications. Elle a repéré une ferme de huit pièces qui compte quatre-vingts hectares de terrain. Sarah est calme, ses douleurs l'ont quittée lorsqu'elle rencontre le propriétaire. Un certain docteur Caldwell, qui affirme avoir eu pour compagnon d'études John Henry Holliday.

— Pourquoi me dites-vous cela ? demande Sarah au médecin.

— Parce que j'ai toujours pensé que le Doc était un type honnête. Et puis en plus, vous devez bien l'aimer, car c'est probablement l'un des plus fameux utilisateurs des carabines Winchester !

Ce dernier argument suffit à la convaincre. D'un mouvement léger de la main, elle fait signe à Tanaka de verser le contenu du bagage en cuir Dunhill. Les liasses de billets s'entassent sur le bureau du docteur.

Sarah paye cash sa nouvelle maison.

*

La rumeur enflamme les têtes, se répand dans le comté comme une traînée de poudre. La veuve Winchester est disposée à embaucher. Charpentiers, maîtres d'œuvre, terrassiers, maçons et jardiniers sont engagés aussitôt qu'ils se présentent. Leurs salaires sont les plus élevés de la région, à tel point qu'ils ne recherchent pas d'autres ouvrages. Sarah devient d'ailleurs l'unique cliente de la scierie locale. Mais, pour l'instant, tout ce monde est payé à ne rien faire. L'héritière se contente d'errer de pièce en pièce, ou d'arpenter le terrain comme pour se familiariser avec l'espace. Celui de la ferme, et l'étendue grise où errent les morts qu'elle devra bientôt accueillir. Des bruits circulent à Santa Clara, en provenance de l'est. Mrs Winchester serait peut-être bien folle. Mais au vu de sa fortune, tous sont prêts à partager sa démence. Et puis chaque foyer sait ce qu'il doit aux carabines conçues par la famille. La fureur des Winchester est depuis longtemps entrée dans les mœurs.

*

Tanaka consulte les chronomètres, trois instruments de précision fabriqués en Suisse. Ils lui donnent la même heure, ce qui lui permet de régler les horloges. Il devra le faire chaque matin et chaque soir, tous les jours de l'année, tant que sa maîtresse demeurera ici. Et elle n'a pas l'intention de partir. À minuit pile, les carillons sonnent, donnant le signal aux esprits. Sarah gagne le salon, suit les directives de son époux qu'a relayé Trevelyan. Assise droite sur une chaise placée en bout de la longue table de bois sombre, elle attend que les défunts se manifestent. Mrs Winchester est à la fois nerveuse et apaisée. Elle redoute la confrontation, craint de perdre contenance face aux fantômes, et en même temps elle n'aspire qu'à les voir. Contempler ces inconnus qui ont payé de leur vie l'ingéniosité familiale est pour elle une obligation. Pourtant, rien ne se passe. Derrière son voile noir, les traits de la veuve sont tirés. Aurait-elle mal interprété les indications, a-t-elle commis une maladresse sans le vouloir ? Tanaka se tient derrière elle, Sarah y trouve un réconfort, puise la force d'attendre dans l'impassibilité du serviteur japonais. Mais les minutes défilent sans que rien ne se passe.

Sarah est prête à fondre en larmes quand une voix surgit du néant :

— *Une seule entrée, trois sorties.*

La bouche de Mrs Winchester est sèche. Elle s'entend croasser :

— Qu'avez-vous dit ?

— *Une seule entrée, trois sorties. Une seule entrée, trois sorties Une seule entrée, trois sorties Une seule entrée, trois sorties Une seule entrée, trois sorties Une seule entrée, trois sorties Une seule entrée, trois sorties.*

Un unique commandement, sortant de milliers de gorges, le vacarme est insupportable. Sarah plaque ses paumes sur ses oreilles mais elle continue d'entendre les voix jusqu'à ce qu'un cri y mette fin. Le hurlement s'atténue pour finir en scansion, cinq mots martelés une dernière fois :

— *Une. Seule. Entrée. Trois. Sorties.*

Brusquement, la température de la pièce baisse de plusieurs degrés. Sarah n'ose pas se tourner vers le majordome, au cas où il n'aurait rien remarqué. Mais elle n'est pas folle, les cris, la vapeur qui s'échappe de ses lèvres, elle n'a pu l'inventer. Pas plus qu'elle n'imagine les formes mouvantes en bout de table, trois silhouettes diaphanes qui se tiennent droites et paraissent la fixer.

— Qui êtes-vous ? demande-t-elle, sans que cela lui paraisse incongru.

Que l'on fasse les présentations, c'est bien ce qu'exigent les usages. D'ailleurs, l'un des spectres se rapproche, Sarah croit même qu'il a retiré son chapeau. Ce détail suffit à calmer Mrs Winchester. Sept années de prostration ont préparé sa conscience.

Après avoir été coupée du monde, elle peut s'engager dans l'au-delà sans craindre de perdre la raison.

Adoptant le ton poli qui sied à l'hôtesse, Sarah s'adresse aux fantômes :

— Je ne pense pas que nous ayons été présentés.

Celui qui s'est découvert en sa présence lui répond :

— *Nous sommes les représentants des trois communautés.*

*

Mrs Winchester n'a pu dormir, cette nuit-là. Elle est à la fois exaltée et craintive, non par peur des esprits, mais parce qu'elle redoute de ne pouvoir les comprendre. Il va falloir apprendre à se connaître mutuellement, à faire des efforts. Le premier moment de surprise passé, Sarah se dit que les spectres ont voulu l'impressionner, sortir le grand jeu quand, de son côté, elle n'a rien cherché à prouver. Elle est prête à admettre les cris, et les commandements beuglés au cœur de la nuit. Pour cette fois. Mais elle n'est pas disposée à accueillir sans rien dire n'importe quelle manifestation psychique. En ce qui la concerne, elle est disposée à suivre les directives de ses invités, dès lors qu'elles sont recevables. « Une seule entrée, trois sorties », Sarah y a réfléchi toute la matinée pour finir par donner ses ordres. Un ouvrier a défoncé les murs du salon, y perçant trois trous. Les finitions viendront plus tard, et l'on y ajoutera trois portes, ainsi chaque fantôme pourra repartir sans se soucier des deux autres. Quelle est la signification de cette demande ? S'agit-il d'un rite qu'observe la communauté des défunts, ou le signe que les trois représentants cherchent à conserver leurs distances les uns des autres ? Elle espère une réponse et a cent questions à poser. Mais la veuve Winchester est prudente, se doute qu'elle ne peut aborder certains problèmes de front, comme la disparition dans les limbes de sa petite Annie. Elle espère simplement que le mystère sera levé un jour.

Minuit sonne aux carillons. À nouveau la température devient glaciale, comme si les morts habitaient un éternel hiver. Sarah songe aussitôt à sa fille. Annie est-elle suffisamment couverte, une bonne âme s'occupe-t-elle de la protéger ? Elle n'a pas le temps de s'en faire davantage, car les trois formes se matérialisent en bout de table. Au signal de sa maîtresse, Tanaka tire trois chaises, invitant les spectres à s'asseoir. Une sorte de protocole que Mrs Winchester fixe par tâtonnements. Les invités demeurent debout. Sarah s'adresse à celui qui a ôté son chapeau :

— Qui êtes-vous ?

L'esprit a l'apparence d'un homme maigre, il porte des moustaches fournies et tombantes.

— *Morgan Trent, Ma'ame*, répond-il dans un souffle.

L'instant est pénible, mais Sarah s'y est préparée. En fait, toutes ces dernières années l'ont dirigée vers ce moment, depuis qu'elle a lié sa vie à l'héritier Winchester. Elle pose donc la question :

— Comment êtes-vous mort ?

Le spectre paraît hésiter, comme s'il peinait à se souvenir de sa vie précédente. Peut-être cherche-t-il simplement ses mots :

— *J'aimerais vous dire que je suis mort en défendant la veuve et l'orphelin, mais ce serait vous mentir. Il n'y a rien de glorieux dans ma vie, Ma'ame. J'étais fermier, je me trouvais au mauvais endroit au mauvais moment, et c'est une balle de cow-boy qui m'a tué.*

Sarah se tourne vers la deuxième silhouette, celle d'un Brooke, tel qu'ils sont représentés dans les dessins des journaux. Ses cheveux tombent lâches sur les épaules de son long manteau en cuir.

Le Brooke devance sa question :

— *Nous n'avons pas besoin de noms car nous savons qui nous sommes.*

— Il me sera plus facile de vous en donner un, dit-elle doucement.

— *Faites comme bon vous semble.*

— Haven est un endroit que j'ai aimé et craint. Me permettez-vous de vous nommer ainsi ?

D'un hochement de tête, le Brooke donne son accord.

— Comment êtes-vous mort ?

— *Tiré sur une ligne de crête, par un inconnu. Ma place dans le Convoi n'a pas longtemps été vide. Chaque membre de la Famille n'est qu'une partie du tout.*

Mrs Winchester enregistre les mots dans un recoin de son esprit. Elle y reviendra plus tard. Sarah s'adresse maintenant au dernier spectre, celui d'un Indien :

— Qui êtes-vous ?

— *Makoki est mon nom.*

— Est-ce une carabine fabriquée par nos soins qui vous a ôté la vie ?

— *Oui, une arme toute neuve, achetée par Billy le Kid. Il voulait l'essayer.*

— Je suis désolée, dit-elle en baissant la tête.

Morgan Trent intervient :

— *Nous le savons, Ma'ame, et c'est pourquoi les trois communautés ont répondu à votre appel. Mais, sauf votre respect, cela ne nous fait ni chaud ni froid.*

Sarah ressent une brève poussée de colère. Jusqu'à aujourd'hui, personne ne s'est avisé de lui parler ainsi. Peut-être aurait-il fallu le faire, c'est pourquoi elle se ravise. Son ton est posé quand elle demande :

— Alors que voulez-vous ?

— *Une maison.*

— *Un wigwam.*

— *Un abri pour la Famille.*

Morgan Trent renifle avec mépris :

— *Rien à faire des Peaux-Rouges, et encore moins des Brookes !*

Makoki fait mine de cracher par terre et Haven siffle en déployant ses griffes. Les meubles de la pièce commencent à bouger. Les pieds des chaises et de la table heurtent le parquet, des chocs sourds comme ceux de cœurs morts qui recommenceraient à battre. Du coin de l'œil, Mrs Winchester voit son serviteur se raidir. Elle lève la main pour le retenir et dit :

— Assez de toute cette violence, trop de bruits, vous n'avez donc rien appris ?

Le ton, à la fois posé et impérieux, impose aussitôt le calme.

— *Apprendre quoi ?* demande le Brooke. *Ce qu'un être doit faire, il le sait.*

Trent et Makoki semblent être d'accord avec lui. Le fermier parle en premier :

— *La maison est blanche, nous en avons assez du blanc. Il faut repeindre la maison.*

— De quelle couleur ?

— *Ocre, beige, rouge argile.*

— *Les tons de la terre*, précise l'Indien.

— *Parce que la terre est à tout le monde*, conclut Haven.

Mrs Winchester donne son accord. Durant trente-huit ans, les ouvriers utiliseront soixante-seize mille litres de peinture pour enduire continuellement la villa en expansion.

— Quoi d'autre ? demande Sarah.

— *Pas de miroirs*, dit Makoki.

— *Les miroirs capturent les esprits, Ma'ame.*

— *Mais surtout, nous savons qui nous sommes*, lâche le Brooke.

Il n'y aura donc aucun miroir, sauf dans la chambre de Sarah et à la salle de bains. Les fantômes continuent d'exposer leurs demandes.

Lorsque la séance s'achève, il est deux heures du matin.

*

— Dix mille fenêtres ?

John Hansen pense qu'il s'agit d'une plaisanterie, mais la veuve Winchester a l'air sérieux. Elle répond au contremaître :

— Une pour chacun de mes invités, et plus si le besoin s'en fait sentir. Prévoyez-en aussi pour le sol.

— Ne devriez-vous pas…

— De préférence à châssis, dites-le aux vitriers. Y a-t-il, à Santa Clara, quelqu'un de spécialisé dans le grossissement optique ?

— Je ne pense pas que…

— Très bien, nous en ferons venir un. Le meilleur, peut-être un maître verrier de Chicago.

— C'est une bonne idée, madame. Chicago accueille cette année l'Exposition Universelle, on peut y trouver d'excellents architectes et artisans.

Plongée dans ses réflexions, Sarah n'entend pas John Hansen.

— Ou mieux, un tailleur de diamants juif comme il s'en trouve à New York, afin qu'il façonne des lentilles prismatiques pour les fenêtres de terre, dit-elle.

— Mais pourquoi ?

— Les enfants morts, du moins les plus jeunes, n'ont pas la force de se matérialiser, monsieur Hansen. Nous les y aiderons, au moyen de loupes grossissantes.

L'explication semble parfaitement cohérente, comme un exemple du pragmatisme de la Winchester Repeating Arms Co. Un usage dévoyé par la folie, se dit John Hansen, mais parfaitement réalisable.

— De même, couplez des jeux de fenêtres, poursuit Sarah.

— J'ai peur de ne pas comprendre.

— Que certaines donnent sur d'autres, afin de faciliter le passage entre nos deux réalités. Et puis, on ne sait jamais, cela pourrait constituer une sorte de sécurité.

— Contre quoi, madame ?

Sarah se souvient des avertissements de son mari. Tous les esprits des défunts ne lui seront pas favorables.

Le visage de l'héritière Winchester s'assombrit.

— Contre une catégorie de visiteurs qui pourraient

être jugés indésirables. Nous pourrions ainsi leur refuser l'entrée. Maintenant, parlons des bisons.

Éberlué, le contremaître écoute Sarah en prenant machinalement des notes. Sa cliente souhaite accueillir de nombreuses bêtes. Celles qui volent dans les airs trouveront refuge sur les toits. Pour les autres, il faudra multiplier les couloirs.

— Ce qui, de toute manière, sera une nécessité, compte tenu de la quantité de chambres et de pièces. Monsieur Hansen, vous pouvez ordonner à vos ouvriers de commencer les travaux.

— Très bien, madame.

La petite silhouette vêtue de sombre fait quelques pas en avant. Brusquement, l'héritière s'arrête et se retourne.

— Une dernière chose, monsieur Hansen. Je m'accorde le droit d'annuler à tout instant certaines directives.

— Par exemple ?

— Condamner des chantiers, ou favoriser de nouveaux développements.

— Cela risque de vous coûter cher.

— L'argent n'est pas un problème.

Ou il ne l'est que trop, pense Sarah Winchester en songeant aux morts portés dans la colonne « crédit » de l'entreprise familiale.

— Autre chose, madame ?

— Oui, monsieur Hansen. Lorsque vous dirigerez l'ouvrage, pensez à la toile d'araignée. Un travail élaboré, mais fragile comme le bonheur. Je veux tisser le monde autour de moi. Aidez une veuve vêtue de noir à devenir araignée.

*

Boston, le 5 janvier 1894.

Très chère Sarah,

Je joins ces quelques mots à mon rapport annuel concernant l'état de vos finances. Vous constaterez qu'elles se portent au mieux. Je vous remercie pour votre confiance renouvelée tout au long de ces années, mais regrette que les travaux de la villa vous accaparent au point de ne pas pouvoir vous voir davantage. Vos lettres, rares et d'autant plus précieuses, sont toujours pour moi l'occasion d'une grande joie. Et d'une distraction bienvenue qui me fait oublier un temps le travail d'office ennuyeux pour satisfaire vos requêtes.

J'ai donc, à votre demande, tâché d'en apprendre davantage sur la symbolique du nombre treize. Immédiatement, il vient à l'esprit l'épisode de la Cène, quand le Christ partagea son dernier repas avec les douze apôtres. C'est un peu court, je vous l'accorde, aussi ai-je contacté la National Society of Thirteen Against Superstition, Préjudice & Fear. Cette société anthropologique, qui s'est fait une spécialité des traditions et folklores, se réunit chaque vendredi treize. Au simple énoncé de votre nom, ses membres m'ont inondé d'informations que je vous livre sans ordre : Philippe II de Macédoine rajouta sa statue au cortège des douze dieux et mourut assassiné dans un théâtre peu après (comment ne pas songer au président Lincoln, autre grand que son orgueil a perdu ?). Loki, dieu nordique du mal, s'invita au banquet du Walhalla, imposant sa présence aux douze convives, et l'on compte aussi treize dieux dans le panthéon mexicain. Plus près de nous, de nombreux hôtels des grandes villes passent du

374

douzième au quatorzième étage, et j'ajouterais pour ma part que les enfants ne dépassent jamais la table de multiplication de douze. Car il ne faut pas surcharger de sens ce qui n'est qu'un symbole. À ce prix là, je tiens de hauts responsables que l'on constate une diminution des recettes des chemins de fer et des omnibus, le treizième jour du mois. Mais j'avoue que vos buissons taillés en forme de 13 piquent ma curiosité, et davantage encore vos treize salles de bains, dont chacune compte treize fenêtres (de façon plus prosaïque, les dispositions ont été prises pour vous doter de douches à jet contrôlé par système thermostatique, comme vous le souhaitiez). De même, mesure a été prise pour que les chandeliers à douze bougeoirs importés d'Europe soient augmentés d'un treizième. Concernant Tiffany, son directeur vous livrera courant du mois une fenêtre de salon à treize pierres bleues ou ambrées, enchâssées dans une toile en plomb. Le responsable de cette maison établie à New York a particulièrement goûté l'exécution de votre commande, et ne tarit pas d'éloges sur vos dessins. Il compte d'ailleurs s'inspirer de votre motif arachnéen pour ses propres créations (je peux, si vous le souhaitez, déposer un brevet).

Pour le reste, comme je vous le signifiais au début de ma lettre, les affaires de la firme se portent à merveille. Le conseil d'administration se félicite de la nouvelle carabine, lancée il y a peu sur le marché. Déclinée sur deux modèles, Sport et Luxe, elle connaît un franc succès.

Je continue de veiller sur vos intérêts, une tâche dont je m'acquitte avec joie mais qui, comme tous les honneurs, exige sa contrepartie et ne m'accorde que peu *de loisirs. Je ne désespère toutefois pas de vous rendre bientôt une visite amicale.*

Votre mandataire dévoué,

ROY F. LEIBN

*

— *Vous ne reverrez jamais votre fille, jamais. Nous vous en faisons la promesse.*

Sarah gît éveillée au cœur de la nuit, entourée par les spectres. Pour la plupart, ce sont des Brookes, et c'est l'un d'eux qui lui parle. Mais il y a aussi des fantômes d'humains dans sa chambre, dont Morgan Trent qui lui dit :

— *Sauf votre respect, Ma'ame, je suis d'accord avec les Brookes. Toutes vos belles paroles et vos ouvriers, c'était finalement que du fumier. Winchester continue de s'enrichir et vous nous laissez que des miettes.*

— *Des leurres*, renchérit le Brooke, *qui ne trompent personne. Tous les jours ou presque, un mort vient nous rejoindre, dont certains tués par votre nouveau fusil.*

— Pas le mien ! s'écrie Sarah en tirant le drap sur elle.

Trent se penche vers la veuve, menaçant :

— *C'est tout comme, Ma'ame, vu que Winchester est vot'nom.*

— Que voudriez-vous que je fasse, que j'oblige le conseil d'administration à fermer les usines ?

— *Pourquoi pas ?* répond le fermier.

Sarah y a déjà songé. Souvent elle a été tentée de ruiner l'affaire comme on assèche une rivière, en s'en prenant directement à la source. Ainsi, après avoir

376

effacé la firme Winchester, il lui suffirait de dépenser entièrement sa fortune pour en finir une bonne fois pour toutes. Mais elle ne peut s'y résoudre. Bien qu'elle s'en tienne loin, les nouvelles du pays lui parviennent. La crise bat son plein, l'Union des chemins de fer est paralysée par les grèves, ce qui interrompt le transport des fournitures à destination de la maison. Mais surtout, une armée de chômeurs a effectué une longue marche jusqu'à Washington pour exiger du Congrès qu'il émette cinq cents millions de bons destinés à nourrir les familles. Sarah ne sacrifiera pas à sa peine la destinée de milliers de gens. C'est pourquoi elle demande à Morgan Trent :

— Et que faites-vous de tous ces ouvriers qui se retrouveraient à la rue ?

Le spectre du fermier donne l'impression de réfléchir, comme s'il lui revenait partiellement en mémoire l'obligation de veiller sur les siens, de poser le pain sur la table et de vêtir ses enfants. Comme il hésite, un Brooke prend la parole :

— *L'idée même de cette maison est une insanité.*

— En quoi ? s'écrie Sarah.

Pourquoi William n'accourt-il pas pour lui venir en aide ? Son mari a toujours su négocier, rallier à son avis clients ou fournisseurs mécontents. William tenait cela de son père. Un sourire, un mot d'esprit, et l'affaire était conclue. Elle n'a autour d'elle que des fantômes mécontents. Entre eux, ils ne sont pas d'accord, mais tous estiment que la veuve Winchester fait fausse route. C'est pourquoi ils ont décidé qu'elle ne reverrait jamais sa petite Annie. Le jugement des spectres n'est qu'une parodie de justice. On ne lui a pas laissé la possibilité de se défendre, ou même de faire appel à un avocat décédé. Le tribunal n'est qu'une farce, étroit d'esprit comme l'est une cour de prison destinée à accueillir la potence.

Sarah se redresse et hurle à la face transparente du Brooke :

— J'ai tout fait pour racheter notre nom, tout, alors dites-moi en quoi je me suis fourvoyée !

Le fantôme du Brooke recule. Ses verres de lunettes sont comme des miroirs qui ne reflètent rien. Pourtant une esquisse de sentiment paraît animer son regard vide. Il baisse la tête et murmure :

— *La maison. Un point fixe, pas le bon.*

Sarah n'est pas sûre d'avoir bien entendu.

— Que voulez-vous dire ?

Trent s'interpose :

— *Rappelez-vous, ma'ame, que ceux du Convoi sont comme des nomades. L'idée même que vous en reteniez captifs ici les met mal à l'aise.*

— Non, ce n'est pas ce qu'il a dit, répond Mrs Winchester en se tournant vers le Brooke.

— *Des mots, trop de mots*, s'obstine le fermier. *Ma'ame, nous voulons des faits.*

La veuve Winchester ignore Morgan Trent. « La villa constitue un point fixe, mais pas le bon. » Elle voudrait comprendre ce qu'a insinué l'envoyé de la Famille mais n'a pas le temps d'y réfléchir car l'un des Brookes lui dit :

— *Vous multipliez couloirs et cheminées, tout cela pour nous perdre, nous égarer comme dans un labyrinthe. Des limbes où nous allons errer jusqu'à devenir fous.*

— *Morts et déments !* hurle Trent en donnant l'impression de se déchirer sous l'effet de la rage.

Un Brooke déploie ses griffes en criant :

— *Qu'adviendra-t-il de nous si nous ne pouvons pas retrouver la Famille ?*

Il se lacère la face en lambeaux transparents, des bandes d'éther qui disparaissent en touchant le sol. D'autres l'imitent, tandis que les spectres d'humains fouillent leurs plaies, en extirpent des balles fantomatiques qu'ils offrent à Mrs Winchester. Mais surtout ils hurlent, gémissent, prient, les informations qui parviennent à Sarah sont données dans le plus grand désordre. Certains Brookes semblent dénoncer une erreur dans les agissements de la veuve, d'autres y voient une faute, la volonté de se moquer des morts. Sarah aimerait absorber d'un coup tout ce qu'on lui assène, agencer ces amorces de raisonnement en un discours continu, une suite logique comme ces morceaux de musique qu'elle aime tant jouer et qu'elle comprend de l'intérieur depuis son enfance. Durant plusieurs années, après le décès d'Annie puis de William, son esprit a interprété sans discontinuer une seule composition. Il s'agissait d'une fugue qui l'amenait loin des vivants et la faisait passer pour folle. Elle aimerait retrouver cette mélodie pour recouvrer sa compréhension des spectres. Au lieu de quoi, elle s'entend répondre point par point, donnant à l'un une raison à ses actes, à un autre une amorce d'explication sans qu'aucun ne soit satisfait, Sarah pas plus que les fantômes. Elle crie, repousse loin les draps comme s'il s'agissait de suaires, de linceuls pour défunts qui n'ont plus qu'une peau transparente, comme celle de ces poissons qui vivent dans les grandes profondeurs, là où la pression déchire le commun des vivants. L'au-delà est peut-être constitué d'eau noire.

— Assez! hurle Sarah dont le timbre de voix couvre plusieurs tonalités qui vont de la haine au chagrin.

— *Une hôtesse laisse parler ses invités.*

— Alors comportez-vous comme tels ou prenez la porte!

— *Neuf cent cinquante portes... Pourquoi les multiplier?*

— Une pour chacun de vous!

— *Dans ce cas il y en a trop peu*, murmure un humain.

La voix de Sarah se radoucit:

— J'en ferai percer d'autres.

— *Comme celles qui s'ouvrent sur des à-pics?*

— Elles ne vous sont pas destinées.

— *Qui d'autre attendez-vous?* lâche le Brooke dans un rire.

— On dit dans la région que mon coffre-fort est rempli d'or.

— *Nous ne voulons que l'argent.*

— Ne vous souciez pas que de votre chapelle, certains pensent autrement!

— *Qui?*

— Les cambrioleurs, tous ces faux-semblants sont des pièges pour les voleurs.

— *Honnêtement, croyez-vous que quelqu'un puisse vouloir s'introduire ici? Non, Ma'ame, même les morts hésitent*, répond Morgan Trent.

Ce que dit le fermier est vrai. Quand minuit sonne au carillon réglé sur les trois chronomètres suisses, Sarah reçoit de nouvelles directives des trois envoyés. Souvent, leurs indications ne tiennent pas compte des précédentes et, le lendemain matin, John Hansen qui supervise les travaux doit fermer certains chantiers et en ouvrir de nouveaux. Le contremaître ne discute jamais les ordres, car il voit bien que Mrs Winchester ne contrôle rien. L'héritière de la puissante firme ne fait elle-même qu'obéir.

— Ne peut-on en revenir au début? demande Sarah d'une voix lasse.

— *Quel début?*

— Reprendre là où nous en étions restés, quand j'avais votre confiance.

— *Ce n'est plus le cas.*

— Tous nous avons droit à l'erreur, je sais qu'il existe des tensions entre vous, poursuit Sarah.

— *C'est inexact*, répond un Brooke.

— Sur votre honneur, pouvez-vous m'assurer que les morts des différentes ethnies parlent d'une même voix?

Le Brooke prend le temps de répondre. Il observe cette toute petite femme qui leur tient tête et dit:

— *Non, il n'y a aucune unité dans l'au-delà, mais l'entente existe au sein de la Famille. Et c'est tout ce qui importe pour nous.*

— Vous ne vous souciez pas des humains morts?

— *Le font-ils des nôtres?* lâche le Brooke en se tournant vers Morgan Trent.

La veuve pense alors à Haven, celui qui d'ordinaire représente les membres défunts du Convoi.

— Ce n'est pas avec vous que j'ai coutume de discuter.

Le Brooke recule comme sous l'effet d'un choc. Ses griffes immatérielles traversent les draps sans les déchirer Il répond en sifflant·

381

— *Celui que vous appelez Haven ne nous repré-sente pas.*

— Pourquoi ?

— *C'est un renégat.*

— Ne disiez-vous pas que l'entente régnait au sein de la Famille ?

— *Une brebis galeuse que le troupeau a rejetée*, répond le fermier pour les Brookes.

Il n'y a pas de constance dans les rapports entre défunts. Ils se comprennent puis s'opposent, une alliance immatérielle et mouvante, à l'image de leurs corps dont la densité fluctue. Sarah prend soudain conscience qu'aucun Indien n'est présent.

— Où est Makoki, pourquoi le représentant des nations peaux-rouges n'est-il pas ici ?

— *Ne vous souciez pas de ce sauvage, Ma'ame.*

— Au contraire, monsieur Trent. Makoki désap-prouverait-il votre intrusion dans ma chambre ?

À part le fermier et quelques fantômes de citoyens isolés, il n'y a en fait que des Brookes. Mrs Winchester relève la tête avec assurance, ainsi que doit le faire une personne de bonne éducation :

— Je ne souhaite plus parler en l'absence de Makoki et de Haven. Tenez-vous-le pour dit.

Une détermination polie mais ferme, qui frappe un Brooke telle une gifle. Il répond :

— *Celui que vous nommez Haven n'est plus des nôtres, combien de fois faudra-t-il vous le répéter ?*

Sarah plisse les lèvres, ainsi qu'elle le fait à chaque fois qu'on la contrarie. Un tic qu'elle tient de son père, Leonard Pardee.

— Pourquoi est-il absent, aujourd'hui ?

Le Brooke se projette en avant :

— *Essayez de comprendre de l'intérieur, de l'intérieur !*

Sarah sent qu'il la pénètre, fouille son âme déjà bien abîmée. Elle s'effondre contre sa table de nuit. La présence du Brooke en elle la glace, Sarah perçoit toutefois comme une amorce d'explication. Un dessein vague et pourtant infaillible qui anime la Famille depuis son arrivée dans le Nouveau Monde, depuis que par un soir pluvieux de novembre, *L'Asviste* s'est échoué quelque part sur la côte Est. Mrs Winchester voit maintenant en quoi ses propres intentions peuvent contrarier les buts du Staroste. Mais aussitôt elle l'oublie, quand le spectre du Brooke sort violemment de son corps.

Épuisée, Sarah s'écroule sur sa descente de lit, une peau de grizzly tué à la Winchester par Théodore Roosevelt, un ami de la famille. Elle recule, horrifiée, tandis que les yeux en verre de l'ours la fixent.

Teddy's bear.

— *Allez-vous cesser de bâtir ?* lui demande le Brooke.

Sarah s'apprête à répondre quand Morgan Trent s'interpose :

— *Arrêtez de parler pour vous !*

— *Cette maison est un mauvais point fixe*, répond le Brooke en se tournant vers lui.

— *Ça nous convient très bien*, insiste le fermier.

— *Pas à la Famille !*

Le spectre du paysan fait un pas en avant, poings fermés. Il s'adresse aux membres défunts du Convoi :

— *C'est votre problème !*

Les Brookes l'entourent, griffes déployées. L'un d'eux lui crache à la face :

— *Tu crois ça, humain, tu penses vraiment ne pas être concerné ?*

— *Et pourquoi je le serais ?*

— *Pauvre fou, le problème des miens est celui de tous les Américains, depuis notre arrivée.*

Trent repousse en arrière son chapeau.

— *Sûr qu'on aurait pu se passer de votre sale engeance !*

— *Non, non, tu fais erreur, ce n'est pas cela, pas un de vous n'a compris...*

— *Compris quoi ?* gronde le fermier en frôlant Sarah comme un souffle.

Mais le Brooke ne répond pas. Il paraît captivé par un spectre d'un autre genre, surgi du passé :

— *Personne, sauf peut-être ce révérend, au tout début... Comment s'appelait-il, déjà ?*

Soudain, la porte de la chambre s'ouvre à toute volée. Les têtes se tournent vers l'entrée. Long manteau noir tombant jusqu'à terre, rapière au poing, Haven franchit le seuil, Tanaka est à ses côtés. Le serviteur japonais tient entre les doigts de sa main droite quatre étoiles d'argent. En découvrant ses armes de jet, les Brookes sifflent et s'éloignent. Morts, ils ne devraient pas craindre l'argent, mais la douleur gravée dans leur mémoire les fait reculer, comme s'ils obéissaient à un instinct de mort. Pourtant l'un d'eux s'élance en avant. Tanaka projette une étoile. Le projectile fend l'air en tournoyant, son sifflement rappelle celui des Brookes. L'argent acéré déchire le spectre qui se dissipe en fumée. Avant que l'étoile ne retombe, les membres du Convoi disparaissent à leur tour par la cheminée. Quarante-sept cheminées en tout dans la villa, dont certaines s'arrêtent à quelques centimètres du plafond. Haven le renégat est passé par l'une d'elles. Avec l'aide de Makoki l'Indien, il est parvenu à sortir du puits dans lequel la Famille les tenait enfermés. Un trou sombre, destiné à être comblé par les ouvriers de l'équipe de nuit. Haven a fait fuir les employés de Sarah, puis a rejoint le majordome japonais. Tanaka l'a écouté et, sans dire un mot, l'a suivi.

Sarah Winchester se redresse en prenant appui sur Tanaka, et dit à Morgan Trent :

— Dorénavant, je vous interdis de nous rejoindre.

Le fermier ouvre des yeux vides, couverts d'une taie laiteuse :

— *Mais vous n'avez pas la possibilité de...*

— Je suis ici chez moi, le coupe Sarah, et dans ma famille, nous n'avons pas pour habitude d'accorder notre temps aux maîtres chanteurs.

— *Je... je ne comprends pas*, bafouille le cadavre de Trent.

Mrs Winchester lisse sa chemise de nuit froissée et dit :

— Une menace, vous avez osé me menacer, en laissant entendre que je ne reverrais jamais ma petite Annie.

— *Ce n'est pas moi qui ai...*

Sarah le coupe d'un geste·

— Vous ou un autre, peu importe, monsieur Trent, nous n'allons pas tenir des comptes d'épicier. À l'avenir, veuillez vous considérer comme *persona non grata* dans cette demeure. Je ne traiterai plus qu'avec monsieur Haven, ici présent, et avec Makoki.

Haven prend la parole :

— Il faudra faire sortir l'Indien du trou dans lequel Morgan Trent et la Famille nous tenaient.

Sarah répond sans quitter le fermier du regard.

— Ce sera fait dès que monsieur Trent aura eu la bonté de se retirer.

De sa voix calme, à l'accent posé, Mrs Winchester vient de le condamner à l'exil. Loin de la villa, il devra labourer des plaines de cendres pour l'éternité, ce qui est comme une seconde mort.

— *Laissez-moi vous raccompagner*, dit avec ironie Haven au fermier qui n'est déjà plus qu'une ombre.

Une fois seule, Sarah observe le désordre dans sa chambre puis s'adresse à Tanaka :

— Les spectres n'auront plus l'occasion de me tourmenter. À partir de maintenant, je ne dormirai plus deux nuits de suite au même endroit.

*

Ainsi fait la veuve, qui ne s'attache à aucune chambre, nul endroit où elle conserve de précieuses reliques, comme une photo de William ou une mèche de cheveux d'Annie. Elle qui offre un toit à tous les esprits errants devient nomade dans sa maison. Chaque nuit, après la réunion à laquelle n'assiste plus Morgan Trent, Mrs Winchester fait savoir à son majordome dans quelle chambre elle dormira. Sarah ne décide pas au hasard, mais en fonction d'un système complexe de symboles. La partie consciente de son esprit en ignore le sens. Angles des pans, courbure de voûtes, placards sans fond dont l'un a trois centimètres de large, vitraux aveugles qui ne reçoivent jamais la lumière, poutrelles et colonnes installées à l'envers, motifs gravés dans le bois ou les marbres, ces signes parlent directement aux régions profondes de son cerveau où la raison n'a plus sa place. Sarah sait maintenant que toutes ses années de démence étaient nécessaires. La folie l'a préparée à ce qui est la part essentielle de son existence, se mettre au service des morts. D'eux, elle peut tout entendre, elle ne cesse de le faire. Elle recevra leurs demandes comme elle a auparavant accepté leur argent, quand ils n'étaient pas encore spectres et pourtant déjà fantômes. Des anonymes, sacrifiés à la bonne marche de l'Histoire, non pas celle des livres qui s'empilent dans la bibliothèque de Harvard et dans les cabinets de lecture des notables, mais un récit de fureur et de larmes. Sarah en a écrit sa part, à double titre. Elle a perdu mari et enfant, et elle est directement responsable de la douleur du monde, tristesse à répétition rythmée par les Winchester.

Sarah emprunte l'ascenseur électrique. Il en existe deux autres, à pression hydraulique, et bien d'autres facilités qu'offrent les temps modernes, comme la lumière au gaz par presse-bouton. Elle fait fuir les fantômes de peu d'envergure, l'équivalent de rats dans la maison. Pour ce qui est des bêtes, la villa compte tout un troupeau de bisons mugissant sous les fondations. Parfois, l'un d'eux découvre par instinct qu'il peut se fluidifier, passer entre les lattes du parquet ou se glisser par un nœud de planche. On le retrouve fonçant à travers les murs avant de basculer dans le néant. Il y a aussi des ours, mais on ne les voit guère. Les grizzlys évitent de se montrer parce qu'ils redoutent de trouver Sarah en compagnie de Belly Boy Teddy, celui que tous les journaux surnomment

« le Grand Chasseur », ou « le vainqueur de Cuba »
depuis qu'en 1898, il a pris d'assaut la colline de San
Juan à la tête de ses *rough riders*. Bientôt, l'Amérique
ne l'appellera plus que le président Roosevelt. Un ami
des Winchester, au désespoir de Sarah.

L'ascenseur parvient à l'étage. Tanaka ouvre la
porte, la veuve prend place dans le fauteuil roulant.
Le majordome pose une épaisse couverture sur les
jambes de Sarah qui la font tant souffrir. L'arthrite se
répand dans son corps en durcissant ses os, comme
une mort lente qui la gagnerait progressivement. Mais
elle a encore toute sa tête, une intelligence aiguisée
par la folie et la volonté ferme de retrouver sa fille.
Où est Annie, grandit-elle ? Sarah aurait souhaité ce
qui se fait de mieux, lui donner la meilleure éducation
dans ces nouveaux collèges pour jeunes filles, Vas-
sard, Barnard, Bryn Mawr ou Wellesley, afin qu'elle
ne dépende pas d'un homme et puisse se débrouiller
seule dans la vie. William aurait voulu la même chose.
Annie joue-t-elle à la marelle pour regagner le ciel, ou
est-elle perdue en enfer ? Un tel lieu n'existe pas, il
n'y a que la cendre, une étendue d'ennui. Pas d'amu-
sement, de galants qui viendront courtiser sa fille, le
moment venu. C'est pourquoi Sarah a fait aménager
deux salles de bal. Elle espère qu'un jour, sa fille val-
sera sur le parquet ciré, sous les imposants lustres en
cristal, dans les bras d'un gentleman défunt. Un garçon timide à qui Annie accordera toutes ses danses,
inscrivant son nom dans un petit carnet, pas la Ghost
Dance, qui s'est achevée au son des tirs continus, mais
une pavane pour les morts.

Tanaka pousse le fauteuil le long du couloir
qu'éclairent des vitraux. Les morts s'écartent sur leur

passage, tous ont le regard fixé sur Mrs Winchester. Certains inclinent la tête, notamment les jeunes filles, à croire qu'elles aimeraient entrer au service de Sarah. La maison aurait bien besoin de domestiques, un régiment de bonnes pour faire les lits dans les chambres, quand les défunts auront compris qu'ils sont ici chez eux. Mais ce n'est pas le cas pour l'instant. Les morts se méfient, ne font que passer avant de retourner dans l'au-delà, préférant l'espace morne à un véritable foyer. «Mauvais point fixe», a dit un Brooke, Sarah ne cesse d'y songer. Heureusement, il y a les enfants.

Lorsqu'ils parviennent à la nursery, Sarah fait signe au majordome de s'arrêter. Tanaka pousse le fauteuil dans la petite pièce aux murs couverts d'un papier peint au ton pastel, à motif d'agneaux. Les fillettes jouent sur le sol, agitant des poupées de chiffons. Toutes sont indiennes, à l'exception d'une petite qui se tient en retrait. Elle porte une chemise de nuit et des lunettes à verres sombres.

— *C'est l'une des nôtres*, dit Haven qui vient d'apparaître.

Celui que les Brookes tiennent pour renégat parle d'une voix douce. Depuis l'incident de la chambre à coucher, il a toute la confiance de Sarah.

— Comment est-elle morte ?

— *Tuée par un Ranger.*

— Pourquoi ?

— *Regardez son bras.*

Sarah observe la petite. Elle a le bras gauche tourné vers l'intérieur, le coude saillant selon un angle impossible.

— *C'est une estropiée*, commente Haven d'un ton détaché.

— Et ?

— *La Famille ne peut s'embarrasser des infirmes. Ils sont forcés de quitter le Convoi.*

Sarah agrippe les accoudoirs de son fauteuil.

— Une enfant ? dit-elle en songeant à sa fille.

— *Oui, même si cela nous coûte*, répond Haven en baissant la tête.

À cet instant, il semble marquer la distance vis-à-vis des siens.

Sarah reprend d'une voix sèche :

— Cela ne me dit pas pourquoi elle est morte.

— *Un couple de fermiers l'a recueillie, de braves gens. Comme ils ne pouvaient avoir d'enfants, ils ont cru pouvoir la garder, en la nourrissant de sang de poules ou de gibiers. Cela a été, un temps. Et puis une nuit, elle est entrée dans leur chambre et leur a ouvert la gorge. Un voisin est venu et l'a trouvée, la figure barbouillée. Elle restait près du lit, sans bouger, à fixer les corps. Les Rangers sont venus et l'ont abattue.*

— Pourquoi ne s'est-elle pas enfuie ?

— *Parfois, dans la Famille, quand il y a pénurie de nourriture, il arrive que les adultes offrent leur gorge aux petits, ou s'ouvrent les veines des poignets, pour les nourrir. Elle a dû penser que les fermiers étaient ses parents, et qu'ils allaient se réveiller. Je crois sincèrement qu'elle s'était attachée à eux.*

La fillette se tient loin des petites Indiennes, intimidée, à croire qu'elle ne sait pas jouer. Sarah remarque alors une gamine aux épaisses nattes diaphanes, presque un papoose, qui se lève et marche vers la Brooke d'un pas hésitant. Elle lui tend sa poupée.

Après un moment d'hésitation, les verres sombres se portent vers le jouet. La Brooke le saisit et l'agite avant de rejoindre les enfants.

Songeant à Annie, Sarah refoule ses larmes avec peine. Puis son chagrin s'efface à mesure qu'elle observe les jeux. Si les enfants morts parviennent à s'entendre, il y a peut-être de l'espoir.

*

— Veuillez ôter vos insignes maçonniques, monsieur.

Roy F. Leibn fixe le maître des travaux. John Hansen se tient devant lui, main tendue, colosse impassible à la voix douce qui garde l'entrée de la propriété. Le mandataire de la firme Winchester a fait un long voyage pour rencontrer sa principale cliente. Les affaires l'ont trop longtemps retenu, il aurait aimé venir avant, du moins s'en est-il persuadé. L'avoué redoute cette rencontre, il craint de retrouver Sarah. Les rares visiteurs de la veuve s'inquiètent pour sa santé. Le docteur Clyde Wayland, médecin de la famille, dit que son état se dégrade. Arthrite généralisée et un esprit qui chavire, emporté par la tourmente de la folie, ce que confirme Frances Mariot, nièce de Mrs Winchester.

Frances est son unique héritière. Elle dispose d'une confortable fortune personnelle et n'attend pas après l'argent de Sarah, aussi peut-on lui faire confiance. Lors de sa dernière visite, elle a vu la maîtresse de maison jouer de longues heures sur un piano désaccordé. Les marteaux frappaient à vide pour une salle emplie de morts.

— Monsieur, s'il vous plaît, dit le contremaître sans hausser la voix.

Leibn s'exécute. Il ôte de sa chaîne de montre de minuscules équerres et compas, ainsi qu'une pièce de monnaie chinoise ornée d'organigrammes, trouée en son milieu. Une rareté de l'ère Xian Feng que lui a offerte Oliver Winchester, fondateur de l'empire. L'empreinte du maître sur son employé, comme l'on marque un esclave. Roy F. Leibn se sent curieusement allégé quand il confie ses biens à Hansen.

— Ne les perdez pas, j'y tiens beaucoup.

Sans un mot, le chef des travaux plie une feuille de papier huilé en forme d'enveloppe et y glisse les breloques. Puis il les confie à un ouvrier.

— On vous les rendra à votre départ.

— Pourquoi ne puis-je les faire rentrer dans la maison ? s'inquiète Leibn, tandis que l'ouvrier s'éloigne.

— Ce sont des symboles. Trop de signes peuvent modifier l'équilibre de la maison, c'est un risque que nous ne pouvons courir.

— C'est votre idée ?

— Consigne de Mrs Winchester.

— Et vous y croyez ?

— À ses ordres ? Oui. Pour le reste, elle a ses façons de voir et je la suis, ainsi que le font tous les gens du pays.

Le mandataire sait ce que fait Sarah. Au début, il ne s'est pas soucié de ses lubies. Mieux, il les a encouragées, dès lors qu'elles apportaient une sorte d'apaisement à la veuve Winchester. Leibn n'a pas hésité à entrer dans le jeu de Sarah, effectuant pour elle quelques recherches, y trouvant même plaisir, comme une obligation délivrée des contraintes de la firme. Mais le conseil d'administration s'inquiète. Tout d'abord il y a eu les rumeurs, assourdies ou amplifiées à mesure qu'elles se répandaient à travers le pays. Les actionnaires ont laissé dire, car toute publicité est bonne à prendre. Et puis il y a eu les fascicules, des publications bon marché, semblables à toutes les autres, à ceci près que le texte imprimé sur du mauvais papier était bien écrit. C'est un greffier qui a averti Roy F. Leibn, un jeune gars qui devait oublier les heures pénibles du bureau en rêvassant lors de sa pause déjeuner. *La Villa des fantômes* était le titre de la série. Selon le commis, les histoires étaient au moins aussi bonnes que les vieux récits de Tuxedo Moon. Leibn connaissait le héros fabriqué de toutes pièces par Mark Twain. Il avait jeté un œil à *La Villa des fantômes*. Les deux cycles n'entretenaient aucun rapport, pas de duels et de Brookes pris au lasso dans les contes fantastiques, mais une patte commune, ce qu'il fallait bien appeler un style, trop bon pour ne pas nuire à Sarah. Leibn avait été contraint d'avertir le conseil. Les administrateurs s'étaient chargés de régler le problème à la source, et la production de l'auteur s'était tarie. Il restait maintenant au mandataire à prévenir Mrs Winchester. Une affaire d'importance nationale qui, après en avoir fini avec Twain, devait consacrer Belly Boy Teddy, le Grand Chasseur.

L'avoué n'est pas à son aise. Ce qu'il doit accomplir lui coûte, et fera comme une encoche à son honneur. Il suit le contremaître et remonte la pente qui conduit à la maison. Ils longent la voie ferrée, une ligne spéciale dérivée depuis la gare de la ville, posée tout exprès pour le train qui transporte les fournitures destinées à la construction. Chaque jour, la locomotive à draisine, à laquelle sont accrochés deux transports à plateaux, livre du bois d'essences rares et du marbre de Carrare qui viennent alimenter le chantier. Sans compter les objets de luxe qui parviennent par convois réguliers. *Débauche de luxe pour une ascète*, pensent les envieux de Boston.

Leibn parvient à hauteur de la maison de bois dont les fondations sont en briques. Ce qu'il découvre l'oblige à marquer l'arrêt. Rien dans les descriptions fournies par les journaux ne l'avait préparé à cela, pas même les photographies reproduites en pleine page. La maison se répand sans ordre, prolifère à travers le terrain comme un cancer. Une pierre de folie extirpée de la tête de Sarah, et que sculpteraient ses tailleurs. Le mandataire hésite. Après tout, le projet planifié par les administrateurs n'est peut-être pas une si bonne idée. Tout l'incite à faire volte-face, à retourner sur ses pas sans déranger Sarah. À commencer par l'estime qu'il porte à la veuve. On dit qu'elle est comme une araignée dans sa toile, et que la veuve noire dévore la tête de son mari. En vérité, c'est bien William qui a consommé la raison de son épouse, en continuant de lui parler après sa mort.

— Soyez le bienvenu, dit Mrs Winchester qui l'accueille à la porte.

En découvrant sa cliente, Roy F. Leibn ne croit pas aux fantômes, mais il sait maintenant que l'on peut être hanté. Sarah Pardee s'est damnée rien qu'en changeant de nom.

*

Le maire de Santa Clara se tient debout sur le quai. Son col cassé l'étrangle et il n'a pas l'habitude de porter l'habit. Certaines circonstances exigent toutefois que l'on fasse un effort, comme par exemple accueillir le vingt-sixième président des États-Unis. Le maire consulte sa montre et la compare à l'horloge de la gare. Elles donnent la même heure, ce qui ne le rassure pas. Cela veut simplement dire que le train a du retard. Mentalement, le maire répète son discours de bienvenue, sachant qu'il sera incapable d'en réciter une seule phrase, quand viendra le moment. À Santa Clara, personne n'a que faire de belles paroles, seuls comptent les actes. Sarah Winchester, qui ne dit jamais un mot, vaut mieux que tous les politiciens de Washington. Le président est venu la voir, sachant combien elle est populaire dans le comté. Théodore Roosevelt est un homme prévoyant. Cela fait à peine deux ans qu'il a été nommé à la plus haute fonction, et il cherche déjà à s'assurer des votes, à consolider son électorat afin qu'il lui accorde un second mandat. C'est pourquoi Teddy profite de ses liens avec la famille Winchester pour faire son grand numéro de cirque, à la façon de Phineas T. Barnum et de son *Greatest Show on Earth*, avec train spécial et reporters de toute la presse nationale. D'Europe aussi, à ce que l'on dit, ce qui est une première. On prétend que Roosevelt est favorable à la suppression du blocus, et qu'il souhaite que l'Amérique tienne enfin la place qu'elle mérite sur l'échiquier mondial. Quitte à provoquer un bouleversement radical, qui ne pourra se faire que par d'importantes réformes à l'intérieur même du pays. Le maire de Santa Clara n'est pas dupe de l'intérêt que le président porte à son comté, il espère simplement que ses administrés en tireront bénéfice. Mais pour cela, il faudra veiller à ne pas contrarier Sarah Winchester.

Les volontaires du shérif forment une chaîne le long de l'unique quai de la gare, pour contenir la foule composée de femmes, d'enfants et de vieillards. Tous les hommes travaillent à la villa dont la construction ne doit jamais s'arrêter. La veuve a été formelle et ses désirs valent pour ordre. Le maire y veille, c'est d'ailleurs l'unique consigne que lui a transmise son prédécesseur. Pas de crimes à Santa Clara, à peine quelques délits, des beuveries de fin de semaine que l'on passe aux travailleurs, trop épuisés après une semaine de dur labeur pour faire quelque chose de grave. Sarah fait la loi et tout le monde y trouve son compte.

Le train présidentiel est enfin annoncé par un sifflement strident. La locomotive apparaît en bout de voie, décorée du drapeau national et de celui de l'État de Californie. Sa cheminée dégage une fumée épaisse et acre au-dessus des têtes, signe que la modernité se répand dans le pays. Dans le grincement de freins serrés à bloc, la machine parvient à hauteur du maire et de son conseil. Un cortège qui n'a rien d'officiel, simplement des élus qui perdent une journée de bon travail pour faire plaisir au président. Au signal du maire, les cuivres de la clique municipale entament l'hymne présidentiel. Le chef de gare posté à l'extrémité du tapis rouge déploie l'escalier de fer à hauteur du wagon. La porte coulisse lentement, révélant l'imposante masse de Belly Boy Teddy, le Grand Chasseur.

Le maire de Santa Clara remarque tout de suite que

Roosevelt ne porte pas ses fameuses chemises militaires et bottes de cavalier qui lui donnent l'air de ce qu'il est, à savoir un aventurier prêt à contraindre le pays à assumer son destin. Non, le président est vêtu d'un habit à redingote, et son cou de taureau fait un bourrelet au-dessus du col cassé. C'est à croire que tous les politiciens, ceux du moins qui se tiennent à chaque extrémité de la chaîne du pouvoir, doivent satisfaire aux apparences en cette chaude journée de l'été 1903.

Théodore Roosevelt descend les trois marches de l'escalier repliable, qui semble s'affaisser sous son poids. Que du muscle, pour l'essentiel, qu'alourdit toutefois la mauvaise graisse des interminables dîners et banquets de Washington. Dès qu'il a mis pied sur le quai, le président est entouré par les membres des Services Secrets, un organisme créé quelque quarante ans plus tôt par le président Ulysses Simpson Grant. Les Services Secrets ont pour principale fonction de veiller à la sécurité du président, mais chacun sait qu'ils ont aussi en charge le traitement d'affaires délicates, notamment le problème brooke. Quatre jeunes hommes bien coiffés, athlétiques et tous diplômés des meilleures universités, encadrent le président. Ils portent des costumes identiques, à la coupe impeccable, dont la veste taillée légèrement trop large dissimule parfaitement le holster d'aisselle.

Les photographes descendent à leur tour du wagon. Ils se précipitent en avant pour disposer leur appareil sur trépied.

— S'il vous plaît, monsieur le président ! dit l'un d'eux en enflammant le magnésium.

Théodore Roosevelt sourit, révélant des dents de

carnassier sous une moustache de morse. Il porte des binocles qui, si les verres cerclés de métal étaient teintés, seraient semblables à ceux des Brookes. Coïncidence ? Certainement pas, Belly Boy Teddy ne laisse aucune place au hasard. Kipling qui, un soir de 1889, l'a entendu parler dans un club, dit de lui que c'était un futur potentat et l'a surnommé *Haroun al Roosevelt*. Sa capacité à tout prévoir, jusqu'à l'imprévisible, a fait de lui le plus jeune président de l'histoire du pays. À quarante-trois ans, Théodore Roosevelt est un homme séduisant dont l'extrême virilité ne laisse personne insensible. Demain, son visage reproduit dans la presse fera tourner la tête de nombreuses femmes, et les hommes y trouveront un modèle. Les plaques photographiques sont traitées au nitrate d'argent, une substance fatale pour les Brookes. Mais Roosevelt ne craint pas de se faire tirer le portrait. Tirer est d'ailleurs chez lui une seconde nature : « Vote as you shot » était son slogan de campagne.

Une fillette se précipite vers le président pour lui offrir un bouquet de fleurs. Roosevelt bouscule l'un de ses agents et va à sa rencontre. Il la soulève comme une plume, l'embrasse sur la joue le temps d'un cliché, et la dépose à terre pour s'en désintéresser aussitôt. Il écoute les mots bafouillés par le maire, remercie avec émotion, dit le plaisir qu'il ressent à se trouver en ce jour dans la jolie ville de Santa Clara, puis se plonge dans un bain de foule. Tandis que son directeur de campagne distribue des macarons de papier crépon rouge et bleu marqués à son nom, il sert des mains, a un mot aimable pour chacun, tandis que les représentants des journaux américains et étrangers se répartissent dans les rangs de chaises en bois blanc disposées sur le quai. Lorsque chacun est à sa place, le directeur de campagne fait signe que la conférence de presse peut commencer.

— Monsieur le président ? Clark Wrangler, du *Missouri Herald*.

— Bonjour, monsieur Wrangler.

De lui, Roosevelt n'a rien à craindre, le journaliste est un partisan avoué. Wrangler se fend de la question que l'on aurait fatalement posée :

— Monsieur le président, pourquoi ce déplacement en train qui a tout l'air d'une tournée électorale ?

Roosevelt agite la main en signe de dénégation.

— Détrompez-vous, Clark, cette petite escapade de Washington est en fait improvisée. Simplement, j'en avais assez de profiter de l'argent du contribuable en restant le cul vissé sur mon fauteuil.

Rire des habitants du comté, qui apprécient le franc-parler du président. Quand il y a lieu, Teddy aime mettre en avant ses façons simples, rappeler qu'il a été shérif dans le Dakota et chef de la police de New York. Il sait ce qu'est un travail dur, ses goûts sont simples, boxe, chasse, vie en plein air, les loisirs du commun, mais Roosevelt n'oublie pas pour autant qu'il est issu d'une des plus riches familles de Manhattan, qu'en lui coule du sang hollandais, écossais et huguenot, qu'il appartient à l'aristocratie d'Amérique. Issu d'une famille de magistrats, Théodore Roosevelt est un formidable rhéteur qui sait composer avec son auditoire, se fondre dans le milieu comme les panthères qu'il chassait en Afrique.

— Monsieur le président, Henry Gould pour l'hebdomadaire *The Nation*. Qu'en est-il de l'affaire du canal ?

— Précisez votre pensée, monsieur Gould.

— Il semble clair que les Panaméens refusent notre présence chez eux et se préparent au soulèvement.

— La faute aux Français, qui ont eu tout le temps de mener à bien le travail et ont fini par le saloper. Philippe Buneau-Varilla, un ingénieur qui a travaillé pour Ferdinand de Lesseps, a convaincu l'Amérique de s'engager dans la partie. Pour le bien de tous, à commencer par celui des Panaméens, même si des éléments perturbateurs soutenus par la Bolivie cherchent à prétendre le contraire.

— Monsieur le président, est-ce à dire que notre pays compte enfreindre le blocus pour se lancer dans une véritable politique internationale ?

— Simplement que Buneau-Varilla nous livre le canal sur un plateau d'argent. Une autre question ?

— Mortimer Allardyce, monsieur le président, du *Times* de Londres…

— Londres ? C'est une ville qui m'est chère depuis que j'y ai épousé ma seconde femme !

Sourires amicaux de l'assistance, suivis d'un intense moment de compassion. Chacun se souvient que la première Mrs Roosevelt est morte en 1884, le même jour que la mère de Teddy, et l'année où Sarah est arrivée à Santa Clara. A-t-il joué de ses émotions contradictoires à dessein ?

— Monsieur le président, reprend Allardyce, j'aimerais, si vous m'y autorisez, évoquer une autre femme célèbre dans votre pays. Comment réagissez-vous à la disparition récente de Calamity Jane ?

Le vingt-sixième président adopte un air grave.

— Calamity tout comme Annie Oakley étaient ce que la Confrérie des Chasseurs a produit de meilleur, des personnes honorables qui ont su tenir leur place quand il le fallait. Mais avec sa mort, une page de notre histoire est tournée. Des lignes tracées dans le sang, le nôtre et celui des Brookes.

Les journalistes prennent en sténo ses paroles sur leurs petits carnets. L'un d'eux lève son doigt :

— Samuel Reuben, monsieur le président, pour le *New York Journal.*

— Je vous connais, Sam, dit Roosevelt en se tournant vers son directeur de campagne.

Celui-ci baisse la tête, gêné.

— Puisque vous parlez des Brookes, monsieur le Président, est-il vrai que vous comptez redistribuer les frontières à l'intérieur du pays ?

Teddy part d'un rire forcé :

— Allons, Sam, soyez plus clair, tout le monde n'a pas fait Princeton comme vous !

— Harvard, monsieur le président, je suis diplômé de Harvard, tout comme vous d'ailleurs, et je m'étonne que le protecteur de l'Académie américaine des Arts et Lettres, qui plus est écrivain reconnu, ne me comprenne pas. Toutefois, je reformulerai ma question : est-il vrai que vous êtes favorable à la création d'un État brooke ?

Le silence s'abat sur le quai. Roosevelt sait qu'à cette minute, il joue son avenir politique. Il reprend en mesurant ses mots :

— Je n'ai jamais rien dit de tel, monsieur Reuben. Simplement, et en cela je ne fais que suivre la volonté d'Abraham Lincoln, mon illustre prédécesseur, j'aimerais que tout homme vive librement en Amérique.

— Les hommes, mais qu'en est-il des Brookes ?

— Les neuf dixièmes de la sagesse, monsieur Reuben, consistent à être sage à temps.

— Et pour ce qui est de la dernière part ?

Le directeur de campagne tente d'intervenir mais, d'un mouvement sec du menton, Roosevelt lui fait signe de rester à sa place. Affichant un sourire bonasse, le président reprend :

— Allons, nous aurons tout le temps d'aborder ces questions dès mon retour à Washington. Nous avons parlé d'Edith mon épouse, et de Calamity Jane. Pour l'heure, j'aimerais seulement rendre visite à une autre femme célèbre, à une amie qui m'est chère. Messieurs, merci.

Plantant là les journalistes, Théodore Roosevelt s'engouffre dans une Ford A, premier modèle de voitures produites en série dont six exemplaires viennent d'être déchargés du train. À peine se retrouve-t-il assis sur la banquette arrière que le président explose :

— Qu'est-ce que Samuel Reuben foutait ici ? hurle-t-il à la face d'un agent des Services Secrets.

— Il a une accréditation, intervient son directeur de campagne.

— Vous la lui supprimez, je ne veux plus de ce Juif de Brooklyn dans mes pattes ! Qui est propriétaire du *New York Journal* ?

— William Randolph Hearst, répond mécaniquement le directeur, comme si Roosevelt l'ignorait.

— Pensez à lui adresser une lettre. Que Reuben se trouve un vrai travail, il a probablement mieux à faire que de pisser de la copie !

La Ford A démarre, sous l'œil étonné du maire qui a assisté à l'incident. Le cortège se dirige vers la villa Winchester en empruntant la route poudreuse.

Durant le trajet, Roosevelt ne dit pas un mot. Il sait que ses conseillers n'approuvent pas cette visite, parce que Sarah passe pour folle. Ce sont des idiots. La veuve est une figure unanimement appréciée du comté. Lui démontrer son amitié, c'est s'assurer les votes de la région, et peut-être même de toute la Californie. De plus, Sarah est une Winchester, et Théodore compte sur le soutien financier de la firme.

Parvenu à destination, la colère du président est retombée. Il bondit de l'automobile avant même qu'elle ne marque l'arrêt et se dirige vers le chantier. Quand les photographes ont quitté leurs voitures et disposé leurs appareils, il tombe la veste et s'empare d'une poutre.

— Il n'est pas dit que je ne mériterai pas mon déjeuner ! s'exclame-t-il en portant son fardeau sur plusieurs mètres.

Puis le président se jette à terre et effectue une série de pompes sous l'œil des ouvriers et du contre-maître John Hansen.

— La voilà ! crie un photographe en dirigeant son appareil vers l'entrée de la maison.

Sarah vient d'apparaître sur le seuil. Son visage est un masque mortuaire, rien en elle ne semble à sa place, comme une poupée tordue par une enfant colérique. Elle est assise sur le fauteuil roulant que pousse Tanaka. En travers de ses genoux est couchée une carabine .66, premier modèle conçu par la Winchester Repeating Arms Co.

Avec difficulté, Sarah redresse l'arme entre ses mains courbées comme des pinces et la pointe sur le président. Indifférente aux agents des Services Secrets qui ont déjà tiré leur pistolet du holster, elle dit :

— Tout comme moi, cette arme est une antiquité. Mais je te préviens, Teddy le Grand Chasseur, fais ne serait-ce qu'un pas vers ma maison, et tu verras combien elle est encore efficace.

Sans un mot, Roosevelt ramasse sa redingote et retourne à Washington.

*

Trois années passent, une goutte d'eau dans le fleuve de la vie. Sarah se tient sur la rive, attendant le passeur qui la conduira auprès de William et de leur petite Annie. La barque se fait attendre, Sarah pense parfois qu'elle devrait demander à ses menuisiers de construire un radeau pour voguer vers les berges de la mort. Mais qui le dirigerait ? Certainement pas Makoki, qui se satisfait de son sort. L'Indien veille sur son peuple et s'occupe des bisons. Il y a même un chameau dans la maison Winchester, un descendant de ces curieuses bêtes rapportées d'Asie Mineure en 1856 par le lieutenant de vaisseau David Dixon Porter. L'animal s'est fait tuer d'un coup de carabine dans le désert de Campo Verde. Makoki a toujours su y faire avec les bêtes. Quelque part au fond de sa mémoire morte, il se souvient des mustangs qu'il attrapait au lasso. Lorsque le cheval sauvage finissait par s'immobiliser, il lui liait les pattes antérieures et lui passait un nœud coulant autour de la bouche avant de libérer son encolure. Puis, pour le calmer, Makoki posait ses mains sur les yeux du cheval et lui soufflait dans les naseaux. Il n'en fallait pas davantage pour le dompter, avant qu'ils ne deviennent amis. L'Indien a perdu son propre souffle, et la mort

404

le retient plus sûrement qu'un lasso. Alors il compose avec la maison, cette demeure qui ne sera jamais la sienne parce qu'elle est trop compliquée. De plus, Makoki ne peut pas s'y sentir chez lui car il n'en a pas élevé les murs. Ses mains qui ont empoigné des troncs conservent dans leurs paumes la marque des chevrons. Il retrouve les gestes sûrs qui permettent d'assembler les rondins et de répartir le chaume sur le toit. Des gestes qu'effectue à vide le spectre de l'Indien, tandis que les ouvriers du contremaître Hansen ne cessent de s'agiter. Makoki se surprend parfois à les envier, pas parce qu'ils sont vivants, mais parce qu'ils s'affairent. Quant à Haven, il a fini par se faire entendre auprès des membres de la Famille. Les fantômes brookes se tiennent tranquilles, à croire qu'ils sont résignés ou avertis d'un projet dont Haven ignore tout. Les déplacements incessants des ouvriers génèrent un mouvement statique, tout est calme dans la maison.

Jusqu'au grand tremblement de terre.

Le séisme touche de plein fouet la côte Ouest, abat la ville de San Francisco comme un château de cartes, une mauvaise donne pour des milliers d'habitants, full aux as par les huit, *la main du mort* de James Butler Hickok. Les habitants de Frisco, tués sans que le nom de Winchester y soit pour rien, ne trouveront pas refuge dans la maison de Sarah. De toute façon, la demeure n'est pas un abri. Dômes et minarets s'effondrent, la tour d'observation est amputée d'un étage. Sarah est seule dans sa chambre, en plein cœur de la tourmente. Comme à son habitude, elle a choisi la pièce au dernier moment, sans même en avertir Tanaka. Depuis quelque temps, la veuve ne prend plus la peine de donner ses directives. Le serviteur japonais hurle dans le cornet relié au système de communication. Il n'obtient pas de réponse. Il n'a pas pouvoir de convoquer les spectres, mais Haven et Makoki se présentent spontanément. Ils se ruent dans le réseau de couloirs agités par l'onde de choc. Tanaka tombe plus d'une fois, ses compagnons défunts ne peuvent lui venir en aide. Le majordome aussi se fait vieux, il peine à se relever. Au fil des ans, il a appris à converser avec les morts, par empathie pour sa maîtresse. Certains disent qu'il est fou, que la démence est contagieuse. Tanaka y voit simplement le moyen de sauver Sarah. D'un signe de tête, il fait signe à Makoki. L'Indien comprend tout de suite. Avec l'aide de ses meilleurs guerriers, il parvient à calmer bisons et grizzlys qui encombrent le passage. Haven dit à Tanaka :

— *Laissez, je m'en occupe.*

Il fonce à travers les couloirs. À son passage, certains fantômes humains ou brookes s'amusent de sa détresse. La vieille risque de mourir ? Grand bien lui fasse. Une fois de l'autre côté, débarrassée de son corps physique qui ne vaut déjà plus rien, elle connaîtra la morsure de l'éther, des griffes évanescentes et des poings aériens. La veuve va souffrir, apprendre enfin ce qu'est l'authentique douleur. Tribunal de l'enfer contre Sarah Winchester. Peut-être même lui présentera-t-on sa petite Annie, ou ce qu'il en restera après la sentence des bourreaux. De quoi égayer cette terre gaste qu'est l'éternité.

Six étages, sept cent cinquante pièces, Haven hurle après Sarah. S'il était capable de larmes, il pleurerait son sang, celui bu au cou des humains et dont il regrette chaque gorgée. Combien de fois, à la tête des meilleurs cavaliers du Staroste, a-t-il formé la colonne le long d'une ligne de crête ? Ils agissaient toujours ainsi, attendant que le soleil décline avant de fondre sur le presbytère. Immanquablement, les humains se réfugiaient dans le lieu sanctifié, espérant y trouver salut. C'était sans espoir. Il suffisait aux cavaliers d'attendre que la faim, la soif et surtout la peur accomplissent leur œuvre. Alors, comme la population ne s'était pas rendue tout de suite, les cavaliers ne se contentaient pas de quelques sacrifiés, moutons destinés à l'abattage que le maire et le pasteur éjectaient du troupeau par tirage au sort. Après leur passage, la ville n'était plus qu'un cimetière sans tombes.

Haven appartenait à l'équipage de *L'Asviste*. S'il lui était offert de revenir en arrière, il forcerait la porte du commandant d'équipage, s'emparerait des dagues d'argent et les plongerait dans sa gorge. Tous les membres de la Famille sont ses frères et non pas ses amis, car l'on choisit ses amis. Haven sait toutefois que d'autres Brookes pensent comme lui. Certains ont même fait dissidence bien des siècles plus tôt, y compris parmi les plus ardents. Ceux venus des steppes de l'Est battues par les vents, des cavaliers portant chignons, fourrures et bijoux d'acier. Alors que tout portait à croire qu'ils soutiendraient le Staroste, de l'absolue fidélité que l'on doit au cacique, ils ont contesté son autorité, se souvenant qu'ils étaient eux-mêmes chefs de clans. Le Convoi a connu les massacres, d'atroces tueries qui se sont finies par des corps suppliciés attachés aux roues des chariots. Haven y a eu sa part.

Alors qu'il ouvre les portes à la volée, le Brooke

se souvient avoir rencontré un cavalier. Une tunique bleue, comme dirait Makoki, qui brandissait en pleurant sa médaille du Congrès. Il avait participé à la tuerie de Wounded Knee et priait pour qu'on l'exécute. Haven s'était contenté de renifler sa peine avant de lui tourner le dos. Tant de choses à se faire pardonner, tellement de crimes qu'il souhaite conserver impunis.

Haven grimpe les marches quatre à quatre. Au sommet de l'escalier, il découvre la petite Brooke, celle dont le bras est estropié. Haven sait que Sarah lui accorde son affection. Parce que, tout comme elle, son corps est cassé, et que la fillette lui rappelle Annie. Sans dire un mot, la Brooke pointe son doigt vers une porte. D'ordinaire, Haven franchirait sans peine l'obstacle, mais cette fois-ci quelque chose le retient. Une force sombre qui le maintient à l'extérieur. Haven doit se contenter d'écouter à travers le bois tandis que les plafonds s'effondrent. Sa nature spectrale lui permet d'isoler les voix au sein du vacarme. Il distingue celle de Sarah, à laquelle répond un timbre sourd et grave. Le Brooke finit par entendre un nom.

Cotton Mather.

Haven n'a pas besoin de faire un effort de mémoire. Pour les fantômes, l'oubli n'épargne aucun souvenir, tous sont donnés en même temps, mais certains sont plus vivaces. Mather, l'exécuteur de sorcières, celui qui a persécuté la Famille en créant la Confrérie des Chasseurs. Mais le révérend est mort, il y a de cela plusieurs siècles. Que fait-il dans la maison ? Cotton Mather se tient debout dans un coin de la chambre, l'ombre le dissimule en partie. Avec son visage décharné et son nez de rapace, on dirait un spectre prêt à fondre sur l'impie. Une part de sa volonté lui sert à maintenir le Brooke hors de la pièce. L'autre est tout entière tournée vers Sarah.

— Que voulez-vous ? lui dit-elle.

— *M'assurer que vous allez cesser.*

Ordres confus, directives imprécises, Mrs Winchester n'en peut plus.

— Arrêter quoi, les travaux ?

— *Peu m'importe la construction. De toute façon, elle n'a plus lieu d'être. Bientôt, si vous ne faites rien, les Brookes auront leur point fixe.*

Les paroles du révérend éveillent un écho dans la mémoire de Sarah, sans que pour autant elle saisisse où veut en venir le défunt. Mather paraît comprendre :

— *Faites de votre or de l'argent.*

Alors, Sarah découvre l'épée dans la main du fantôme. Elle est façonnée dans l'éther mais brille comme une lame angélique, celle qui garde l'entrée de l'Éden. Cotton Mather tourne son regard vers la porte. Aussitôt, Haven traverse la cloison, suivi par la fillette brooke. Celle-ci court se réfugier dans le lit de Sarah, qui l'entoure de ses mains recourbées comme des serres. Elles sont pareilles aux griffes des Brookes, la petite y trouve réconfort.

Le chasseur n'a que faire de la veuve et de sa protégée. Il se tourne vers Haven, son long manteau déployé comme les ailes d'un archange exterminateur.

— *Vous faites fausse route !* lui dit Haven.

Cotton Mather part d'un rire mauvais :

— *Combien de fois l'ai-je entendu !*

Le Brooke sait qu'il ne pourra jamais convaincre le Chasseur.

— *Tous ces morts par notre faute...* dit Haven prêt à assumer sa part.

— *Nous servons la nécessité*, confirme Mather, comme s'il s'agissait d'une évidence, un fait connu qu'il est parfois bon de rappeler.

Haven trouve dans le ton calme du révérend la force de se confier :

— *Je ne partage pas les vues de la Famille.*

Un éclair traverse le regard de Mather :

— *Mais tu en es la meilleure part.*

— *Si vous n'aviez pas armé les Chasseurs...*

— *J'aurais été la proie.*

Haven se tourne vers Sarah.

— *Au moins, ne lui faites...*

Il n'a pas le temps de finir. Cotton Mather plonge sa lame diaphane dans le corps de Haven. Sarah Winchester hurle parce que cette mort est de trop, comme des intérêts ajoutés à la dette dont elle ne pourra jamais s'acquitter. Ses mains tordues, aux ongles acérés, tentent d'agripper le Chasseur qui ne fait pas mine de bouger. Sarah s'effondre au pied du révérend. Elle distingue alors les boucles de ses souliers, bas et culottes d'un puritain surgi d'une autre époque qui ignorait tout des fusils à répétition.

— Vous ne pouvez rien contre moi ! lâche-t-elle dans un souffle.

Pour la première fois, un semblant d'émotion semble animer les traits du Chasseur. Sarah reprend :

— Cette maison n'accueille que les personnes tuées par nos carabines, les invités de la famille Winchester. Monsieur, votre présence m'est indésirable, veuillez quitter la maison.

Comme s'il s'apprêtait à entamer un sermon, Cot-

ton Mather ouvre la bouche. Ses lèvres, à peine
entrouvertes, s'écartent progressivement pour découvrir un néant vide. Sarah voit la face du révérend se
fondre dans un cloaque de mots savants et de péchés
rapportés qui le dévorent et finissent par l'absorber.
Fondateur de la Confrérie, avec lui disparaît le dernier Chasseur, alpha et oméga qui ne sont d'aucun
secours pour Mrs Winchester.

Tanaka finit par retrouver sa maîtresse. Le majordome fait condamner sa chambre en l'état, draps
froissés, bijoux éparpillés sur le sol, et même une poupée de chiffon. Pas le jouet immatériel de la fillette
brooke, mais une figurine qui a autrefois appartenu à
Annie. Sa tête de porcelaine est fêlée, tout comme la
raison de Sarah.

Pour la première fois en vingt ans, les travaux ont
cessé.

*

Sarah a son radeau, une péniche voguant sur le
fleuve des ténèbres. *L'eau vive*, pense-t-elle, *tiendra
éloignés les fantômes*. Loin de la maison, elle se
déplace vers le nord. Elle ne ressent plus d'obligations
envers les esprits ; il n'y a plus d'arche à construire
pour les protéger du déluge. Pourtant, les travaux ont
repris sous la direction du contremaître : elle n'a pas
ordonné à John Hansen de cesser. La construction
dure en tout trente-huit ans, jusqu'à la mort de Sarah,
survenue en 1922 durant son sommeil. Aussitôt, les
ouvriers interrompent l'ouvrage, laissant des clous à
moitié enfoncés. Le testament de Mrs Winchester,
signé treize fois pour chacune des treize sections, fait
de sa nièce, Frances Mariot, son unique héritière. Roy

F. Leibn trouve dans le coffre forcé des coupures de journaux relatives à la mort de William et d'Annie, des vêtements d'enfant et des cheveux de bébé, retenus en mèche par un ruban rose.

Lorsque l'araignée constate que sa toile est déchirée, elle l'abandonne pour aller tisser ailleurs. Rien ne permet d'affirmer que Sarah occupe aujourd'hui sa maison.

1906

SILVER CITY

— Nous avons un nouveau pensionnaire, annonce Mrs Bonney. Permettez-moi de vous présenter monsieur Clemens.

Les convives se lèvent pour saluer l'homme qui se tient sur le seuil de la salle à manger. La poussière s'accroche encore aux pans de son manteau et le rouquin a les traits tirés de celui qui ne sait plus ce qu'est le sommeil.

— Soyez le bienvenu dans notre petite famille, monsieur Clemens, fait le gros type aux rouflaquettes et aux joues couperosées qui trône en bout de table. Thomas Dayton, négociant. Je suis ici pour affaires, et dame ! ça me réussit plutôt pour l'instant. Silver City est l'endroit où les choses se passent…

Le rouquin réagit avec indifférence. On met ça sur le compte de la fatigue du voyage.

— Excusez notre ami, mais c'est un bavard impénitent, intervient le bonhomme chauve assis à la gauche de Dayton. Il serait capable de vous convaincre d'acheter une portion du désert avant la fin du repas ! Je suis Oliver Grimm, rien à voir avec les célèbres frères, encore que j'œuvre dans une partie qui aurait pu les concerner : le papier. Ma compagnie exploite les forêts du comté, pour le compte des plus gros imprimeurs de la côte Est.

Le rouquin a une réaction bizarre, comme s'il hésitait entre sourire et grimacer. C'est à croire que l'évocation du papier à imprimer réveille en lui une passion ancienne qu'il préférerait oublier.

Le troisième convive fait mine de ne pas s'en apercevoir et dit :

— Comme vous le voyez, monsieur Clemens, Silver City attire la crème des entrepreneurs américains. Mais pas seulement. En cette nouvelle année 1875, je ne suis pas ici pour affaires. Du moins je m'interdis de les mélanger avec les affaires terrestres, *Erouv hastérot !* Comme mon allure vous l'aura peut-être fait deviner, je suis rabbin. Vous pouvez m'appeler Elicha !

Le rabbi tend la main et le rouquin la secoue, plutôt mollement. Le silence retombe. Tout le monde attend que le nouveau venu rende la politesse aux pensionnaires de Mrs Bonney. Ce qu'il fait du bout des lèvres, en prenant place face au rabbi.

— Sam Clemens. J'arrive du Missouri. J'ai postulé pour le poste de bibliothécaire de la ville. Il semblerait que ma candidature ait été retenue. Alors me voici.

Dayton et Grimm échangent un regard et un demi-sourire, de ceux que l'on fait quand il n'y a rien à dire. Ils replongent le nez dans leurs assiettes. Mrs Bonney s'installe à sa place, proche de l'accès à la cuisine.

— Nous sommes heureux de vous accueillir dans notre petite communauté, Sam. Vous permettez que je vous appelle par votre prénom ? J'ai pris cette habitude avec mes autres pensionnaires…

Le rouquin incline la tête, mais ne fait aucun commentaire. Il commence à avaler son potage. Rabbi Elicha tente de ranimer la conversation :

— Ne manque plus que le jeune William, le fils de notre hôtesse. Mais le garçon est un peu sauvage, soit dit sans vouloir vous offenser, madame.

— Hélas, vous avez raison, Elicha. Billy a atteint l'âge où les garçons ont besoin d'indépendance et s'éloignent des jupes de leur mère. Je ne sais pas si je dois m'en réjouir ou le déplorer.

Le rabbi sourit. C'est un homme encore jeune, pas plus de trente ans, et il est assez bel homme. Clemens observe son costume noir et les deux mèches ondulées qui pendent de chaque côté de son visage. Quelque chose à voir avec un commandement du Lévitique, « tu n'arrondiras pas le bord de ta chevelure ni ne couperas ta barbe », se souvient le bibliothécaire, presque malgré lui. Trop d'informations encombrent son esprit, comme un grenier qu'il aimerait vider. Il reporte son attention sur le rabbi, qui sourit toujours :

— Peut-être vous étonnez-vous, Sam, de me trouver à cette table. Vous avez sans doute aperçu d'autres fils d'Israël dans les rues de Silver City.

Comme Sam ne répond pas, Elicha embraye :

— Contrairement à ce que certains répandent dans le pays, nous n'avons pas été attirés ici par l'appât du gain...

Il sourit de son *haqqafot*, manière de tourner autour du pot pour tester les convictions du rouquin. Comme Sam ne dit toujours rien, Elicha se sent obligé d'aller au bout de sa démonstration.

— Les règles qui régissent la vie quotidienne à Silver City sont le fruit d'un habile compromis entre les coutumes de ses citoyens. Vous avez pu vous en rendre compte au moment d'en franchir les limites, non ?

— Si ce n'est pas le cas, voici de quoi vous éclairer, fait Thomas Dayton.

Le négociant relève sa manche, montrant la légère marque sur son poignet. Une double perforation qui ne semble pas cicatrisée.

— Une petite piqûre et le tour est joué ! s'amuse le gros négociant. On ne sent presque rien vous verrez.

— Un écot payé en nature pour acquérir de plein droit la citoyenneté, indique Elicha. Toutefois, les miens en sont dispensés. Pour nous, *dam*, le sang est le siège de l'âme.

— L'âme, et c'est aussi vrai pour les Brookes ?

Le silence se fait autour de la table.

— Ça l'est aussi pour les animaux, et là s'arrêtent mes compétences, répond le rabbi.

— Pour moi, c'est juste un peu de liquide qui coule dans nos veines, laisse tomber le rouquin.

C'est dit sur un ton qui n'appelle pas la controverse. Le rabbi Elicha fronce les sourcils. Dayton replie ses index en forme de croc et les agite à chaque coin de ses lèvres.

— Il faut remettre ça chaque début de mois. Les Brookes se constituent une jolie réserve.

— Une sorte de *barekhou* appelant à l'offrande publique, sur la base du volontariat, précise Elicha. Chacun est libre de refuser. Mais il devra alors plier bagage.

— Il m'est arrivé de payer des dessous-de-table plus conséquents, mais créanciers et Brookes ne m'ont jamais saigné à blanc ! plaisante Grimm.

416

— Les hommes ne sont pas les seuls à verser le sang pour satisfaire aux exigences de la Famille, reprend Elicha. En réalité, l'activité principale des abattoirs de la ville consiste à saigner correctement les bêtes, pour constituer les réserves des chambres de réfrigération.

— Les chambres de réfrigération ? demande le rouquin, manifestant enfin un semblant d'intérêt.

— De vastes entrepôts gourmands en blocs de glace, car on y maintient constamment une température la plus basse possible. On y stocke le sang prélevé et les Brookes viennent s'y approvisionner. Comprenez-vous ce qui motive ma présence, maintenant ?

— Je crois, oui. Silver City est certainement la seule ville au monde où, par la force des choses, chacun mange kasher, indépendamment de sa confession.

— Notre bibliothécaire est un petit futé ! s'exclame Dayton. Moi, je suis même prêt à dévorer vivant un serpent à sonnette si ça doit favoriser mes affaires ! Alors, kasher ou pas, je sais me contenter d'un bifteck... À ce propos, madame Bonney, si on passait au plat de résistance ?

*

Un craquement trahit la présence d'un observateur dans le dos du rouquin. Sam Clemens se retourne et découvre un gamin rachitique. Il a toutefois une bouille ronde, comme celle des personnages qui apparaissent dans les strips du *Herald*, et un véritable incendie lui crame la tête. En comparaison, Sam ne peut plus se prétendre rouquin. L'œil du gosse brûle d'une farouche volonté, quelque chose de déplacé et de presque inconvenant chez un enfant. Mais ce n'est peut-être qu'un effet du rayon de soleil qui perce le rideau de la chambre.

— Tu dois être William. Entre, n'aie pas peur.

— Pourquoi qu'j'aurais peur ?

Sam ferme un instant les yeux et grimace.

— C'qui s'passe, m'sieur ?

— Rien. La fatigue. Un vieux souvenir. Des fantômes.

William fait la moue. Il ne comprend rien au délire du nouveau locataire mais sait qu'il n'a rien à craindre de lui. William sait reconnaître le danger, un instinct acquis du temps où il vivait à New York, dans le quartier aux maisons graissées de crasse qui était le royaume du gang des Dead Rabbits. Il s'approche de la malle ouverte au pied du lit.

— C'est quoi, tout ça ?

— Tu le vois. Des livres. Des fascicules illustrés. Des histoires de héros. Des inepties.

— Des quoi ?

— De la foutaise, si tu préfères. Mais ça n'a pas toujours été le cas. Pour certains hommes, aujourd'hui encore, le contenu de ces livres a un sens. Je suppose que tu ne sais pas lire ?

— J'sais écrire mon nom.

Clemens sourit malgré lui.

— C'est déjà pas mal, et pour beaucoup d'entre nous, c'est bien suffisant. Dès qu'on aligne plus de trois mots, les ennuis commencent. Peut-être que tu apprendras un jour, je ne sais pas si ça te portera chance… Qu'est-ce que tu regardes comme ça ?

William semble hypnotisé par le fascicule du dessus

de la pile. La couverture en couleur montre un pistolero brandissant deux énormes Colt crachant le feu. Des silhouettes sombres s'écroulent dans la poussière. Le pistolero porte un magnifique costume violet.

— J'peux voir d'plus près ? demande le gamin.

— Désolé, fiston. Ça ne te concerne pas.

Clemens tend la main vers le couvercle de la malle, dans l'intention de le rabattre. Mais William est le plus rapide. Le garçon a la vivacité d'une anguille, ou même d'un Brooke. Le couvercle effleure le dos de sa main en claquant. William agite le fascicule sous le nez du pensionnaire de sa mère et lui tire la langue.

— Venez donc m'le r'prendre !

Puis il s'enfuit. Sam perçoit l'écho de sa cavalcade dans l'escalier de la maison familiale. William Bonney est si vif… Après tout, ce n'est peut-être que justice que le fascicule lui soit tombé entre les mains.

*

La bibliothèque de Silver City occupe une petite salle sombre, dans le grenier de l'hôtel de ville. Sam comprend en la découvrant qu'il s'agit en réalité des archives, amassées là depuis une vingtaine d'années sans que personne ne s'en préoccupe.

— Arrangez-vous comme vous le souhaitez, Clemens. Désormais, c'est votre domaine ! claironne le concierge.

Sam observe la face noire et demande :

— Comment dois-je vous appeler ?

— Shylock.

— Curieux nom.

Le concierge roule des yeux, comme un esclave de comédie :

— Vous voulez dire, pour un Nèg' ?

— Curieux tout court. Un usurier s'appelle ainsi, dans une pièce. Il se fait rembourser en prélevant une livre de chair…

— Shake' Pear, je connais. C'est un patronyme qui me convient, dans une ville où l'on perçoit des pintes de sang.

En d'autres temps, Sam se serait engagé plus avant dans la joute verbale, il n'y avait pas meilleur que lui pour aligner les bons mots. Au lieu de quoi, il arpente le plancher grinçant, pour examiner la paperasse qui s'amoncelle. Shylock ouvre une mansarde en maugréant.

— Il vous faut un peu d'air frais. Vous allez suffoquer avec toute cette poussière !

— Vous êtes ici depuis longtemps ? demande Sam.

La question ne surprend pas le concierge.

— Le colonel m'a apporté dans ses bagages quand il est venu s'établir à Silver City, il y a près de quinze ans. À peine débarqué, il m'a dit : « Shylock, tu es à présent un homme libre. Tu peux faire ce que bon te semble de cette liberté. » Que croyez-vous que j'aie fait, Clemens ? Je suis resté ici, évidemment. Dans la seule ville où je peux appeler un Blanc par son nom sans ajouter « monsieur » et ne pas me faire écharper dans la seconde !

Sam rit. Shylock lui plaît. La réciproque est vraie.

— Et les Brookes, Shylock ? Comment les appelez-vous ?

— Oh, ça dépend. Comme ils ne portent pas de noms, on leur donne le plus souvent celui de la fonction qu'ils occupent. Mais il ne faut pas croire qu'on se croise si souvent, eux et nous. Silver est tolérante, ça, je dois l'admettre. Toutefois, les vieilles habitudes ont la vie dure. Chacun vit entouré de sa communauté.

— Et pour ce qui concerne les affaires municipales ?

— Les comités de quartier désignent chacun un représentant, et ceux-ci se réunissent pour discuter la politique générale. En cas de désaccord, ils procèdent à un vote. Les délégués ont un nombre de voix proportionnel à celui des habitants de leur quartier. Il faut une majorité des deux tiers pour l'emporter.

— Je vois. Il n'y a donc pas de maire élu ?

— À quoi bon ? s'étonne Shylock. Pourquoi Silver engraisserait-elle quelqu'un qui ne lui servirait pas ?

— Mais alors, à qui dois-je rendre des comptes pour mon travail ?

— Je suis surpris que vous me le demandiez, Clemens. Je croyais avoir été clair avec ma petite histoire édifiante, s'amuse Shylock.

— L'anecdote du colonel ?

— Oui. Le sens de cette parabole païenne est le suivant : tant que tu vis à Silver City, il n'y a qu'une personne à qui tu dois rendre des comptes : toi-même ! Bon courage, Clemens, je crois que vous avez du pain sur la planche...

*

— On m'avait dit que vous aviez fait des merveilles, Sam, et j'étais curieux de voir ça. Mais je ne m'attendais pas à un pareil résultat ! J'espère que je ne vous dérange pas ?

Rabbi Elicha se tient sur le pas de la porte laissée

grande ouverte pour favoriser le courant d'air salutaire qui abaisse la température dans le grenier. Le soleil du printemps cogne comme un couvreur fou sur les bardeaux qui protègent le toit. Sam repose la caisse pleine de livres qu'il est en train de déplacer et fait signe au visiteur d'entrer.

— Et puis, je vous dois la vérité, Sam. Mme Bonney s'inquiète pour votre santé. Mettez-vous à sa place ! Vous quittez la pension à peine votre café avalé, à l'aube, et vous ne regagnez votre chambre que tard dans la nuit. Quand vous ne restez pas dormir sur votre lieu de travail, ajoute Elicha, désignant la couverture roulée en boule dans un coin.

— C'est Shylock qui vous a parlé ?

— On ne peut rien vous cacher ! plaisante le rabbi. Oui, le concierge de l'hôtel de ville se répand en confidences dans tous les commerces à votre sujet. Je suis tombé par hasard sur lui, à la quincaillerie, où vous l'avez envoyé acheter du matériel. Il m'a raconté comment vous avez transformé cet endroit en authentique bibliothèque. Je suis impressionné, Sam, vraiment.

Elicha s'approche d'un rayonnage, pas encore garni et qui sent la peinture fraîche. L'étagère en vis-à-vis supporte déjà un lot d'ouvrages et de journaux, que Sam n'a pas fini de classer. Une douzaine d'autres rangées s'alignent sur toute la longueur de la pièce. Le plancher a été poncé et ciré, les murs blanchis, les poutres et le plafond nettoyés de leurs toiles d'araignée. La paperasse s'entasse toujours dans le fond. Les fascicules tirés de la malle de Sam Clemens sont disposés sur le premier rayon, quand on pénètre dans la salle. C'est devant celui-là que le rabbi s'arrête, l'air perplexe.

— Singulière littérature pour Silver City, com

mente-t-il en parcourant les tranches des volumes du bout du doigt.

Sa main s'immobilise sur un titre au hasard. Il s'apprête à retirer le fascicule du rayon quand Sam s'interpose.

— Je suis désolé, mais les prêts ne sont pas encore autorisés.

Elicha se fend d'un désarmant sourire.

— «Mesure de la première récolte», je comprends. Mais est-ce que le bibliothécaire est autorisé à venir boire un café en ville ? Ne dites pas non, Sam, Mme Bonney m'en voudrait beaucoup de n'avoir pas suffisamment insisté…

Clemens se laisse finalement fléchir, par lassitude. Il ne se sent pas le courage de résister à la force de persuasion tranquille du rabbi.

Depuis qu'il a débarqué, il y a deux semaines, Sam n'a pas encore parcouru un autre chemin que celui qui conduit de la pension à l'hôtel de ville. À L'exception du court trajet depuis la gare de chemin de fer, mais sa vie d'errant l'a habitué à ne pas tenir compte des gares, qui sont partout les mêmes. Tous les trains conduisent en Amérique, c'est-à-dire au terminus de nulle part. Clemens découvre Silver City sur les pas du rabbi, qui l'entraîne dans un quartier commerçant furieusement animé. Aucune des villes jamais traversées par Sam ne ressemble à celle-ci. La première chose qui le frappe est la propreté qui règne dans les rues. Même San Francisco ne peut rivaliser, pour ne rien dire des cloaques à ciel ouvert qui pullulent dans les plus récents territoires annexés à l'Union. Ici, bitume et pavé couvrent chaque pouce carré. Les façades des maisons sont joliment peintes, les pelouses tondues à ras et les haies taillées au cordeau. Les crottins abandonnés par les chevaux n'ont pas le temps de se décomposer, les ordures de pourrir dans les boîtes de collecte placées à chaque carrefour. Les services de la voirie sillonnent chaque quartier jour et nuit, sans relâche. Tout cela purifie l'air de Silver City.

Le rabbi entraîne Sam vers un café situé à l'angle de deux rues. Ils prennent place à une table devant une vitrine, où l'on peut observer le va-et-vient des badauds et des véhicules.

— Un thé, commande Elicha.

— Pareil pour moi.

— Vous pouvez prendre une bière fraîche, Sam. Le travail physique donne soif.

— Je ne bois jamais d'alcool. J'ai une question à vous poser, rabbi…

— Elicha, corrige l'intéressé.

— Soit, Elicha. Qu'est-ce qui décide un jeune homme brillant à venir suer sang et eau dans les abattoirs ? En plus, dans une ville que tout le pays sait être sous la coupe des Brookes ?

— Eh bien, le moins qu'on puisse dire, c'est que vous n'y allez pas par quatre chemins ! Cela appelle une réponse franche.

Le rabbi s'interrompt le temps que la serveuse dépose deux tasses fumantes et un assortiment de thés au milieu de la table, ainsi qu'un nécessaire à infusion. Par réflexe, Clemens vérifie s'il est en argent. Ce n'est pas le cas.

— L'avenir est ici, Sam.

Elicha lève aussitôt les deux mains et sourit.

— Non, je vous en prie, je suis sérieux… Ce n'est pas qu'une formule toute faite. Cela fait un moment

424

que des émissaires du Convoi sont venus trouver les responsables de notre communauté. Des liens se sont tissés, dans le secret, parce que nos concitoyens ne sont pas encore prêts à admettre le principe d'une cohabitation pacifique.

— Le discours sur la tolérance de Lincoln ferait son petit bonhomme de chemin ? dit Sam en songeant à son frère Orion qui fut le bras droit du vieil Abe.

— Quelque chose comme cela. L'idée d'un État brooke indépendant avance pas à pas... Mais si elle reste une idée, et rien que ça, elle finira par être remplacée par une autre, et oubliée. Nous ne voulons pas cela, Sam. Alors nous avons décidé de participer à son application.

— Silver City serait une sorte d'expérience ?

— Plutôt un symbole, le moyen de proclamer à la face des incrédules : voyez, ça peut fonctionner ! Et le plus fort, mon ami, c'est que ça marche ! C'est pour cela que tout doit être parfait, ici.

— Je croyais que la perfection n'était que le fait du Très Haut ? fait Clemens qui, malgré lui, entre dans le jeu.

Elicha incline la tête au-dessus de son thé.

— Disons que nous ne pouvons tolérer aucune fausse note. Vous comprenez ce que je veux dire ?

L'espace d'un instant, le regard du rabbi s'est durci. Mais, très vite, son sourire revient et il porte le thé brûlant à ses lèvres.

— Une répétition générale, résume le bibliothécaire. Voilà ce que, tous ici, vous avez mis en scène.

— Un point de vue intéressant, Sam. Vous comprendrez alors que le régisseur compte sur chaque membre de la troupe. Question de confiance.

Sam comprend trop bien le rôle joué par le rabbi qui, avec l'air de ne pas y toucher, le met en garde. Elicha sait ce qu'a été le bibliothécaire, et ce qu'il peut être à nouveau. Alors, Sam tient à le rassurer :

— Je ne suis pas venu pour remuer le passé. J'ai erré pendant dix ans d'un État à un autre, poursuivi par un spectre…

— En quête de réponses ?

— Et ne trouvant que des questions.

Le rabbi approuve et, d'un geste de la main, l'invite à poursuivre.

— Je veux comprendre ce qui est en train d'arriver, Elicha. Savoir quelle erreur j'ai commise. Ici, j'ai une chance d'y arriver.

— Il est difficile pour un homme de trouver la rédemption…

— Deux ou trois certitudes me suffiraient, rabbi. Mais c'est peut-être trop demander…

— *Pesaqim ou-ketavim*, décision et lettres…

— C'est toute ma vie, fait Clemens sans chercher à contenir son trouble.

— Je vous souhaite sincèrement d'atteindre votre but.

Le rabbi laisse filer quelques secondes de silence, puis déclare, un sourire rayonnant aux lèvres :

— Bienvenue en ville, Sam !

*

Deux jours plus tard, la bibliothèque est enfin ouverte au public. Sam se tient derrière le petit bureau qu'il a aménagé face à la porte, un grand cahier devant lui, avec une colonne où noter le nom des emprunteurs, et une autre pour le titre des ouvrages. Le fonds n'est pas très important. Il est constitué pour l'essentiel d'éditions bon marché trouvées dans le grenier. Des classiques européens, anglais pour la plupart, ajoutés au contenu de sa malle, moins le fascicule dérobé par le jeune Bonney, emplissent à peine une étagère. Le reste des rayonnages déborde de journaux que Sam n'a pas encore eu le temps de classer.

— Salut, Clemens. On dirait que je suis votre premier visiteur.

Shylock lui adresse un clin d'œil depuis l'encadrement de la porte. D'un geste, Sam l'invite à entrer.

— J'ai un peu de temps libre, en ce moment.

— C'est fort aimable d'avoir songé à moi pour l'occuper.

Shylock furète un moment entre les rayons et finit par s'immobiliser devant celui des fascicules.

— C'est une drôle de littérature que celle-là, Clemens. Pas le genre qu'on s'attendrait à trouver ici.

— Pourquoi pas ? Tant que je ne reçois pas d'instruction qui m'interdit de les mettre à disposition…

— Faut croire que vous avez retenu la leçon du colonel ! fait le concierge en souriant.

Il s'empare d'un fascicule au hasard et le présente à l'enregistrement. Sam reporte le titre dans la colonne : *Les Exploits avérés du jeune Tuxedo Moon ou comment il devint le pistolero gentleman, par son chroniqueur attitré, Mark Twain.*

Sa main tremble à peine quand il écrit le nom de l'auteur. Dans la colonne des emprunteurs, Sam se contente d'un S majuscule.

— Bonne lecture, souhaite-t-il au concierge.

— Je vous dirai ce que j'en ai pensé, répond Shylock d'un ton bizarre.

427

Il remercie et s'en va.

Personne d'autre ne se présente de toute la matinée. Vers midi, Sam décide de déjeuner au café où le rabbi l'a invité. L'endroit est devenu une sorte de cantine pour le bibliothécaire. Il n'a pas encore osé s'aventurer plus loin dans Silver City.

La serveuse lui apporte le plat du jour et un café. Elle ne cherche pas à lier connaissance avec ce nouvel habitué. Ce qui convient parfaitement à Sam. Il ne se sent pas encore prêt à nouer des relations, hormis celle, épisodique, qu'il entretient avec Elicha. C'est plutôt le rabbi qui en fixe les règles, apparaissant quand bon lui semble.

Clemens mange la nourriture sans la goûter puis paye. *Cette note est facile à régler*, pense-t-il en jetant quelques pièces sur la table. Il s'octroie une brève promenade qui le conduit dans le parc jouxtant l'hôtel de ville. En passant à hauteur de la ruelle qui longe la face est du bâtiment public, il perçoit le son de coups étouffés et de pleurs.

Intrigué, Sam s'approche. C'est dans cette ruelle que Shylock entasse papiers et cartons bons à jeter.

Deux silhouettes massives s'agitent au fond de la rue. Sam se tient à bonne distance et ne voit que leurs dos, mais il n'a aucun mal à reconnaître les locataires de la pension Bonney. Thomas Dayton et Oliver Grimm s'acharnent à coups de bottes sur un type étendu face contre terre. Les ahanements des bourreaux ne suffisent pas à couvrir ses sanglots.

— Foutu négro ! crache Dayton.

— On va t'apprendre à lire ces insanités ! renchérit Grimm.

Sam perçoit les coups sourds, défonçant les côtes,

écrasant la chair comme de la viande à attendrir. Shylock supplie, tourne la tête vers Sam qui voit les pleurs et la morve barbouiller la face du concierge. Du sang aussi, beaucoup, autant de perdu pour les Brookes, à moins qu'il ne s'agisse d'une offrande versée à la ville, coulant dans la rigole d'évacuation pour être aussitôt bue par le pavé. Sam Clemens se dit tout cela, et pire, les images viennent toutes seules, arrangées avec style dans son esprit, prêtes à être couchées telles quelles sur le papier. Pas une rature, sauf peut-être sur son honneur, biffé une nouvelle fois, comme souvent auparavant, mais de façon plus cuisante car il observe Shylock se faire massacrer sur place, sans intervenir. Les yeux du Nègre semblent lui adresser une supplique, puis se voilent, une taie laiteuse qui recouvre la honte de Clemens. Les coups pleuvent sans répit. Les supplications de Shylock, de plus en plus confuses, n'y font rien.

Sans même remarquer le bibliothécaire, Dayton et Grimm rajustent leurs nœuds de cravates, sortent en riant de la ruelle. Sam se décide enfin à aller vers Shylock.

Mais le corps du concierge n'est plus là. Interdit, Sam rebrousse chemin. Il se sent l'esprit vide, et le cœur plus sec que jamais.

Une longue silhouette sombre surgit quand le bibliothécaire se présente sur le perron de l'hôtel de ville. Elle ralentit en passant à sa hauteur et porte deux doigts au rebord de son chapeau. Aucune émotion ne transparaît dans le verre teinté de ses lunettes. Pétrifié, Sam ne songe pas à lui rendre son salut.

C'est le premier Brooke qu'il aperçoit à Silver City.

En cette année 1881, Sam Clemens continue de penser à Shylock. Souvent il ouvre son grand cahier à la première page et observe le gribouillis qui recouvre le titre du premier ouvrage emprunté, ainsi que le S majuscule dans la colonne d'à côté. Après la disparition du concierge, Sam a jeté aux ordures ses précieux feuilletons. Comme par un fait exprès, les gens ont alors commencé à fréquenter la bibliothèque, plus nombreux de jour en jour, alors que Silver City accueillait davantage d'émigrants. Au fil des saisons, le grand cahier s'est rempli. Aujourd'hui, Sam s'apprête à inscrire un nom au bas de l'ultime colonne « emprunteur ».

— Comment vous appelez-vous, monsieur ?

Le vieillard porte une main en coupe à son oreille.

— Parlez plus fort, un mauvais coup m'a percé le tympan.

Le bibliothécaire frémit. Cette voix, trente ans qu'il ne l'a pas entendue, mais le temps n'a pas eu prise sur elle. Il faut dire qu'à l'époque, elle était déjà celle d'une créature sans âge, usée par l'alcool et le tabac. Clemens observe l'homme. Il n'a plus que la peau sur les os, et ce n'est pas une foutue métaphore. Des mèches de cheveux s'accrochent encore par plaques à un crâne bosselé et tavelé, où court une longue cicatrice circulaire. *Tentative de scalp*, se dit Sam. Le vieil homme ouvre à nouveau la bouche, révélant quelques chicots bruns, plantés sans ordre. Il articule péniblement :

— Vous pouvez répéter ?

Sam s'exécute en détachant chaque syllabe.

— Mettez simplement Ernest, dit l'homme en

hochant le menton. Ça fait longtemps que j'ai oublié mon nom complet...

Sam n'ose pas croiser le regard du vieux. En le regardant s'éloigner, il se rappelle avec quel mélange de terreur et de respect il l'avait vu lui tourner le dos. Une première fois, trente ans plus tôt, quand Sam Clemens avait toute son existence à faire, et que l'homme fauchait des vies.

*

Quand il rapporte l'anecdote à Elicha, à l'heure du déjeuner qu'ils prennent dans leur café habituel, le rabbi sourit par-dessus sa *taffina*, un plat de pois chiches cuits à l'étouffée.

— Pourquoi est-ce que cela t'étonne ? Quel meilleur endroit un ancien Chasseur pourrait-il trouver pour couler une paisible retraite ?

— Mais enfin... bredouille le bibliothécaire. Ce gars a toujours tenu un Colt en argent ! Il a dirigé une bande de Chasseurs si redoutables qu'on les appelait la Horde sauvage !

— Et il finit ses jours entouré de Brookes... Pourquoi y voir forcément une contradiction ? Réfléchis un peu. Pense au sort de la plupart des membres de la Confrérie, en dehors de Silver City. Comment quittent-ils ce monde ?

— De manière brutale et expéditive.

— Exact, Sam, massacrés par ceux qu'ils traquent, ou bien trahis par un des leurs, vendus à l'ennemi pour moins de trente deniers. Songe au cas édifiant de Pat Garrett !

— C'était une ordure qui a trahi le Kid. Garrett n'a eu que ce qu'il mérite.

Elicha agite les mains :

— La question n'est pas là. Ce type, comment s'appelle-t-il déjà ?

— Ernest.

— Eh bien ton Ernest a eu énormément de chance d'éviter cela.

— C'est bien ce que je lui reproche. Il s'accroche à la vie, malgré le mal qui le ronge. Mince, rabbi, un Chasseur qui est toujours vivant à quarante ans est un lâche !

— Sam, Sam, par pitié, fait Elicha en riant. Ce malheureux n'est plus en état de se défendre. Alors il s'est réfugié là où les armes sont proscrites et où on respecte le principal commandement.

— Tu ne tueras point...

— Ce n'est pas moi qui l'ai inventé !

— J'étais stupéfait de le voir là, devant moi. Crois-tu qu'il y en a d'autres ?

— Des Chasseurs, en ville ? Ce n'est pas impossible. Je n'en sais rien.

— Tu es l'actuel représentant de ton quartier. Tu sièges aux réunions à l'hôtel de ville. Ne me dis pas que vous ne vous posez pas ce genre de question ?

— Présente-toi aux élections dans ton propre quartier, et tu le sauras. Pour le moment, le conseil est pas mal occupé avec le projet de transformation des chambres de réfrigération.

— Les abattoirs ?

— Jusqu'à présent, la consommation de glace constituait l'une des dépenses les plus importantes de notre budget. Sans compter le travail que ça représente de la transporter… Mais grâce à Gustavus Swift, ce sera bientôt de l'histoire ancienne !

— Pourquoi ? Ce type a inventé la glace qui ne fond pas ?

— Tu ne crois pas si bien dire ! Il a mis au point un système de réfrigération constante, qui produit du froid grâce à l'électricité. Formidable, non ?

— Si tu le dis…

— Nous envisageons d'en équiper le quartier des abattoirs. Puis nous installerons un réseau de distribution, afin que toute la ville en profite.

— De la glace ?

— De l'électricité, Sam, nous ne sommes pas dans le désert de Campo Verde à garder les chameaux de la cavalerie ! s'amuse Elicha.

— Et ensuite ?

— Nous ferons construire un barrage en amont du Kansas, qui alimentera Silver City. Elle sera la première ville éclairée autrement que par la lumière de Dieu !

— Formidable, mais tu me sembles blasphémer, rabbi…

Elicha tend un doigt vers le ciel :

— Il sait ce que je lui dois, je sais ce que je dis. Et ce qu'il nous faut, c'est de l'autonomie. Ne te méprends pas, je parle d'indépendance par rapport au gouvernement.

— L'indépendance est toujours une bonne chose, je suppose.

Le rabbi perçoit le ton amer de Clemens. Il préfère changer de sujet :

— As-tu des nouvelles de Mme Bonney ?

— Depuis que j'ai déménagé, j'avoue ne pas avoir

eu le temps de passer la voir. Ni le courage... Les exploits de son fils lui ont fichu un drôle de coup. Sa mort n'a rien arrangé.

— Le jeune Billy s'était embarqué dans une drôle d'aventure, admet le rabbi. Ça me navre pour cette brave femme, mais qu'y pouvons-nous ?

— Qu'y pouvons-nous ? répète Sam à mi-voix.

Ils achèvent leur repas en silence, plongés dans leurs pensées. Depuis qu'il fréquente le rabbi, Sam l'a toujours vu pratiquer un fatalisme serein. Ce genre d'attitude, que partage la majorité, est peut-être à l'origine du revirement des mentalités en faveur des Brookes. Un changement lent, mais sûr, qui plaide pour leur intégration. Dans ces moments-là, et uniquement à ces occasions, Sam songe à son frère qui œuvre toujours à la tête du Comstock Lode. Depuis plus de quinze ans, Orion Clemens négocie l'argent extrait sur tout le territoire pour le compte du gouvernement, et l'intérêt du Staroste. La fortune accumulée dans les chariots plombés du Convoi doit être immense. De quoi susciter l'envie, mais qui serait assez fou pour attaquer la Famille ? Même Billy le Kid n'avait pas eu cette audace. Pourtant, le gamin a prouvé qu'il était un véritable Chasseur, même s'il n'appartenait pas à la Horde sauvage.

— Si tu veux, je peux trouver où il loge, propose Elicha après avoir avalé une gorgée de thé brûlant.

— Quoi ?

— Ernest. Va le voir. Peut-être qu'il t'aidera là où j'ai échoué.

— Je ne suis pas certain de comprendre.

— Au contraire, Sam, tu as parfaitement saisi. En dépit de toutes mes tentatives, je ne suis pas parvenu à te débarrasser de tes fantômes. Le Chasseur y arrivera peut-être...

*

Sam n'a tout d'abord pas voulu lire l'adresse figurant sur le message apporté par le grand gamin trop vite monté en graine qui s'est présenté comme l'assistant d'Elicha. Puis la curiosité l'a emporté, ainsi qu'un sentiment plus trouble, l'expression d'une culpabilité bâtarde, faite de souvenirs et de volonté d'expier.

Ernest a pris pension au cœur du quartier brooke, comme pour un ultime pied de nez. Aujourd'hui, il n'est plus rare de voir les communautés se mélanger. À force de se côtoyer, humains et Brookes en sont arrivés à s'ignorer, suffisamment pour cohabiter parfois dans les mêmes immeubles.

Clemens monte les marches d'escalier conduisant à la chambre d'Ernest. Parvenu à l'étage, il sent une odeur de graillon mêlée d'une fragrance douceâtre, semblable à la chair qui pourrit. Sam se souvient alors d'un jeune gars, aujourd'hui un fantôme, qui ne pouvait s'empêcher de s'empiffrer d'œufs au lard, y compris après que la moitié de son visage avait été emportée. Sam frappe à la porte, suffisamment fort pour qu'Ernest l'entende. Le vieux Chasseur ouvre au bout d'un temps assez long. Par-dessus son épaule, Sam aperçoit immédiatement l'objet posé devant le lit et qui emplit la minuscule pièce de sa formidable présence.

La selle est pareille à son souvenir. Ses clous en argent peut-être légèrement ternis, mais l'émotion qui étreint le bibliothécaire efface ce détail. En voyant la fascination qu'elle semble provoquer sur son visiteur, Ernest soupire et s'efface pour le laisser entrer :

— Je n'aurai donc jamais la paix… Même ici, il faut qu'ils me poursuivent.

— Qui ? demande Sam, parlant haut et fort.

— Les fanatiques dans ton genre, fiston.

Le Chasseur s'assoit dans un fauteuil à bascule en pliant lentement les jambes. Puis il invite Sam à prendre place au bout du lit, près de la selle.

— Le plus marrant, c'est qu'il a fallu que je demande à mes voisins de m'aider à la porter jusqu'ici. Tu aurais dû voir ça ! Ils l'ont enrobé dans des couches et des couches de couvertures avant d'oser y toucher !

Son rire dégénère en toux grasse. Il crache une glaire sanglante dans son mouchoir et dit :

— C'était pas de la crainte, qu'ils avaient, mais du respect. Au moins, j'aurai vu ça avant de crever.

Sam se fend d'un sourire. Son regard caresse le cuir patiné de la selle.

— Que s'est-il passé ? demande-t-il à mi-voix.

Il ne s'adresse à personne d'autre qu'à lui-même. Ernest semble avoir lu sur ses lèvres car il répond :

— La vie a passé, fiston. Voilà tout.

Comme Sam paraît surpris, le Chasseur ajoute :

— Je n'ai pas retrouvé l'ouïe par miracle, mais ils posent tous la même question ! Les gars comme toi, et même des femmes, depuis quelque temps, tous veulent savoir pourquoi on finit par abdiquer. Toi qui es un lettré, tu vas pouvoir comprendre. Dans ta bibliothèque, tu as peut-être ce livre où on trouve des moulins et un vieux chevalier…

— Don Quichotte de la Manche, réplique aussitôt Sam, par réflexe.

436

— J'étais comme lui, mais je l'ai compris sur le tard, quand je me suis retrouvé le seul survivant de la Horde. On s'est fait prendre au piège dans cette gorge, le long du Colorado. Une passe si encaissée que le soleil n'atteignait pas le fond. Comme une déchirure de nuit dans le paysage brûlant. L'endroit idéal pour eux. J'ai soudain vu la tête de Caleb Green partir en arrière, le cou tranché à moitié. Une gerbe de sang m'a aveuglé. J'ai entendu Emilio Santanza hurler et puis lâcher un râle d'agonie. Pour la première fois de ma foutue vie, je me suis mis à paniquer et j'ai tiré au hasard, piquant des deux pour me sortir de là. Sung chevauchait à côté de moi.

— Sung ? reprend Sam qui, malgré lui, fait défiler dans son esprit les noms des membres de la Horde.

Il fut un temps où il les consignait tous dans de petits carnets.

— Ouais, Sung, un Chinois avec une natte qui lui descendait jusqu'à la raie du cul, et l'un des plus fameux Chasseurs que j'aie jamais vu. Il avait pas d'autre nom que Sung, à croire que ses parents s'étaient arrêtés de parler au moment de son baptême, si les gens de sa race ont cette tradition. Je te disais qu'il chevauchait à mes côtés. Ça me faisait du bien de savoir qu'il était là, parce que je l'avais vu nous sortir de sacrées situations. Sung est le seul type que je connaisse qui se soit payé un *Czikosok* en combat singulier.

— Un quoi ?

Ernest réprime un rire qui ne demande qu'à dégénérer en quinte :

— *Czikosok*, un putain de cavalier d'élite du Staroste, sa foutue garde prétorienne.

— Jamais entendu parler.

— Parce qu'il y a que la Horde sauvage qui sait. Qu'est-ce que tu crois, fiston, que seuls les Services Secrets dans leur saloperie de clinique connaissent des choses ?

Et voilà, se dit Sam, *la théorie de la conspiration autour du président, les expériences conduites sur les Brookes, toute cette tradition faite de rumeurs et d'inventions qui enflammaient les têtes d'illuminés.* Mark Twain y a eu sa part. Ne sachant plus trop s'il peut faire confiance au vieillard, il le laisse poursuivre :

— Je te disais qu'on avait les Brookes aux fesses. Ce n'est qu'en arrivant au bout de cette putain de gorge, dans une tache de soleil, que je me suis aperçu que Sung ne tenait plus en selle que par sa chaîne. Elle s'était emberlificotée autour de lui quand il avait voulu lancer son boulet. Il est tombé raide mort dans la poussière à l'instant où sa monture s'est arrêtée. Moi, j'ai continué. Je pensais au prospecteur qui nous avait indiqué le raccourci de la passe. À la manière dont je le crèverais pour nous avoir vendus aux Brookes. J'ai contourné le labyrinthe de rochers par le désert pour revenir sur nos pas. J'étais dans un drôle d'état. Je ne m'étais pas rendu compte qu'une partie de mon oreille manquait et que j'étais devenu sourd. Un coup de griffe. J'ai débarqué dans le campement à la tombée de la nuit. Le prospecteur était attablé avec sa femme et ses trois enfants. Leurs bouches se sont ouvertes en grand quand ils m'ont vu et je ne comprenais pas qu'ils hurlaient de frayeur. J'avais mon fusil dans les mains. Je l'ai pointé sur ce salopard. J'avais le doigt sur la détente mais je n'ai pas appuyé. D'un coup, j'ai réalisé que ça n'aurait servi à rien.

— Pourquoi ?

— Les Brookes avaient gagné. Pas seulement parce qu'ils nous avaient piégés, mais parce que l'homme que j'avais devant moi et qui me suppliait d'épargner les siens me haïssait, moi, plus qu'eux... Parce que pour les habitants de ce campement, les véritables monstres, c'était nous. La Horde sauvage, qui leur retirait le pain de la bouche en s'attaquant à ceux qui les faisaient vivre.

Le récit s'achève dans une nouvelle quinte de toux. Ernest se plie en deux, cassé par la douleur. Mais quand Sam se lève et fait mine de s'approcher pour lui apporter son aide, le vieux Chasseur redresse la tête et fixe le bibliothécaire. Sam se retrouve soudain ramené trente ans en arrière, dans un saloon, face à cette gueule ravagée par les stigmates d'une vie gâchée. Sam Clemens sent sa vessie prête à se relâcher, comme ce fameux jour de 1851 qui avait décidé de sa propre existence, à l'image de celle d'Ernest. Cette fois-ci, Sam se contrôle et évite de souiller ses pantalons.

— Tire-toi d'ici, et ne t'avise plus de revenir.

Sam s'en va après un dernier coup d'œil sur la selle cloutée d'argent. Cette visite suffira-t-elle à renvoyer dans les limbes le spectre qui le poursuit, comme l'espère Elicha ? Rien de moins sûr et, pourtant, le bibliothécaire est bien persuadé d'avoir abandonné quelque chose dans cette chambre sordide.

Mais il ignore quoi.

— Doc Holliday est mort l'hiver dernier, fait remarquer Elicha. Et dans son lit. La tuberculose. Finalement, son ami brooke ne lui aura permis de gagner que quelques années de sursis depuis Tombstone. Du coup, après l'assassinat de Jesse James, il ne reste plus beaucoup de Chasseurs en activité, en ce début d'année 88. Si toutefois le toubib entrait vraiment dans cette catégorie.

— L'ancienne compagne de Wild Bill Hickok, cette fameuse Calamity Jane… Et les frères Dalton.

— Des brebis noires, isolées, Sam. Ils ne tiendront pas longtemps.

— Sans doute. Mais leurs exploits sont connus dans tout le pays.

— Et alors ? Cela prouve seulement la qualité de notre presse moderne, capable de couvrir une même information de la côte Est à la côte Ouest. Tu collectionnes toujours les articles qui leur sont consacrés ?

— Ce n'est pas un délit.

À peine ces mots prononcés, Sam se souvient du sort réservé à Shylock, le précédent concierge de l'hôtel de ville. Il a souvent croisé Thomas Dayton et Oliver Grimm dans les rues de Silver City, depuis le jour où il les a vus exécuter le Nègre. Les marchands se sont toujours montrés polis, s'enquérant de sa santé sur un ton qui ne laissait pas d'équivoque. Sam n'a jamais osé rapporter l'incident au rabbi. Peut-être le moment est-il enfin venu.

— Sais-tu ce que sont devenus ces types qui avaient pris pension chez Mme Bonney ? Comment s'appelaient-ils, déjà ?

440

— Drôle de question, s'étonne Elicha. Pourquoi t'intéresses-tu à Dayton et Grimm ?

— Voilà, c'est bien ça... Non, je ne m'y intéresse pas. C'est juste que je me demandais...

Il a conscience de s'embrouiller et s'en veut. Le regard du rabbi le trouble. Sam a l'impression que son ami lit en lui comme dans un livre ouvert.

— Oublie-les, si tu veux un conseil. Ils font leurs affaires. Elles ne te concernent pas.

— Tu as raison.

Sam préfère changer de sujet au plus vite, pour dissimuler son malaise.

— Et tes propres affaires ? Quand me feras-tu visiter ces fameux abattoirs ? À moins qu'un *goy* dans mon genre n'y soit pas le bienvenu, ça me plairait assez de voir les chambres réfrigérées de M. Swift.

— Je ne crois pas, Sam. La vue du sang, son odeur, sont difficilement supportables. Moi-même, j'ai toujours du mal à m'y faire.

Ce n'est pas vraiment une fin de non-recevoir, mais le ton y est. Sam comprend que le rabbi essaie de le dissuader, sans pour autant lui interdire l'accès aux abattoirs.

— Je verrai quand j'aurai moins de travail...

— On m'a dit que la bibliothèque allait s'agrandir ? C'est une bonne nouvelle.

Sam sourit. Évacuée, la question gênante.

— Les dons privés affluent. J'ai reçu des caisses de livres et de journaux. Je vais devoir occuper une nouvelle salle. Un travail énorme, qui va pas mal m'accaparer.

— Alors, je te verrai moins ?

— Par la force des choses.

Ils achèvent leur repas en silence puis se séparent, après leur rituelle poignée de main. Chacun part dans une direction différente. Comme souvent, Sam reste un moment à observer le rabbi s'éloigner. Il se promet qu'un jour, il empruntera lui aussi cette direction et pénétrera dans les quartiers brookes de la ville et au-delà, où s'étendent les abattoirs. Mais pas maintenant. Il n'est pas encore prêt.

Après sa promenade digestive — encore un autre rituel — le bibliothécaire rejoint son poste. Dans le hall de l'hôtel de ville, les gens parlent, de Thomas Edison, du courant électrique. Le conseil municipal a voté à l'unanimité le déblocage des crédits nécessaires à l'équipement de tous les bâtiments publics. Les premières maisons privées commencent elles aussi à s'équiper. Le barrage sur le Kansas produit suffisamment d'électricité pour alimenter trois fois la population de la ville. À la vitesse où elle croît, un second barrage sera bientôt nécessaire.

Les caisses livrées la veille sont entassées le long du couloir qui mène au local de Clemens. S'emparant d'un pied-de-biche, il en ouvre une au hasard et la fouille. Elle contient des paquets de journaux jaunis. Le *Ledger* de New York, un hebdomadaire publiant des récits d'aventure. Sam s'apprête à reposer l'exemplaire qu'il tient à hauteur d'yeux, quand son cœur saute un battement. Sous l'effet de la lumière jaune dispensée par l'ampoule, les caractères imprimés en page intérieure sont parfaitement lisibles. Un prénom, en majuscules. Le texte est en fait une publicité pour un ouvrage édité par un certain Robert Bonner, et qui s'intitule : *Orion, the Silver Beater.*

Ce ne peut pas être une coïncidence !

Parcourant l'argument de vente, Sam comprend que son frère aîné est bien celui qui a inspiré ce récit édifiant. L'ascension d'un héros moderne, un champion américain. Son nom de famille n'est jamais cité, mais comment ne pas le reconnaître dans ce portrait d'un apprenti journaliste devenu l'un des plus puissants magnats de la finance, possédant ses entrées à la Maison-Blanche ? Orion apparaît comme un génial visionnaire, qui a su anticiper le moment de la grande réconciliation entre humains et Brookes et investir ses capitaux dans la prospection de l'argent.

De rage, Sam déchire le journal. Orion n'aurait jamais eu l'idée de cette publicité si lui-même n'avait pas un temps inquiété la Famille en popularisant les exploits d'un pistolero gentleman, chasseur de Brookes !

Mais quoi faire ? Il y a près d'un quart de siècle, le Staroste en personne lui a ordonné de ne plus être Mark Twain. Et il a obéi.

Toutefois, le patriarche brooke ne lui a pas interdit de reprendre la plume, seulement de parler de la Famille et du Convoi.

Et puis cela fait si longtemps...

Le soir venu, à la lueur de l'ampoule électrique qui éclaire son bureau, Sam Clemens reste un moment à observer la feuille blanche qui dépasse du rouleau de la machine mécanique. Avec ses économies, il s'est offerte la meilleure, une Underwood qui, pour l'instant, ne lui a servi qu'à dresser les listes d'ouvrages à emprunter.

Il est temps de savoir si cette machine sait aussi inventer des histoires.

L'homme porte un costume sombre, une paire de moustaches cirées et un chapeau melon. C'est à peu près tout ce qu'il y a à en dire. Sam le découvre devant la porte de la petite maison qu'il loue depuis 1891 dans le nouveau quartier résidentiel, bâti à l'extérieur de la Silver City primitive.

Quand il aperçoit le bibliothécaire, le visiteur porte deux doigts au rebord de son chapeau en s'avançant vers lui.

— Samuel Clemens ?

— C'est moi.

Le visiteur sourit. Ses petits yeux vifs furètent à gauche, à droite. Observant les gamins qui jouent dans la rue, il englobe la scène d'un geste :

— Chouette endroit, peut-être que je viendrai y passer ma retraite. On pourrait entrer ?

— Vous désirez me voir ?

— Dedans, ce serait mieux pour causer.

— De quoi, monsieur… ?

L'homme rit franchement en poussant son chapeau en arrière.

— On m'avait prévenu que fallait pas vous la faire, on m'avait pas menti !

— Qui ça, « on » ?

— Monsieur Clemens, entrons, vous voulez bien ?

Sam comprend qu'il n'arrivera pas à s'en débarrasser. Il l'invite à pénétrer dans le vestibule.

— Merci.   Vraiment une chouette baraque ! Silver est un petit paradis, hein ? Vous savez qu'on en parle partout ? De plus en plus de gens rêvent de s'y installer.

Sam répond sèchement :

— Vous prospectez pour une agence immobilière ?

— Une agence, mais pas de ce genre.

Le bonhomme n'a pas l'air de percevoir le ton irrité de Clemens. Il soupire profondément et ajoute :

— Dieu sait que j'ai horreur de ça, mais j'y suis obligé.

— De quoi parlez-vous, à la fin ?

Sam est maintenant excédé. Son visiteur tire de sa poche une paire de gants en cuir et les enfile en prenant son temps. Puis, une fois l'opération terminée, et avant que Sam ait pu réagir, il lui balance un coup de poing au creux de l'estomac.

Souffle coupé, plié en deux par la douleur, Sam recule et heurte le portemanteau. Le visiteur ne le laisse pas récupérer. Il se jette sur lui et lui assène un crochet sous l'oreille. Il est fort et rapide. Sam sent la douleur irradier depuis la mâchoire, remonter en une ligne ardente jusqu'à ses tempes. Sa vue se brouille. Une poigne solide se referme autour de son cou. L'homme colle son visage tout contre le sien et hurle :

— Sale crevure, tu vois ce que tu m'obliges à faire ! Salopard dégénéré, fallait que tu recommences, pas vrai ?

Sam Clemens sent la nausée le gagner tandis que l'homme lui tape à poing fermé dans le ventre.

— Tu n'as pas encore compris que ça ne servait plus à rien ? Qu'on ne voulait plus lire ces torchons ?

Il postillonne sous sa moustache cirée qui lui donnait avant l'air d'un clown. Sam ne comprend pas pourquoi l'étranger s'acharne et lui brandit un fascicule sous le nez, tant la souffrance accapare ses sens

Mais il finit par reconnaître le dernier numéro de *La Villa des fantômes*.

— On ne t'avait pas prévenu, connard arrogant ?

Comme le bourreau desserre un peu sa poigne, Sam avale une goulée d'air et tente de s'expliquer :

— C'est juste une histoire d'inspiration gothique, ça n'a rien à voir avec les Brookes...

— NE MENS PAS ! gueule l'homme au chapeau.

— Je jure que...

L'étranger se penche tellement près que Sam croit qu'il veut l'embrasser :

— Chut, chut, écoute, dit-il en lissant les cheveux du rouquin en arrière. Je t'en veux pour ton attitude, qui m'oblige à te faire du mal, beaucoup de mal, tu saisis ? Mince, Twain, c'est pas toi qui vas en faire, des cauchemars...

Le bibliothécaire a maintenant trop peur pour parler. Si seulement son bourreau pouvait se calmer. En parcourant *La Villa des fantômes*, il s'apercevrait que ce n'est qu'une vie romancée de la veuve Winchester, sa propre interprétation du thème de la maison hantée cher aux auteurs anglais.

— De quelle main te sers-tu pour écrire ? demande le visiteur.

Sam, que la douleur empêche de penser, ne voit pas le piège et répond sincèrement :

— Des deux, je tape à la machine.

Le coup de genou le cueille par surprise. Il s'écroule sur le parquet, avec l'impression que ses testicules lui sont remontés dans le ventre. La semelle du visiteur s'appuie sur son poignet, l'immobilisant. Il se penche et saisit d'abord l'index de Clemens. Puis il sort un cran d'arrêt. La lame jaillit dans un claquement sec avant de clouer au sol la main de Clemens.

— Tiens, voilà ta nouvelle ligne de vie, celle que tu devras dorénavant suivre ! dit l'homme en ouvrant davantage la plaie.

Sam hurle mais ne s'entend pas. Tout son corps est une douleur blanche, trop vive pour avoir un sens.

La porte d'entrée s'ouvre à la volée, une silhouette noire pénètre en trombe dans le vestibule. À peine conscient, Sam perçoit l'écho d'une lutte. Puis le silence retombe. Quelqu'un relève le bibliothécaire et l'aide à gagner sa chambre, pour l'étendre en travers du lit. Loin de la chambre, quelque part dans la cuisine, on ouvre la glacière électrique, modèle réduit des entrepôts frigorifiques où sont stockées les réserves de sang.

Elicha revient avec un linge replié autour d'un bloc de glace, qu'il dépose sur sa main blessée.

— Garde ça en place, le temps que je revienne avec une ambulance. Je ne serai pas long.

— Comment... Que...

— Ferme-la ! Ce type avait raison. Tu es un connard borné, Samuel Clemens !

*

De retour de l'hôpital, Sam trouve le rabbi installé chez lui, dans son fauteuil de lecture. Elicha feuillette l'exemplaire de *La Villa des fantômes* abandonné par l'homme au chapeau melon. Le rabbi jette un œil à la pendule qui marque moins de minuit, et dit :

— Ils ne t'ont pas gardé longtemps.

— Le temps de suturer la plaie et de me faire avaler une bonne lampée de laudanum.

— Je me demande si je n'aurais pas mieux fait de laisser le Pinkerton achever son sale boulot.

— Pinkerton ? Tu veux dire...

— À force d'anonymat, on finit par les repérer aussi facilement qu'une verrue sur la fesse d'un ange !

— Drôle de métaphore, rabbi.

Elicha tend l'exemplaire de *La Villa des fantômes* :

— C'est plutôt bien écrit, tu n'as pas perdu la main.

— En fait, oui, dit Clemens en montrant sa paume bandée. Le docteur m'a averti que je devrai dorénavant taper d'une seule main. Mais je ne suis pas près de toucher à mon Underwood pour autre chose que le travail en bibliothèque.

— Sage décision, Sam.

— J'aimerais comprendre pourquoi mon histoire de spectres a déclenché cette réaction.

— Ne t'occupe plus de politique, ça ne t'a jamais réussi.

— De politique, rabbi ? Tu as lu ce feuilleton ?

— C'est agréable, le ton est juste, le suspense habilement entretenu. On entre dans la tête de la vieille femme, de ses obsessions... Je regrette juste ce chapitre où tu lui imagines un fils lunatique rêvant de prendre son apparence après sa mort pour terroriser les visiteurs. Mais, après tout, je ne suis pas critique littéraire.

— Et qu'est-ce que tu es, au juste ?

Elicha se lève et s'en va, emportant le fascicule. Sam demeure longtemps sans rien faire d'autre que tourner dans sa maison. À l'aube, il s'écroule tout habillé sur le lit.

Après quelques heures d'un mauvais sommeil entrecoupé de cauchemars, Sam Clemens boit un fond de café, ne prend pas la peine de se changer ou de se raser, et sort de chez lui. Il prend la direction de l'hôtel de ville, indifférent aux regards réprobateurs de ses concitoyens. À peine s'il réalise être ce spectre hagard croisé dans un reflet de devanture.

Il grimpe l'escalier conduisant à son repaire de papier. De sa main valide, il déverrouille la porte, puis fouille le bureau à la recherche d'une boîte d'allumettes. Il lui faut plusieurs tentatives avant de parvenir à enflammer un bâton soufré, mais il y parvient finalement. Dans un état second, il approche la flammèche de l'étagère aux journaux, où se trouve archivé le *Ledger* de New York. À cet instant, il ne sait pas s'il veut simplement s'éclairer autrement qu'avec la foutue ampoule d'Edison qui est comme l'emblème de la nouvelle Silver City, ou s'il veut mettre le feu à tout le bazar.

— *C'est ouvert, monsieur ?*

La voix sifflante le fait tressaillir. Sam lâche l'allumette qui s'éteint en tombant sur le parquet.

— *Monsieur ? Vous vous sentez bien ?*

La silhouette qui s'avance dans la demi-pénombre est celle d'une fillette. Sam Clemens ne l'a encore jamais vue.

— Oui... Un instant, je te prie...

Sam se relève, arrange au mieux sa mise, et rejoint la petite. Il se mord la lèvre en découvrant, sous la dentelle du bonnet, une paire de lunettes rondes et noires. La robe fleurie, serrée à la taille par une ceinture brodée, épouse un corps mince, aux membres déjà longs. Le sourire de la Brooke révèle des canines pointues, derrière une mantille semi-transparente. À cet âge, dit-on, les créatures sont moins sensibles aux effets du soleil. À moins que, par un caprice de la nature, les nouvelles générations connaissent une adaptation favorable. Cela, au moment où la politique d'intégration bat son plein.

— Que veux-tu ? demande Sam, comprenant tout de suite que sa question est stupide. Tu… vous, toi et les tiens, vous lisez des histoires ?

— *Moi je lis des contes, mais aussi des histoires d'amour.*

Sam tente de sourire. Il sent sa lèvre trembler.

— *Vous êtes blessé ?*

— Je suis tombé en rangeant mes livres. Viens, je vais te montrer ceux que je réserve à mes plus jeunes lecteurs.

Quand il finit par lui demander son nom, Sam Clemens s'attend à ce qu'elle ne puisse répondre. Il s'apprête à tracer une simple croix dans la colonne de son cahier de prêt. Mais, à sa grande surprise, la fillette répond :

— *Je m'appelle Vera.*

Puis elle épelle, consciencieusement :

— *V, E, R, A.*

Sam reporte les quatre lettres et demande :

— Qui t'a donné ce nom ?

— *Un des hommes en noir. Je crois que c'est leur chef. Il dit que c'est mieux pour nous.*

— Ces hommes en noir, ils portent de longues mèches de cheveux de chaque côté du front ?

La fillette acquiesce. Puis elle tourne les talons. Au moment où elle franchit la porte, Sam a comme un éclair de lucidité et lui lance :

— Le chef des hommes en noir, c'est lui qui t'a conseillé de venir à la bibliothèque ?

— *Comment avez-vous deviné ?*

— Je l'ai lu dans un livre, fait Sam avec un clin d'œil.

*

La petite Brooke revient souvent, elle dévore les livres que Sam lui propose, et donne parfois son avis. Elle préfère la jeune littérature américaine. Sa génération s'est adaptée à la culture de ce pays, et ce pays est peut-être aussi le sien.

La main de Sam guérit, mais elle reste trop sensible pour qu'il s'en serve normalement. L'Underwood prend la poussière dans un coin. Elicha ne donne plus guère de nouvelles. Les voitures automobiles se multiplient dans les rues, à présent toutes bitumées. Les Brookes se mêlent de plus en plus aux autres communautés. Ailleurs, les derniers Chasseurs, jamais reconnus par la défunte Confrérie, meurent les uns après les autres. Le massacre de Coffeyville a mis un terme à la sanglante épopée des frères Dalton. Un seul en a réchappé, Emmett, malgré tout le plomb reçu. On dit qu'il traîne du côté de Hollywood.

Sam se sent vieux, plus inutile que jamais. Il suit d'un œil distrait les nouvelles du pays, quand elles lui parviennent au hasard des gros titres. Il ne lit même plus les articles et n'écoute pas les conversations qui animent son café, désormais fréquenté par des jeunes gens appartenant à toutes les races, et qu'il ne connaît pas.

Vera grandit et c'est presque une femelle brooke en âge de se reproduire qui lui demande un jour :

— *Pourquoi avez-vous toujours l'air aussi triste monsieur Clemens ?*

Comme le vieux bibliothécaire ne trouve rien à répondre, elle enchaîne :

— *Nous avons la chance de vivre dans une ville merveilleuse, où toutes les créatures de Dieu s'entendent Notre exemple est suivi dans de nombreuses autres cités du pays. Mes frères voyagent d'une côte à l'autre, pour le compte du Staroste. Ils sont courtiers. Chaque fois qu'ils reviennent à la maison, ils sont fiers d'annoncer que de nouveaux quartiers mixtes se sont développés, à New York ou bien à San Francisco. Ici, tout le monde s'en réjouit. Mais vous ne semblez pas partager notre joie, monsieur Clemens.*

— Le nouveau président non plus, fait remarquer Sam.

La jeune Brooke secoue la tête :

— *Oh, je déteste ce McKinley ! À peine élu, il s'est empressé de railler le discours de Lincoln et d'attiser la haine du Congrès à notre encontre.*

Quand elle est en colère, on pourrait presque la trouver jolie.

— Le peuple américain l'a porté démocratiquement au pouvoir, dit Sam.

— *Avec une très faible majorité. Et beaucoup s'interrogent sur la validité de cette élection.*

— Même si cela était, ça ne change rien. McKinley se trouve désormais à la tête de l'Union, pour quatre ans. Le Staroste n'a pas son mot à dire.

— *Vous savez que vous prenez des risques en parlant ainsi, monsieur Clemens ? Oh non, pas avec moi, ne*

452

vous méprenez pas ! Mais je vous en prie, ne tenez pas
ce genre de propos devant n'importe qui... Contentez-
vous de passer pour le ronchon que vous êtes, mais
n'abordez pas de sujets qui puissent fâcher !

La mise en garde rappelle celle du rabbi, après le douloureux épisode Pinkerton. La main fragilisée du bibliothécaire le lance toujours un peu, comme un signal de prudence émis par sa propre chair.

L'affection que lui porte Vera émeut Sam davantage qu'il ne souhaiterait l'admettre.

— Je te remercie pour tes conseils. Mais que veux-tu qu'il arrive à un vieux bonhomme inoffensif comme moi ?

L'image de Shylock, étendu dans son propre sang au fond de la ruelle, traverse fugacement l'esprit du bibliothécaire. Soudain, il comprend pourquoi, malgré ses envies répétées, il n'a jamais insisté auprès d'Elicha pour visiter les abattoirs de Silver City. Il aurait eu trop peur de deviner, parmi les carcasses de bœufs suspendues aux crochets, d'autres dépouilles... Le sang volontairement versé chaque début de mois par les citoyens suffit-il à apaiser la faim des Brookes ?

— *Soyez prudent, Sam, c'est tout. L'élection de*
McKinley a ravivé pas mal de vieilles blessures.

Vera le salue et part.

Elle ne reviendra plus à la bibliothèque, du moins pas avant un certain temps. Quelques semaines après leur dernière conversation, un blanc-bec arrogant, pas plus de trente printemps, vient trouver Sam chez lui un matin, pour lui annoncer que le conseil a décidé de le placer d'office à la retraite. Sa remplaçante a déjà été désignée, à l'unanimité.

— Vera, murmure le vieil homme.

— Miss Vera Booker, oui, confirme l'employé municipal. Mais le conseil ne vous laisse pas tomber, Clemens. Après tout, vous avez rendu de bons services à Silver City depuis plus de vingt ans. Le directeur des abattoirs a fait une proposition, adoptée elle aussi à l'unanimité.

— Le rabbi Elicha ?

— Oui, le rabbi a décidé de se montrer généreux. Je crois qu'il vous aime bien. Vous pourrez occuper le poste de concierge à l'hôtel de ville, à mi-temps. Une vraie sinécure, franchement. Vous avez de la chance Clemens…

Sam regrette de n'avoir pas quarante ans de moins et un Colt à sa disposition, pour lui faire ravaler son sourire et ses belles paroles. Au lieu de quoi il se contente d'un :

— Vous adresserez à l'ensemble du conseil mes plus vifs remerciements.

Le jeune gars tourne les talons. Sam regagne la cuisine d'un pas traînant. Il reste assis longtemps, à regretter que l'âge lui ait fait passer le besoin de se saouler dans ce genre de situation.

*

Depuis que Miss Vera Booker est aux commandes de la bibliothèque, la fréquentation a augmenté. Les Brookes constituent désormais l'essentiel des emprunteurs. Sam ne peut s'empêcher de le remarquer, chaque fois que son travail exige qu'il passe le balai dans les couloirs qui conduisent aux nouvelles salles. Mais il profite de la moindre occasion pour quitter l'hôtel de ville et prendre tout son temps, une pleine journée s'il le faut, pour effectuer une course.

Tout le monde s'est habitué au vieux bonhomme voûté, à la main raide, la chevelure et la moustache poivre et sel, qui traîne d'un commerce à l'autre en évitant soigneusement de croiser le chemin d'un Brooke. Sam Clemens amuse les passants, surtout quand une bande de jeunes gandins portant costume et foulard aux motifs colorés sous de larges chapeaux de paille entreprend d'encercler le vieux fou :

— Ouh, gare à la morsure, vieillard !

— Protège ta gorge !

— J'espère que ton sang n'est pas frelaté !

Ils éclatent de rire et se mettent à danser une gigue autour de lui.

Le vieux Sam implore Tuxedo Moon de venir à son secours. Puis il se souvient que le pistolero gentleman est mort depuis plus de trente-cinq ans.

Un homme vêtu de noir s'avance en brandissant le poing :

— Dégagez, vous devriez avoir honte, je ne manquerai pas d'avertir les représentants de la Famille !

Les gandins s'égaillent en haussant les épaules.

— Est-ce que ça va ?

— Rabbi ?

Elicha a pris du poids, comme une preuve physique de son ascendant sur ses concitoyens. Le directeur des abattoirs de Silver City est désormais un homme large et solide, aux tempes grisonnantes, ce que l'on doit bien appeler un patriarche.

— Vera m'avait prévenu, mais je ne voulais pas la croire, lâche Elicha. Sam, pourquoi te laisses-tu aller ?

— Ce n'est pas moi, rabbi, c'est l'époque qui se laisse aller. Je ne fais que suivre le mouvement !

— Bien, tu n'as pas perdu ta verve, je suis rassuré.

Accompagne-moi jusqu'à la gare, ça fait longtemps que nous n'avons pas échangé de futiles paroles tous les deux...

— Tu pars en voyage ?

— Un bref séjour dans l'Ohio. Des questions à régler pour le compte de la ville. De la basse politique, Sam.

— Rien qui me concerne. Tu vois, je n'ai pas oublié !

Le rabbi consent un sourire. La gare de Silver City n'est plus celle qui a vu débarquer Sam Clemens en 1875. Celle-ci, trop petite, a été rasée. Le nouveau bâtiment, dessiné par un grand architecte, s'inspire de modèles européens. L'acier et le verre prédominent. À l'intérieur, marbre et dorures indiquent au voyageur en transit que la ville a les moyens de ses ambitions.

Sous l'immense verrière, les panaches de fumée échappés des cheminées des locomotives se déploient en corolles grasses. Une armée de porteurs en blouse de toile blanche va et vient en un incessant ballet. Sam remarque que la plupart sont noirs. Certaines choses ne changent pas.

Le rabbi s'arrête devant une voiture de première classe. Le compartiment réservé à son usage personnel est lambrissé, ses sièges couverts de velours damassé. Elicha pose une poigne toujours solide sur l'épaule de Sam, avant de grimper à bord.

— Accepte ce qui doit arriver, Sam. Une fois pour toutes. Après, je te promets que tu pourras partir en paix. J'y veillerai.

— Bon voyage, répond simplement Sam.

Puis il fait volte-face et remonte le quai de son pas

traînant, indifférent à la bousculade des voyageurs arrivés au dernier moment. Tous sont pressés de trouver une place libre dans le train au départ pour l'Ohio, à croire qu'il ne fait pas bon rester à Silver City, au moins encore pour quelques Américains.

Un rire franc fait se retourner Clemens, un rire qu'il reconnaît même s'il ne l'a entendu qu'une seule fois, des années plus tôt, au détour d'une ruelle.

Il ne s'est pas trompé. Avec l'âge, le négociant ne s'est pas avachi, bien au contraire. Pas plus que son complice, toujours aussi chauve. Thomas Dayton et Oliver Grimm se dirigent vers la voiture de queue, suivis par deux porteurs. Sam ne peut s'empêcher de trouver curieux qu'ils se retrouvent dans le même train qu'Elicha.

Mais qu'est-ce que cela prouve ? Qu'eux ont réussi dans leurs affaires et qu'ils peuvent voyager à leur guise, tandis que lui, Sam Clemens, doit trimer un balai à la main pour payer son loyer. Rien d'autre...

Et pourtant.

*

Quand il trouve le courage d'en parler à Vera, elle affiche une mine attristée.

— *Oh, Sam... Qu'allez-vous imaginer ? J'ai bien peur que votre dépit n'ait fini par vous monter à la tête !*

— Tu dois avoir raison.

— *Allons, oublions ça ! Fêtons plutôt nos retrouvailles, je vous invite à déjeuner.*

Sa remplaçante à la bibliothèque l'emmène dans son ancien café. Sam Clemens n'a plus les moyens d'y aller. Assis à la table qu'il occupait jadis avec le rabbi Elicha, près de la grande vitre qui donne sur la rue, il écoute Vera raconter sa vie. Elle lui parle d'un jeune Brooke qui dirige une partie du Convoi, aujourd'hui bien trop long pour qu'un seul guide le mène.

— Et qui est-ce ?

— *Rien de moins que l'assistant du Staroste.*

— Tu m'as l'air d'en pincer pour lui !

Clemens s'attend à la voir rosir, mais Vera demeure impassible. Peut-être est-elle heureuse, peut-être pas. Elle se contente de boire un verre d'eau. En présence du vieux Sam, la bibliothécaire ne commande pas autre chose.

— Dis-moi, où en est la tête du Convoi ?

— *Elle est arrivée à destination, dans ce territoire magnifique du Nord-Ouest, pas loin de l'océan et des montagnes, d'un grand lac et d'une île… C'est là que la Famille va pouvoir s'installer, enfin. Là que j'irai, Sam.*

— Tu parles de l'État brooke ? Mais avec Mc-Kinley, tu sais bien que jamais… Enfin, Vera, il a été réélu au mois de mars de cette année ! Le président ne cesse de clamer depuis son opposition à ce projet insensé.

— *Il finira par passer la main, d'une manière ou d'une autre. Croyez-moi, Sam, ce ne sera plus très long. Le Convoi va bientôt s'arrêter.*

Il ne cherche pas à la détromper. Après tout, lui-même, à cet âge, débordait de certitudes que rien n'aurait pu ébranler. Le doute est venu bien plus tard, en même temps que les spectres.

Son repas terminé, il la remercie de régler l'addition et rejoint la minuscule loge de l'hôtel de ville où il range ses instruments de travail. Sam s'y enferme pour pleurer puis, une fois ses larmes taries, il empoigne le manche du balai et se met à l'ouvrage.

*

La nouvelle fait la une des journaux deux jours plus tard, le 6 septembre 1901. William McKinley a été victime d'un attentat, à Buffalo, dans son fief de l'Ohio. Un instant, le cœur de Sam menace de cesser de battre quand il l'apprend. Il n'y a jamais eu de coïncidences ! Mais, quand il parcourt l'article de la gazette locale consacré à l'événement, il n'est plus sûr de rien. Le meurtrier est un jeune anarchiste de vingt-huit ans, une sorte d'illuminé nommé Léon Czolgosz et qui jusqu'alors apparaissait comme inoffensif. Un seul coup tiré en pleine poitrine a suffi. Le président est décédé peu après son arrivée à l'hôpital. Quand il y pense, un seul coup de feu, tiré par un amateur…

Tous les espoirs de Silver City reposent désormais sur celui qui le remplacera. On parle de Théodore Roosevelt.

*

— Tu te souviens de ma promesse, sur le quai de la gare ? Je suis venu l'honorer.

Elicha a encore forci. Ses cheveux ont blanchi entièrement, sa barbe bouclée tombe bas sur son poitrail. Il dépose le billet de chemin de fer sur la table de ce dernier repas pris en commun.

— Tu auras les réponses à tes questions, Samuel Clemens.

Le rabbi se lève lentement, alourdi par son poids. Sam a plutôt le problème inverse, avec sa carcasse si frêle qu'un vent trop fort suffit à faire trembler.

— Teddy t'attend à Washington, confirme Elicha Mon ami, il est temps que tu quittes Silver City

La veille, les unes de tous les quotidiens du pays titraient en pleine page :

BLOODSILVER
L'État brooke est né !

Un nom auquel il faudrait s'habituer, et que tous les écoliers du pays devraient bientôt apprendre. Florida, « la fleurie » ; Illinois, du français désignant la tribu Illini ; Minnesota, qui pour les Sioux désigne l'eau couleur de ciel. Et de quel pigment serait teint le drapeau de Bloodsilver : du sang d'anonymes, humains ou brookes ? Une journée de fête a été décrétée à Silver City, et dans pas mal d'autres villes comptant un quartier brooke. La première pensée de Sam a été pour Calamity Jane, morte deux ans plus tôt : dernière représentante de la Confrérie des Chasseurs, elle aura évité l'humiliation de survivre au cauchemar.

Ce qui n'aura pas été le cas de Samuel Clemens. Une dernière fois, il regarde le rabbi droit dans les yeux. Puis Elicha repousse sa chaise et se détourne. Sam attend qu'il ait passé le coin de la rue pour rafler le billet et partir à son tour.

*

Le voyage jusqu'à Washington s'effectue sans histoire. À la gare, deux agents de Nat Pinkerton

460

accueillent Sam. Nat Pinkerton est le fils d'Allan, fondateur de la célèbre agence. L'actuel directeur est à ce point connu que la Dresdner Roman-Verlag, une maison d'édition allemande, lui consacre un feuilleton sous forme de fascicules. Clemens se souvient qu'on lui a mutilé la main pour avoir écrit pareilles choses, et que son bourreau était un fils de pute à l'air jovial, travaillant pour les Pinkerton. Sam est trop vieux pour goûter l'ironie, et surtout trop impatient de savoir enfin.

Les agents à chapeau melon échangent un regard intrigué en découvrant le distingué visiteur en costume crème et chapeau blanc, une sorte de digne relique. Sam ne leur adresse pas la parole. Il réserve sa salive pour le président. Ils montent dans une automobile Ford, le nouveau modèle, et se dirigent vers la Maison-Blanche. Samuel Clemens trouve cela parfaitement normal. Après tout, Orion était un habitué des lieux. *Je suis enfin ta voie, cher frère*, se dit Sam avec une pointe de tristesse au fond de lui.

Théodore Roosevelt le reçoit au terme d'une courte attente, directement dans la salle à manger. Un repas pour deux est servi.

— Soyez le bienvenu, Clemens. Asseyez-vous et mangeons, j'ai une faim d'ogre !

Teddy en a aussi la carrure. Sam remercie d'un signe de tête et s'assied. Un domestique sert le potage, avalé bruyamment par le président. Ce bruit est calculé, comme tout ce que fait Roosevelt. Avec un de ces culs-terreux de propriétaires terriens, le président aurait adopté des façons d'aristocrate s'il y voyait son intérêt. Une fois son assiette vide, il claque des doigts pour qu'on apporte la suite. Sam a à peine avalé trois cuillerées.

Une fois les larges tranches rouges du rôti servies, Roosevelt prend la parole :

— Je sais ce que vous pensez. Bloodsilver vous dégoûte.

Comme Sam ne dit rien, le président poursuit :

— Vous n'êtes pas le seul. La plupart de mes électeurs sont dans le même cas. Si je n'avais dû compter que sur les partisans de l'intégration pour arriver là où j'en suis...

Teddy a un geste agacé, manière d'évacuer le sujet.

— De plus, les types dans votre genre n'ont pas facilité la tâche des Brookes, pas vrai ? J'admets que vous en aviez, à l'époque.

— Il y a longtemps, monsieur le président.

— C'est vrai. Bon Dieu, vous ne m'avez pas l'air plus dangereux qu'un foutu canard sauvage face à ma Winchester !

— Alors, qu'est-ce qui me vaut...

— Vous savez que j'ai connu votre frère ? Mais ce n'est pas lui qui a intrigué pour vous amener ici. Remerciez d'abord la curiosité, j'avais envie de connaître celui qui a contrarié le Staroste... Je vous avoue être un peu déçu.

Samuel Clemens ne se formalise pas. Les mots du président glissent sur lui comme l'eau sur les ailes d'un canard sauvage. On peut l'insulter, le maudire, Sam est au-delà de tout. Simplement, il aimerait en savoir davantage. Et, si possible, qu'on ne le fasse pas souffrir, au terme de l'entrevue.

— Je suppose que je dois aussi remercier mes amis du conseil de Silver City.

— Tout juste, Clemens. Je dois un petit service au rabbi et aux autres… Alors, vous voilà.

— Une dette contractée à Buffalo, monsieur ?

Une lueur féroce traverse l'œil de Teddy, celui qu'en Afrique on surnomme le Grand Chasseur.

— Ne poussez pas, Clemens.

Le président dévore sa viande, puis repose ses couverts et se lève.

— Mettons un terme à la plaisanterie, vous êtes d'accord ?

— J'ai essayé pendant ces trente dernières années, monsieur. En vain.

— Cette fois sera la bonne. Le bout du voyage, Clemens.

Le domestique réapparaît avec une cafetière en argent. Il fait le tour de la table, verse le breuvage dans des tasses en porcelaine. Sam boit sans attendre que le sucre soit dissous.

— Allons-y, Mark Twain.

Roosevelt se dirige vers la vitrine aux trophées qui occupe un angle de la pièce. Tire une petite clé de la poche de son gilet, effectue une pause et ajoute, sans se retourner :

— Les États-Unis d'Amérique vous offrent l'occasion de toucher à la légende après laquelle vous avez couru toute votre vie.

Théodore Roosevelt introduit la clé dans la serrure. Samuel l'entend manipuler un objet lourd, puis refermer la vitrine. Il se sent étrangement serein, gagné par un sentiment de plénitude tel qu'il n'en a plus connu depuis bien longtemps. Depuis, constate-t-il avec dépit, qu'il a sacrifié sa carrière de pilote de steamer. Le Mississippi a été son seul ami, comprend-il. Tuxedo, quant à lui, a constitué une parenthèse dans la longue décrépitude à laquelle se résume sa vie. Son fantôme le poursuit jusque dans les salons de la Maison-Blanche, raillant ce qu'est devenu son ancien Pygmalion.

Le président dépose l'objet sur la nappe, à portée de main de son invité.

— Prenez tout votre temps, monsieur Clemens. Offrez-vous un bon cigare. Ce sont des havanes, je les ai rapportés de mon temps de guerre à Cuba. Personne ne viendra vous déranger. Nous nous occuperons de tout le moment venu. Je suis ravi d'avoir fait votre connaissance.

Il se retire sur la pointe des pieds, ours agile qui n'en est pas à une contradiction près. Roosevelt referme à double tour la porte de la salle à manger.

Samuel contemple le Colt rutilant. L'argent brille, accrochant les feux électriques jetés par le lustre. De nombreuses encoches entaillent le bois de la crosse. Vingt et une en tout. Leur nombre renseigne Samuel sur l'identité du propriétaire de l'arme, avant qu'elle ne se retrouve dans la collection privée du président. Il se souvient de son unique rencontre avec le jeune Billy, peu après son arrivée à Silver City. Roosevelt est-il au courant ? Le rabbi doit l'avoir informé. Sinon, pourquoi avoir choisi ce revolver parmi toutes les reliques enfermées dans la vitrine ?

Suivant les conseils de son hôte, Samuel pioche un cigare dans la cave mise à sa disposition. Ignorant le coupe-cigares en argent, il étête d'un coup de dent le capuchon de tabac, le recrache au milieu de la table, allume le havane à la flamme d'une chandelle. Sam se souvient que, au soir de sa vie, le mythique trappeur

Daniel Boone s'était vu interdire viande et tabac par son médecin. À peine le praticien avait-il quitté sa demeure que Boone demandait à son valet indien de lui servir un steak saignant, et de bourrer sa meilleure pipe. Il était mort dans la nuit.

Samuel Clemens reste à fumer un temps indéterminé. À penser à ce qu'aura été son existence. Deux adjectifs semblent la résumer parfaitement : longue et inutile.

Alors il repose le cigare à moitié fumé sur le rebord de son assiette et s'empare du Colt de William Bonney, dit « le Kid ». Il enfourne le canon dans sa bouche avant de relever le chien et de presser la détente.

Un bref instant, la fumée de la poudre brûlée se mélange à celle du cigare. Ce goût étrange, contre nature, est celui d'une existence ratée.

1915

Naissance d'une nation :
accouchement d'un chef-d'œuvre !

par Louella Parsons, pour *Variety*

On dit que le soleil brille sur Hollywood d'une lumière plus intense, et c'est sans doute la vérité, mais peut-être que les projecteurs y sont pour quelque chose...

Sunset Boulevard est en tout cas l'un des endroits les plus brillants que je connaisse !

Les nouveaux studios de la Mutual Family ajoutent encore au lustre. En face de l'ancien Kine-macolor, racheté par le nabab en vue de Hollywood — qui ça ? Mais vous LE connaissez tous, mes chéris ! — s'étend désormais la parfaite réplique d'un quartier de Silver City. Plus besoin de suer sang et eau (à vos risques et périls !) toute une journée en train pour gagner le cœur de l'Union : venez frissonner à domicile, *sweetcakes*, vous ne serez pas déçus...

Ce décor magnifique tient une place particulière dans la plus grosse production cinématographique de l'histoire. On parle de plus de 100 000 dollars claqués par QUI VOUS SAVEZ — une fortune même pour Hollywood, une paille pour LUI, car il aura pu piocher dans les réserves du Convoi, qui dorment désormais à l'abri de la forteresse érigée au cœur du dernier État de l'Union. Bloodsilver.

Quand j'ai reçu l'invitation rédigée de SA main, j'ai cru à une mauvaise blague. « Je vous attends ce soir pour une projection privée, suivie d'une *party* — n'oubliez pas votre maillot. » Une précision inutile pour qui connaît la divine sirène Louella…

Depuis plus de six mois, de folles rumeurs couraient. Pas les habituels cancans de stars que la maquilleuse pourvoit en poudre de COCOCO-QUINE, mais un secret mieux gardé que celui de l'assassinat du vieux McKinley (Oups, la petite employée de Votre Honneur William Randolph Hearst aurait-elle gaffé ?).

Un chauffeur glaçant et sexy est venu me prendre (!) au bas de chez moi. Cuir noir, lunettes teintées, casquette et gants, rien ne manquait. Le trajet jusqu'à Hollywood s'est effectué en silence. La colline pelée, où survivent de rares coyotes (attention aux plus dangereux prédateurs installés sur votre territoire, mes amis : acteurs, producteurs, réalisateurs et, surtout, LUI, descendu de son État du Nord en longeant la côte Ouest), se transforme de jour en jour. Les villas poussent comme des champignons après la pluie, toutes plus extravagantes les unes que les autres.

Celle de mon hôte vaut le coup d'œil, mes chéris. Dans le genre espagnol, marbre et stuc, mosaïques et poteries en terre cuite Tatilco (double visage, moitié vivant et moitié squelette, brrr !), rien ne manque. Surtout pas la piscine, au milieu d'une débauche de pièces et de salles. Quelques nymphettes s'ébattent dans l'eau claire, sous l'œil intéressé d'une espèce de morse échoué sur le rebord. Roscoe «Fatty» Arbuckle, gare à la bête, fillettes, méfiez-vous des bouteilles de Coca-Cola !

Je pénètre dans un salon où résonne une musique joyeuse et sucrée. L'orchestre est mariachi, trompette en avant. Je frétille dans mon fourreau en lamé et virevolte entre les invités, que du beau linge. Mack Sennett et Harold Lloyd échangent des regards meurtriers — ces deux-là ne peuvent pas s'encaisser ; Lon Chaney mime irrévérencieusement notre hôte, deux cure-dents plantés aux coins des lèvres, ce qui laisse la délicieuse Mary Pickford de glace (mais ceux qui dévorent les rubriques à potins connaissent Iceberg Mary)…

À peine le temps d'avaler quelques Gimlet (vodka & citron vert), un coup de gong résonne. Au signal du Numide échappé de *Ben-Hur* (lire notre critique dans *Variety*) nous passons au sous-sol. Dans une fraîcheur bienvenue se trouve la salle de projection privée du mécène. Peu à peu, d'autres invités arrivent. L'ambiance est solennelle. Nouvelles boissons, il n'y a pas trop d'eau de seltz dans nos verres, et les olives qui nagent en surface des cocktails me donnent envie de piquer une tête dans la fabuleuse piscine de notre hôte. Patience, le moment viendra !

Mais il est peut-être temps de parler de l'objet de cette projection ?

Nous sommes réunis dans cet endroit ordinairement fermé au public pour découvrir quelques scènes du plus ambitieux projet cinématographique jamais produit par la jeune industrie du 7e art, implantée près de Sunset Boulevard. Dit ainsi, ça paraît pompeux et rasoir, mais je peux vous assurer que ce n'est pas le cas! Les plus folles rumeurs parvenues à mes chastes oreilles m'ont assurée que le maître des lieux jouit du plus précieux des sixièmes sens: celui de la FIESTA! Bien sûr, il en possède naturellement de nombreux autres, mais ça, mes chéris, vous le savez... L'heure des réjouissances n'est pas encore venue... Même si, déjà, notre Fatty lutine allègrement quelque starlette. As-tu vérifié sa carte d'identité, cette fois, Fatty? Heureusement, le petit Charles veille et morigène son gros faire-valoir. Pfff, quel rabat-joie vous faites, Kid Chaplin — on reconnaît bien là le citoyen britannique guindé, né sous le règne d'une archaïque bonne femme aux idées aussi étroites que ses corsets!

Notre hôte, LUI, ne s'est pas encore montré. (Timidité? Je ne peux le croire... Se paierait-il une pinte de bon sang en compagnie d'une créature délurée, quelque part dans l'une des innombrables chambres de sa villa? Attention, Louella, ma fille, tu connais le manque d'humour des membres de la Famille... N'empêche, d'ici à ce qu'IL soit mordu d'une fraîche starlette...)

Mais je reviens à nos moutons... L'équipe des assistants réalisateurs occupe le premier rang.

Raoul Walsh, Jack Conway et George Siegman sont comme des enfants excités à l'idée de déballer en public le jouet fabuleux qu'ils ont eu le droit de fabriquer, tandis que Erich von Stroheim tire tranquillement sur son fume-cigarette, assis au bout de la rangée, comme indifférent. *Achtung*, le Fridolin semble snober son monde ! Sa goujaterie dépasse les bornes. Un conseil, Erich : gare à ne pas te faire exiler dans ta patrie d'origine, il paraît que ça chauffe drôlement pour les tiens du côté de la France. Ou est-ce l'Italie ? Je ne sais plus très bien, la géographie européenne est tellement étriquée !

À propos de ces jeunes talents, et indépendamment de leur provenance, voici ce que nous confiera l'un d'eux : « La plus chouette équipe de salopards géniaux jamais formée » — c'est W. S. Van Dyke, le dernier des assistants engagés sur le tournage, qui parle et ajoute : « Je ne suis pas peu fier d'y avoir été associé ! »

Quant au maître d'œuvre, David Wark Griffith, le Mozart de la caméra (qui a eu l'idée folle de l'affubler d'un pareil surnom — je n'ai jamais supporté les crincrins du pompeux Salzbourgeois…), le voici qui apparaît, vêtu d'un superbe smoking blanc, et qui descend l'allée pour rejoindre le fauteuil qu'on lui a réservé, à côté de celui de notre hôte. Je m'approche tout sourire et quémande une réaction.

Dieu, qu'il est chou…

D. W. préfère parler gros sous. « Nous avons largement dépassé le budget initial alloué par la

470

production, à savoir 40 000 dollars… En réalité, le film en a coûté plus de 100 000 ! Je crois qu'on n'est pas près de dépenser à nouveau autant d'argent — sans mauvais jeu de mots — pour un tournage. Mais je dois avouer que le résultat s'avère à la hauteur de l'investissement ! »

On verra, D. W., on verra… N'est-on pas venu pour ça ? Ah, mes chéris, il faut vous dire que la crème de la crème de notre presse nationale est ICI ! Dès qu'il s'agit de se goberger aux frais de la princesse (et la nôtre a du répondant !), les scribouillards répondent « présents ! ». Je louvoie et me faufile parmi eux jusqu'à ma place… Oh oh, je suis bien encadrée : d'un côté cet horrible nabot français qui porte si mal son nom (Albert LONDRES !) — hé, mon vieux, tu ne devrais pas être en train de te battre pour ton pays ? De l'autre côté, ce jeune et pâle morveux de la *Gazette de Providence*, Howie Love… je ne sais plus quoi. Le gamin est, paraît-il, un fervent admirateur de la Famille, qu'il connaît par cœur. On dit même qu'à son âge, il rédige les récits officiels des fascicules consacrés aux exploits du Staroste.

Un sourire pour Albert (qu'il est laid !), un autre pour Howie (une vraie gargouille !). Mais qui est ce vieillard un peu raide qui se tient à l'écart de la joyeuse troupe ? J'interroge le morveux de Providence. Sa réponse me sidère. Le vieux n'est autre que l'auteur du roman ayant inspiré Griffith : *The Clansman*, comprenez « l'homme de la Confrérie des Chasseurs », dont il serait, aussi incroyable que ça paraisse, un authentique membre. Qu'en dire, si ce n'est qu'il ne respire pas la gaieté ? Et cet accoutrement ! Son habit a encore le pli du neuf… Un écrivain, lui ? Mon Dieu ! Je pousse Howie du coude et lui demande son nom. Le gamin a un sourire qui révèle les canines de son ambition. «Emmett Dalton, chérie ! L'unique survivant du massacre de Coffeyville, ça ne te dit rien ?»

Moi, l'histoire ancienne… j'ai déjà du mal à me souvenir du week-end dernier ! J'éprouve soudain comme une angoisse : on ne serait pas venu pour voir défiler sur l'écran la vie d'un vieux cowboy ???

C'est alors que les lumières s'éteignent. Le faisceau du projecteur balaie la salle et frappe l'écran. Une vive clarté, et puis, d'un coup, des centaines de cavaliers envahissent toute la largeur de la toile ! Quelle chevauchée, mes chéris. C'est parti pour la plus fantastique des reconstitutions historiques. Tout y est :

— Le débarquement de la *Susan Constant*, du *Mayflower* puis de *L'Asviste*, comme une réponse aux trois navires de Christophe Colomb.

— Merrymount et la formation du Convoi…

— La fondation de la Confrérie par le révérend Cotton Mather…

— Silver City…

— Le discours sur la tolérance de Lincoln et son assassinat.

— La bataille de New Rome City…

— Tombstone…

— La villa Winchester

— Coffeyville...

— Bloodsilver...

J'en passe et des meilleures, croyez-moi. Un éblouissement de près de trois heures.

On suit en parallèle les péripéties de quelques membres de la Famille et d'une poignée de Chasseurs. Ces derniers composent eux aussi une sorte de famille, ennemie de la première. Tout l'enjeu du film réside dans la manière dont les deux clans rivaux vont finir, circonstances historiques obligent, à s'accepter l'un l'autre. Amours (ah! Lillian Gish et son *pale rider* Roméo) et trahisons forment la trame du récit, dont le morceau de bravoure reste la chevauchée du Convoi, que l'on suit depuis ses débuts sur la côte Est, jusqu'à ce qu'il ait atteint la pointe nord-ouest du territoire.

Bloodsilver, au terme de trois siècles d'errance !

Les cavaliers brookes impriment leur cuir noir sur l'ombre de la pellicule. Même si nous connaissons tous la fin de l'histoire, on ne peut s'empêcher de frémir, vibrer, trembler, et même pleurer si j'en crois les reniflements de la salle.

Quand apparaît le mot FIN, le blanc qui suit la projection est encore de Griffith, comme le silence de Mozart suit son œuvre.

Puis c'est un tonnerre d'applaudissements Tous sont debout et sifflent : Chaplin, Sennett, Lloyd, Chaney...

Et IL est LÀ, qui tient Griffith enlacé, comme pour l'adouber.

Le Staroste a passé un élégant costume croisé. Il porte des lunettes à monture d'écaille. Ici, dans la semi-pénombre de sa salle de projection, il a laissé tomber le foulard.

« Nous avons écrit une nouvelle page d'Histoire », déclare-t-il. « Ceux qui verront ce film, et je ne doute pas qu'ils seront nombreux, sauront comment cette Nation, la vôtre, la nôtre, s'est réellement constituée. Nous n'avons rien voulu cacher des drames inévitables, mais nous avons souhaité rétablir la vérité au sujet de la Famille. »

Nouvelle salve d'applaudissements. Un seul invité ne partage pas l'enthousiasme de l'assistance. Le vieil écrivain chasseur. Le Staroste donne le signal des festivités, la troupe joyeuse se rue en direction de la piscine. Griffith reste à parler avec son producteur. J'entraîne Emmett Dalton à l'écart. Un dialogue s'ensuit, qui donne à peu près ceci :

— Vous n'avez pas l'air heureux. Ce film est un chef-d'œuvre. Il va vous rendre plus riche et célèbre que vous ne l'avez jamais été.

— Ce film n'est pas ce que vous croyez, ma petite demoiselle.

— De quoi s'agit-il, alors ?

— Du plus beau coup des frères Dalton, même s'il n'en reste qu'un et que je suis celui-là. On a échoué à Coffeyville, mais j'ai finalement pu voler son argent au Staroste, si j'en juge par le montant du chèque qu'il m'a signé…

Je veux en savoir plus, mais le vieillard s'éloigne.

474

En cherchant à le rattraper, je tombe entre les bras de Roscoe «Fatty» Arbuckle, qui en profite pour me souffler son haleine alcoolisée dans le cou, avec un baiser — beurk.

Comme je n'ai pas oublié mon maillot, le devoir m'oblige à me joindre à la party. L'orchestre mariachi est déchaîné. Le champagne coule à flots, et ce n'est pas la seule substance revigorante à circuler autour de la piscine, loin s'en faut !

Mes chéris, on vit une époque fantastique. Soyez conscients de votre chance. L'Histoire s'écrit pour vous à raison de 24 images par seconde dans tous les théâtres d'Amérique. Allez-y et vous saurez pourquoi vous devez vous sentir fiers d'appartenir à cette terre !

LOUELLA PARSONS,
pour *Variety*.

ANCIEN MONDE

Marie court à travers les rues de Saint-Nazaire en ce joli mois de juin. Si son Jean revenait du front, elle n'irait pas plus vite. Probablement que oui, tout de même, mais elle ne sait pas ce que son fiancé devient ou même s'il est mort. Elle ne reçoit plus de nouvelles. De toute façon, il vaut peut-être mieux parce que les dernières étaient terribles. Jean trouvait les mots pour dire des choses que Marie ne voulait pas entendre. Elle les savait vraies et ne pouvait rien y faire.

Peut-être que l'espoir se dit mieux en américain.

Elle parvient au port et se fraye un passage dans la foule. Toute la ville est là pour les voir débarquer, à commencer par l'instituteur qu'elle connaît depuis toujours, un monsieur important et gentil qui l'aide à tourner ses lettres. Il lui claque deux baisers sur les joues, comme le ferait un oncle, et lui dit d'observer les chapeaux.

— Modèle 1912 à larges bords, avec cordon, bleu pour l'infanterie, rouge pour l'artillerie, jaune pour la cavalerie, récite l'instituteur.

Mais ce que Marie regarde, ce sont les tenues modernes. Vareuse en bon drap de laine, pantalons confortables, le tout uniformément teint en kaki. «Plus adapté aux conflits modernes», entend Marie, qui se dit que la guerre est une affaire curieuse. La vie d'un homme peut dépendre d'un tissu et de sa couleur. Ses yeux se portent sur les brodequins de veau en cuir rougeâtre qui feraient bien l'affaire de son Jean. Soudain un éclair l'éblouit, suivi d'un autre. Elle pense tout d'abord que c'est le soleil qui se reflète sur les beaux boutons cuivrés des soldats du général Pershing, un contingent de vingt mille hommes qui débarquent dans le Vieux Monde pour y rétablir la paix. Mais ce ne sont pas les boutons ou le bidon en aluminium fixé à la ceinture de coton.

— Eh, l'Amerloque ! crie Marie le cœur gonflé de joie.

Un caporal tourne la tête. En voyant la jolie Française, il lui sourit et lui souffle un baiser de ses griffes. Marie n'a que le temps de voir la lumière du matin traverser ses verres sombres. Il se détourne et rejoint ses cavaliers pour former le Convoi.

ANNEXES

CITATIONS
RASSEMBLÉES PAR MARK TWAIN
ET RECOPIÉES DANS SON JOURNAL

(Bibliothèque du Congrès)

« Les gens au pouvoir en Amérique ont tendance à succomber à une vanité excessive. Je vous en supplie, empêchez-les de se détruire. »

WILLIAM PENN,
Fondateur de la Pennsylvanie, 1705

« L'argument décisif, c'est que vous êtes incapables de gouverner. Vous devez protection au peuple et, pourtant, vous l'empêchez de se protéger lui-même. Tout ce sang qui est versé viendra bien un jour jusqu'à vos portes. »

DR JOHN FOTHERGILL,
Discours lors du congrès annuel sur les colonies,
Londres, 1756

« Je n'ai pas l'intention de passer ma vie dans des attaques partisanes ; tout au plus résisterai-je à toute prétention et tentative d'une quelconque secte de prendre le pas ou de l'emporter. »

EZRA STILES,
Recteur de l'université de Yale, 1778

« Si notre territoire n'avait été que le tiers de ce qu'il est, nous aurions disparu. Mais tandis que la folie et l'erreur s'étendaient à certaines régions comme une épidémie, les autres demeurèrent saines et résistèrent. »

THOMAS JEFFERSON,
Troisième président des États-Unis, le 21 mars 1801

« Le public lui-même a contribué à aggraver le mal de façon non négligeable, non seulement par des articles racoleurs dans les journaux, mais par cette fascination constante qu'éprouvent les Américains envers ceux qui voyagent. Ce désir morbide d'*aller toujours de l'avant* est sans doute l'une des causes principales de tous ces maux. »

Journal de Cincinnati, 1838

« La difficulté réside dans la diversité. En conséquence, la ligne de partage est si nette entre les deux races, renforcées encore par la force de l'habitude et de l'éducation, qu'il leur est impossible de vivre ensemble dans la communauté, si ce n'est sous la relation qui existe aujourd'hui entre elles. »

JOHN C. CALHOUN,
Secrétaire d'État à la Guerre, 1850

« Maintenant, vous allez tous au diable, et je vais y aller avec vous. L'honneur et le patriotisme exigent de moi que je me range du côté de mon État, qu'il ait raison ou qu'il ait tort. »

BENJAMIN F. PERRY,
Célèbre éditorialiste de Caroline du Sud, 1860

« Du Rio Grande à l'océan Arctique, il ne devrait y avoir qu'un drapeau, qu'un pays. »

HENRY CABOT LODGE,
Sénateur du Massachusetts, 1890

«Ne demandez pas au pays de servir le citoyen, mais au citoyen de servir le pays.»

STEPHEN GROVER CLEVELAND,
Vingt-quatrième président des États-Unis, 1896

1608   Arrivée des premiers Pères fondateurs sur la *Susan Constant.*

1620   Arrivée du *Mayflower*

1636   Fondation de l'université de Harvard. Jusqu'au début du XXe siècle, l'université formera des générations de politiciens qui prendront soin d'ignorer ce que l'on appellera « La Famille ».

1688   En Angleterre, dans le comté de York, un homme du nom d'Henry Valtz revient des morts pour décrire l'au-delà. Son apostolat persuade une trentaine de personnes de se regrouper en secte.

1688-1690   Plusieurs cas de non-morts sont attestés en Pologne, Bohême, Hongrie et Moravie.

1691   Naufrage de *L'Asviste* sur l'île de Manhattan. Auparavant, d'autres vaisseaux contenant des non-morts ont échoué sur les côtes américaines. Celui-ci sera le dernier. Guidés par leur Staroste, les Broucolaques se rendent à Merrymount, cité impie fondée par Thomas Morton. Avec l'appui du prophète halluciné, ils forment le Convoi.

1692   Procès de Salem.
        Le révérend Cotton Mather fonde la Confrérie des Chasseurs.

1693   Le roi Guillaume III d'Angleterre décrète le blocus
        des provinces américaines.

1773   Sur les conseils du Parlement, et pour bénéficier de
        la richesse des colonies, George III amende la loi
        sur le blocus. Les provinces bénéficieront d'une cer-
        taine autonomie contre un impôt annuel payé en or
        à la Couronne.

1774   *Suckers' Tax Party*. Boston s'insurge contre l'impôt
        qualifié de «Taxe des Suceurs».

1775   L'insurrection dégénère en véritable guerre.

1776   Benjamin Franklin se rend à Paris pour plaider la
        cause des «citoyens libres». Il essuie un refus. Le
        roi Louis XVI refuse de donner son soutien à des
        hommes qui tolèrent les Suceux.

1777   Déclaration d'Indépendance.

1783   25 novembre. Le dernier vaisseau anglais quitte la
        rade de New York.

1787   Ratification de la Constitution à Philadelphie. Parmi
        les signataires figure le Staroste, qui revendique ainsi
        pour sa famille la nationalité américaine. L'acte, sur-
        tout symbolique, ne change rien au déplacement du
        Convoi.

1789   George Washington devient le premier président des
        États-Unis d'Amérique.
        Quelques troubles en France font que le blocus est
        provisoirement levé. De nombreux aristocrates
        rejoignent le Nouveau Monde.

1802   Fondation de Silver City. Par décision de Thomas
        Jefferson, la ville sera une zone franche où la Confré-
        rie des Chasseurs et les Brookes pourront cohabiter.

1823   En réponse au blocus, le président James Monroe
        préconise au Congrès la non-intervention américaine
        en cas de conflit en Europe.

1835   Joice Heth, la nourrice de George Washington,
        s'éteint à l'âge de cent soixante et un ans. Cepen-

dant, rien ne permet d'affirmer que le premier président des États-Unis a été élevé par une Brooke.

1836   Dirigés par le colonel Travis, Jim Bowie et David Crockett, les défenseurs du Fort Alamo opposent une héroïque résistance face à l'armée mexicaine commandée par le général Santa Anna. Leur sacrifice sera souvent cité en exemple par les détracteurs du gouvernement américain, qui lui reprochent sa lâcheté face aux Brookes

1840   Le *Greatest Show on Earth* de Phineas Taylor Barnum sillonne pour la première fois l'Amérique.

1861   Abraham Lincoln est élu président.

1864   Lincoln prononce son discours sur la tolérance au Congrès, en faveur des Brookes.

1865   John Wilkes Booth abat le président au théâtre Ford. L'assassinat provoque des troubles dans toutes les grandes villes, et certains appellent à la guerre civile, que les journaux nomment déjà « Silver War ». L'armée parvient à contenir le désordre.

1866   Lincoln City se rebaptise New Rome City.

1869   Ulysses Grant est élu président. L'ancien général fonde les Services Secrets et leur assigne pour tâche principale d'étudier les Brookes. Pour la première fois de son histoire, l'Amérique voit apparaître un groupe d'hommes déterminés à se mesurer au phénomène, autre que la Confrérie des Chasseurs.

1875   Le juge Roy Bean baptise sa ville *Langtry*, en hommage à Lily Langtry, une actrice anglaise dont il est tombé amoureux. Son saloon, qui incarne la « loi à l'ouest du Pecos », propose de la bière glacée et des combats entre un Brooke et un grizzly aux mâchoires d'argent.

1876   Le lieutenant-colonel George Armstrong Custer et une bonne part du 7e de Cavalerie sont anéantis par les Sioux à Little Big Horn.

1877   Le président Rutherford D. Hayer propose l'amnistie générale aux chasseurs de Brookes, à condition que la Confrérie travaille dorénavant pour le gouvernement. Aucun Chasseur d'envergure n'accepte.

1881   Bataille de New Rome City. Au début du printemps, le gouverneur Lew Wallace parvient à contrer l'attaque du Convoi avec l'aide de Billy le Kid et de ses Régulateurs.
Billy le Kid est abattu par Pat Garrett.
Règlement de compte à OK Corral, qui voit s'affronter Doc Holliday, Wyatt Earp et ses frères au gang des Clanton. D'après le *Tombstone Epitaph*, journal de la ville, Doc aurait eu la vie sauve grâce à l'intervention d'un Brooke.

1882   Jesse James, l'un des Chasseurs les plus charismatiques, est lâchement assassiné à son domicile par Robert Ford, qui lui loge deux balles d'argent dans le dos. L'homme, probablement fou, était vêtu comme un Brooke.

1884   Sarah Winchester, veuve du célèbre fabricant de carabines à répétition, s'installe dans le comté de Santa Clara. Héritière d'une fortune considérable, elle décide de faire bâtir une maison qui abritera toutes les victimes humaines, animales ou brookes tuées par les fusils Winchester. La construction durera sans interruption, de nuit comme de jour, pendant trente-huit ans.

1887   Le 8 novembre, au sanatorium de Glenwood Springs, décès de John Henry « Doc » Holliday. La Confrérie des Chasseurs n'est plus incarnée que par Calamity Jane et le gang des frères Dalton.

1889   Apparition chez les Sioux d'une nouvelle doctrine religieuse : la Ghost Dance. Certains observateurs du Bureau des Affaires indiennes pensent qu'il s'agit d'un culte rendu aux Brookes, mélange de croyances indiennes et de christianisme. Sitting Bull détourne le mouvement pour en faire une doctrine de guerre.

1890   Dans sa réserve de Standing Rock, au cours de son arrestation, Sitting Bull est assassiné par un agent indien. Au mois de décembre, plusieurs centaines de Sioux sont massacrés par l'armée à Wounded Knee.

1892   Le gang des Dalton est décimé durant l'attaque des deux banques de Coffeyville, dans un traquenard monté par les citoyens alliés aux Brookes. Seul Emmett survivra.

1901   Le président William McKinley, farouche opposant à un État brooke, est assassiné lors d'un meeting à Buffalo.
        Théodore Roosevelt est élu aux plus hautes fonctions.

1903   Incident du canal de Panama. Pour la première fois de son histoire, l'Amérique occupe une place de tout premier plan sur l'échiquier politique international.
        Décès de Calamity Jane.

1905   Fondation de l'État brooke de Bloodsilver.

1915   Le cinéaste David Wark Griffith immortalise la création de Bloodsilver dans son chef-d'œuvre, *Naissance d'une Nation*.

1917   La loi Monroe qui, depuis 1823, réglemente la non-intervention américaine en cas de conflit européen est abolie.
        Le 2 avril, Thomas Woodrow Wilson déclare la guerre à l'Allemagne.
        Au moins de juin, un premier contingent de vingt mille combattants débarque à Saint-Nazaire sous les ordres du général Pershing.

ANNEXES

DU MÊME AUTEUR

Aux Éditions Mnémos

BLOODSILVER (Folio Science-Fiction n° 357).

Composition IGS.
Impression CPI Firmin Didot
à Mesnil-sur-l'Estrée, le 2 septembre 2011.
Dépôt légal : septembre 2011.
Premier dépôt légal dans la collection : décembre 2009.
Numéro d'imprimeur : 107087.

ISBN 978-2-07-039638-2/Imprimé en France.